吴建斌◎著

心若静，风奈何

作家出版社

吴建斌

笔名：剑冰。财务管理专家。资本运作高手。教授。小说家。优秀摄影师。上个世纪 60 年代初出生，陕财大学毕业，获澳科大工商管理硕士、博士。现担任阳光控股执行董事、阳光城执行副总裁。在中海和碧桂园两家顶级企业担任要职近二十年，策划和操盘过许多超大投融资项目。出版过五部长篇小说、三部财经专著及四部摄影专辑。财经专著《我在碧桂园的 1000 天》引起巨大反响。

尽最大努力做能做的事，然后择日继续做下一件事。

——吴建斌

这是 本跨度达三十五年之久的随笔集。

三十五年期间，作者拥有近二十年担任三家世界 500 强企业核心高管的经历，对管理、人生有自己的独特见解。他有行走世界的喜好，时常边走、边拍、边写。曾出版过五部长篇小说、三部财经专著及四部摄影专辑。这本随笔，是他人生的感悟，也是他经历的告白，相信对孜孜不倦追求不一样人生的读者会有一定的启发。

目 录

一场生命的行走 ⋯⋯⋯⋯⋯⋯⋯⋯⋯ 77

谢谢鸟儿吵醒我 ⋯⋯⋯⋯⋯⋯⋯⋯ 137

心中有爱,一花一草皆有情 ·············· 269

前言 独白

其实，我是一个内心宁静且坚强的人。

一直以来，都这样。

关于这一点，熟悉我的人都是知道的。

经历幼年、青年到中老年，尽管面孔上还好——未留下让人看起来很冷酷的样子，但从骨子里我是知道的，我比较坚强。我的坚强并没有伤害任何人，而绝大部分时间是我和自个儿较着劲。但说实在的，我的坚强是逼出来的。

青年之前，家里穷。当然，不是我一家穷，而是全村都穷。我出生在 60 年代最糟糕的三年自然灾害的最后一年。出生后，家里没有吃的，是靠借靠欠靠外婆家救济，才活了下来。在我懂事之后，方明白家穷不仅可怕，还要遭人欺凌，为此，就立志改变家庭贫穷的面貌。话虽然没有向世人说出来，但在心里暗暗地下了决心。如何改变呢？初中时，我尝试过当兵——当时最棒的职业，尝试过做民办教师——当时的铁饭碗，尝试过做画匠——掌握一门维生的技能，可是每一条路都不通，最后唯有读书考大学。

我记得一位马拉松爱好者说过，跑马拉松其实就是自己和自己较劲的过程，一旦有一天不想和自己较劲了，马拉松生涯就停止了。

1980 年我考上了大学，是全村第一个上大学的人。

1984 年我大学毕业，因为成绩优秀自个儿挑选到了北京参加工作。我知道这是一份来之不易的工作，很珍惜，努力工作，把领导交办的事情尽可能做好。因此，在旁人看来我很傻。

1987年，我幸运地获得了派驻香港工作的机会。像是天上掉下来的一个大馅饼一样。这在当时是非常难的，让我激动了不知多少个日日夜夜。自此，我就在香港生活了，一待就是三十年。其间，迎来送往了不知多少外派人员，可我仍在。这一创举，似乎很少有人会打破的。我的很多收获都是在香港实现的。因此，香港是我的福地，是我的第二故乡。

总体而言，我的人生算是比较顺利的。

之所以算是顺利，我归结为我有一个比较中庸的性格，凡事极少走极端。即使有一个阶段走偏了，但当意识到之后，就会立即纠正回来。

小时候，母亲逢人便说我懂事。

所谓的懂事，也许是我早已经看清人间的冷暖而已。也因此，我背负着懂事的美誉走遍天涯，从见天地、见众生到见自己，完成着自己应有的修行。人生就是一场修行，而修的正是一颗心。只要把心安好，才能坦然面对所有的跌宕起伏。这是真的。

之所以说我懂事，是我从小就知道一切要靠自己去努力。虽然绝对了一点，但事实就是如此。我宁愿在我力所能及范围内奋不顾身去努力，但绝不会为了自己的什么事求于别人。我一直就是这么做的。

同时，我是一个超乐观的人。

试问，谁能没有低潮呢？我起码经历过两三次低潮的考验。当然，我在这些所谓的低潮期，每时每刻的内心世界是怎样，是如何煎熬的，别人一概是不知道的，包括女儿、父母、弟妹。我不愿意把这些低落或灰色的情绪传递给任何人。用意很简单，就是不想让大家为我担心。我知道这个世界是不会同情任何诉苦的人。而渡过难关的秘诀只有一个，便是乐观。要相信一切困难都会过去的。相信太阳明天继续会升起，而且一样地火红。

受儒家文化影响，我有我的为人处世之道。我最愿意静下来看万千世界的纷纷扰扰。我始终很静，静得别人可以当我不存在。这样最好，就是我所要的样子。这一点，也许就是世人追求的禅境。于是，有感觉了，就写点文字或拍些照片，有些文字变成了小说，有些文字变成了专业书，有些文字变成了散文，有些变成了摄影作品。

我觉得我逐渐变成了一个内心宁静的人。

数十年来，我坚持勤奋工作，有感就写作，有时间就摄影，而且为此心无旁骛地投入了巨大热情，这就成为我牢不可破的喜欢的三个方向。我把工作心得、读书心得、摄影心得记录下来，我把关注的人和事记录下来。至于记录下来有什么用，我并没有深入地思量。但这几件事是相辅相成的，相得益彰的。

我努力做自己最喜欢的这三件事，除此之外，也有一些事情要做，但不会分配过多时间，不会投入过多精力，更不会过心。有时为了某些需要，也不得不做一些应酬，仅限于应酬而已。因为它们不是发自内心的，所以会很快忘记。健忘的事情太多了，正是我的致命缺陷。

是啊，我一生就坚持尽力做好这三件事。

当然，无论大家是否喜欢我的文章、我的观点和照片，我坚持我的，从不辍笔，从不停止摄影记录。像是一个人的战斗一样，对手是自己，看上去孤独，可内心从不孤独，从不缺乏激情。

我喜欢利用游记、随笔和摄影表达我那一刻那一瞬间的内心世界，在 2016 年 6 月创建了公众号：剑冰摄影及文学。我定义自己是一位努力知行合一的行者，于是，把写好的文章及摄影作品就在这里发送出去，归类在"走马观花看世界"栏目中。

五百年前的王阳明先生在龙场悟道的后一年，首倡"知行合一"。他提出了"知行本一""知难行易""知是因，行是果"的论断。这让我们坚定不移地相信，只要明心净心，在"知"上下功夫，必能收获真正的成功，拥有丰盛舒展而又圆满无憾的人生。

金庸大侠说，人生就是大闹一场，然后悄然离去。而我们大部分人是平凡的人，没可能大闹，小打小闹总是有的；没可能登上珠峰，但登过一些小小山总是有的；没可能畅游大海，在小小池塘里游泳总是有的。

人生总是在路上，但如何安好放好灵魂至关重要。

这本书，就是把我这些有限的短篇文字和图片找回来，里面不仅选取了许多美丽的画面，还有城镇化、乡情、感恩这些我绕不过去的重要话题。也许和自己对自己的定位有关吧，这本书是一场个人经历，一场个人感悟，一场走向彼岸的自我修行，算是对我数十年经历的一次简单明快的交代。

少年时造梦，青年时追梦，中年时圆梦，老年时享梦，就这样一生围绕着"梦"字努力做自己喜欢的事。

事实上，我能一直沉下心来，基本上能做自己喜欢的事，还有一个非常重要的先决条件，那就是我有一个幸福的大家庭。夫人很贤惠，很细心，对我可说无微不至，可为我牺牲她的一切，包括事业、爱好和时间。父母和弟妹从不帮倒忙，都是给我做锦上添花的事情。女儿很聪慧，很独立，读书好，逻辑严谨，一路不要我帮她任何忙——除了英国留学期间的费用。

人生能有这样的造化，知足了。知足后，就该为社会做点事。

此为序。

2019 年 8 月 于上海

序一 生活的哲人

林腾蛟

庚子年春节前，建斌兄约我给他的新书作序。我们既是事业上的伙伴，也是生活中的良友，于是我欣然答应。

在我的印象里，建斌兄擅长财务，在圈子里被称为"老中医"；他钟爱摄影艺术，大到重要事件的捕捉，小到百姓普通生活画面的萃取，他总能以独特的视角看万千世界；他还是小说家，以中海为背景、近百万字的小说《海之子》《海之龙》，得到了梁晓声大师的高度赞誉。

而今我读了《心若静，风奈何》这本随笔集，要给建斌兄一个新的标签，那就是——生活的哲人，像是柏拉图《理想国》中那个觉醒的洞中人。有知识的人很多，但能把知识化成智慧的人并不多，建斌兄算是一个。一片老弄堂，一场古镇行，一次海外游，哪怕窗外一阵鸟鸣声，或是街头巷尾的一次美丽邂逅，孤寂乡村的一把门锁，都能引发他无尽的遐想。

说他是哲人，文中可见一斑。在三十多年的步行健身中，他悟出了"信仰"是什么：说白了就是自己一直想做的一件事，无论在什么环境、时候或时段，不需要理由，心中总有它，而且为之心甘情愿地付诸行动，他从上海老弄堂潘大妈的柴米油盐中，看到了生活的另一面，"面对四季该春生时则春生，该夏长时则夏长，该秋收时则秋收，该冬藏时则冬藏，顺应时节，踩好节奏，就能自得"；在一次五台山拜佛中，他悟得真谛，除了要拜文殊菩萨，拜释迦牟尼佛，其实更重要的是拜我们自己，期待我们自己在短暂的人生岁月里，能够敬畏时间，敬畏生命本身，敬畏他人，更敬畏自己。

建斌兄平日言语不多，但内心豁达，他"常设目标，脚踏实地；志存高远，低飞远行"，对工作和生活充满激情。他说，人生就像爬山，有太阳晒，一路辛苦，不过当你爬到山顶有棵松树，你坐在那里凉风吹来，这才有幸福感。人就应该这样不负你的一生。生命就是一场自我修行，当你能轰轰烈烈时那就轰轰烈烈吧，一切都要从心出发。

建斌兄善于独立思考，多有自己的见解，而不人云亦云，很多时候显得风清淡雅或处之泰然。透过《生活如此优雅》一文，你可以洞见他的内心：街头广场的一对普普通通的舞者，展示的那份"优雅"，是修养，是对生活的态度、生活方式的选择和塑造。或许是从事财务这个职业的敏感，他总是善于在杂乱之中寻找规律。对上海老街，他会关注那些如蛛丝网的电线，电线盯多了，神奇也就出现了，他就能在乱如麻的电线堆里找到规律。

这个假期过得很长，来势汹汹的新冠肺炎疫情让空气显得特别沉闷。然而这本随笔集就像一阵凉风，沁人心脾。期待此书正式出版，让这清风吹进更多读者的心。

2020 年 2 月 10 日　于上海

序二 《界面》采访（节选）

李欣荣

地产界，几乎无人不识吴建斌，除了他撰写的那本《我在碧桂园的1000天》，更少见的是他一直不会被人干扰，像一棵树，在地产界，一站就是三十年。

跟地产界大多数职业经理人几年换一家公司不同，他三十多年地产圈经历，至今只换了三家公司：中海、碧桂园、阳光城，其中在中建及中海待了三十年。

第一支中国红筹股在香港上市的时候，他身在其中；碧桂园高速发展的三年，他身在其中；阳光城千亿破局的2018年，他亦身在其中。

如果说人生的关键处往往只有两三步，他就是那个二十岁和五十岁，都站对了点的人。毋庸置疑，他是国内地产行业的见证者和成就者。

在上海阳光城他的办公室里，听他娓娓道来这三十多年的故事，两个小时的时间，他的声线、语速几乎没有变过。"我好像从来激动不起来，一直随遇而安，就是努力做事，对得起一份工资，对得起人们对你的尊重，像个机器人一样，甚至谈不上特喜欢，也许就是性格使然吧。"

话虽如此，吴建斌也深刻认识到：良田变新城，平地起高楼，他是我国地产界的一个拓荒者和实践者。作为业界精英的代表，不期然间，他还成为了一个记录者：书，一本接一本问世；照片从香港拍到上海。一路走来，不仅是经历，更多是发现和感悟。

通过自己忠实的记录、研究，他发现中海、碧桂园、阳光城各有道路，各自精彩，各种优秀，各领风骚。请他提炼出它们的共性，他一口气说道：高远梦想、家国情怀、创业精神、脚踏实地、商业意识、产品支撑……

吴建斌感慨：中海是央企，"乐观"支撑了它。在央企，他学到的是严格管理，按规矩做事，绝不触碰底线。碧桂园，每天都在"追梦"。决策层天马行空的想象，脚踏实地的作风，让他仰视。阳光城一大批"国学"迷，从老板到员工，每个人都在练就强大的内心。将优秀国学和现代企业管理相融，造就中西合璧的发展体系，令人欣喜。

五十多岁的吴建斌至今保持着财务出身的谨慎，从央企的迎来送往，到民企的细心体察，他一路放小自己、放大格局，以专业取胜。这个内心"静好"的人，除了向外辐射这种"静好"，他还自带目标驱动。时至今日，作为阳光控股执行董事、阳光城集团执行副总裁，每周、每月的重点事情，都认真写在办公室的小黑板上，渐渐地每一个框里都打上钩，再划掉再写，多年不变。

人生的关键处转折点很重要的被他用镜头忠实地记录了下来。对此，吴建斌自己的评价是："我用照片和用文字，其实做的是同一件事情，记录。忠实并且真诚地记录，这种忠实和真诚的源头是爱。我们好不容易在人世间走了一圈，总要给人世间留点什么东西吧。"手中的相机，对于吴建斌而言已经不再是一个简单的道具或玩具，"我的记录是有责任感、温度、倾向性、使命感的"。

一个活得这般纯粹的人，通常生命中每一刻都很执着，大力出奇迹。

当然，他还是个很好的采访对象，有丰富的经历，深厚的专业，还有知无不言、言无不尽的真诚。

2019 年 3 月 18 日

生活如此优雅

1. 在北京的趣事

♡

1984 年 9 月，我大学毕业分配到北京工作，到了 1987 年 2 月，我被选派到香港工作。我一共在北京工作及生活了三十一个月，不仅见识了大北京、大机关，还遇到了许多好领导，为我日后发展奠定了坚实基础。

父母因我去北京工作而骄傲

在前往北京工作前，我先回了一趟老家。

当时，我怀着既高兴又不安的心情，因为担心父母要求我在他们身边不远的西安工作。当我把将到北京工作的决定小心翼翼地告知父母后，他们十分开心，为这个美好的决定而称赞。

父母从来没有想过我能去北京工作。北京，在家人心目中是神圣的，遥远的，高不可攀的地方。他们以为我去了北京，就能见到中央领导，见到大人物，还叮咛寄一张合影回来。这一消息，父母逢人就讲。一时间，我去北京工作的消息在村里引起了巨大震动。

在家的这段日子里，父母忙前忙后，生怕把我这个宝贝儿子怠慢了。我感觉我犹如家中的大神一般被家人供着。当然，我很不自然。父母为我准备了一顿又一顿美味的饭菜，让我吃好喝好，告知我远行后别惦记家里，到了北京努力工作，好好表现。空闲时，父母领着我到亲戚家走了一圈，名义上是我要远行打个招呼，可实际上，我觉得父母有炫耀之嫌。他们真是苦尽甘来了，炫耀一下也没什么，都是情理中的事情。

父母和我单独在一起的时候说东说西，总是满面笑容。我知道他们这是发自内心的喜悦。可有时，突然发现父亲悄悄地落泪。父亲也许得了爷爷的真传，偶尔流泪，让人捉摸不透他为啥而哭，可他说那是太激动了。然而，我感觉到父母除了激动还有少许担心，毕竟北京那么遥远，儿子要走那么远，那里又没有一个熟人。换个角度想，我要远行，父母担心也是情理中的事情。

爷爷奶奶对我能去北京工作一事很高兴。那段日子里，爷爷奶奶常来我家里坐一坐，还带一些好吃的，这已经很罕见了。我在想，如果我没为家族争气，相信爷爷是不会来我家的。在爷爷眼里，根本瞧不上我父亲，我父亲远没有他的两个哥哥给爷爷长脸。

其间，邻居们络绎不绝来看我。在村人眼里，无论过去如何恶意对待我家，但眼下我是村里最有出息的人。那一阵子，我家里门庭若市，每个人见到我父母像换了一个人似的，都诉说我小时候的优点，夸我聪明、勤学，画一手好画，向来朴实、稳重。还说我能去北京工作，是全村人的骄傲和自豪。感觉全村人把希望和未来都寄托在我身上似的，希望我日后成为一个大人物。还嘱咐我，不管将来官做到多大，都不能忘记家乡人。邻居的吉言和心情我能理解，总之，他们的每一句话都令我振奋，让我铭记于心。

我是一个最受不了亲情感动的人，每当有人赞我，说我吃过苦，特别是说我善良或懂事时，我便会含泪欲哭，甚至哽咽。的确，我小时候受了不少委屈，委屈埋在肚子里，时不时就涌现在心头。

在我临行北京前，全家人特意到镇上合影留念。谁也没有料到，这张照片竟然成为我爷爷、奶奶及我小家的永久的纪念照。

父母的拳拳之心使冰雪融化，草木动容。乡亲们的热情和嘱咐让我深感责任重大。从那时起，我别无选择，只能一路奋勇向前，做好事走正道，砥砺前行，心里想着为父母和村人增光添彩。

我的生命来源于父母。我的人生起点在故土。

每当在外面遇到困难时，我就会想到父母和村人的关心和支持，以及期待。

北京遇到好领导

赴北京工作，是我一个人去的。

这一次，奶奶和父亲没有要求送我到北京。四年前，裹脚的奶奶和父亲亲自送我到西安上大学的情景一直留在我脑海中，那是多么美好的画面啊。

父母送我到了县城，看着我坐上了南去西安的大客车。然后，他们生怕我看见他们流泪的样子，没有目送我，就在大客车驱动的那一刻，父母迅速把头背了过去，我知道他们肯定是在流泪。

那一年，我二十二岁。

在父母心中，一定是觉得我长大成人了，可以放心地让我出走远门闯荡世界了。想当年，父亲才十九岁时就被爷爷无情地分家了，二十岁有了我，之后的生活极其困难。尽管如此，父亲和母亲坚定信念，从抓我们三个孩子读书做起，几经挣扎，才走到今天。他们每一步的收获，都来之不易。他们不知冒了多少风险，流了多少泪，经历了常人不曾经历的痛苦。我亲眼目睹了全过程，唯有亲身经历，才能真切理解父母的不易和伟大。

我想此时父母期盼儿子有出息的美梦已经成真，变成了现实，乃是人生最大的慰藉。想想同龄人，他们的前景仍不明朗。他们的哭别不同于以往任何时候，应该是激动才对，或者是因为舍不得我远离又不知多久能见面才哭的。

我去了北京那年，我弟弟还在读中专，妹妹才上了高中。那时，其实父母不过才是四十有二的人，牛轻力壮，是的，他们的劳作一刻都没有因为我工作了就停了下来。正值国家推行改革开放，父亲灵活的经商头脑用上了，小生意做得风生水起。

我在北京工作了两年半，最大收获是遇到了多位好领导，譬如管升久局长。管局长是我一生中遇到的最大贵人。他是计划财务部经理，给了我进步的机会，让我学习，让我磨炼，让我成长，在我遇到疑惑时帮我疏导，还决定派我到香港工作。我是一个农村来的孩子，无背景，无自信，无特长，如果不是遇上管局长这么一位好领导的宽容、关照和提携，我一定寸步难行，一定不会顺风顺水的。

到北京的第一件事

1984年7月28日，这天是星期六，我扛着木箱和杂物，满怀期待的心情，搭乘西安到北京的火车来到了北京站。正好，还有一位来自成都的西南财经大学女生吴新也到了北京站。我们两人在人事部崔铎声先生的带领下上了一辆货车，来到了中国建筑在百万庄的办公大楼。

北京太大了，比想象中大多了。首次到北京，心情异常激动。第一天晚上根本没有睡好，期待着天亮。第二天正好是星期天，就计划着去天安门广场走一走，看一看，感受一下这神圣的地标。

由于不认识任何人，这一天，我只好独行。我买了一张北京市地图，边走，边查，边问，好不激动啊。

我记得当天在日记中写道："今天天气非常好，太阳火红，炎热。我从甘家口百万庄出发，步行走到西长安街，横过西单路口，就到了天安门城楼附近。早在书画中见过天安门城楼的外形，看到天安门城楼时，一点都不陌生。我加快步伐，飞一般地来到城楼下面。天安门在我心目中是神圣的、庄严的，具有灵性的地方。走近城楼，令我不解的是为什么有很多人从城楼下面的门洞进进出出，我竟然怀疑这座建筑物可能不是天安门城楼。这样的怀疑很快被否定了。正好，天安门城楼外形正在维修，是为建国三十五周年国庆做准备的，毛主席的彩色画像被取了下来。我随着人群，走着看着凝视着，不知不觉穿过城楼的门洞。1949年10月1日新中国举行的盛大的开国大典就在这里。我抚摸着朱红色的城墙及红色大门上的门环，似乎听到了那时的震耳欲聋的欢呼声……这栋建筑是明、清两代的皇城大门。在这个大门周围，特别是近代以来，发生了许许多多的惊天动地的故事。"

我很自豪，因为我抚摸了城楼，甚至在城楼里面大摇大摆地转悠了大半天。这大半天，太长见识了。我在农村时是闭塞的，孤陋寡闻的，甚至到了西安读书，也没有太多的改观。当从故宫出来，突然觉得世界太大了，我们人类太神奇了，而对于我们个体来说，不过是历史长河之中的惊鸿一瞥而已。要想在这一瞥中给这个世界留下一点让后人怀念的东西，唯有奋斗，别无选择。奋斗了，未必会成功；若不奋斗，将一事无成。

出了天安门城楼，来到天安门广场和人民英雄纪念碑、毛主席纪念堂、人民大会堂、中国历史博物馆，又参观了半天。回到住的地方，已是星辰漫天的时候。

过完周末，从 7 月 29 日开始，我正式成为中国建筑的一名职员。

三天之后，正好赶上公司发工资，按规定，给我发了半个月工资四十多元，当时兴奋得快要飞起来。如此兴奋之情，让我在北京愉快地度过了两作半。

去酒仙桥学计算机

上班不久，计财部选送我和姚传锐两人到北京东郊酒仙桥的国营第七三八厂培训中心——长城电脑生产基地——学习电脑操作。姚和我一样，都是新入职的大学生，他来自湖南财经学院。那时期，电脑仍然很神秘，有机会进行计算机培训是一次难得的学习机会。

我所在培训班是第六期，大约三十人，有来自长江南岸的，有来自东北三省的，也有来自大西北的。培训班里学习的人年龄差别较大，有三十几岁的，也有二十岁刚出头的。回想起来，那时学员们都很笨，笨得出奇，每个人敲键盘小心翼翼，总怕搞坏了键盘；输英文字母像在沙地里捡金子一样，半天找不着要输的字母位置；编程全是英文，就用拼音代替。其实，老师教的简单编程，都是在浪费感情。我算是对计算机有一些认识——大学当过计算机课代表，可在那个环境中跟白痴没有什么区别。

那时把电脑不叫电脑，而叫计算机。

酒仙桥培训中心的条件算是不错，红红火火的，全国有名，但依然做不到一人一机来培训。

很快，迎来了在北京的第一个中秋节。

中秋节傍晚，我们来到附近的一条排水河的河边，两人并没地儿可去，只好躺在河岸的杂草上，仰望天空。那天晚上的月亮又圆又亮分外地大，如一个大铜盘一样，就悬挂在天上。每逢佳节倍思亲，那时那刻的思乡之情难以抑制。我们两人聊了很久，也有理想之类的话题，多愁善感的姚吟了一首自己写的诗，我的眼泪就在眼眶中来回打转。夜深人静之际，我突然想到再去天安门广场看看，姚并无此意，于是，我一个人去了。

其他时间里，我和姚传锐形影不离。一次周末，我们张罗着去附近改善一下生活。两人来到街市，没有发现有兴趣的餐馆，决定去吃饺子。我们在一家饺子馆点了两份白菜猪肉馅饺子，不假思索地端进隔壁餐馆刚坐下，就有中年男人拿着菜刀向我们砍来。我们不明缘故，撒腿就跑。听到后面有人大叫，依稀是说，我们侮辱他们的祖先。奔跑中，姚传锐似乎明白了，说，原来这是一家清真馆。

两个月的学习机会，与姚传锐相互鼓励，誓约一生。

9月22日，我和姚传锐学习期满，成绩及格，结业了。结业证至今我还保留着，和新的一样。也许因为有了这次学习机会，进一步奠定我对计算机，后来叫电脑，再后来叫 IT 技术的一生喜欢，一生钻研，也颇有感悟的事业。

新中国成立 35 周年大庆

1984 年 10 月 1 日，是新中国成立 35 周年的日子，北京举行了举世瞩目的阅兵仪式。

身在北京的我，是多么地激动和骄傲。

之前，各单位抽人训练，我没有被抽上，因而还郁闷了好久。我很想加入到群众队列，身临其境地感受浩荡气势和空前盛况。

国庆这天一大早，我就到了长安街西延线，也就是苹果园地铁站一带，只能远看被团团围住的游行队伍。到了晚上，我已经缓缓靠近了天安门广场。夜间，广场一带灯火辉煌，可说人山人海，各种声音交织在一起，如盛世般。人们欢歌笑语，喜气洋洋。我被感染了，忘记了饥饿，忘记了自己，就融入到其中尽情地狂欢。

这一年国庆，据说是新中国成立以来最大规模的阅兵式。后来报道说，首都各界人民检阅的各款新型飞机、火炮、坦克、导弹等先进武器和装备，全都是我国自行设计制造的。空军地空导弹部队方队和战略导弹部队方队尤为引人注目，特别是战略导弹部队是首次向世界亮相。后来我们从新闻媒体知道，这次国庆阅兵引起了全世界的关注和震惊。

岁月如梭，光阴荏苒。

中华人民共和国成立 35 周年大庆虽然过了几十年，那昔日场景，那一次美好经历，至今还记忆犹新。

住建设部地下室一年零三个月

1984 年这一年，分配到中建总公司的大学生和中专生大约二十多人，我便是其中的一个。我工作的具体部门是计划财务部。该部门分设了财务一处、财务二处、财务三处，还分了综合部、计划统计部。财务一处负责核算对外经援项目，财务二处（也称海外财务处）负责核算海外承包工程项目，财务三处负责核算国内工程局、设计院。我在财务二处，自然接触国际承包业务比较多，便有机会接触有关外汇的各种理论知识和工作实践。中建总公司在 20 世纪 80 年代期间，其海外经援和承包项目遍布世界五十多个国家及地区，包括香港和澳门。

进入中建总公司总部工作，等于拿到了铁饭碗。我们的住房都是由公司逐步来解决。一开始，公司安排我们住在建设部大楼北侧入口处的地下室招待所，内部俗称：地招。从住进地招的那一刻开始，心里就不舒服。农村条件最差的时候，住房也是宽敞的。大学时代，尽管房间里面拥挤不堪，但仍住在地面以上，能见到阳光。可到了首都北京，却要住在昏暗的地下室。

地下室有一条通道，原来是为战备时修的，有二十米至三十米深，两边是一个接一个的小房间。小房间里面横竖摆放着四到五张床。我们房间住了五个人，印象中其他四人是盛毅、陈晓峰、贾宁杨、李福龙。房间里全天要开灯，但为了省电，用了瓦数最低的灯泡。灯泡的光线就像点了蜡烛一样的亮度。那时，停电是常见情况，为此，我们都准备了蜡烛。地下室因为终年不见光，夏天又冷又潮，被子、衣服总是湿漉漉的。我们每个人都知道地下室是临时居住之地，也就无计较之意。地下室离我们南配楼办公室不远，办公室条件相对要好一些，那时单身也多，时常会在办公室耗到深夜才回到地下室。随后，日子过了三至四个月，陆续有人搬走。后来发现，先是人事部的人搬走，后是机关党委的人搬走。过了半年，同批进来的很多人搬走了，就留下我和陈晓峰及计划财务部的人。为此，我们鼓噪，向部门领导反映情况，却得不到任何答复。

转眼，在地下室住了一年。

一年来，我的视力急剧下降。大学毕业时，我的视力保持在1.5以上，而一年后不得不配上眼镜。我本来身体很健康，可时不时觉得关节痛，一检查是得了关节炎。一天，听说机关正在调配房子，我们几个到了分房处询问房子的事。分房处马上打电话给部门综合处姜处长。姜处长把我们几个叫到他办公室训斥了一通，我们几个不服，就理论了一番。说真的，我们没有闹事，是慢慢地讲道理，但姜处长还是非常气愤。

在北京期间，就发生过这么一次为自己权益而争的事件。后来有些后怕，担心会有不良后果，没想到我们计划财务部几个人很快从地下室搬了出来，住进了能见到阳光的建设部后院2号楼。看到阳光，我们心情好转了很多。

掐指一算，在阴暗的地下室住了一年零三个月。

在北京过大年

我到北京后的第一个春节没回老家，是在北京过年的。

春节前，机关大院分米、分面、分菜、分肉，我们这些年轻力壮的小伙子帮忙分，帮忙拿，帮忙送，热火朝天了一阵。看到机关大院分过节物资，那是多么亲切多么富有人情味的场面。当大年真的到来时，我的心情又是多么地孤寂。过年了，这是中国人的传统，何况我第一次远离父母在外地过春节，那种思亲的诉求更是比任何时候都浓烈。

本想回家过年，但因7月刚到北京上班，另外身上没有什么积蓄，来回还要花很多钱，再三考虑后，决定留在北京。和我想法一样的新分来的大学生不少，起码我所在的部门有我、陈晓峰和闫井贵等人。回不了家，又住在地下室，几个年轻人忧愁得不知如何是好。平时，单位有食堂，凑合一下是可以的。可春节期间，想凑合都没有地方凑合。发愁之际，办公室两位老师傅（那时，都是这么称呼的，以示尊敬）诚意邀请我们去他们家过年。我们一点儿都没有迟疑，也没有考虑人家是否是客套话，就欣然地答应了。

那年春节是在三家同事家中度过的。

年三十晚，先去了办公室主任孙荣国家里。我们年轻无知，把人家家里唯一的一瓶白酒喝了。后来，酒不够喝，搞得主人家有些尴尬，我才知道闯下大祸了。

大年初一下午，三人又去了黄德弟家。黄师傅是上海人，家里收拾得干干净净，整整齐齐，有条不紊。到了他家，我有些胆怯，不敢进门。吃过晚饭，天色已晚，外面又寒冷，黄师傅很关心我们，就安排我们挤在他家睡了一晚。当时没别的选择，否则绝不会在人家家里过夜的。

大年初二，去了邵培森家里。邵师傅也是上海人，做一手好菜。知道我们会去他家，早就做了准备。我们一边聊天，一边看电视，后来又是吃饭又是喝酒。真的，我们的感觉好极了。

这个春节三天过得太好了，留下了永生的记忆！

2003 年重阳节　写于深圳

2. 罗湖往事拾趣

♡

往来深圳和香港进出罗湖海关，无论是在香港回归前还是回归后，都须办理两次过关手续。从周一到周五，我在香港上班，而周末回到深圳和家人团聚。一般来说，过完周末，周日晚上又要返回香港。那么，一来一回，一周要过四次关，分别过深圳关两次，过香港关两次，都发生在罗湖，实在太令人无奈了。

每当想起过关情景，就有些紧张、害怕及无奈。

这样的过关日子，从我初次来香港工作开始，已经持续了十年多。初开始几年，家人还没有过来深圳居住，出入关的频率并不高，待家人在 90 年代初把家搬到深圳后，出入关的频率就很高了，至少一周一次。

1987 年 2 月，我第一次从罗湖海关踏入香港，那时的心情是无比地激动。海关一边是深圳，一边是英国管制下的香港。当时深圳的经济刚刚起步，海关前面的广场不远处是深圳火车站，乱糟糟的，小商小贩颇多，做什么生意的都有。当我办完手续、过完海关，坐上港九电气化火车后，一路看着两边掠过的山景、楼景及海景，的确有种说不出的反差感觉。

这是我第一次出境，此感觉永久停留在记忆之中。

90 年代以来，随着内地政通人和，小渔村深圳飞速发展，深港两地的生活、文化、经济的交流全方位展开。香港人那时总体上还是富裕的，他们到内地投资、经商颇受欢迎，同时兴起了寻根、拜祖、娶老婆的浪潮。所有这些，使得来往深港两地的人流不断上升，结果是九铁公司发了大财，却难为了罗湖海关。罗湖两边的海关，应时代要求，据说每年都要投入巨资修建和扩建，增加检查人手，改善等候环境。每当遇到逢年过节的假期，潮水一般的人流对海关进行着一次又一次的考验。我很不幸，我就是这人潮中的一分子。

为了找到更快捷来往深港的方式，有一次，我从香港港澳码头搭船到蛇口，再从蛇口坐公交车回到在罗湖的家，一次试验之后的结论是：这种方式时间更长，花钱更多。这个方法被丢弃了。还有几次，我没有按传统走法搭巴士过海，而是在红磡火车站乘火车去罗湖，再从上环坐地铁直接过海到九龙塘，然后坐火车去罗湖，实际上，虽省了时间却多花了钱，因此，这个方法也被丢弃了。还有一段时期，因公司有一个工程项目就在上水禁区里，我们开车把车停到了禁区，然后直接过关，这样省力又省钱，可惜好景不长，被警察发现后抄了牌，罚了款。这条路也堵死了。我们还试过走皇岗口岸，但因交通设施接驳不好也放弃了。公司深知过关之苦，搞了几部直接过关的过关车，却分级别对号入座，大老板坐小车，中老板坐"面包"，三等人的我只有搭火车，偶尔蹭坐一次直通过关车，心里虽有不安，却因很快到了深圳也快乐着。

也就是说，为了顺利过关，我们想了很多办法。

随着过关时间久了，次数多了，开始熟能生巧，巧能生花，插队也插出了艺术来。若有一天给那个时代快速过关的人发一张熟练技师证，以资奖励，我肯定是其中的一位获奖者。

过关人潮有时有规律，有时没规律。有时估计人会很多，去了后发觉反倒没多少人；有时估计人不会多，可到了罗湖车站后才发觉排队人如一条巨大蟒蛇，曲曲弯弯，慢慢悠悠，绕场几圈，粗略估计最少两百来米长。香港人把这种现象比喻为打蛇饼。想想，多么形象啊！

但一般情况下，我的估计还是比较准的。

每次从排队人的神态看，有的人斗志昂扬，有的人义愤填膺，有的人横冲直撞，有的人慢条斯理。但不管怎样，男女老少差不多都是群情

《冲刺》，香港罗湖火车站，2007 年

激昂，仿佛前面有座金山，谁先到谁就能先获得一份一样。

我谈一下我的过关技巧吧：

从香港回深圳出发前，一定会提前把证件和填妥的申请表集中在一起；到了红磡火车站，若估计罗湖海关人多，我会坐七号、八号车厢；若判断人少，会坐三号车厢。人少时，坐三号车厢可直接过关，但人多时，需三号车厢回到七号、八号车厢的位置，排队过关；到了海关排队时，尽可能顺着通道两侧，只要前面稍有空隙，就会见机前进几个位置；一般来说，香港海关过得比较快；如果到了深圳关，最好排队排在女海关官员负责的队伍，因为女的手脚快。通过这些举措，就会比别人快速过关，回到家中。

过关最难受的是热天。

香港的热天很长，长达六七个月。由于排队的人是在露天之下，阳光暴晒，水泥板炽热，加上人挨人，人挤人，有不少人会晕倒的。还有一种情况令人窒息，就是时常会遇到有人身上发出的浓烈的臭汗味，一路相随，真是恶心啊。

在排队过关临近有一条河叫深圳河，其实就是城市排污水沟。每到热天，沟里臭气熏天，很多人都捏着鼻子忍耐很久很久。

真的，有时我在问自己，这究竟为了什么？

今年清明节的前一天，正好是周六，天气炎热。我们坐车到了上水车站。车站仿佛举行盛大聚会一般，几乎无插足之地，后来我明白了，这是港人前往罗湖站到内地返乡祭祖的原因。他们手持大香、烧纸、彩旗，也轮流等候车票，场面异常火爆。为了缓解过关压力，九铁公司实行了特别配额过关规定，每批只放十人。正常情况若有"八达通"票的就可上车，今天却不行，必须排队重新确认。

我们同行的多人就在队伍中。

长龙排了数百米长，每两分钟才放一批。

我们四处张望，寻找黄牛票，却一无所获。不得已，我们冒着被罚款的危险，翻了几堵墙才进了车站。就这样，过关花的时间比平时多了三个多小时。

晚上，电视新闻报道说，罗湖海关的香港一边，今天启用了全部六十七个柜台，延长了开闸时间，又从其他部门调用四十九人，平均每小时处理 1.4 万人次，全天一共处理 22.2 万人次，创出了新纪录。

写这篇文章的时候，突然记起 1993 年 7 月过关之后发生的事情，记录在此，以示纪念，今世难忘。

那天傍晚，我们好不容易过完香港关和深圳关口。到了深圳，深圳却汪洋一片，如大海一样，是因深圳突然下了一场大暴雨，城市排水系统全面瘫痪了。那一次，我不幸还带了多件行李，行走困难，唯有蹚水了。蹚水时，大多时候水高至下巴，还算安全，可有时踩到低洼处，水高过脖子，还要呛几口水。而蹚水的周围，有的电杆被冲垮，街灯全部熄灭，城市变得十分恐怖。我和水激战了一个多小时，才走完大约两千米距离的路程。回到家的楼下，电梯被水淹了，只好爬行十多层。

那一天回到家，筋疲力尽，因受寒而病了一场。

我过罗湖海关的故事很多，这里就记忆这么多了。

1998 年 5 月 写于深圳

3. 香港记事

♡

时间跨入 2006 年，我想在 2007 年 7 月出版一本《香港记事》及举办一场香港回归祖国十周年的摄影展。

那时，就觉得这个时点十分重要，作为一个摄影人，为回归做点正事也很必要。我们中国人很讲究的，值得纪念的事每五年一小庆、十年一大庆。这也符合一般的常理。

有了此想法，就要积极去行动。

花了一周时间，我把从 1997 年到 2005 年有关香港民生的照片找出来拿给深圳企业家摄影协会秘书长王琛。王琛请来朱宪民老师一起看。那时，深圳企业家摄影协会已经很热闹了，像吕厚民、朱宪民、胡颖、任国恩、霍伟等摄影大咖常来常往，大家一起观看、讨论。朱宪民老师看完我的作品之后，觉得不仅量不够，内容还不够丰富，要求补拍一些内容。我虚心接受了，于是制订了 2006 年补拍计划。

补拍主题围绕香港民生及百姓的生活状态而展开。

我的镜头指向

记得香港电台曾经出品了《狮子山下》系列，并于 1974-1979 年、

1984-1988 年、1990 年、1992-1995 年都有出品。2006 年所制作的实况电视剧系列和过往一样，以讲述香港一般市民的生活和他们对社会民生的看法为卖点而展开。这些故事反映当时草根阶层的挣扎历程，同时见证了香港历史。

"狮子山精神"也就这样形成，逐渐深入人心。

我想顺着这个脉搏去拍，却因一没时间，二怕产生误会，只好放弃了这个计划。

我只能通过街拍，寻找人流比较集中的地点，期待找到一些有时代特征的镜头。从这些角度去看，香港是现代化的，也是国际化的；人们忙于工作，忙于赚钱；人们懂规矩，游行都有秩序；多项大型的基建工程在上马……

香港依然是"马照跑""舞照跳"，那些自由社会特有的标签也依然存在。

维多利亚海两边，来往船只依然，景色超美依然。

距离 1997 年的亚洲金融危机已经过了九年，经历了亚洲金融危机的洗礼的中资企业逐渐熬出头来，都在慢慢崛起中，气象万千；股市开始回升；楼价将要回到 1997 年亚洲金融危机爆发前的水平。

我去了海洋公园，大门口的人造雪吸引了很多游客，孩子们玩得非常开心。我又去了迪士尼乐园，那里人流爆满，主要是内地人为主。有时看到不守规矩的内地人的行为，自感有些脸红，恨不得躲得远远的，生怕香港人骂上一句难听话。

计划中的市政府大楼占有的那块地王，当成临时停车场。车场停满了车辆。夕阳下，余晖洒在车身上，充满线条之美的现代感。

中环半山的街铺，生意不温不火，外国人居多，多少年都不变。

香港的每一个有历史的地方像陈年老酒一样，我越品越有味道。

忙活了许多个周末和假期，补拍了不少作品，也就为 2007 年计划要出版的《香港记事》和要举行的摄影展做积极的准备。

为了完成《香港记事》这本画册，从 2007 年 4 月开始，我不仅去了港岛赛马场，还去了沙田赛马场。说来有些惭愧，这两个重要地方是我二十年来首次踏入。早期，公司对我们外派人员有很多内部规定，我又是一个最守规矩的人，说不让去就不去了。但我一直知道，赌马是一项合法而且有意义的活动，对香港市民来说，是日常生活中非常重要的事情。曾经有人说，香港凡是遇到赛马日，犯罪率都会低于其他时间段。

香港马场由香港马会管理。

香港马会是香港最大的慈善机构，始于1915年。它的收入主要来自三部分：第一，公众赌马投注款；第二，运营盈余资金的投资回报；第三，会员上缴的会费。据公开资料显示，1999-2000年度上缴博彩税、奖券博彩税及利得税共一百二十六亿港元，占政府本财政年度税收总额的百分之十一。

因为我是首次去这两个赛马场，搞出了不少笑话。记得那时，我在现场找不到入口，搞明白后才知道要去大众看台；进去后，找不到合适位子坐下来，后来才知道可随便坐；拍照时，我生怕引起别人反感，却没想到根本没人理你。随着一场又一场马匹跑出，现场的热潮也是一波又一波地迭起，欢呼声如沸腾的海洋一般。

赛马现场真够震撼的，当看到那刻奔放，那刻快乐，那刻倾情，都可窥见人性本真的一面。

出版了画册，举行了展览

经过去年一年精心准备，我的第一本摄影专辑《香港记事》于2007年6月由长城出版社出版。我仍然记得，为了完成这本画册，曾邀请了著名策展人那日松、摄影纪实大师朱宪民、新闻高级评论员胡颖、人民摄影出版社社长霍伟等专家进行指导。他们依照主题需要，从上千张照片库中精挑细选了二百张作品。挑选时坚持的标准是：每张作品要有故事性，有时代性，还要有较高的艺术性。画册出版时，中国摄影家协会主席韶华写了序。她说："这是一本难得而又值得一读的摄影画册。"

2007年6月30日——回归纪念日的前一天，由中国新闻摄影协会主办，深圳企业家摄影协会协办，在深圳雅昌艺术馆搞了一次规模巨大的摄影展，一共展出了一百幅作品。来自全国各地的摄影大咖及爱好者云集在一起，见证了这一重要时刻。

随后，《香港记事》参加了年度平遥国际摄影展，获2007年中国平遥国际摄影大展·凤凰卫视杯·中国优秀摄影师·优秀画册大奖。

我的一本书、一次展览，足以印证我是一个很有情怀的人，这是我对香港回归祖国最美好的纪念。

见证了回归纪念日的热情

记得 2007 年 6 月 30 日，在摄影展开幕式完毕的那天晚上，我和戴增和老师冒雨回到了香港。我知道 7 月 1 日这天，香港会有很多官方和民间组织举行的十周年庆祝活动。

激动一夜，次日，我很早起身，背着几部相机出门去了。

这天一大早，晴空万里，阳光照到城市建筑物上是那么地温暖，城市变得十分生动。那时那刻，我的心情也非常美好。

上午，我只能停下脚步，透过街上流动屏幕了解会展中心的活动。

大约 11 点，我去了跑马地运动场。游行队伍早已整装待发，每个人脸上洋溢着愉快的笑容，到处是红旗，红色为主调色彩为现场增添了无限喜庆，感觉气势如虹。随后在政府高级官员见证下，游行队伍缓缓出发。那时，空中飘起了小雨。但小雨并没能阻挡游行前进的步伐。

我走在队伍中，手中的相机忙个不停。

游行队伍看不见头也看不见尾，只觉得满街都是人，人们脸上都是笑容。

7 月的香港，很热，很闷，却又热情似火。

我穿了短袖，短裤，仍汗流浃背。忙活了一天，虽然很劳累，却因收获满满而无不开心！

2007 年经历了这么几件大事，我把它们记录下来，觉得非常有意义。

2008 年 3 月 写于深圳

4. 华丽背后暗涌来袭

♡

我有时感到纳闷。

人们常常习惯按年代划分一个时代的特征，尽管有些主观，但细细比较还真是那么回事。就说 2008 年吧，和前一年的 2007 年有显著的不同。这一年，香港经历了很多。我手中的相机从未停止过拍片，很多画面也在触动自己，在这华丽背后总觉得有少许不安，经济危机的暗涌来袭让我倍加警惕。

迎接奥运圣火

5 月 2 日，北京奥运圣火从内地城市传递到香港。

政府一早就公布了传递路线。上午 10 点 30 分，第一站，圣火将从尖沙咀文化中心的露天广场出发，由火炬手跑步传递到柯士甸道及广东道交界处；第二站，圣火将由专车运到西九龙，再运到青马大桥，接着，火炬手跑步将火炬传送至青马大桥观景台；第三站，圣火将由专车送至沙田奥运马术场地及沙田马场；第四站，圣火由车队运往尖沙咀海滨花园，在此上船送到中环；第五站，圣火将在中环、湾仔继续传递，最后将圣火传送至终点湾仔金紫荆广场。

《迎北京奥运圣火》，香港中环码头，2008 年

这一安排，我早已了然于心，因为我要抓拍这盛况实景。

尽管这一天是上班日，我知道很多人还是情不自禁地跑到街上观看这一百年不遇的盛况。提前多日，我就把工作安排好，只待这日去中环码头见证这一伟大时刻。

下午 3 点钟，中环码头早已人头涌动，水泄不通。那挥动的红旗和亮丽的衣着汇成红色海洋。之前，政府曾呼吁市民穿上红色衣服，一起上街，迎接圣火，为奥运加油。此时此刻，市民很应景，这狂热劲和香港回归祖国时的盛况有的一比。

当圣火来到中环码头，火炬手走到船头，下一个火炬手把圣火点燃，四周的欢呼声震耳欲聋。人们狂热了，呼喊声似海啸一般扑来。我不是记者，也不是 VIP，只能远距离用长焦镜头记录这一瞬间。后来，我快步跑到预计经过的路边，终于近距离拍到一张由警车开道，火炬手高举火炬跑步的矫健靓照。

的确，中国人对在中国的土地上举办奥运会期盼太久了，更因是首次举办，热情迸发，才会那么重视，那么隆重，那么激动。那时，香港沸腾了，全国沸腾了，全世界的华人也沸腾了。

我按耐不住激动的心情，倾情于手中的相机里。

同性恋大游行

在即将到了岁末的 12 月 13 日，是个周末，香港举行了一场别开生面的游行，命名为：香港同志游行 2008。这样的游行从 1998 年开始，已经走过了十年风雨。十年来，这批来自两岸三地的同志们，人数越来越多，影响越来越大，而且再也不用遮遮掩掩、戴上面具，他们喊出的口号蛮有意思，譬如"骄傲爱上街""牵手同志一家亲""香港彩虹"。

那一天，我带着相机茫然地走进他们的游行队伍里。

我和他们不一样。他们一路兴奋，载歌载舞，还在终点的修顿球场发表了同志宣言，而我一路紧张，其中紧张的一个原因，就是当时对同性恋者有误解。

现在，我只能说，这是我的幼稚。

其实过去这些年来，我去过很多国家，承认同性恋合法的国家越来越多，好像是个趋势。高度自由开放的香港，已有不少明星公开自己是"同志"，并还以此为荣，是不是有一天香港也会承认同性恋结婚合法化不得而知，即使真有一天合法了，也不奇怪。

全球金融危机降临

香港每天都在一片祥和中度过，可暗涌从来没有停止过。

因为香港是个国际大都市，金融体制是开放的，外汇流动是自由的，说得直白点，反而与国际发达体系联系得比内地还要紧密。也就是说，如果国际资本市场有个风吹草动，香港就会被波及甚至波动得更厉害。

2008 年年末，美国爆发的次贷危机烧到了香港。

这件事很蹊跷，似乎始于年初，原来以为只关美国的事。

6 月，有着一百五十八年历史的雷曼兄弟公司（Lehman Brothers Holding Inc.）轰然倒塌，提出破产申请，随后引发的连锁反应致使信贷市场陷入全面混乱；保险巨头美国国际集团（AIG）加速跌入深渊，也让所有投资人都因此蒙受损失，不论是远在挪威的退休人员，还是Reserve Primary 基金的投资者都未能幸免。

金融领域大部分的金融指标急剧恶化，以至于影响相关国家或地区乃至全世界经济的稳定与发展。

香港稳定的金融秩序被打乱，"金融海啸"就这样爆发了。

一般而言，金融海啸的主要特征有五个方面：股市暴跌，是国际金融危机发生的主要标志之一；资本外逃，是国际金融危机发生的又一主要标志之一；正常银行信用关系遭到破坏，并伴随银行挤兑、银根奇缺和金融机构大量破产倒闭等现象的出现；官方储备大量减少，货币大幅度贬值和通胀；出现偿债困难。

我分管财务，因为经历过1007年金融危机对公司的打击，于是一早就着手处理金融海啸可能带来的危机。危和机是一对矛盾，是辩证的，若能化危为机，此为上策。为此，我们一方面找过冬的棉被子，而另一方面捕捉扩张机会。机会到底在哪里，我以为，就在战略需要的地方。

当几套预案预备好了之后，我们才得以放心。

这些方案的制订和执行，就发生在香港。

回想这一年，要写的内容很多，因为这一年我非常勤快，拍过很多场面，算是创作的丰收年，也算是找到了某种感觉，大有拍照上瘾之势。是的，有时数日不拍，手和心痒痒的。越拍香港，越对香港认识的厚度、宽度增加，有时五味杂陈啊。

2009 年 2 月 写于深圳

5. 一个不平凡的年份

♡

朱宪民老师在他的《形象岁月》一书中说："作为一个摄影者，以纪实的手法表现作品的内容，诠释对生命、对生活的理解，这是我多年来对摄影艺术的追求。如果我的作品能够给人带来'苦涩后的回味、焦灼后的会心、冥思后的放松、苍老后的年轻'就足矣。"

多年来，这段话一直是我摄影聚焦的指路明灯。

我专注于拍摄香港的市井生活，依旧朝着这个方向前行。不管前行多么艰难，多么孤寂，多么无聊，我告诫自己一定要坚持走下去。唯有坚持，才能拍出有价值的作品。

金融海啸下的惨况

从民生层面看，踏入 2009 年，由于受到全球金融海啸余波冲击，香港社会仍极度紧张。为什么会这样，因为香港是个没有围墙的金融市场，无论小偷大盗，还是君子达贵，他们想来就来，想走就走。真有来无影，去无踪的感觉。这是香港作为国际金融市场的绝对优势，但也是可怕的劣势。因为香港时常被金融大鳄们当成割韭菜、吃大餐的地方。

当我们静心观察，会发现这次金融危机有三类人最为关切：一是政府，这是他们职责所在；二是老板，这是他们的生意所迫；三是金融界，这是打工仔的饭碗和机会的阵地。除此之外，市井的市民一如既往，该干什么还干什么。我多次去过旺角、油麻地、佐敦一带，那里的小摊小贩的生意依旧，晨运人依旧……

2008 年的雷曼兄弟投资银行的倒闭震惊全球，给每个人上了一堂课。其实银行也是企业，也有倒闭的可能。这一事件在 2009 年开始发酵，接二连三倒了一批中小银行，接着不断蔓延开来，就像我们常说的"城门失火，殃及池鱼"一样，火烧向全球。美国真是财技高超，让全世界帮它买单了。

因此，我对"海啸"二字的理解更加深刻了。

自然界有海啸，金融界也有海啸。能定义为海啸的事件一定是最恶劣的事件。

同时没想到，中国突然成为全世界的救世主，成为耀眼的国际香饽饽，那是多么自豪多么牛气的一段日子。若仔细观察，就会发现金融大玩家美国为了救赎自己，大量印美钞，让美元贬值，把危机输出给全球，不仅坑害了欧洲、俄罗斯，还坑了亚洲不少国家。唯独危机输出不到中国，因为中国有一个比远古建造的万里长城还要牢固的围墙。这是地球人都知道的事实。

经历 1997 年和 2008 年金融危机的洗礼，才知道一个金融体系有围墙是多么重要的保护措施。平心而论，面对金融危机的冲击，香港政府什么也做不到，喊叫几下可以，由于推行的是不干预市场的政策，而且手中防范危机的工具很少，要不是有强大的中国内地实质性的支持，也许香港早已成了哀鸿遍野的三流市场了。

两个值得记忆的场面

2009 年，我拍摄了香港很多场面，从历史角度看，都很珍贵，但值得放在这篇年度纪念文章里的图片和文字只有两个。

场面一：

在 10 月 1 日来临前，金紫荆广场举行着庆祝中华人民共和国成立六十周年的一系列活动。9 月 27 日，天色好，金色阳光下，我来到金紫荆广场。广场四周早已搭起了若干架子，有的架子上有大幅标语，有的作为电视转播平台。由于我去得早，尚没有拦挡，就挤进围栏里。进了围栏，拍照就有巨大的自由度。大约上午10点钟，主办单位负责人陆续进场。为了活跃气氛，主办单位安排了不少助兴节目，还邀请了不少国家的小朋友一起高兴。我看到有组织的日本小朋友也来了，很是意外，当然，最吸引眼球的要数两位性感女郎的亮相。

这两位女郎像是来自南美那边吧。她们身着比基尼，全身插满了柔软的羽毛，轻巧地跳着森巴舞。她们一出现，顿时成为主角。这个场面我马上记录下来。记录她们的同时，还把金紫荆花和庆祝国庆六十周年等字样带在画面中。我为什么这么激动，很简单，相信这样的镜头很特别，有趣味，在内地是很难见到的。

《六十周年国庆》，金紫荆广场，2009 年

场面二：

12 月 5 日傍晚，第五届东亚运动会开幕式在香港维多利亚港北岸的文化中心广场举行。同时，配以花船巡游、灯光效果和烟花汇演，成为一届富有特色的水上开幕式。

这是香港首次举办的大型综合运动会，将于 12 月 5—13 日举行，九个东亚国家及地区共派出二千三百七十七名运动员于二十二个项目竞逐二百六十二枚金牌。

这一天，我获得了 VIP 席位，坐在最显耀的位置。我去得早，把三脚架架起，把相机参数调整好，心中的期待可想而知了。

晚上，以"创造传奇"为主题的文艺表演的开幕式上演了。当看完全部表演，我不得不点赞：精彩。演出在维港海面上的"浪花舞台"上进行，共分为"香江渔火""活力都会""祝福香港"和"九龙汇聚"四部分，着力表现香港从一个小渔村发展成国际大都市的传奇经历，以及今天的香港正以其独特的活力书写全新传奇的现实。演出从数十名舞者手提代表生命诞生的"渔灯"轻歌曼舞，再现香港历史开始，继而舞台背景上变幻出双层巴士、红绿灯、天星小轮、中银大厦等，表现跃升为国际大都会的香港充满了活力和动感。最后，在激情鼓乐的伴奏下，在文艺演出环节中，一众歌星，有刘德华、容祖儿、谭咏麟、李克勤等，齐声高唱东亚运动会主题曲，将现场气氛推向高潮。

看着这场开幕式，我想到了 2008 年北京奥运会的开幕式。虽然两者不好比，但在神韵方面有点相似。

2010 年 4 月 写于深圳

6. 穿越百年的电车

$\heartsuit$

当任何时候来到香港岛，或中环鼎盛的金融中心，或铜锣湾发达的商业区，或卖干货集中的西营盘，或摆地摊的北角等地段，定会见到有轨电车。哪怕一时见不到电车，而躺在街上的铁轨及空中破旧的电线总是能见到的。

香港人喜爱电车的原因

当您观察多了，会发现电车总是带着它特有的速度，拥有特制的外形，到站及离站那特别的"叮当"声，在专有轨道上来来去去。速度前行如蜗牛爬行，别有一番味道；电车有朝西行，有朝东开，有排队等候，时不时发出车轴与路轨咬扣的摩擦轰鸣，老远就能听到；电车每天一个步调，如摆钟一样，如和尚敲木鱼一样，风雨无阻，昼夜兼程，像一个忠实仆人一样；看多了来往的电车，我觉得它们古板，老旧。为了展示时代风貌，车体也会出现应时广告，但和一日千里的玻璃幕墙、参天高楼、沿街广告、走路如飞的人流形成了迥然不同的时空交错之感。据说在 20 世纪 80 年代，曾在立法局动议是否拆除电车时，后来被狂情的香港人通过集会反对而制止。由此可知，电车是多么受到当地人的喜爱。

《有轨电车》，香港湾仔，2016 年

喜爱的背后一定是有原因的。

是的，岁月总是在无情地流逝，电车已经陪伴了香港数代人，电车还在，人事已非，可昨天、今天及明天的故事还在诉说中。1904 年，电车开始服务，经历了一百一十年后还在服务。百年来，香港经历了港英管制、日本侵占、香港回归及港人治港的几大时段。曾经，电车行走的路线靠近维多利亚海湾，与海近距离相望，后来因为市区扩展及城镇化发展需要而被迫填海造地，把电车逐渐置于城市中心，于是从最繁华、最拥挤的街道中穿行。当然，现在到了西营盘还能见到有那么一段贴近海边的电车轨道。这些变化，电车都看到了，感受到了，而且可以站出来为沧桑变迁做见证人。都说一个人年轻时看远，中年时看透，老年时看淡，对于香港电车而言，也许从诞生那天开始，它就是一副冰冷、古板、孤傲及公仆式的面孔，它无所谓什么看远、看透、看淡，而总是用它那独有风格诠释着这个城市，冷眼旁观着人类的游戏罢了。

我看电车达三十年

20 世纪 80 年代后期，我来到了香港，于是与电车结下了三十年的不解之缘。初期十年，我住在上环街市附近的一栋大厦，上班在信德中心。每天要越轨多次，与电车擦身而过；中期十五年，我住在湾仔圣佛兰士街，每天到修顿球场对面的一栋写字楼上班，也要经过电车道，或电车让人，或人让电车。再后来在中环上班，也只有那么几步之遥，就能见到电车。一晃三十年了，也不知坐过多少次电车，坐过多少个来回，电车掠过的声音是那么地熟悉，上车下车的场景是那么熟悉，一路的风景也是那么地熟悉。

道理上讲，香港电车系统由三部分组成，一部分是悬在空中的电线，另一部分为地面铁轨，第三部分是车厢，如果还有第四部分，那就是沿路的风景。电车的线路从最西边的坚尼地城到最东边的筲箕湾，路长13公里，轨长30公里，大约每90秒钟就有一趟电车经过，每天平均运送23万人次，成人车资仅2.3元。由此可知，电车不仅方便、便宜，而且陪伴着多少代香港人来来回回。此感觉从不褪色，也许还会延续百年之久，这份情感是任何事情没法取代的。也许，如果再有人提出拆除电车，香港人会玩命的。

围绕电车的故事颇多。很多描写香港二三十年代的电影把电车都作为主要背景。譬如，李安的《色戒》就是这样。不少游客和文人都拍摄过电车、写过电车，挺感人的；一位女画家以电车为载体，画了不少电车和人的图片，颇有看头。如果您在世界上走上一圈，会发现能运行这么久，保留着原有风貌的双层电车，只有香港了。因此，电车的存在是香港人乃至世界人永远难以抹去的记忆，此记忆是美好的，如梦一样常挂心上。

当历史沉淀久了，香港人把电车已经当成自己喜爱的玩偶，只要您说"叮当""叮叮"，都知道这是电车的爱称。就因为这个称呼，电车变得既可爱又娱乐多了。

说白了，过去的香港，其实是一个商业化程度高、娱乐性极强的国际化都市。问题是近些年逐渐变味了，这也许和全球化下的反建制有关吧。

由电车引发的感想

电车是个载体，不言而喻了。

只有当我们带着情怀不断看电车，看电车上的广告及周围发生的一切，不仅让电车历史复活了，而且附身了灵性。世上，凡是有灵性的东西，您不得不敬重它。

喜欢纪实摄影的我，时不时拍回来不少电车及电车周围的照片。起初，仅仅为了好玩，后来为了记忆，久而久之变成了责任。持续记录电车及电车周围的万物，这肯定是一部侧面反映香港变迁的珍贵记录。是的，如今每当和朋友说到近年香港，大家的心情无不沉重。香港似乎失去了昔日骄傲而多了焦躁，如果赋予一种色彩，估计是灰色了，沮丧之情自不言表。

有件事足以说明我此时此刻的心境，值得一提：

当坐着电车看西环、湾仔、北角……照片会告诉你，香港城市建设欠账很多了。据了解，如今的香港低收入家庭买不起房子的人大有人在，即使买得起，价钱也越来越贵。每当谈到住房，其实香港没有一点优越感，很多人打工一辈子也买不起一套住房，社会及年轻人对前景十分地担忧。买不起房子也不能全赖别人，因为香港高度自由，高度竞争，在物竞天择、适者生存的大原则下，那为什么不努力提高自身的竞争力呢？上一代人的勤奋、睿智、精于营商的"香港精神"去哪里了？

据媒体讲，香港富豪、立法局议员田北辰心血来潮，原本计划在油麻地、旺角、尖沙咀感受扫街滋味一共五天，仅仅过了两天就挨不住了。媒体采访时他说："在强弱悬殊的情况下，只有弱者越弱，越来越惨。我感觉，这个社会是在极严厉地惩罚读不成书的人，我们一直在追求金融型经济、知识性经济，这些人怎么办？他们不是在做一些无所谓的工作。"面对现实，香港社会真的需要反思再反思。

灵性的电车可诉说很多，可冰冻三尺非一日之寒。

每当看到香港在沉沦，正在失去昔日光芒，总觉得心有不甘，但还没有找到破解之法，才令人着急啊。如果这样地继续沉沦下去，会发生什么事没人知晓。我唯一能确认的就是电车依然存在，"叮当"声依然悦耳。从内心而言，真不希望电车发出哀叹声来。

2016 年 10 月 写于香港

7. 上海的晨光真美

♡

步入 5 月，没想到上海晨早的阳光这么有厚度，有质感。虽然有点儿强光刺激，但天不冷，又不热，走在树荫下舒服极了。

今天——2017 年 5 月 12 日，是周末。

当我晨早醒来，才六点，阳光已经照进我租住的房子里。一看时间尚早，我睡了个回笼觉。当我再睁眼的时候，已经是八点。本来计划是到外滩走走，说不定会遇上一些有趣的画面，可是我身懒了一阵，就没有下床。

我在床上打坐。打坐其中一个目的就是让自己融入到空灵的世界里。本想听空灵的音乐，但发现了一个博客节目。随意选了一段《赵波：历尽劫波，飞到世界另一边》。

时间过得又快，又慢，又抒情，还勾起一些小小回忆。

过去四个月，我的身体时好时坏。先吃西药，再用中药。也从朋友那里获知了打坐有强身健体、增强免疫力的功效，于是打坐就这么悄然开始了。可是，打坐并不易，坚持下来更难。我过去以为自己是一个认准一件事就能坚持下来的人，尽管性格使然，可在这件事上我却是断断续续，说明我的坚持并非都这样。

听着赵波，反思自己。我觉得未能坚持的根本原因还是心没有真的

《晨练》，上海外滩，2017 年

静下来，也许因为身体恢复了很多。是啊，很多时候，我们都是好了伤疤忘了疼的人，我也不例外。

我在阳光控股任职两周了。

两周前，深圳的阳光已经很狂热，晚上要开空调。当然，不仅仅因为热，还因为太潮太湿。其实，我早已经习惯了那种潮那种湿那种发霉的感觉。每年 3 月到 6 月，墙壁有丰盈的水珠，看着那水珠向下流动，留下了一条一条的水痕。被子、衣服时有霉点。几个小时抽湿能抽出十几公斤的水。尽管这样，习惯了。其实，很多事情从不习惯到习惯很难，但日子一久，不习惯也得习惯，因生活所需，便是一个重大飞越。一切的一切，只要习惯了就好。

如果以城市居住来说，上海是我即将居住的第五个大城市。依次分别是西安四年，北京三年，香港和深圳几乎并行三十年。这些城市待久了，不仅能入乡随俗，还透彻地了解了那里的文化。现在，我来到了上海，能不能适应我暂且不知道，期待能适应吧。毕竟上海是祖国最大、最发达、最现代化的城市之一，也是最著名的金融中心。

听小说家赵波说，上海有点阴。此阴不是阴险的阴，是女性阴。而女性阴又是什么呢，无非是柔、美、花一样、水一般、包容、讲究、精细、时尚，精于计算，表面功夫很养眼。是啊，想当年混乱的岁月，能在上海滩混或混上一席之地的人，都是多了不起的人。

我还知道，上海有魔都之称，潜藏着巨大魔力及发展空间，为此，吸引着全国各地，乃至世界各国的精英人才来这里施展才华，成就梦想。其实，未必真要施展什么，就像外地的大闸蟹到阳澄湖洗个澡，也很了不起了。

当然，上海还有很多的特质。

对我而言，喜欢写点文字，喜欢拍几张照片，此为茶余饭后之兴趣，因为如此，这里可以给我一个真正意义上的全新空间感。

人生有时就这样，自由的空间十分重要。

有人说，你在哪个平台上安身，其实也就注定了你的高度，同时预设了你的难度。

经历数月的小病纠缠，终于让自己静了下来。是啊，该静下来了。那些轰轰烈烈、喊杀喊打、奋力前涌、展现价值、抛头露面的日子，经历过了，知道就那么回事了，如暴风雨过后，如高潮迭起后，就该静下来了。

人生无非是个经历。你的起点和终点早已告知天下。其实就要学会既重视经历的过程，也重视经历的结果，最终什么都不要重视。初看山是山，再看山不是山，最后看山还是山。日本商圣稻盛和夫的经历引起了全世界人的共鸣。他曾经创办两家企业，把它们搞成了世界 500 强。事业成功之余，毅然辞去，走入佛门。他把人生切割成三个主要阶段。第一阶段：读书、学习阶段；第二阶段：事业发展阶段；第三阶段：做善事传播精神的阶段。他这么做了，每个阶段都很任性，任性背后不仅仅是成功，更是人生意义的真谛所在。

想想自己，显然没法和稻盛和夫相提并论，但也算有个交代。工作阶段，陪伴、参与及推动了两家企业创造了巨大辉煌。想起那些日日夜夜的奋战、汗水浇灌的乐趣、内心撕裂的煎熬以及淋漓尽致的财务智慧的发挥，这些已经很值得了，很满足了，很享受了。如果未来什么工作都不做，也有说不完的故事，那么，人生工作阶段就可以完美收官了。

《时尚女人》，上海城隍庙，2017 年

　　试问，还想怎样呢?

　　我的内心独白则是将过去归零了，然后再上路。

　　如今，当我站在大上海的热土上，又会发生什么样的化学反应，创造什么样的精彩，爆发出什么样的能量，真不知道，也不好说，一切以平常心去面对，顺其自然。

　　两个星期的忙碌，我已经安顿下来，心也静了，外面的世界更加宽阔了。

都说宁静可致远。是啊，让心静下来很难。这个静不是死寂一般，不是凝固和呆板的那种，而是把心放在一个属于自己的正常状态，譬如水状，譬如蓝天白云状，把过去不足处找出来，加以改进，有些部分还需要洗心革面。纵观人间风云起，把好脉，定好位，该干什么干什么，能干什么干什么。总而言之，干喜欢之事，赏人间故事，让心保持一种宁静的状态。

我的新选择，估计伤到了几个好朋友的真心和期待，但也是没有办法的办法。关键是人不能分成两半儿用，很多事不可能重来，只能这样了。我在想，如果沉淀了一些日子，学几手功夫，对朋友也许有用，说不定这次选择是好事。

阳光穿过窗户的玻璃照进屋子，暖融融的；微风穿过门缝在屋内流动，蛮清爽的。这种感受很多年没有过，只有小时候在农村才有，如今又一次捡回来，真的棒极了。

周末一天这么过，听一段博客，喝一会儿清茶，随后看一会儿书，写一点文字，下午再到豫园、老街、外滩走走，如此惬意不为别的，而为身体的日益康复，当然还有心灵不断提升和灵魂再造的韵味。

老子说："道法自然。"

过去不甚理解此话的含义，经历多了就重视了，理解了。世界上万事万物都遵循着早已经存在的自然法则而运行，有人很想改变一些法则，但结果都要受到法则的惩罚，也许眼下没有被惩罚，只是时间未到而已。在一个无极世界里，一定相信"曲则全，枉则直，洼则盈，敝则新，少则得，多则惑"的辩证法，这是不以人们的意志而转移的。

的确，宇宙充满着辩证法。

过去的现实告诉我，身体透支多了，免疫力必然下降；眼睛用多了，长痘痘发炎也是不可避免的；心用过头了，就像在心头压了一块石头一样会累死人的……是啊，凡事要适可而止。

期待灵魂和肉体同行，才能走出美好的人生旅程。

2017 年 5 月 写于上海

8. 生活如此优雅

♡

　　身在上海，时刻都在抚摸着这个城市的一切。这个城市犹如巨大的磁场，每一个细节几乎都吸引着我。

　　周日下午的黄昏时段，我走进复兴公园。

　　里面的树木、花草、人流被悬在西边的太阳照得通透，与此同时，那远处传来的节奏感很强的舞曲促使我加快了步伐。

　　尽管我不太懂跳舞，但在这种旋律的诱惑下，民国时期大上海夜晚的交际舞舞会顿时浮现在眼前：在乐队伴奏下，艳丽女郎唱着《夜上海》《夜来香》《玫瑰玫瑰我爱你》……在光芒四射的灯光下。众多西装革履的男士和穿着旗袍的女士在舞池中旋转，翩翩起舞，享受着美好的人生。

　　这样的画面早已根植于心，每听到这类音乐，便浮想联翩。

　　顺着舞曲传来的方向，我来到了跳舞场地：数十对舞者——大多是老年人——跳着舞。他们在一个人行通道上舞着。通道两旁长着硕大的梧桐树，树荫遮天蔽日，阳光从树丛中斜射下来，留在大地的影子很长。他们不是在跳广场舞、秧歌之类，而是交际舞中的某一乐章。

　　头一次见到室外如此高雅的场面，我多少有些感动。

"上海，真的与众不同啊！"我马上想到。

我喜欢如此的格调，如此的场面，如此的气氛，令呆板的周围变得生动起来。

在众多舞者中，有一对成年男女特别抢眼。他们如一对舞王一样，吸引了不少路人的目光：

男的，四十岁左右，面色硬朗，短发竖立，肚皮稍稍鼓起，衣着新潮，皮鞋锃亮；而女的，红唇短发，身形苗条，穿着一件贴身的花色连衣裙及高高的高跟鞋。显然，两人都做了合适的打扮，和所跳舞曲基本搭配。

跳舞期间，两人不言，不笑，不视。舞曲让他们时而张，时而合。无论张还是合，都是那么地流畅，恰如其分。

我敢保证，如果他们这对组合愿意参加国内某项交际舞比赛，说不定会捧奖荣归。

一曲之后两人稍息，各站一边。此时，女的露出她那整齐洁白的牙齿，冲我笑了笑。她的笑是温柔的，充满着善意。她应该知道我对着她拍照，也许很想知道我把她拍成啥样子了。我准备给她看照片时，放在地面的简易录音机又一次响起，另一曲开始了。

两人回到舞池中央，踩着节拍，随着旋律舞动。他们的舞姿优美，在身体接触时很融合。我相信他们不是为了展示而展示，而是顺着舞曲的节奏而完成。

一连数曲，他们没有落下任何一曲。看上去，他们的跳法极为熟练，而传递出来的不仅是力量，还有美的展示，一切都是那么地纯粹。

回想起来，二人每曲都从舞池中开始，然后顺利地见缝插针，转移到边上的大树下。他们长长的影子在地面上舞动，如跳动的音符一般。他们心无旁骛，在音乐的二人世界中陶醉。

其实，我的相机早已经随着这对男女的舞姿而舞动。他们散发着魅力，引导我时蹲时站，忙个不亦乐乎。

"跳舞原来如此地简单……"我这么想着。

夕阳西下。公园如盖上黑纱一样，被遮掩的氛围越来越大。不远处，华灯初上了。

一个母亲带来两个小孩停在此处，顺势坐在树根旁的围栏上。

此处很多椅子，它们排列整齐。每隔几米就有一个。椅子上坐满了人。

有老有小，有男有女，还有外国人。他们的眼睛大都聚焦在这群跳舞人身上。或在欣赏，或是嫉妒，或跃跃一试。有个女的来到这里，欲找一个舞伴。我和她目光有少许接触，却因我看起来无动于衷，令她有些失望。

两个小孩坐不住了，挣脱母亲的手，加入到跳舞行列。

都说孩子是天生艺术家，是的，我感觉就是这样。他们无所谓害羞，无所谓动作标不标准，就自然跟着跳舞人动了起来。过了一会儿，他们开心大叫，很嗨。舞者队伍中多了这么一对小孩，那高雅的气氛变得出奇地灵动，如静谧湖中因为丢进一块石子，溅起了涟漪。

两个孩子顿时成为新热点。他们扭得更欢，像神来之笔。

"真是人来疯啊！"我这么想着。

而此时，那对男女舞者不再是我追逐的目标了，反而成了配角。

天空逐渐暗了下来，白天快要谢幕了。

这些舞者的身形扫上了一层余晖，头部呈现出一条轮廓透明的金边。金边如白龙似的，上下波动个不停。

公园黑尽，地面灯亮起，舞者们还在一曲一曲地跳着。他们不累，伴随着美妙旋律让他们流连忘返，让生活如此地灿烂。

舞曲继续，舞者继续。

过了许久，我行走在街道上，一辆摩托车擦身而过。转身看去，正是那两位成年男女舞者。男的驾着摩托，女的依偎在他的背后，风驰电掣。

他们的影子如风，如雨，如歌，如诗……

在我脑子里，顿生"优雅"二字，原来生活可以如此这般啊！

回想起他们穿着入时，一直陶醉在跳舞快乐之中；跳舞直到天黑，两人驾着摩托车走了；下一站，他们将去哪里，不得而知，一定去他们该去的地方；也许他们每人吃一碗大馄饨，算是晚餐了。

难道这不优雅吗？

我欣赏这样的态度，所以推演了很多：他们是夫妻？他们是情人？他们是舞伴？他们是演员？他们是偶遇？他们是同事？……

推演半天都没法给出合理答案。其实，没有必要追寻他们的答案。答案尽在不言中。

关于优雅，大凡都说，它是一种和谐，类似于美丽，只不过美丽是父母和上天的恩赐，而优雅是后天修炼及艺术融合的产物。

我以为，优雅绝不是高职业人士的专利，不是高学历人士的代名词，更不是拥有巨额财富人士的赞美之词。很多时候，人们习惯把优雅和女人的美丽联系在一块，譬如明星女神林志玲。林志玲真是优雅，而我以为，优雅真的无关是否美丽、是否有钱、是否有学识、职位高低，而是修养的展示，是你对生活的态度、生活方式的选择和塑造。

两位成年男女给我留下的瞬间定格可诠释"优雅"了。

有一篇短文，是老祖父写给安东尼的，我一直很欣赏：

总的说来，优雅举止是一个人无私品质有目共睹的证据，它在很大程度上源于心灵。

最佳的举止莫过于浑然天成，没有一丝造作的痕迹，并且完全处于忘我状态，要警惕自己习惯中形成的任何马虎随便，从一开始就要抵制它。

一个绅士即便自己独处时也应该保持自重，不该听任丝毫衣着或者举止的怠慢，不可因为除了仆人没人会看见，他穿着卧室的拖鞋来吃早点。那意味着邋遢的开始，而这种邋遢本该在整理好凌乱的床铺后开始吃早点时就终止。

2017 年 6 月 写于上海

9. 吸引眼球的小女孩

♡

周六，一切如常。

为了感受这座发达的现代化城市，我又一次拿着相机走上街。在三十五摄氏度高温下，我走了两万多步，约十五公里，虽然身影显得孤寂，但沿路都是风景。

刚来上海，有老同学推荐我去虹江路看看。

对我这一个新来上海的外地人来说，不管去哪条路看看，我都有兴趣。实际上，我一直在寻找着大上海的精魂。

两百多年来，上海在中国历史上占据了重要地位。

日本人曾经把上海誉为魔都，后来一直沿用。到底她的魔力在哪里？说心里话，我仍然没能找到。有时以为找到了少许，可有时又对找到的这少许表示怀疑。

清晨八点多，我已经在虹江路上走了近两小时。

当来到龚家宅路口，一对小女孩吸引了我的眼球。她们就在马路当中，坐在小凳子上，趴在小桌子上，行人和车子都在她们身边绕行。小桌子上摆满了书、本子、铅笔盒等。背对着我的女孩穿着红色连衣裙，而对着我的女孩穿着粉色连衣裙。也许她们是双胞胎。她们正在那里写作业，很认真，很专注，我想起了我小时候也是这样的。

　　她们像一道风景，我马上按了快门，拍了数张作品。

　　接着，我停下脚步，看着这对女孩足足二十多分钟。她们时而交流，时而在本子上写写画画。她们当来往的人和车辆不存在一样。这会儿，好在来往车辆不算多，否则会有安全隐患的。我这么想着。一个中年男人——估计是她们的爸爸，从台阶上的商店下来过好几次，脸上一片愁云。看小孩挺好，就没有打扰她们。

　　多美的镜头，多真的现实！

　　作为一个人文纪实摄影师，就要这样不动声色地记录再记录。

　　随后，当我告别这个路口，走进音像城的后面时，吓了我一跳。不夸张地说，这里如同旧社会的样子，看上去是那么乱糟糟的。我想，要是到了下午或黄昏，两旁的人都出来，这条小街道会被人和车占满，水泄不通，使人透不过气来。

　　我在这里的街道及弄堂门口转悠着，从记录角度说，颇有收获。对上海的认识又加深了一层！原来以为上海处处"高大上"的形象被颠覆了。是啊，上海有享誉国际的陆家嘴、外滩、南京路、淮海路、人民广场，那是多么地璀璨，多么地有故事，可和国际上很多地方媲美，而除此之外，这座城市还有很多不如意之地。这里也有严重的两极分化，有很多人的生活未达到小康水准。

过了一个半小时之后，我又回到路口。我惦记的那两个漂亮小女孩不见了。也许她们作业做完了，也许在"七一"这个重要日子里回学校搞活动去了。也许归也许，无非因为两个小孩不在而产生的联想罢了。那个位置上的车辆正川流不息。

失望之时，当我拐过弯则惊喜出现了，那个穿红色裙子的女孩正在眼前。此时，她坐在台阶上，独自一人写着作业。身后的商店的门关着，铁卷门没有升起。这个地方比较安静，也比较安全。

我又一次看了小姑娘很久，她丝毫没有发现我的出现。

小姑娘头发是扎起来的，长得清秀，真是一幅很美很美的画面。

我没有停留在这个表象上，而是挖掘小姑娘背后的故事。我常常这么想。一张照片往往来自决定性瞬间，虽然定了格，但并没有结果。只有把背后的故事摸清楚了，才有了魂。无魂的照片是苍白的，而有魂的照片方可永生。

为此，我问了自己多个问题：

这个路口又脏又乱，她们为什么不在家中写作业，偏偏来到这里呢？会不会因为两个孩子平时写作业不那么自觉，一定要大人监管呢？母亲去了哪里，为什么偏要忙碌的爸爸关注呢？会不会学校布置了很多作业，才让她们这么早起床来完成？……

问了这么多问题，我也不知道答案。

然而，当联想一个半小时前的发现，又似乎找到了答案。

这一带是虬江路上最为热闹、最为杂乱的地方。也许她们的家就在附近的某个弄堂里。附近多为老弄堂。老弄堂就像旧上海一样。里面人多，拥挤不堪，生活环境相当差。眼下正是梅雨之季，之前下了两个星期雨，弄堂里早已潮湿不堪。趁周六天气好，弄堂里的窗台外面、人行通道上，早已挂满了被子、衣服。当走的弄堂多了，发现最为奇观的是这里每家从窗户伸出若干个铁杆，铁杆上时常挂满了晾晒的衣服。衣服包括了内衣裤、袜子，应有尽有。那些隐私的衣服暴露在大庭广众下，堪称奇观。这里的人已经见怪不怪了。因为他们家里地方小，衣服不在行人头顶上晒在哪里晒呢？

一般而言，每个弄堂入口都有一个岗楼。岗楼里坐着一个老男人。进弄堂需要先登记，没有合适的理由是很难进去的。我一般都在岗楼外朝里面拍上几张。我发现邮差、小贩进出很自由，说不定哪天我会装扮成邮差或者小贩混入弄堂，看看里面的世界是怎么回事。当行走过卢湾区田子坊弄堂后，就会大体明白弄堂里面是怎么回事了。弄堂是一个属于本地人世世代代的社会系统。上海本地人大都经历过弄堂生活。这里面就是一个又一个充满人情世故、百态人生的大熔炉。

这周围的城中城、老弄堂已经全面开始启动改造了。于是，出现了现代化高楼和传统弄堂交替而生的画面。比较之下，老弄堂显得更加破烂了，现在几乎都成了危楼，如果不改造，也许会在某一天变成一个社会问题。至于每个家里是如何地尴尬，这是不言而喻的事实了。对于我们这些熟悉房地产的人来说，拆迁改造已经开始，但任务比大山还重。在改造完成前，百姓们一定还要苦苦地挨着，也许要挨上十年八年。从这些弄堂走过，我又联想到这个城市生活成本急剧上升，一股心酸一股忧愁再也挥之不去了。这就是我看到的上海的另一面，也许正是现实中国的写照。

梅雨天，自然染上梅雨的心情。

有时，我就是这么多愁善感。

我想到十年之后，这两个小女孩就二十岁了。到那时，她们也许正在上大学，正洋溢着青春，奔跑在实现梦想的路上。而这一带的变化会很大吧。也许高楼林立了，商业发达了，周围的环境变得干净，小商小贩消失了。应该会的，因为十年是个很长的时间段。未来十年，中国还会高速发展，那么上海的每一处还会发生蜕变的。

我还想到二十年后，这两个女孩应该工作多年了，也许成家了，也许其中一个还在国外生活，也许还会成为影视红星。事实上，一切的可能性都会存在。因为未来是未知的，所以才充满着不确定的诱惑。话再说回来，这里的变化会更大。从国外回来的她们，也许找不着自己住过的老弄堂，因为它们一定会消失的。因此，多了一份回忆，而更多被这个社会巨变所淹没。

人生没几个二十年。

不管今天是怎样过的，都是人生经历的一部分。

2017 年 7 月 写于上海

10. 老太太意味深长的话

♡

我去老弄堂的次数多了起来。

老弄堂有着魔法，它让我喜欢，让我迷恋。

假设你问我到底喜欢老弄堂里的什么，我会说吸引我的或让我有感触的是老弄堂里面挂在天空上的电线。一般来说，天空上的电线不是一根，而是密密麻麻的像个大破网罩网在上空一样。有时，我会看着这一景象发呆，问："怎么会这么多电线？通电不乱吗？不会有事故发生吗？"我不止一次自言自语，"这电线到底有多少年历史啊？"

酷暑的周末，我又一次想去老弄堂里走一走。

这一次，我计划去黄浦区看看。

有朋友建议我去一下金陵路，就是十六铺附近的一带。他已经是老上海人了，从80年代毕业到现在都在上海，见证了上海的发展。他说当年这里发生过很多故事。既然有故事，那么才有生活的厚度和密度。我喜欢拍老弄堂，因为老弄堂是上海历史不可或缺的一部分。只有走入老弄堂，才能依稀看到上海的前世和清楚感受上海的今生。

我上到出租车上，司机问我："要去哪里？"

我说："金陵东路。"

他又问："去哪个路口？"

我说："我想拍那一带的老房子。你看哪里好，停下就可以了。"

司机明白了。车子从浦东出发，过了江，拐了几个弯。司机说："在这里下吧。这里有一片旧房子，马上就要拆了。"

我下了车，向右边的路牌看去，上面写着："新旧街。"在我迟疑不知去哪个方向时，看到空中电线上挂了个小招牌，上面写着红字："住宿"，于是我大摇大摆、若无其事地走进弄堂里。

回想起来，这是我第一次闯入老弄堂里的记录。

之前，看老弄堂都是在弄堂门洞或铁闸门处向里面望去。那时，就觉得里面很神秘，除此之外，还觉得空中的电线怎么这么多。

"要这么多电线干吗？"我很不明白。

这一次，一走进老弄堂，眼前的电线又一次挡住了我的目光。

我看着电线像着魔一般，手中的相机就咔嚓了。于是，脚步不知不觉缓缓前行，而眼神就没法离开电线了。当我的身体在交叉路口与三五聊天人擦肩而过时，我的余光告诉我，他们也顺着我看的方向看去。也许他们莫名其妙，这电线有什么好看的，说不定，他们把我当成了维修工人。

我拍了数张，正在继续寻找角度时，走到一个上了年纪、银发满头的老太太跟前。老太太坐在路边的小凳上，靠在家门门框上。门框有些歪歪扭扭，上面还留着一副像是春节贴的对联。

她说话了，声音极小，我听不太清楚。

我看了她一眼，生怕她生气，可是她没什么恶意，很慈祥地朝我又说了几句。

她见我没反应就改口用普通话说："你不是上海人。"

我说："我不是。"

"你拍那些烂电线干什么？"她疑惑地问，又说，"这里就要拆了……"欲言又止。

其实，透过电线，我有诸多诸多的联想。

这一带，应有百年以上的历史。随着工业革命的进步，原有的电力系统随着科技进步而不断升级。而每一次升级及每一次改造都是在原有

《美女》，上海老新街弄堂，2017 年

基础上进行的，并没有进行革命性的更换，最多是将原有电线放弃之后又启用一批新电线。日积月累，经年不断，电线的布局就交叉了，就横行了，就变多了，甚至什么样的走法都存在了。

是啊，我曾经静心地数了好久的电线，到底有多少条在空中，实际上，是根本数不清的；到底还有多少电线在使用中，也是看不明白的。

记得每一次从这些电线下面走过时，有些提心吊胆。担心电线短路，引起火灾。我虽然没做过这类调查，当看着这些黑乎乎的电线像火烧过一样，有粗有细，散绑在一起，随风在空中飞舞，凭经验判断，也许弄堂里发生过或大或小的事故。后来网上一查，果真在 2015 年的一天，这里发生了电线短路引起了火灾，导致十多人受伤。为此，我只好匆忙走过，远距离拍照。但当看到弄堂里的人无所畏惧时，自己也就笑自己胆子太小了。

我有时喜欢神游，总是在杂乱之中找规律。当电线盯看多了，神奇也就出现了，也就真能在乱如麻的电线堆中找到一些规律。譬如，弄堂里的电线都是从弄堂门洞外引入的；为了安全，弄堂里往往每隔一段路就有一个粗壮的电杆，电杆很高很负重，从下到上绕满了不同来源和不同去向的电线；电线有粗有细，粗的如胳膊，应该是主电缆吧；尽管大部分电线上落满了尘土，经风经雨经日晒变得皮开肉绽但依旧挂在天空，发挥着作用。

"是啊，像是找到了一张乐谱一样！"我像做了诗人一回。

当我逆光看去时，发现无数电线和无数晒衣竿交织在一起，如天空画满了无规则的线条一样，随着大风吹起，一切都在跳舞，一幅不再呆板的画面豁然出现。这正好印证了摄影构图之中的"重复就是力量"的名句，一幅佳作就这么捕捉到了。

当老弄堂走到头，不远处的现代化高楼、现代化交通呈现在眼前。即使退到老弄堂里面，眼睛也能穿过电线网，把外面的大上海景象看得一清二楚。在老弄堂里面，电线下面和四周的多处旧房子开拆了，时不时可看到政府的宣传标语后面露出的断墙、残屋，生命力极强的杂草长得老高，那些院子里的树木依然绿油葱葱的。此景象真可谓野火烧不尽，春风吹又生的再现。

拍电线的过程中，我时常遇到最多的就是那些捡破烂及收废物的劳动者。他们娴熟地骑着三轮车，车上堆满了来自废墟中的战利品。他们忙着，不受任何干扰，活在自己的世界里。他们也很讲究文明，从不按响车铃儿，因为不想骚扰这里还在生活的人们。酷暑之下，他们脱去上衣，大汗淋漓，在垃圾堆中找着财富，然后，转运到弄堂外面接应的大货车上。从他们脸上可看到，他们活得很自信，也许为能掌握自己命运而舒心。

我在这一片老弄堂里走了三个来回，每次过来的时候，都能看到那位老太太。她坐的位置没有变，坐的方式没有变，说话的内容也没有变，唯有照在身上的光线位置移动了。最后一次，她完全淹没在楼房挡住的阴影中。

我们似乎已经熟了。她还是重复着之前的话。我向她点头打了个招呼，表示知道了，也出于礼貌之意。

老太太的话很久很久回响在我的耳边："这里就要拆了……"

是啊，这里就要拆了。这里存活的日子不多了！房子、街道、电线会以另外一种方式出现，而老太太会去哪里呢？想必就要永久告别这里了，所以才那么舍不得。

如果我们还有情感和思考能力，就会觉到老太太这句话其实意味深长啊！我首先想到的是她也许真的舍不得离开这里。这里对她太重要了。她可能在这里生活了大半辈子，譬如经历了旧中国的战乱，经历了新中国的解放，经历了结婚，经历了儿女成长，经历了大跃进，经历了"文革"，经历了丈夫的去世，经历了改革开放的春风，经历了住房一次又一次的修缮，正在经历着拆迁搬走的命运……

随着不久拆迁的结束，这里的历史就要重新升始了。如今看到的电线将被清除，而取而代之的是埋在地下了。

虽然电线不能说话，但记录下来的照片是会说话的。

百年之后，有关弄堂里的电线照片也可成为弄堂历史的见证物。

大千世界，大道至简，这世事就这么回事了。

红尘滚滚，滚滚红尘。

2017 年 7 月　写于上海

11. 夫妻长寿的秘诀——恩爱

♡

这一天，很冷。

初时有阳光，随后浮云遮住了太阳。突然间，弄堂里的人们像是活在刻意装饰的单色世界里一样。

我认识的胡老师与弄堂里的每一个人似乎都认识。每次到弄堂，他都会从袋子里掏出之前拍好的照片送给他们做纪念。如此一来一往，彼此之间产生了极大的信任感。

我们这次特意找到七十八号里的一位中年男子。

他站在门口，估计在等着我们的到来。他身形消瘦，中等个头，背有点弯曲，头发稍乱，也许是刚刚起床的原因吧。胡老师说，他生于1953年，退休了，是个好好人。

走进他家，先是一条十几米长的狭窄通道。通道老旧，白墙变成了黑墙，墙体上面的漆皮有些脱落了。空气中扑鼻而来的是潮湿味道。当然，这样的味道比起夏天好闻多了；通道右边有一间房，有七八个平方米，里面分了上下两层，他和妻子睡在上面，女儿睡在下面，因为杂物多，乱是自然的事了；通道尽头便是厨房。厨房墙壁摆满了许多坛坛罐罐，加上是阴面及窗子太小，显得油污且昏暗不堪。

我好奇地问这位中年男子："家里还有别人吗？"

他说："有，父母住在二楼。"

这是一户典型的三层阁结构的房子。

当我们爬着一人宽的楼梯上到二楼，一个温馨的场面出现在眼前，我骤然安静了，感动了。停下脚步，足足欣赏了几十秒钟。我没有像往常一样立即拿起相机"咔嚓"再"咔嚓"，是因为我不想破坏这绝美的、温馨的、难得一见的生动画面。

一对老人正在干活。

他们面朝南向的玻璃窗，共同转动着手中磨盘把手。

他们说着话，手在动着，如拨弄着均匀旋律的音符一般。

此时，南向的大玻璃窗渗透进来微弱的光线。光线是平淡的。外面的风景被对面的房子全挡住了。我心中产生了少许的压迫感，此压迫感更多来自屋内太满太堵的样了。

背光下的两位老人，能依稀看清他们的面孔。但他们的身形、白发和磨盘的轮廓构成了一幅巨大的静态的有颗粒感的油画。

前面见到的那位中年男子是他们的儿子。

中年男子给父母介绍着我们。

中年男子的父亲坐在椅子上，由于腿不好，想起身却没法站起来。母亲就灵活多了，冲我们微笑。他们向我们打了招呼，把手中的活停了下来。

我纳闷地问："你们都这么大年龄了，还要干活？"

中年男子讲："干不干活不重要，锻炼才是目的。"

就在两位老人开始和我闲聊时，我才从容地拿起相机，于是请他们继续忙自己的事，就当我们没来一样。他们像小学生一样，很乖很听话，马上恢复了原有的干活样子。

他们正在磨糯米粉，说是准备包汤圆用的。

狭窄屋子里，进门口是张床。床占了一半面积。另一半是在大玻璃窗前，也就是他们此时干活占有的全部空间。在这一空间中，摆放着一个脸盆大小的碾盘。朝窗的一侧有个小低桌，上面摆放了一盆浆水。而另一侧，几乎和床衔接在一起，放了一个落地塑料袋。

他们干活期间我仔细观察着，发现他们配合十分默契，包括了他们的动作、眼神及笑容，都是那么地高度地一致。

两个老人长相富态，慈祥，不说话时，连皱纹都在笑。

有人说，你的一生过得好不好，其实都写在脸上了。古人早讲过：相由心生。看着这一对老人，我不禁想起了这句话来。

中年男子时不时地说话，点点滴滴讲述家庭的故事。

中年男子的父亲在1958年公司合营期间做过厂长，领导过数百人。母亲没有正式工作，而是操劳在家里。父母一生相濡以沫。如今父母高龄仍自食其力，不愿意给子女增添任何麻烦。

我被继续感动着，就从不同角度记录着两位老人的场景。

房子实在是太小了，小到我的腿脚没地方插放。我时不时地跨越而过。后来，干脆上到三层，居高临下。那窘迫状态一览无遗。

我看到床的上空掉下来两根拉绳，不解地问中年男子。

中年男子说，这是我设计的。我时常不在身边，这两个拉绳能让父母自助式地起身，后来发现效果还真不错。

我大体明白了拉绳的作用，好奇地请老人做个示范。

老父亲欣然答应了。

老父亲缓缓起身，离开凳子，摸到了床，躺了上去，还盖上了被子。接着，他揭开被子，露出双臂，右手先抓住近处的拉绳，用力，身子起来，然后左手拉住另一根拉绳。当双臂都用上了力，身子才整体起来。再接着，他顺势把腿挪出来，放到床下。

整个示范很娴熟、连贯，不到一分钟就完成了。

老父亲笑了，笑得如此地安详。

胡老师突然说，他曾经在弄堂里给这两位老人拍过照，于是在手机照片库中拼命找。真让他找到了。很兴奋，拿出来给我看。说那天天气特别好，无风，暖和，两个老人在弄堂墙脚下一边晒着太阳，同时老太婆给老伴洗脚，旁边还围了两人在看。有见此景，就抓拍了几张。没想到，今天见到的这两位老人就是他那天见到的。

我看着胡老师拍的照片，对两位老人充满了无限的敬意。

人啊！如果能和一个相爱的人携手一生，又长寿，那是多么美妙的人生啊。人的一生可以追求大富大贵，那毕竟是可遇不可求的事情，其实并不重要，而最为重要的是有人愿意陪伴你，让你精神富足。

这位中年男子的老父亲姓贺，1922年出生，今年九十五岁。看上去除了腿有些毛病外，其他器官均好，耳聪目明，面部光润，说话清晰；老母亲姓徐，1926年出生，今年九十一岁。她动作灵活，利索，面部白皙。他们一共育有五个子女。掐指一算，在一起共同生活达七十五个年头，经历了抗日战争、解放战争、人民公社、大跃进、"文革"、改革开放、新时代……他们经历得太多了，一定有起有伏，最终九九归一，那就是过好小日子。

我思量着这两位老人能长寿的秘诀，也许和很多长寿人一样，譬如他们坚持吃素、均衡饮食、每天锻炼、保持好习惯、克己、乐观等，但也许还多了一些元素，譬如夫妻恩爱。什么叫夫妻恩爱呢，我以为夫妻之间就是不管经历着什么环境，遇到什么困难，都要彼此关心、彼此理解、彼此忍让、彼此扶持、彼此欣赏、彼此搀扶、彼此承担……总而言之，要想着对方，护着对方，为对方牺牲而又不计较，这才是恩爱。

《一生成败由谁决定？》一书说，科学家早已揭示，宇宙万物的本质是能量，宇宙中的一切都靠能量的转变而运作。其实男女在一起，一阳一阴，也是种能量，如果转变为正能量，就会让生命长寿，如果转换出负能量，就会让生命折寿。

我们依依不舍要离开这家人的二楼时，老父亲握住我们的手，要求和我们分别合影留念，他还给儿子说："等汤圆包好了，请他们过来吃。"

我们很高兴地答应了。

老父亲不放心，继续叮咛说："儿子，你要记得。"

中年男人说："我有他们的电话。"

……

我敢确信，这对夫妇的状态才是一桩美好人生的典范。

2017年11月　写于上海

12. 一年之计在于春

♡

年过半百的我，经历了数十年南方生活，去年夏初来到上海。我在上海已经完整地度过了上海的夏、秋、冬三季，如今正过着春季。

春是四季的开始，昭示着万物苏醒。

这样的经历本来很普通，早在农村年轻时经历过，但对我来说如今却很期待，因为自然界就是这么又神奇又有秩序又有魅力。

上海的冬天其实蛮冷的。不少人以为上海是南方，冬天不冷，那是错误的看法。刚刚过去的冬天，似乎很长又很冷。

冬天的数月里，下过一场大雪，而其余时间也大都是黑色或灰色的调子，和同期的南方相比，迥然不同。因此，习惯南方的我，早已期待春天的到来。

跨入3月，我看着周围树木每天都在变化，先是枝头发青，不经意间树枝上冒出来了芽苞；再接着，有些芽苞变成花蕾，有的变成了嫩芽子；再接着，花满枝头，鸟语花香……随后，在上海到处能见到樱花、海棠花的怒放。这些变化虽然每天觉得微不足道，但看着生命的张力时很是精神振奋。

生命就这么奇迹般地蠕动起来。

我周一到周五上班，根本没有时间停下脚步欣赏这春天里的蠢蠢欲动、生机勃勃的画面，只能走马观花似的记在心里，期待周末静心欣赏。有时好不容易盼到周末，却大多时候是阴天，或者雾霾天，或者小雨天，春天的天气的确多变，似乎老天有意与我作对似的。我高估了自己，老天怎可能和我作对呢？因为喜欢摄影，现实中，我贪婪着光，周末没有好光而使我不开心，这便是事实。

尽管如此，我还是到附近公园走了走，说心里话，很不尽兴，便没有了喜悦。这一点我夫人是知道的。没有光，我是不会走路的，自然是不会为此浪费时间的。

《廊桥遗梦》的作者说得好，"摄影是拍光，而不是物件，物件只是光的媒体。如果光好，就可找到拍摄的物件"。的确，光是摄影的本源，万物因光而变得生动。换句话来说，没有光就可能没有好的摄影作品。

这段时间，我迷恋上了日本作家渡边淳一的书。先是听《失乐园》，再听《情人》，昨天开始听《红花》。我算是明白了，世界上也许只有渡边淳一最了解男人、女人那点性情事。那点性情事本来没什么，就是不可避免的生理需要或精神需要，可经过渡边淳一那么柔情地细腻地烘托描写变得不一样了，好像有质感，如冬日午后的阳光一样。我怀疑渡边淳一不仅做过男人也做过女人，不仅有男人的婚外恋经验也有女人的婚外情经历，不仅当过生理医生还做过心理导师。很多描写听上去并不露骨，却让你心潮澎湃。

《红花》里有多处关于春天和樱花的描写。

樱花是日本的国花。

也就在那个时候，我夫人拍来世纪公园里的樱花，无论特写的花朵，还是成林成片的花海，太迷人了，太诱惑了。

《情人》一书中说，樱花花期比较短，于是在有限的一周内尽情怒放，使劲展示它的美，它的娇艳，它的圣洁，它的存在。男人比较喜欢樱花，因为他们喜欢这样的女人。而日本女人并不一定喜欢樱花，因为花期太短，不能更长一点时间娇艳又美丽。

我想到这里，马上有欣赏樱花的冲动。

不去日本，也能欣赏樱花，岂不是一件美事吗？

我这么想着，构思了许许多多展示樱花的画面。

可就在昨天——周末的前一天，突然大雾笼罩了江面。面对伸手不

《樱花园里》，上海世纪公园，2018 年

见五指的江面，我的心情变糟糕了。之所以这样，是怕周六也是这样的。

周六早上六点，我起了床，推开阳台门发现，天空布满了乌云，应验了昨天糟糕的判断。于是，斜倒在沙发上，灰色的心情笼罩着。尽管如此，我还是把相机收拾妥当，装进相机包中。我同时找到了很久没用过的三脚架。尽管我没有说出来，可心里想着，如果一旦天空放晴，就一刻不停地冲出去。

看时间尚早，便打开电视连续剧《西游记》。也不知是否得了痴呆症，该连续剧一连看了两遍，还听了有声书及解读。我发现《西游记》之所以成为中国四大名著之一，是因为故事设计精妙，小说把背景放在中国盛唐时代，设计了本土道教和外来佛教抢占地盘，勾画了天地阴三极世界，虚造了一个猴子成佛之道，这些超现实内容，别出心裁，匠心独具。其实，《西游记》还要再看。

手机预报说了，九点会放晴，我时不时看着门外。

八点刚过，天空被缓缓撕开，露出了少许蓝色。

我判断这次天气预报应该是准的，于是我和夫人立即启程了。

春色被我们贪婪，我们一日连走了三处，一处是世纪公园，一处是世博园，最后一处是浦东民生路一带的江边。日行程三万步，其中：

我们八点到十点，赖在世纪公园里。

那时正好是一日光线最柔美的时段，来的人不算多，尽可表达情愫。

公园里的湖水边上有一大片油菜花，估计有数百亩大，形成了一片花海。油菜花都有成年人之高，淹没了寥寥无几在花丛里拍照的男男女女。如果不是那些怀春女性扬起白色、红色的披肩，哪里会知道花海中有人呢？油菜花淡黄娇嫩，无数狂蜂前来采蜜。

还有一片樱园。樱园处在西南角，夹在两湖中间。冬季里，这里有一片蜡梅。蜡梅盛开时，樱树还是枯枝。如今，蜡梅长满了叶子，樱花上演了一场弄春的好戏。说起来，樱园不算大，宽不到五十米，长不到两百米。可是，当走在樱花隧道里，在日本观樱花的迷你景象就有了。慕名赏樱的人来了不少，女士总是弄花的主角，她们装扮入时，与花相映成辉，千娇百媚。

我们上午十点半到下午一点走在世博园原址上。

那年举办世博园游园的时候，我也前来凑过热闹，人山人海，其实我很不喜欢这样的观赏方式。那一次，我和摄影家钱捍主席发过一组照片和文章，登在《人民摄影》上。

世博园处在后湾公园一带，依江而建，占地面积颇大。印象最深的是跑步大道非常夺目。大道是红色的，两边尽是夹道欢迎的花墙。来这里跑步、骑单车的人不计其数。这里像是一个不约而同的巨大聚会点，有男女恋人，有家人，有朋友。和煦阳光下，大地皆春，处处可见撑起的五颜六色的帐篷。帐篷周边便是席地而坐的野餐。有不少人放松地躺在草地上，无所顾忌，仰面朝天，吸天地之精华。一切的一切，是那么地惬意，那么地舒服，那么地天人合一。

下午四点，我们来到东方路口的江边。

这里朝左看去，便是陆家嘴，朝东看去，便是杨浦大桥的南桥头。这里来过几次。过去因为修海滨公园，道路不通，走不了多远就得返回，如今可穿过大桥继续东行。从这里的一片桃花园看江对面，便是杨浦区的东方码头，也是公司大楼所在地。这一带目前还不算热闹，行人不多，走在这里可用心旷神怡来形容。尽管这一带树木是新栽的，但春的感觉也是浓厚的。

过去一周，公司也"受孕"了。公司快速拿下了一家公司的股权。这是我在前一家企业想干却没有干成的事。现在这家公司战略清晰，资本运作娴熟，他们瞅准机会，三下五除二、速战速决。企业发展路径虽有不同，但快速决断及雷霆万钧的做法比什么都重要。

如欲在秋季有所收获，那么就要抓住春天的每一天、每一次机会。

一年之计在于春。

春是骚动的，万物在萌萌中苏醒；

春是播种的，万物因受孕而骄傲；

春是绚丽的，万物因存在而伟大；

春是火热的，万物因争艳才芳香。

可是，万花丛中要数樱花花期最短。

曾有人告诉我，樱花最美的时候不是开得如火如荼时，而是即将惨败时，那一朵朵花瓣因风因雨因时而凋零，在空中纷纷扬扬，然后落满一地……

无论如何，在春天都是要有一点作为的。

2018 年 4 月　写于上海

13. 悠然自得地老去

♡

　　怀德路上有一处老弄堂，其中住了一位叫潘玉清的老人。她生于1930年6月。我姑且尊称她为潘大妈。

　　潘大妈出生的那个年代，上海已经很繁华。资料显示，上海那时是世界第五大城市，又是世界上最大港口和通商口岸。随后的近九十年里，世界、中国及中国上海发生过什么，略有历史常识的人都是知道的。总而言之，在战争、饥荒、政治斗争等外部环境的冲击下，能活下来而且还能健在的人，算是奇迹中的奇迹了。

　　一个临近端午佳节的周末，胡老师带我见了潘大妈，一来是给她送早前拍好的照片，二来也让我给老人拍照。

　　因为这一天的天色阴沉、霾重，弄堂里呈现出的灰白色比平时更重了一些，也许是天气的原因，人都在屋里待着，也许是我们来的时间点儿不对，或许更应该是能迁走的人都迁走了，这里没有影视剧里所表现出来的弄堂里的热闹生活景象。当然，再怎么不热闹也能见到弄堂里的一些惯有的生活状态的存在。譬如，有人出来晒衣服，有人提着马桶穿过，有人坐在门前剥蚕豆，有人蹬着三轮车收破烂，有人喊叫着帮邻居剀鸡。也因为端午节快要到了，有人在门口摆上坛坛罐罐，专心致志且满怀喜悦地包起粽子来。然而，都是一些零零星星的所见，不再热闹

《我家厨房》，上海怀德路，2018 年

已属现实写照了。

　　我们手持相机，沿弄堂拍了一阵子，似乎满足了一点点拍照的欲望，便走进了一处门栋里。这周边的门栋密密麻麻，几乎看不到有任何明显的隔墙，彼此长得都一个模样。当推开潘大妈的门栋大门时，迎面是一家人在炒菜。胡老师和这家人不熟，也就没有任何交集，甚至连相机都未敢举起，以避免不必要的尴尬。我们绕过这家人，顺着狭窄通道向里走，找到一个楼梯，弱光下，爬上了二楼。

　　二楼住了两家人。

　　胡老师顺口念叨着给我说："这个老人挺好的。"

　　我理解胡老师说的所谓"挺好"的意思是说，潘大妈能很好配合我们的拍照。

　　胡老师长年在社区里工作，弄堂里有不少一起工作过的同事，还有不少同学，也就是说，他认识这里很多人，很多人也认识他。2017 年 6 月，我因为在弄堂里拍照，他也在弄堂里拍照，我们便认识了。后来几乎每一次来这一带拍照，我们都能结伴同行，不仅效率高，而且效果也好。拍着拍着，对于记录老弄堂，我们似乎都有那么一份责任感了。于是，我们设定了一个小小目标，两年内，要完成一百户人家的记录。事实上，他已经是这一带老弄堂变迁的最佳见证者和记录者。

说话之间，胡老师熟悉地推开右边房间门，见到了潘大妈。

我一看便知道，这里应是老人多少年生活的全部场景了。

房间有十四五个平方米，已经被物品摆放满了。房间布局是依照窗户向两边延伸的。窗户的右边是一张床，床头摆放了一个衣柜，床后边的墙体贴了十多张年画——譬如"福"字。这些年画已经颇有年头了；窗台前，摆放了一张桌子，可以叫餐桌也可叫书桌。桌面倒是挺整洁的，也许杂物少的缘故吧；窗的左边是一个功能俱全的迷你厨房，有洗盘，有炉灶，有冰箱，有橱柜，等等，应有尽有；而留在中间能让人走动的空间也就四五个平方米了。

房间布局算是合理，但的确很是压抑。

潘大妈赶忙热情地迎接胡老师和我的到来，就说："来了！"

"侬好，"胡老师讲着上海话，"给您送上一次拍的照片。"

"谢谢了。"

潘大妈拿着 A4 纸大小的过胶照片，端详起自己照片上的样子，嘴里不停地说："蛮好的，蛮好的，谢谢……"

老人的背稍有点驼，个头不算矮，眼有点花，动作有点缓。看她的面容，显得平和，慈祥，皱纹在笑。想必年轻时，一定是个漂亮女人；想必她这一生，应是处变不惊，顺其自然吧。

潘大妈终于从照片中走出来，把照片轻轻地放在桌子上。

胡老师看着我，给潘大妈介绍说："这位是吴教授，"也许怕她没听清楚，补充说，"在很多大学做教授。"

话音一落，潘大妈用充满欣赏的眼光看了我一眼，打招呼说："教授，真了不起！嗨，我没读过多少书，初中毕业。"稍顿一会儿说，"我丈夫解放前曾是一个军官……"欲言而止。

胡老师谦虚地说："吴教授还是摄影家，比我拍得好！"

我知道这是胡老师客气的礼貌话，也就不好接话，只笑了笑。

胡老师然后给潘大妈说："也让吴教授给您拍几张。"

潘大妈欣然同意了，很高兴，马上整理了一下衣服，把头发拨弄了几下，便坐在床边问："这样行吗？"

这时，我的相机还没有架好。

我把三脚架撑起来，架上相机。家中光线实在太暗了，光调感光度就花了起码一分钟的时间。此时的一分钟似乎很漫长。这在过往，是绝对不可能发生的事。

见此状，又加上胡老师见潘大妈手里有点空，而且之前已经拍过这样的镜头，便说："要不阿姨，您拿上一本书，让吴教授拍您看书的样子。"

潘大妈倒是很听话，起身便从桌子上拿起《保护好人体的发动机》一书。书是大开页的。潘大妈端着书坐着，银发透亮。她看书的样子挺美的，像个老教授。

我的拍摄开始了。

真的感谢潘大妈，她很配合，也很入戏。

潘大妈也十分放松，一边接受我的拍照，一边聊着她的故事。

潘大妈第一任丈夫早于新中国成立初期去世；第二任丈夫也在五年前去世。育有一个女儿。女儿早已结婚，居住的地方离她有一段距离，过着他们的小日子。她算了一下，和第二任丈夫在这间十四五平方米的屋子生活了差不多有三十年之久。

潘大妈说她如今每天早晨六点起床，然后到健身苑活动活动筋骨，之后去离家门不远的社区图书馆读书，上午去一次，下午去一次。生活基本可以自理。不过，每天都有家政服务员上门服务一小时。街道办每月会派人给她理发，剪指甲。她说她很早就没在外面工作了，可现在还能每月享受政府的高龄纳保待遇九百五十元，因此对目前生活十分满意。老人还记得今年春节前，一个大老板请他们到大酒店吃了一顿年夜饭，还发给每个人二百元压岁钱。她说这个老板一定是个好人，好人有好报。

和潘大妈聊着，知道她挺不容易的，一生坎坷，期间，她还乐哈哈地说："是共产党给了我新生活。"

我前后拍了至少二十分钟。

就在我们告别时，潘大妈却激动了，连连说："你们辛苦了，辛苦了……"然后，四处给我们找瓶装水，可没能找到。

潘大妈打开橱柜时发现有个苹果，高兴了，把苹果拿出来，一边到水龙头冲洗，一边喃喃地说："就一个苹果，再没有别的了，你们分着吃吧。"

我们婉拒多次。

我被这一戏剧性的细节感动了。急忙退出老人的家门，站在门帘外面的过道上。

楼道黑，对面一家人的门是关着的，门框左边上的对联在走廊灯光照射下很清楚："岁月更新福满楼。"

我透过门帘，看到胡老师还在继续婉言谢绝老人的好意。老人不肯松手，胡老师也不松手。

等胡老师一出来，我们慢慢地下到一楼。

老人追到楼梯口，手里拿着苹果大声说："下次再来，我煮面条给你们吃。做面条很方便的。"

离开了潘大妈家多日，老人的故事和一举一动让我浮想联翩。

近来听徐文兵先生讲《黄帝内经》，方知道人分四种：真人、智人、圣人、贤人。孔子才是圣人，他的弟子才是贤人。而作为普通的我们，这四种人我们是做不到了，但若能如老人那么自得，如道家倡导的天人合一，面对四季该春生时则春生，该夏长时则夏长，该秋收时则秋收，该冬藏时则冬藏，顺应时节，踩好节奏，就能自得。

自得，其实是我们这些普通人的一个非常美妙的活法。是啊，心静如水，安然自若，不以物喜，不以己悲，摒弃浮华，把名利扔在一边，把岁月沉淀成丰富的内涵，把沧桑留下的年轮作为记忆，挺好的。

自得，能善始善终，说起来简单，做起来不易啊！

生命就是一场自我修行的过程，当您能轰轰烈烈时那就轰轰烈烈吧，若您选择了安然自得那就安然自得吧。世上的事说白了，本没有什么绝对的对和错，一切都要从心出发。从心出发，方能万事大吉。

　　人人曾有梦想，
　　不管梦想是什么，
　　能顺应天道，
　　扬长避短，
　　才是一位智者。

2018 年 6 月 写于上海

14. 光明磊落，快意人生

♡

国庆期间，和父母聊起往事，很自然聊起年幼时候的经历。

尽管我五十有六，在父母面前仍是个孩子。或多或少，或长或短，我逐渐成了家中的主要人物。

小时候家里很穷，父亲生了事端，母亲一人承受着来自家族的巨大欺凌，时间虽过了半个世纪，每每聊起来母亲还会伤心流泪。这段经历，母亲一生不会忘怀，每次提起都像针扎一样痛苦，甚至痛骂父亲和家人对不起她。

晚上，母亲圈着双腿靠在沙发上说，又快到我儿子的生日了。

母亲深刻记得这一天，那是老天送给母亲当时唯一不能离开的希望——算命人说的虎星。从那时起，直到我上中学离开农村，每逢我生日前，母亲都会早早地开始收藏鸡蛋。那时鸡蛋很珍贵，不早早收藏是不会有的。待我生日的那天，母亲把早早收藏的鸡蛋煮熟给我独吃。就这样算是庆生了。年轻时，我唯一愿望就是立志努力读书，长大后多挣钱，改变家中贫穷的面貌。数十年下来，由于目标订得低，此愿望早已实现，而如今我快要步入到法定退休年龄的倒计时，又逢庆生日，想得最多的又是什么呢？

国庆之前的一个周末，在上海老弄堂遇见一位老人，令我肃然起敬。

记得拍摄那天，起初以为老人也就八十岁左右，先是打招呼喊她妈妈，后来改口为奶奶了。

那时中秋已过，弄堂里还挺闷热的。

老弄堂的四周被街市包围着。从清早起，街市就热闹起来。来来往往的人和车，拥挤得水泄不通。虽然没有昔日清爽的叫卖声，但那热闹气氛还蛮诱惑的。随着太阳逐渐升起，街市的人和物变得透亮，影子拖在地面由长到短，形影不离，此时只要按下快门，一张又一张生动照片便完成了。

杨浦区是我和胡老师这阵子常去的地方。

接触下来感觉到这里的百姓挺好，很热情，也有善念。只要和他们稍加沟通，他们就愿意配合，拍摄就非常顺利。最初，他们以为我们是拆迁办的，他们很期待把这里尽快拆迁，也期待早点儿住进不远处条件较好的高楼里，后来知道我们拍摄只是个人兴趣，也一样配合我们。

老弄堂里面是拥挤的，各形各色的人擦肩而过，反而觉得很生活化，很温馨。最近看了一部电影《悲伤逆流成河》，里面的老弄堂就和我现实中见到的一模一样。

偶然走入贵阳路，发现了一位老人。

那一刻，老人还没有发现我们。我们举起相机，迅速抓拍了几张。这样的方式我们常用，也有成果，对生活状态做了更精确的记录。

老人满头银发，穿一身睡衣，休闲地蜷曲在藤椅上，手里动着针线活，顽皮地跷起腿脚。实际上，她是在阴凉处乘凉而已。在她身旁，一边是半开的家门，一边是室外用水的龙头。龙头下面是个水泥水槽，水槽边上放着一个搪瓷盆。盆上印有"大海航行靠舵手"。我相信这个符号是她经历的见证，估计有三四十年了吧。

多么有趣的镜头！坚定按快门时，我就这么想的。

"喂，我这么丑，"老人把身体稍微扭正，面朝我们，突然说话了，"拍我干吗啊？"

"我们拍老房子，做个纪念。"胡老师赶忙说，"妈妈年轻的时候一定很漂亮。"很显然，是为我们鲁莽和不礼貌行为解围呢。

老人一高兴，调整了一下坐姿，直到认为端庄为止。

我们闲聊一会儿，很快便熟悉了。

《九旬老人》，上海贵阳路，2018 年

　　"妈妈今年多大了？"胡老师问。

　　老人笑眯眯的，摆出得意的样子，举起右手，竖起中间三根手指说："九十三岁了。"

　　我真不敢相信，怎么可能呢？

　　"妈妈不像啊，"胡老师也不信，操着正宗上海腔调，"我看妈妈最多八十岁。"

　　如果老人说的年龄无误，依此推算，应该称老人为奶奶了。

　　我们的对话很快引得左邻右舍的人出来。

看得出，他们和奶奶十分熟悉。

"老人真的九十三岁了。"抱孙子的邻居女人力证说，"我嫁到这里时，奶奶就在这里。都快四十年了。"

老人脸上布满皱纹，说话时皱纹都在动，一脸喜色；而同时，她在藤椅上灵巧地变换了几个姿势。她那灵活动作及快速反应还真令人羡慕不已啊。

因为羡慕，就随老人参观了她的居住环境。

和现代化城市相比，居住环境真不怎么样。普通的地面矮房子前后两间，昏暗的光线勉强纳入。两边邻居的房子一间接一间，连成一排，靠在道路南侧。而对面，也建了一排三四层高的房子。中间留有一条宽不到三四米的公共通道，通道不算笔直、不算平坦，仅能通过一部三轮车而已。

老人叫蔡金兰，1925 年出生。

老人十三岁从江苏江都来到上海棉纺厂当包身工。十九岁搬入这里居住。因此可以推断，这七十四年里，这里的一草一木，她是熟悉的；这里的喜怒哀乐，她是参与者；这里的蹉跎岁月，她是见证者。

老人平凡经历如下：

1950 年入党，在上海十七棉纺厂担任车间主任。

老人初小义化，但记忆力十分强，车间 百二十多位职工的姓名至今都能记起来，写出来。她说那时候，厂子很重视职工思想工作，每周休息，都要带着幼女走访职工家庭。她育有三个儿子，两个女儿，在她五十八岁时，丈夫因病去世，于是全部生活由她负担。如今，老奶奶谈到自己的五个子女时很自豪，称孩子们个个身体健康，还有出息！有一个孩子同她住在一起，同时老人每月有固定的养老金，政府还有交通补贴，很有满足感！

退休后，老人热心社区公益，坚持参加党组织活动。由于她性格开朗，热情大方，整天乐呵呵的，和邻居关系处得很好。她说她大事讲原则，小事讲风格。她还说，做人要简简单单，每天都要开开心心，无论遇到啥事都要笑嘻嘻的。老人热爱旅游，经常跟着邻居朋友去江浙游玩。她说，去过北京，爬过长城，到过连云港、杭州千岛湖等地。九十岁那年还想跟着旅游团旅游，她对领队说，只要带我出去玩，其他的事不要别人负责。

老人说着她的经历和身世，我们抓住机会给老人留影。

那一时刻，老人极为开心，还不断感谢我们，说我们辛苦了。我们分手时，老人站在路中挥手道别，还叮咛一定要送照片给她。

数日过去了，这位满头银发又慈祥灵巧的老人总浮现在我的脑海中，也许她感动了我。为了记述她，还有一些细节问题未能肯定，则请胡老师帮忙代问。胡老师答应了，也就去了，也把照片送给了老人。其实，我最关心的话题莫过于想知道老人的长寿秘诀是什么。

老人回话了，说了几条。退休之后仍要乐观，做适量运动，多参加活动，要有满足感，要学会感恩，生活要有规律。

我在县城的这几天，再次和家人提起我奶。

我奶生于 1910 年农历九月，属狗。嫁给我爷爷那年，我奶年龄不到十七岁。我奶 2003 年去世，享年九十三岁，是村里的一位寿星。村人都说："是你奶奶积德积的。"我也这么认为。乃至于多年之后，奶奶在村里仍然有着很高威望和良好口碑，让村人常常念起。

我奶长寿大体有四个秘方：第一，乐观。一辈子经历的事太多，哪里有闲工夫去计较，只有乐观才能渡过难关。第二，勤快。一辈子社会转向太大，唯有勤快，把三子三女养好，才能厚德载福。第三，痛快。一辈子很短，如果心里觉得不欢快，有话就直说，别憋着，说出来就舒服多了。第四，爱心。一辈子要有爱心。任何时候都要记得帮人——哪怕给人说上几句顺耳的话，相信种善得善。

我奶长寿秘诀已是往事，仍记忆犹新。如今，父母秉承奶奶的言传身教，活得洒脱，舒心，能帮人就帮人。

这里写到的这两位老人，一位生活在上海大城市，一位生活在渭北农村，都是普通家庭，都是平凡经历，却都能长寿，一定会给我们启发，那启发会是什么呢?

是啊,庆生之际,是需要静一静,想一想。

日本企圣稻盛和夫曾经解释过他自己,他把一生分成三个阶段:第一阶段是求学,完成得不错;第二阶段是工作,也完成得不错;第三阶段是退休,研究佛学,传播智慧。由此来看,每一阶段应有每一阶段的使命和职责,都应过得适当又精彩。

毋庸置疑,再过两三年,我就要步入第三阶段。因此,是时候调整生活的姿势了。

当然,眼下的两三年里,面对复杂诡异的社会环境和内部需要,还要一往情深地工作,不抱怨,不言弃,坚定信念,这么做了,才对得起老板期许及托付。有人说过,一个中年油腻人之所以仍有魅力,就是因为他还满怀激情地挑战自己。我愿意这样定位自己,但毕竟也就两三年,这么点时间很快就会过去的。

> 九九重阳,
> 因为忙碌,
> 难挤时间登高而远望;
> 又临庆生,
> 笃定初衷,
> "此心光明,亦复何言。"

最后一句是王阳明先生说过的名句,意思是说:用尽一生,做一个光明磊落的人。

2018 年 10 月 写于上海

15. 留言猜想

♡

上海的秋季，如遇晴天，必定有秋高气爽的感觉。上一个周日就是这样，让我感觉非常地惬意。

很可惜，上海这样的日子并不多。

我周日的前一天拔了颗老牙，牙根很深，像拔了萝卜带出泥一样地疼死人了。我忍不住，在医院大喊大叫了几声。其实，我没那么娇气，是在为疼痛的解除壮胆而已。

我以为拔牙之后的周日什么都可以干了，然而并不是这样，医生说，必须待在家里静养，不能振动，让伤口在舒服的状态下逐渐愈合。一般来说，愈合需要五天左右。可是，外面的天气太好了，阳光把楼体照得通亮，像刷了一层金粉似的。每当看到这样的光线，我的心潮就如见了性感美女一样澎湃起来。摄影人一辈子和光结下了不解之缘。光就是摄影人的生命。

秋天里，不经意间发现有树叶黄了，有树叶红了，有树叶干枯了，即使有些树叶还能呈现出大面积的绿，也开始卷曲了，看上去都不精神了。微风吹动，叶子就会零零散散地掉落下来。如果不及时清扫，叶子就会铺满道路和地面，看上去如童话一般。去年的这个时候，父母还在上海，就在人民广场周围遇到了这样的情景。

如此情景，迫使外出的欲望火苗出了笼。

我小心地漫步走了五千多步，在河边一处停下来。

河边有不少桌子、椅子和遮阳伞，供人们休息时用的。不少男女就坐在那里。他们一个个懒散得像熊猫一样蜷曲着。有人手中抓拿着咖啡，有人在看手机，有人在拍照，但更多的人是在发呆。发呆成为城市人的一种时尚。若能真发呆，说明心态还算上佳。河水静静地流动，偶尔能见到穿着红衣的人划着皮划艇掠过。掠过时留下了长长的波纹，但很快就消失了。

喝了两天米粥，走了这么一小阵子，早饿了。我已经有气无力，看见麦当劳就想冲进去吃巨无霸汉堡包，却担心用力咬动会伤了伤口，只好流流口水算了。此时此刻，才知道有一口好牙是多么地重要。从明天开始，要注意牙齿健康了。

此处通往对面的科学馆有一座桥。

桥是钢筋钢板做成的。对于这座桥我蛮熟悉的，因为走过多次。可是这一天不同了。是因为桥上的护栏挂了数不清的爱心牌。爱心牌在风的吹动下舞动，像海面上的鱼鳞闪闪发光。走到跟前，爱心牌沙沙作响。我很好奇，想知道上面究竟写了些什么。

百无聊赖的我，竟然蹲了下来。一不小心，我把所有挂在上面的爱心牌翻看了一遍。大部分爱心牌是空白的，一个字都没有，那就不明白挂牌人的真实想法是什么，可有的上面写满了字。从这边桥头到那边桥头，再从那边桥头回到这边桥头，翻看一遍爱心牌起码花去了我二十分钟的时间。那时，肚子咕咕叫的感觉早丢在脑后了。

我一边翻看，一边想，竟然被上面的留言有所吸引。

如今，真是一个多元世界。透过这些爱心牌，会了解当下普通人的想法是什么，他们的意识主要流向是什么，个人的价值观又是什么。看着看着，我发现了一些关键词。我甚至联想到鲁迅先生在《狂人日记》中说的那样："凡事总须研究，才会明白。古来时常吃人，我也还记得，可是不甚清楚。我翻开历史一查，这历史没有年代，歪歪斜斜的每页上都写着'仁义道德'几个字。我横竖睡不着，仔细看了半夜，才从字缝里看出字来，满本都写着两个字是'吃人'！"鲁迅先生在那昏暗的旧中国的发现算是一项伟大发明，把一层遮着布撕开了。真是不可思议，我竟然也有这样的感觉。

　　我回到星巴克吃罢蛋卷，喝了一杯冰咖啡，重新回到桥上，把爱心牌又翻看了一遍，这一次，手中的相机"咔嚓"了。

　　发现爱心牌上有很多有趣的言语显然是件不起眼的小事，但也是一次重大发现。当然，不排除个别言辞有开玩笑之意，却看到了当今身处大上海普通人的想法，或者说，感受到了他们心灵深处的渴望和呼唤。

　　人人都有追求，都有梦想。他们的心声，也许正是他们当下的追求，

《心愿卡》，上海浦东科学馆附近，2018 年

当下的梦想或时代的音符。当一个社会的追求或梦想变成一股洪流，那将势不可挡了。

我仔细判别了很久，留言者不乏小孩。我以为小孩写出来的话语又挂在阳光下给人观看，那一定是真实的心声。

小孩是明日的太阳，是国家的未来，那么他们今天的心声也许就是他们今后一生一世的追求。有人说，一个人的人格形成是在青少年时期，在之后的人生里，如果没有足以触及灵魂的信仰影响，基本上到了老年，我的潜意识人格还是当年的那一套。是啊，小时候父亲说过："三岁看一生。"就是说，一个人在三岁时的行为就能基本判断他一生的走势了。

这里仅挑选了仿似小孩或年轻人的留言。

1

所有的不快乐都要离我远去！

有一个弟弟，名字都想好了，叫曾雷；

要好好学习，天天向上！

愿家人身体健康，父母赚大钱！

希望自己有出息。

祝自己找到一个爱我的男朋友，一直走下去；

最后，愿望成真……

2018 年 10 月 ×× 日

2

祝爸爸妈妈早点买赛车！

黑色法拉利！

Kevin

3

造一个真正的变形金刚！

全家人身体健康！

4

我要 kao shi 100 分。

我要 wan ai pai。

我不要上学。

我要很多金子。

我要游 xi 电 nao。

我要成为最有 zhi shang 的人。

我要 nu li 学习，天天 xiang 上。

2018 年 10 月 27 日

下午 2:45 王嘉阳

5

以后要为世界做贡献。

Sereng 2018 年 10 月 21 日

6

祝吴育志心想事成

吴育志发财梦成真！！！

7

我要中大奖 1000 万！！！

8

我要当学 ba。

我要当空手 dao 黑 dai。

我要 geng 多玩具。

我要一个新的 Ipad。

我要玩游戏。

爸妈不打不骂。

2018 年 10 月 27 日 单果

9

我希望有一只戴着巫师帽的蜘蛛，有吐出魔法的蜘蛛网的能力，变出所有的东西。

2018 年 10 月 27 日　王童

　　10

　　快到年底了，发现年初定的愿望好多都没有实现，（1）马甲线，（2）读 25 本原著，（3）找一个男朋友，（4）练一口流利的英语，（5）去更多的地方旅游（今年去了宁波、杭州、马来西亚。勉强说实现了）。希望 2019 年可以做更多有意义的事情。不负青春，活出自我。

2018 年 10 月 21 日　-A

　　人在年轻时总会有梦想的，也许那时的梦想还很幼稚，不切合实际，但一定会有的。当今社会来自外部的诱惑太大，压力也太大，无论成人还是小孩都感觉如此，有时人性被扭曲了，乃至于很多人不得不喊出来，或通过不同方式表达出来。

　　我拍完爱心牌之后，靠在桥的栏杆上思考了很久，思绪万千，也静静地享受着午后阳光的暖和。

　　我年过半百，经历过很多，受过几次重大挫折又不能给人讲出来，把人生算是看透了一些。也就是说，今天遇到的爱心牌上写的内容我也经历过。

　　桥上人来人往，桥板被震动，但我并不觉得他们的存在。有人在大声喊叫，我并不知所以然。有年轻人拍 DV，摆出种种姿态。还是年轻好，起码是灵动的，对未来不像自己那样沉静。可是，所有的所有对我而言，此时此刻就如空白似的。

　　人生还是要有追求的，不过欲望不要过高，不要不切实际，有时候需要学会"减法"。换句话说，欲望稍低一些，心就能宁静下来。

　　我在想，身处收获的秋天，如果有人还没有好的收获，就期待明年吧；如果明年还没有好收获，那就期盼后年吧。总有那么一年的那么一个秋天，你会收获的。这是自然规律。当然，通向收获的路径有万千条，到底哪条是属于你的，真不好预言。

　　脚下的这座桥虽简易，但作用是有的，起码到达彼岸省了十多分钟的绕路时间。彼岸正是一座科学馆，参观的人熙熙攘攘，也许这批留言人的未来就在这里面。

正是深秋，
色彩五彩缤纷。
桥接河流两岸，
一边是起点，
一边是终点。

2018 年 11 月 写于上海

一场生命的行走

16. 一场生命的行走

  阿勒泰牧民的生存方式是传承了几千年的游牧文化，具有十分重要的历史和社会意义，如果说牧民的转场是周而复始、生生不息的一个故事，那么，我就是记录整个故事其中的一个人。

  为了出版《千年牧道》这本画册，我开始整理我的照片。

  拍摄过程中，我和牧民一起生活，贴近这个最真实的群体，用镜头捕捉阿勒泰牧民转场中的每一个精彩画面，用一个个画面平静阐述着镜

《赶在天黑前》，新疆阿勒泰，2013 年

头背后的故事，顺应四季变化而更替着脚步去追随。当仔细品阅这本摄影画册，也许突然会明白原来摄影人不仅需要满足自己的喜好，更多的是需要承担起责任，让影像记录历史，让世界读懂中国。

　　未来，阿勒泰牧民的转场牧道或许会在科技发展、社会变迁的因素促使下慢慢消失，我们也许再也无法看到淳朴的、传统的转场场面。那时，我们只能抱着一颗敬畏之心，在这些珍贵摄影作品中寻找祖先的痕迹！

春的召唤

阿拉哈克乡的冬牧场位于额尔齐斯河和克兰河的河谷地带,那是一个占地十八万亩的草场;春牧场在克兰河下游可可苏湿地一带,占地则达到三十七万亩。转场队伍从此地开始出发,为人们开启神圣的生命之旅。3月上旬,最寒冷的冬天即将过去,牧民需要将牲畜从冬牧场转场到春牧场。为了能够全程拍摄这一壮观景象,拍摄更多震撼瞬间的作品,我们需要日日夜夜与转场队伍生活在一起。

这段时间,天依然很冷,我还要带上厚厚的御寒衣服。

春天的牧场上,在哈拉塔勒村我们遇上了一桩结婚喜事。盖着面纱的新娘要离开养育自己的父母、爷爷奶奶时,美丽的面庞挂满了幸福的泪花。离别时,新娘扶住门框,慢步,回望;再慢步,再回望,百般不舍。当地牧民告诉我们,随着现代城镇化的推进,当地的年轻姑娘进城后多数都不愿再返回到牧场,当地男子娶妻也变得越来越难了。

夏的迸发

从中牧场到夏牧场的转场过程同样十分艰辛,不过,令牧民们欣慰的是自家的牲畜群可以从南到北吃到青草。从3月上旬转场到春牧场开始,牧民们到6月中旬集结,然后再转场到乔阿提一带的中牧场,这里占地三十九万亩。转场路途遥远,风餐露宿,然而,这场关于生命的行走还未停止,集结后牧民会向下一个目的地迸发。夏的迸发,生命的延续,行走继续。

在转场到夏牧场的过程中,还有一件十分有意思的事情,牧民每年会给羊剪毛两次,一次是春天,一次是夏天。当地牧民仍旧沿用最传统的剪羊毛方式,先把羊的四只腿捆绑在一起,让羊动弹不得,然后开始动手剪羊毛,牧民们个个技术熟练,大约五分钟就能剪完一只羊。牧民还会给剪完毛的羊洗澡,目的是防范羊群把寄生虫从这个牧场带到下一个牧场。

秋的宁静

山林寂静，秋色浓重。9 月上旬是转场继续的前奏。

夏牧场的准确位置在托勒海特，汉语意思是"有天鹅的地方"，占地九十九万亩，是一片净土；与北面的喀纳斯地区、禾木景区仅三十公里，东面接壤俄罗斯的山脉。牧民队伍从中牧场北行，经塔尔浪、乔阿提、哈熊沟，穿过碧绿的苏木达列依河，沿塔斯布拉克河沟行进，再翻过一道道高山深壑，驱车大约三小时左右，便可登上夏牧场。秋的宁静，生命浓重，行走继续。

转场时，牧民队伍常常在晨雾还没有散去的时候就开始整理行囊，集结之后在统一指挥下，从晨雾中出发，开始一天的行程。这个时段，转场的大方向是从北朝南，在温和的金色阳光下，一眼看不到尾的羊群队伍，顺着山坡，踏着牧道，不断地从我身边走过，声势浩大，羊群经过的小道扬起漫天的灰尘，形成独特的场景。当羊群经过艰险的咽喉地段时，牲畜群会和越野车争路，由于骆驼块头大，很快会从紊乱中灵活地走出来；马队也很潇洒，会寻找到最有效的方式跳跃到外围；唯有瘦弱的小羊群，会被眼前的景象吓得嗷嗷叫。但是，当队伍顺利走过这段险途之后，行进速度就会提升不少，队伍也迅速恢复了井井有条的秩序，继续向前行进。

冬的苍凉

银色冬日，已是 12 月上旬，苍凉的草原，蕴藏着转场的秘密。从秋牧场到冬牧场，最早从 9 月上旬开始，牧民和牲畜群顺利抵达中牧场之后，随后沿着水草，一路向南。12 月上旬左右，牧民们会在秋牧场集结，整装待发，然后向下一个转场目的地冬牧场进发。酷寒冬日，广阔的大草地银装素裹，充满苍凉之感。然而，转场的生命，还在延续。

从秋牧场到冬牧场，中间要经过一段数十公里长的戈壁滩。但是，无论是秋牧场还是冬牧场，只要到了冬季，每个地方都是天寒地冻、苍凉不已，气温零下三四十摄氏度是常见的现象。哪怕是在冬窝子，羊群躲在山谷里，四周都是大雪皑皑；牧民裹着大衣，也冻得抖抖索索的，只能躲在临时毡房里……然而，牧民们面对这一切时，并没有任何的怨言，他们勇敢面对，乐观豁达。当时，我忍不住问牧民为何要选择这样，他们很坦然地说这就是他们的生活，为了生存必须适应自然。

曾随口问牧民：累吗？

牧民平静地回答：习惯了。

再问牧民：生活枯燥吗？

牧民笑着说：不，很丰富。

千百年来，在弱肉强食的大自然法则中，游牧民族能生存下来，繁衍生息，一定有他们过人之处，在深入了解牧民的生存方式和生活状态之后，我想"转场"应该就是他们的强大之处，全年牧民都在转场的路上，为转场而忙碌着……翻开历史的长卷，草原的游牧民族逐水草而居，在广袤的草原大地上自由行走，牧民们感恩自然的恩赐，自由地生活在这片草原上。但是，随着牧民人口和牲畜数量的膨胀，水草资源逐渐出现了匮乏，所以，最原始的转场方式也逐渐受到了影响。

在我拍摄的过程中，许多牧民也会聊到转场的延续问题，当地牧民说，十年前，牧民总量还有五千多人，而现在不到三千人了，大多数年轻人不愿像父辈一样继续留在牧场当牧民了，而请人赶牲畜和机械协助转场的做法正在兴起。许多人表示惋惜，他们担心的应该是祖祖辈辈们传承的文化，还有这片熟悉的故土。

城镇化之火也已经在祖国边陲这里燃烧起来了。

2016 年 8 月 写于顺德

17. 沙面拾翠

$\Diamond$

　　说起广州的沙面，真有点不太好意思。远道西安而来的两位重要朋友告诉我，宁可不去别的地方，也一定要我腾出时间一起去沙面看看。屈指可数，绕环广州居住、工作达数十年，竟然不了解沙面。每次到广州办事，也都是来去匆匆，对广州的印象一直停留在那几个面上，譬如拥挤不堪的火车站、复杂得令人头晕的交通线路，等等。当我置身于沙面，才知道这里是广州一张永不褪色的名片，也是广州人民的骄傲；同时，还是寻找历史、感受文化、休闲运动的好去处。

　　这里曾被称为拾翠洲，由于珠江在这里冲积而成的沙洲，故名沙面。沙面位于广州西南片区，南濒珠江白鹅潭，北隔沙基涌，是与六二三路相望的一个小岛，有大小巷街八条，面积仅约零点三平方公里。

　　中秋过后的清晨，阳光灿烂，珠江两岸也迎来了难得的清爽，我穿着长袖，也不觉得湿热。当车子停到沙面附近的建筑群，迎面而来的是从茂密的古树丛中斜射下来的光线，眼前生辉，树木分层，色彩相宜。当看到有拍照的，有打羽毛球的，有耍太极的，有跳广场舞的……一幅幅祥和的画面让我小小激动，于是，对于喜爱纪实摄影的我来说，马上变成一个像没有见过世面的小孩一样，渴望于心，顺着光线，快步追拍。遗憾的是，这次出来没有任何思想准备，仅仅带了一部索尼小相机，而且就一个定焦 24mm 的镜头。摄影是一门缺憾艺术，此时此刻就能感受得到。是啊，遇到了难以遇到的光线和画面，却没有带上好相机，那难受劲只有自个儿知道。为了安抚自己，嘴里不停地嘟囔着："找个时间再来。"可事实上，哪里有时间？

两位朋友和夫人被周边的风景所吸引，一边相互留影、一边风趣夸赞、一边诉说着这里百年来的故事，他们缓缓而行。这里的建筑风格、环境保护，此时此刻的画面感都令大家感到来这里是一次明智选择。

我是一个追光之人，以最快速度，最快动作，顺着江边从西到东，顺着街道从东到西走了一圈，很快走出了六千步，于是心中有数，就在有兴趣的地方聚焦及静心构图一番。

时间在拍摄中流逝得很快。夫人和朋友来电话，说已在星巴克咖啡厅休息，咖啡已买好，等着我过去，而此时的我站在一座桥头上记录着桥两边来往的人们。斜坡上，一个中年男人推着自行车，车上载满着香蕉，推车上坡有点费力，而吸引我的便是那黄灿灿的香蕉和周边的环境。是的，当镜头近距离抚摸这里的建筑、树木、雕塑、色彩、绿化、江水、晨运和美食时，再远眺那孤独参天的"小蛮腰"，沙面的三个关键词——历史、文化和城镇化——顿然占满了我的脑海。

沙面拥有千年历史

不读历史便不足以了解这里，当读了竖在街口的简介之后就会吓一跳。资料显示：早在宋、元、明、清时期，沙面就成为国内外通商要津和游览之地。1840 年鸦片战争失败后，在清咸丰十一年（即 1861 年）后，沦为英国、法国的租界。随后，广州人民与英、法侵略者之间的斗争就开始了，从不间断，持续了百年之久。

共产党领导下的新中国成立前，即广州解放初期，广州军事管制委员会军事接管了沙面，曾一度作为特区建制。1950 年沙面特区并入太平区，沙面成立街道办事处。1952 年成立中区，沙面划为中区管辖。1960 年中区撤销，沙面转属荔湾区，与清平、岭南等街道同属清平行政街。1961 年 10 月 6 日沙面成立办事处，直属广州市人民委员会领导。1970 年 9 月，成立沙面街革命委员会，转为荔湾区管辖。1980 年 10

月 1 日撤销革命委员会，成立荔湾区沙面街办事处，作为荔湾区人民政府的派出机构。

毋庸置疑，小小沙面已成为中国近代史与租界史的缩影。沙面沧桑，社稷情缘，不仅见证了浩浩荡荡的历史发展，也凸显着这里具有特殊的不可复制的地理优势。

沙面颇深的文化积淀

站在沙面看珠江，江面宽阔，水流平缓，两岸高楼林立。

沙面久远的历史文化先不去考究，就近代便历经百年，曾有十多个国家在这里设立过领事馆，还有九家外国银行、四十多家洋行在这里经营。如今，还特意保留了原有的门牌和标志。试想一想，当我们穿越复原那时的景象，会不会似乎看到这里的曾经繁华似锦、车水马龙、洋人聚集，是中国上流的达官贵人来往之地呢？

很多就传承了下来。如今，沙面岛上留下的数百年的欧陆风情建筑，一栋接一栋，很天然形成了独特的露天建筑"博物馆"。在粗壮、长相怪异的各种古树所遮挡下，每一栋建筑都稍有差异，不仅张扬了欧洲建筑美学，还融合了东方柔美韵味；再看那些建筑物上的雕刻、门框、围栏、挂石、玻璃、锁子、色彩搭配等，会发现它们低调、厚重、做工精细，艳丽或奢华，一种文化交融恰到好处。

清晨的这里，有人走进教堂准备礼拜，有人坐在星巴克里面品味咖啡，有人开好位等朋友喝早茶，有人面向珠江拉筋练舞……一切的一切，都感到无限惬意和从容。人生啊，有时多一点惬意多一点从容是多么地美好啊！

我们遇到一位典雅的老妇人，她对我们十分热情，告诉我们如何取景、如何拍照、拍哪里小好。她说她在这周围住了一辈子，见证了这里的变化。她的热情之外，很明显多了几分自豪。

随着太阳升高，来感受沙面千百年历史韵味的人逐渐多了起来。这里也就热闹了。

沙面城镇化的启迪

和几年前相比，珠江的水质明显改善了。

沙面，周围环境变得优美，成为高档住宅区，一片后工业化的现代化风貌可以与骄傲的欧洲任何地方媲美了。如此这般的适宜环境，无不冲动。冲动因为心动。无奈，刚刚限购了。

曾经的 2010 年，为了举办第十六届亚运会，这一带又一次迎来了改变面貌、美化环境的契机。于是，不远处的广州塔建成了，成为当地标志性建筑。有人戏称它的外形就像广东女人的"小蛮腰"，于是乎，这座建筑物的名称被"小蛮腰"所替代；旁边的白天鹅宾馆，还跟数十年前一样地漂亮，一样地吸引人。当走入这家酒店，无不勾起一段改革开放初期吸引外资的历史；再看珠江两岸的住宅楼宇，几年前，房子一平方米才卖一万到两万元，如今就要卖四万到六万元，贵者达十万元。过去的十多年，如果在这里买了房子，就可大大抵御货币贬值及通货膨胀了。

城镇化影响着祖国大地的每一个角落，这是不可逆转的历史趋势，就像我国历史上曾经出现过的多次人口大流动一样，一动就是半个世纪乃至百年之久，而小小沙面被城市管理者保留下来而且得以恢复原貌，这是明智和远见的选择，因为他们没有被短期效益诱惑而利令智昏。这里就像祖先留下的翡翠传家宝一样，价值越放越有，人味越来越浓。

沙面只是个小小点，和周围物体混在一起，其实代表了许多，诉说了许多，预示了许多。

我这两个重要朋友都很有思想和文采，都很有历史感，其中一位出版过多部小说和散文，还将小说拍成电视剧。当三十年来第一次醉心在沙面时十分感慨，说："广州沙面是岭南文化一道独特的风景线。"他有意无意一连问了多个问题："曾经屈辱的苦涩和迷茫？工业文明的穿越和力量？是近代南风劲吹的曙光？还有人说它散发着阴柔散漫不争第一的岭南人文哲学思想……"

结束语

面前完美的沙面，不仅保留了历史，传承了文化，还展现出时尚风貌。而联想到中国城镇化以来每天都有村庄消失，这是对还是错，真的不好说。从传承而言，若能在祖国大地东西南北中保留一批像沙面这样有特色的小镇或村庄，对子孙后代都是一种有意义的民族意识强化及灿烂中华文化的展示，没什么不好。

事实上，城镇化已经全国启动，如雨后春笋一般，从南到北、从东到西、从空中掠过，有些特色小镇或村庄留下了，但大部分拆除了。现在看，也许保留不保留不重要，可放在历史长河中再看再想，保留下来就很有意义了。期待各级管理者多一些耐心，多一点爱心，少一点短利，少一点浮躁，拯救那些具有历史文化意义的小镇或村庄吧。广州很发达，却能保留住沙面，因此，借鉴沙面吧，必功德无量。

2016 年 10 月 写于顺德

18. 渭北采风

♡

读阮义忠的《人与土地》启发

台湾知名摄影家阮义忠在 2016 年 10 月来到深圳企业家摄影协会授课多日，我却未能抽出时间听他讲课实为遗憾，后来朋友给我要了一本他签名的《人与土地》摄影书赠送给我。朋友说："这本书会适合你的。"是的，蛮适合我的。这本书写得非常好，每篇文章约千字，配一幅图。这本书收录了作者在 20 世纪 70-80 年代的台湾照片、摄影经历及人文情怀，主题讲述了人和土地之间的关系。等我翻阅第二遍时，脑子里常想着自己的故乡——陕西关中渭水流域。

一直以来，我在静静地拍着故乡，但一直没有把拍摄的照片系统拿出来与朋友分享。为什么？我担心我的照片不足以表达对故乡的那份深情厚爱。受到《人与土地》启发，试图先从一个点开始整理，期待有时间既有胆量又有深度地不断深入下去。

年初二到合阳

跨入 2012 年，这一年是龙年，不用解释，图腾龙的国度遇到龙年

《剪纸名人》，陕西合阳，2014 年

那是多么重要的一件事。渭南紧邻黄河西岸——陕西的东大门——西安的东门户，无论历史、文化还是生命承载，在中国都是举足轻重的。一条渭河从渭南地区穿过，将渭南地区分割成渭北和渭南。趁龙年的到来，市政府审时度势，组织了香港凤凰卫视和全国各地数十名摄影家一起拍摄一部《正月里》纪录片和画册，我应邀参加了。

我家在澄城。澄城和合阳相连。

2011 年大年三十和 2012 年大年初一与父母团聚，初二就开车向东翻过一条沟，半小时后，到达了合阳县城。这次活动安排的内容极其丰富，在这篇《图文说世界》里只介绍合阳的上锣鼓表演、蒸花馍、制荷灯、祭河神，这些浓郁的地方习俗。

上锣鼓

我们一行来到东雷村。

东雷村处在黄河西岸的岸边。站在村头向东看，脚下是黄河，河对面是山西省的土地。上锣鼓在这个村有着悠久历史。这是一种古老的传统民俗，包含了大鼓、小鼓、锣、铙在内的春节社火锣鼓。表演由北社和南社两队竞争而起。高潮时，因两队争先跳上大鼓，边击边跳，气势如虹而得名。"上锣鼓"一词已经收录在字典里，成为专有名词。

上午，我们在村里转悠着。这里前些天刚刚下过一场雪。街上阳面的雪已经融化。在阴面和墙脚，太阳晒不到的地方还积有不少残雪。村民早知道我们要来拍摄，因此表现得十分配合和热情。这一天，天色极好，蓝天在上，温暖如春。举办方把一个大院子作为我们的聚合点，累了，进来吃进来喝，吃饱喝足了又去拍。好久没有这么拍片了，这次拍得过瘾。相比之下，我拍摄得最为用心，因为我在努力完成着一部心中早已计划的故乡的纪实作品。

下午，北社和南社的锣鼓手各自在自己营盘里操练得热火朝天，热血沸腾，在总指挥的指挥下，两队从南北两头并发，有举旗的，有抬鼓的，有摇旗呐喊的，在近百人拥簇之下，声势浩大慢慢前行。两队还没有走在一起，杀声早已传到。当两队短兵相接就像仇人相见，厮杀开始。于是，满巷子都是人，围得水泄不通；满巷子都是声，交汇人声鼎沸。一方声大，另一方声更大；一方威猛，另一方更威猛；一方跳上大鼓一展雄姿，另一方跳得更高……锣鼓手个个扮成怪吓人的模样，有的大眼珠凸暴，有的扮成魔鬼，多姿多彩，一震对方。比赛结果自然是要分出胜负的。胜者可获得一块大奖牌。奖牌保留一年，次年再战。就像世界杯足球"大力神"杯一样，每届冠军队可以保留直到下一届世界杯决赛。尽管没有现金奖励，但为了声望、村威都要拼上老命干上一场。

入夜，两队再次比拼，一决输赢。

寒冷气温下，只见两队的打头者及鼓手们赤裸上身，手举火把，杀气腾腾。打头者不断喝酒，然后把酒喷在火把上，火花忽亮，火花四溅。站在高处，就会发现巷子里有两条火龙在游动、旋转，能屈能伸。两队

《做柿子饼》，陕西韩城，2014 年

选手都不甘示弱。我担心他们激动时把大鼓击穿。事实上，这是不可能的。他们的大鼓是特制的，不仅硕大，而且坚韧及弹性好，站上几个彪形大汉都没有问题。

经历了这么一天，特别是上锣鼓表演，可谓大开眼界，乃至于我写《博弈》小说时把这一场面放进小说里。在我后来加入碧桂园，还特意选了三幅上锣鼓表演的照片挂在办公室，足见对我的影响是多么地深远，故乡如酒的浓烈之情挥之不去。

祭河神

次日，我们来到岔峪村。

此村也离黄河最近。这里的河道水面比较宽，水流比较缓，在河边自古有渡轮码头。坐上船可到河里打鱼，坐上渡轮可到对面的山西走一趟。此时，河面水静的地方浮了一层薄冰，阳光之下如粒粒珍珠一样耀眼无比。

因岔峪村的人时常风里来、浪里去，加之祖祖辈辈休养生息在此，百姓为了祝福生者，尊重死者，祈求河神保佑，又由于受到关中历代风俗影响，于是形成了特定的习俗。

蒸花馍。花馍的面花种类可分为祝寿、婚庆、节日、过岁、丧礼、礼品等；花色主要采用红、绿、蓝、黄、紫、黑六色组合。其产品如虎馍、鱼馍、鸡馍、燕子馍、鱼喜莲馍、狮子馍、寿桃馍、佛手馍、枣馍、石榴馍、曲莲馍、胡桃馍和钩搭馍等。组合花馍则有大谷卷、高馍盘、插花馍和蜗牛山等。据了解，合阳县的面花久负盛名，被列为"秦艺六绝"之一。

放河灯。因为大多数河灯都是红色，形状就像绽放的荷花，又被称为"荷灯"。传说由于岔峪村地处黄河的沟峪口，村东的住户紧靠河岸，每到黄河涨水季节，这里常常闹洪灾，临河的庄稼地和房子常被洪水冲垮，洪水泛滥给这里的村民带来过无穷的灾害。因此，每到洪水来临季节，村民们都要组织放河灯来祭祀河神。

事实上，放荷灯、献花馍、祭河神，祈求村庄不被河水浸淹成为当地古老的习俗。近些年来，尽管这里免于受灾，社会飞速进步，但习俗依然保留完好，足见村民对黄河神的敬仰之心。

在岔峪村，我们走家串户，不仅了解了蒸花馍和制荷灯的全过程，还认识了当地的能工巧匠。欣赏之余，为他们的精细过程、精美作品而折服。

繁琐的安排一直持续到下午，一切就绪之后，只等吉时，吉时一到就开始祭河神。祭河神安排在一个面向黄河的晾晒粮食的广场上。广场上早已聚集了很多人。一声号令，妇女们端着花馍一字排开，从山坡上行，见头不见尾，绕过村里的每家每户，然后到了广场。村里德高望重的人念着长长的祭词……祈求河神保护百姓，国泰民安，五谷丰登，再创辉煌。

站在广场人群中，我也有些心潮澎湃了，我第一次感到黄河不再是地理上的一条河名那么直白，它对我们太重要了。记得小时候，我们县里缺水，父亲就参加过"抽黄工程"，工程结束后，引来的源源不断的黄河水可灌溉农田，可提供饮用，解决了百姓饮水困难这个大问题。我曾经去过青海的黄河源，那里水很小，水像从无数毛细血管四处冒出似的，经过几千公里向东流动，一路吸纳了不知多少支流；我到过兰州，到过壶口，到过三门峡，到过河南，每一处所展现的黄河是不一样的风采，最后，我也到过远在山东省东营市的黄河入海口。黄河起码养育了半个中国。追溯历史，黄河是中华民族的发祥地。那时那刻站在黄河边上祭河神，对母亲河的敬畏之心油然而生，感激不尽。

城镇化下的思考

这次春节采风后，我还想着再去合阳。

也巧了，很快又有一次采风机会。这一次是由中国公共关系协会安排。我在协会挂着一个副主任职务，自然就会接到通知，那是金秋十月。

这一次，我们去了离县城最近的一个农村。

当然，拍摄是我们的主要任务，因为每个人最后要交出二十张作品留给当地政府。即便不这样，我也会认真发现、拍摄、记录。前面提到的，我脑子里的任务还没有完成。为什么会这样，因为我来自农村，知道城镇化是国家当今推动的最大事情之一，我又一直推动着统筹城乡业务，真切地告诉自己要努力记录这一变化的过程，也许就能完成一份责任报告。

是的，这里和我出生的县城一样，很多村庄已经人去窑空，年轻人通过各种方式陆续进了城，进城之后不再归来，而留在村里的都是一些孤独老人和儿童。事实上，老人们孤独，年幼的孩子们感受不到父爱母爱。如今，农村问题越来越严重，已经引起很多有识之士的极大关注。

回想起东雷村春节热闹的一幕，其实也有无限的感慨。因为，热闹是短暂的，年轻人过了正月初七最迟十五都要离开，农村又一次长达十二个月会静下来，恢复平时的孤独。有留守妇女说，村里狗比人还多。

也许再过若干年，许多村庄都会消失。随着这一巨大变迁，传统习俗还会继续保留吗，我打了一个巨大的问号。问号打了，是给谁打的呢，可又能做什么呢？农村城镇化是一个势不可挡的趋势，也许数十年一直延续，将彻底改变着中国，那么，合阳的农村也一样在改变之中，是好是坏其实谁也说不清，也没必要说清。看到农村春节这一时的热闹也很高兴，看到村民还坚持着传统习俗很高兴，但每当想到时代巨变所带来的不可逆转的现状，热闹的村变成了废村、孤村，就再也高兴不起来了。也许我从骨子里还是有农村情结的。

那天，在丰富多彩的采风活动中，组织者还精心安排了一场《诗经》篇章朗诵会，请了北京名人，他们穿着古装，风度翩翩，字正腔圆。活动地点选在黄河流域最大湖泊型湿地——洽川。洽川的总占地面积一百六十五平方公里。《诗经》中的"关关雎鸠，在河之洲"，讲的就是这里。因此，这里山美、水美、人美自古有之，再加上厚重文化和习俗之美的传颂，正是渭北的写照。我想，这也正是城镇化下需要关注的怎么保存和延续下去的命题。

人文纪实摄影人的责任

作为人文纪实摄影人，永远要有社会和历史的责任感，要有关注民生的情怀，要抛弃那些功利心重的期待，这正是我对摄影的思考和定位。那么，农村城镇化的题材正是这个时代的符号。

2016 年 10 月 写于深圳

19. 站在古村村头的猜想

♡

　　冬日里，我去了深圳大鹏半岛葵涌镇东北部的坝光村。

　　坝光村是深圳最美的客家村落之一，由十八个自然村组成，散落在十六公里的海岸线旁。当身临其境，会感受到这里有一股宏大气场。从风水角度看，这里的笔架山和排牙山脉成掎角之势，天然形成了一个屏障，屏障之上长满大树，树种以榕树为主，也有珍稀红树树种——银叶树，而北边的海水，潮涨潮落，不仅养育着这里的世代百姓，还有利于红树林树木的繁荣生长。

　　当寻找最富有盛名的十八村之一的盐灶村入口时，我们花了一点时间。因为该村正被大型的基建工程包围和切割。好不容易走进一个入口，大门口守候着一位没精打采的保安，因为这里被地产商圈地占有。如果不问，哪里敢走进呢？

　　如果把坝光村比喻为一条盘在一起的巨龙，那么，盐灶村就处在巨龙的眼睛部位。走入村中，这里十分安静，能听到不远处海水拍打岸边的声音；眼前看到旧屋保护工程暂时停止，因为春节的原因，工人放假了；是啊，大部分房子坍塌，部分树木枯死，鱼塘干涸，伸向海里百米的长桥废弃……热爱城镇化话题的我又一次凝思了，于是穿越时空有五个猜想。

猜想一，这里曾经是个渔村，挺大，人们"靠海吃海"，一方面以捕鱼为生，另一方面是从事渔业集散的相关事情。在长达上百年的日子里，由于这里位置显要，这里一定很繁华，在周围一定颇出名。如今这里留下的岭南建筑及多个祠堂可以为证。

猜想二，五百年之前，村里就有一些能人，他们有思想，顺应天道，就开始种植及维护银叶树（目前世界上仅日本、印度和中国才能见到）。于是，得到世代村民保护，就活下来了二十多棵四米到五米粗的银叶树。如今，这些树木站立在龙的眼睛上，根系盘错，姿态各异，乃为奇观。

猜想三，在这个拥有数百年历史的村子里，一定发生过很多故事，譬如家庭纠纷，渔业之争，码头之争，权势较量。大家都知道，有人的地方就有矛盾，有矛盾的地方就有商机，乃至于还要大开杀戒。最后，一定是有人赢了有人输了。这里赢的人也许建造了当地富丽堂皇的房子，一时成为佳话，让很多人嫉妒乃至于恨。随着时代进步，渔业经营换了方式，村庄逐渐衰败，这里也就不得不走向消亡。

猜想四，随着近代革命及如火如荼的城镇化发展，村庄的年轻人离家远行，有人闹革命去了，有人打鬼子去了，有人出国去了，有人进城去了，有人到外地打工去了，而留下的老人逐渐驾鹤归天，加上自然环境因为人类破坏而恶化，此处交通不便的村庄被现代化遗弃是再自然不过的事实了。

猜想五，由于中国人思乡爱乡之情亘古有之，每每提到故乡，是很多人最愿意花时间、最愿意投放情感的事。我看到这里古屋门框上还有稀落的旧对联，想必是去年留下的吧。又快要过春节了，发现村庄的后人们有人回来看了看他们的古宅，以寄情，以思念先人。我常说，时不时能触摸故乡的泥土，说明我们还活着。人不仅身体要活着，灵魂也要活着。只有身心都活着，活着才有意义。

在当下中国，处于盐灶村状况的村庄应该颇多。有人推算过，中国每天有一百到两百个村庄正在消失中，是好是坏没人能说清楚。这是历史车轮碾压的结果。历史车轮总是滚滚向前，谁也阻挡不了。因此，再牢固的房子都会随着时间流逝而被遗弃。在广东开平看到的那些碉楼，是华侨在国外省吃俭用积攒的钱寄回国内建造的，有些还采用了国外的设计和进口材料，它们曾经辉煌过，扬过名，很令人仰望，可是现在呢，不也破旧在废墟及田野上吗?

其实想想，多少事，到头来不就是一帘春梦吗?

2017 年 1 月 写于深圳

20. 宁夏西海固之行

    一直以来，乡村建设及发展是我最为关心的课题之一。

    这主要源于自己生于农村，长于农村。农村是我的根以及生命的源泉。尽管近四十年生活在现代化的大都市，但难以割舍的乡情、亲情让我对农村总有一份牵挂。因为牵挂，迫使我时常需要抽时间回农村看一看。

《村头秋千》，宁夏窑山村，2017 年

为了长久的记忆

春节前，在北京和知名雕塑家李小超一起聊天，说到乡村记忆的话题多有感慨，我们一拍即合，期待年内在北京等地搞一次《乡村记忆》巡展。他用雕塑和绘画，而我用摄影作品。当猴年刚过步入金鸡报晓的正月，我们几位挚友来到宁夏西海固进行采风。

这时已立春，西海固午暖还寒，恰好还遇到了入冬以来最珍贵的一场雪。几经辛苦，我们去了十多个村庄，有的以回民为主，有的以汉民为主。

狭义的西海固是由西吉、海原、固原组成，而广义的西海固还包括了黄土高原丘陵区的彭阳、同心等地。在当今中国版图上，西海固很出名。出名不是因为这里富有，而是因为这里严重缺水，气候干旱，植被缺乏。这里大多村庄位于素有"贫瘠甲天下"之称的地区，曾被联合国粮食开发署称为世界上"最不适宜人类生存的地区之一"。

我是首次踏入西海固的，之前做了一些功课，这里有很多故事蛮感动人的。之所以感动，是因为这里百姓活出了应有的精彩、尊严，在精神上获得了巨大升华。他们生存条件虽差，却敢于挑战命运，挑战生存环境，变不可能为可能。这里许多村庄存活了上百年。如果不是因为近几十年的城镇化建设的发展，这里的百姓仍然会在这里生活下去的。

酒店服务员说了真言

在一个多云、刮着冷风、天气很冷的一天下午，我们离开县道，贸然把车子拐进同心县的五道岭子村。

车子进到村里深处，不见一人，想必这个村子的人全都搬走了，但却被一座清真寺所吸引。

清真寺建在村头，很远就能看到它那特有的葱头标识。

我们停下车，朝清真寺方向步行而去。快到清真寺附近，突然看到四个小孩冒出来。他们追逐着，嬉乐着。接着，便听到狗吠声。

也许要过春节的原因，孩子们个个穿着鲜艳的新衣。

当孩子们看到我们后，他们的追逐嬉闹戛然而止，我们倒是非常热情，他们有些胆怯，彼此之间没有什么过多的语言交流。我们只好顺着狗吠的声音走去。

狗拴在一群羊的旁边。羊围在树枝围起来的圈里。圈前面是沟壑，沟壑很深，而后面则是一排破烂的土窑洞。

主人不在，狗吠不停。

我们绕过狗，从村头走到村尾。村子就建在三面开阔的山峁上。

这里的村子和我以前见到的被遗弃的村子差不多，满目凄凉，譬如倒塌的房子，破碎的门窗、玻璃，主人家遗留下的杂物、年画、对联、断裂的土墙，被遗弃的树木、杂草、碾子、水窖、牲畜圈，等等。

不容细说，一副败相。

寒风中，我带着少许伤感就要离开时，偶见一个妇女在村头打水，妇女的两个小孩跑过来。难得一见的画面出现了，马上抢了镜头。

这是一个回民女人，体格强壮，手里提着水桶。我们紧随她去了她家。原来，刚才见到的四个孩子全部集中在这里。随着聊天，又出现了两个妇女。再一聊，才知道他们就是这个村庄剩下的全部人了。

这个村子原来大约有四十户人，绝大部分家庭搬进政府建造的农民新村里面，现在仅仅剩下这几户人了。刚才提水的妇女属鸡，今年三十六岁，已是五个孩子的母亲。前四个是女孩，第五个才是男孩。她丈夫和两个大女儿外出打工。据说，月收入五六千元吧。如此这般，日子还过得去。

这三户人家也将要搬离这里，只是时间问题了。他们都在等。等什么呢？主要还是钱不够。尽管政府补贴两成，但他们还要拿大头出来。对于孩子多的家庭来说，这是一笔不小的负担。

离开这个村庄已是暮色，风在吹，冷入骨，热情的三个母亲和孩子把我们送出了很远，他们身旁的清真寺变得特别突出。

清真寺的完好，也许正是留下来人们的精神寄托。

其实，离这个村子不远处，就有政府修建的农民新村。站在村头朝西看，就能远远看到。那里的条件比这里应该会好的。

回到酒店见到服务员，记得早晨出门时问过她，她曾说："那些老村庄嘛，年轻人早都不去了，要去的都是些老人。"她说得没错，我们是老人了，也许只有老人才念旧情的。

荡秋千的两个男孩

在这一带采风的日子里，见过许多，而两个男孩荡秋千的情景让我记忆深刻。

一天上午，天阴，雾大，下午下起冰碴子，气温猝然下降到零下十摄氏度左右，那时，车子在省道上行驶时有打滑，上坡艰难，我们只好掉头往回走，生怕被大雪困在前不着村后不着店的半路上。

在上午时，中途去过窑山村。

窑山村建在大片斜坡上。村子的坡度并不大。一片巨大的破房子把我们吸引住。我们停车，掉头，开进村子里，而迎接我们的是在村口的一只大黄狗。大黄狗发现我们，顿时叫了起来。狗一叫，女主人出来了。女主人也许见我们是陌生人，又是过路人，理也没理就掉头走了。狗朝我们狂吠，好像要把铁链扯断似的。

眼前村子一派惨况，可用惨不忍睹来形容。

还好，废墟中，从一个破旧的院落里走出穿着棉衣的一个老人和一个年轻人。一看便知他们是父子关系。父亲头戴白帽，儿子没戴却蜷着腰。和他们聊起来才知道，此村原来有一百多户人家。二十年前，这里很热闹，很繁荣，人和人还比高低，甚至比得你死我活的，如今成了废墟。据父亲说，村里现在只留下四户人了。其实，他们也已搬进农民新村，因过春节，家人多，新村住不下，才临时回到村里住几天。等孩子一走，又会回新村的。

我问了一些问题，父亲说，住在这里没什么不方便，水来自院子里的水窖，只要带些面、肉和青菜就可以了。临时取暖，可用树枝等生火炉。这样的日子过了一辈子了，没什么不方便的。

经老人推荐，我们去了据此两公里远的石塘岭村。石塘岭村有一个清真寺，说是十分精致，建筑艺术性高，经常有人远道而来参观。

这处建筑的确与之前看到的清真寺不同。首先是外形，少了顶上的尖圆，少了琉璃瓦，而是一个方形的建筑；其次，建造的位置很特别，在一片空旷处，既远离城墙，也远离村庄。

离开这个村庄后车子继续前行，被两个荡秋千的男孩所吸引。

秋千的绳子拴在高高的树枝上。这两棵树很大，很老，枝系发达，也许有数十年树龄了。而这家人的院子独独建在旷野上，和省道公路紧贴。两个男孩一个推一个，玩儿得十分开心。

车子徐徐停下，我赶忙冲上前拍照，却被孩子们发现，他们迅速停下来像兔子一样朝家里跑。我猜想，不久的将来，这家人也会搬走的，而秋千和老树也会被遗弃的。这样悠然自得的生活将不复存在了，也许就永久停留在我的镜头中。

城镇化催生着万物巨变，包括生活方式。

吴家沟的蓝天白云

一听有个吴家沟，我马上来劲了，因为是我本家的村子。

昨夜下了入冬以来一场难得一见的小雪，村民们高兴极了。次日，招商局李局长陪同我们去了二负营村。

吴家沟交通不算便利，需要绕几个弯、上几个坡才能到达。昨夜的一场雪，让梯田变得有线条，红白相间，很美，给了我们许多惊艳。

我们走进村头的第一家，家人姓张，见到有外人来访很热情。再一了解，村子虽然叫吴家沟，姓吴的人却反而不多。

其实，这家人已经在镇上居住了，由于张先生的父亲得了肺癌，三年了，在家中等老，在过年时候全家人都回到村里陪老人。张先生五十一岁，有四个孩子，前三个是姑娘，最后一个才是男孩。老大工作了，老二和老三都上了大学。活在蜜罐中的男孩上了高中，说是学习一般，家人都为他着急。

张先生介绍了村里的一些情况：

这个村原来有两百多户人，分了六组，如今六组人差不多都搬走了。站在对面山坡上看去，村子坐北朝南建在斜坡上，密密麻麻的，如今人去村空，仅剩下几家人。

"都想马上搬走，关键还是要有钱。"张先生说。

听完张先生的介绍，我们在他儿子带领下把村子走了一遍。期间，遇到一个五保户老人。他一辈子没结婚，现在七十岁了。村里没有了自家人，全靠政府资助。和他终生为伴的是条狗，狗很厉害，见我们过来就狂吠狂抓。老人倒是很热情，很客气，谈话中说，也想搬离村里。看样子，老人一定也觉得没什么意思。

随后还看了多个村子。

我一直思考着一个问题，西海固之所以被联合国评为最不适合人类居住的地方，那主要是因为缺水，但实际上，勤奋而又智慧的老百姓早已找到了解决用水办法，除此之外，这里空气好，没有雾霾；这里的羊是放养的，很美味；这里蔬菜开启了大棚，什么菜都能在大棚里培植；这里不受外界影响，生活简单，幸福指数不差。唯独教育、医疗没有解决好，若能把这两个问题解决好，他们是没必要进城的。可是，这只是假设罢了。

2017 年 2 月 写于深圳

21. 古村的门锁

♡

　　一般而言，踏足桂林必定是因为这里的山水的诱惑。我这次前往遇到了多日阴天、小雨。风雨中，桂林的山水还多了几分含羞娇柔的媚态。期间，专程去了大圩雄村、大圩古镇、兴坪古镇、灵川江头村等村落。城镇化以来的村庄记忆依然是我的兴趣点。这里提到的几个村庄在当地乃至全国都很有知名度，它们是不幸中的幸运者，已经被政府保护起来成为奢侈品，被商家改造后焕发着青春，被游客参观继续着它们的尊贵。

　　我去过不少村庄，甚至想到在 2017 年至少要去一百个村庄，然后给每个村庄留一张代表作，算是对城镇化下的村庄记忆这个主题的交代。本文仅想从桂林周边古镇的"门锁"说起，算是一种小小情怀吧。

　　门锁，本是村庄一切万物之中的普通一物，只要房子住过人，主人在离开时，大凡都会在院门上加把锁。如果一个村庄曾有一百户人，其中九十多户人已经离去，那么，至少有九十个门锁曾经挂在院门上，想必这是再自然不过的一种现象吧。

　　在古村走上一遍，如果不去刻意留意残留下的门锁，就不会发现门锁也各有风情。简而言之，门锁大致分成两类，一类是一块铁锁，而另一类则是非铁锁。非铁锁可以是一根棍别在门上，一条铁丝绑在门上，

《门锁》，桂林，2017 年

一堆砖头垒在门上。说白了，门锁的作用是为了防君子而非防贼，所以就是一个心理安慰的姿态罢了。

走在村子里，看着那些破烂不堪即将被遗弃的房子，多少有些惆怅。很多门锁很久没有动过，上面落满了灰尘，布满蜘蛛网，说明主人自从走了之后再也没有回来过，但不知是因为伤心还是欣慰而去，总而言之，留下了代表主人把守门户的锁子早已生锈了。锁子们变得孤独，静静地等候看主人的归来，可无情的主人再也没有回来。看来，主人真的不再回来了，因为这里没了价值，又带不来荣耀，而同时外面的世界是多么地精彩。

我在拍摄门锁时，都是一套基本动作，首先是看上一会儿，其次是想上一会儿，最后透过门缝隙偷窥院子里一会儿。通过这一系列的动作，无非想发现点什么，譬如，这家人曾经在村子里大约处于什么生活水平，估计是大户人家还是小户人家，是干部家还是非干部家，是男孩多还是女孩多，他们曾经以什么方式为生，离开这里已经多久了，后来有没有再回来过。说实在的，少部分看得出，而大部分是看不出来的。其实门锁告诉我，那些过去处在村里好位置及富裕人家的院子，如今仍然被重视着，或后人时常会回来，或会让游客参观，或被商人利用起来，这类房子的门锁自然是新的。

一个刮着冷风的下午，我来到大圩古镇。

古镇始建于公元 200 年，距今一千八百多年。老街顺着漓江而建，绵延约两公里长。不宽的街道上铺满青石板。

石板路两边尽是老房子。房子里面是院子。

有些老房子还在用，而大部分老房子已人去房空。门锁后面，破碎的木板墙，墙里面黑暗，有少许光，光中可见到留下的坛坛罐罐及许多杂物，偶然能见到有影子移动，那一定是未能进城的年迈老人的身影。

只有当走到幼儿园附近，才能听到教室里传来的欢声笑语，才能见到几个老人在玩牌和下棋，证明这个村还没有完全被遗弃。

看到一家显赫大门上的门锁开着，伸头看时，一个浙江口音的年轻商人顿时出现了。他说他盘下了曾经村中的四大姓之一廖家的房子，足有两千平方米。一时高兴，带我们在房子里走了一圈。他说他是一个矿老板，有钱后到处收藏古物，然后存在这里。走进潮湿、黑暗的房子里，里面堆满古物，加上古宅曾经的精妙构造，可谓大开眼界。

世界上最厉害的人是商人，他们能看到商机。

房子再烂，也是私有财产。在人们心里，房子就是家。家是一个人的根，不管你走在哪里，也许在外面干得很有成就，只要老房子在，根就在。守护着这个根的，也许就是那不起眼的门锁。

在村子里走过大片面积后会发现，往往主路两边的房子会比较好地保存下来，而远离主路的房子差不多都被毁坏了，大部分门锁早已不知踪影了。

站在门锁旁我在想，门锁若在，也许后面的故事还在延续。门锁都不在了，里面杂草丛生，院墙倒塌，蛇虫横行，那这里的故事就该结束了。

很多遗弃村庄的故事反复证明，人生就是个过程。不管你曾经过得是否精彩，都只是一个过程。活着时，每个人都努力演绎自己的人生，若扣除读书及退休后的日子，也就短短三四十年可做一点事。站在历史长河中，这点时间很快就过去了。可是，要过好每一天也不那么容易。辩证地来说，百分之九十九的人只能说为了活着而活着。

门锁看起来重要，其实早已不重要了。

千百年来，围绕漓江水建造了许多村庄。山水交融，天人合一，让桂林名扬四海。

无论大圩雄村、大圩古镇、兴坪古镇，还是灵川江头村，它们都拥有上千年的历史，出过不少名人，创造过无限辉煌，皇帝还写过匾，可当历史的车轮像泰山一样碾压到这些村庄时，这些村庄照样被压垮了。

带着考究的心情看门锁，小就是万件遗物中的一种而已，不足挂齿。

在兴坪一处古宅里发现一块板，上面的字是彩色粉笔写的，标题是《回忆》，内容说："人生就像拉屎，有时候很努力了，也只是一个屁。"话虽然粗了点，但的确有道理。尽管如此，一代人接一代人依然得努力。努力了，屎才能拉出来。拉出来了，肚子才舒服，才能继续吃，继续喝，而同时为了吃和喝又得铆足劲去拼搏。

相比之下，桂林周边村庄的命运已经比我曾经去过的陕甘宁的村庄命运好多了。这里因为有水，有灵气，相信风水会轮流转的。守住这块宝地，说不定哪天还会火的。雾霾笼罩下，完全可以大胆想象。占住一片水、一片绿洲，就意味着占住了金山银山。

门锁的情怀，情怀下的门锁……

2017 年 3 月　写于桂林

22. 重登华阳山巅

五一假期前，因为有一天的空隙，就给华阴两位老友去了电话。他们早已期待我能再次来华阴，再次一起进山拍照。

我们决定去华阳。对我而言，是二进华阳，而这哥儿俩更是了。

著名的华山就在那里，属于秦岭群山中一部分。上面有五座峰，南峰最高，古人比喻为一朵莲花盛开的五个瓣，于是俗称莲花山。华山是道教圣地之一，是五岳之一，不仅峰如刀削，峻峭，挺拔，独特，还留下了许许多多非常丰富的人文传说。

我曾经说过，我会从四面八方拍华山，期待拍出不同于其他摄影家眼中的华山。过去已经拍过二十次了，这一次又算一次。

这次同样计划是从华阳看华山，但走的路线和上一次的有所不同。

这次走的是刘家沟。

城镇化之下，刘家沟也受到了巨大影响。比较之下，和所有被遗弃的村庄并无两样，年轻人走完了，很多家庭搬走了，留下的只有个别家庭某些人。留下的人也想走，但走是需要一笔钱的，同时还要考虑进城后是否有稳定的经济来源。

路过村子时，在残破的屋子背后遇到一个洗衣妇女，她很诧异。也许很久没有见到游客了，质问我们来这里干什么，我们说，要到刘家沟

《孤傲》，陕西华阳，2017 年

草甸。她说走错了，应朝那边走。

村子人少了，反而这里的依山傍水的景物复原了。

从刘家沟上山，需要走一段很长的路。说是路，其实不是路。一路山石横飞，一不小心就会被绊倒。尽管如此，因为有目标，就顺着羊肠小路慢慢地前行。

再一次问自己，为什么突然有这么一次上山安排，内心深处其实有两个考虑，其一，上到山顶南看华山。过去看华山，要么从北面看，要么置身于五峰之中。记得从华山南峰向南看，越过下棋亭、五老峰看远处的崇山峻岭，大有藏龙卧虎之气，但其中会有什么呢，一直就想探秘一下。其二，考验一下我的腿脚、心脏和肺。好久没有爬山了，腿脚是否还好使，只有爬了山才知道。还有，就是检查一下心肺。我知道这个假期之后，将又一次投入到长时期的紧张工作中去，至少两年，以证明自我的人生价值。那么，身体是否给力，需要步履考验一下。

我们十一点开始爬，一步一个脚印。说实在的，沿路风光一般，既无秀美山水，也无峻峭山峰。有点失望。当地人说，刘家沟草甸很不错。可是，我们在分岔时走了滴水岩一边。真没有什么可看的。山峰还在远处，我们早已气喘吁吁、体力不支了。

沿途偶见牛羊。牛羊是当地农民放养的。牛羊在山谷中随意游走，随意生存。据说，主人家数月都不理牛羊的去处。很多时候，几个月后，点数牛羊时会多出几个。牛羊也是生命，一样会谈情说爱、有传宗接代的功能。延续生命本来就是生命存在的价值。对于农民来说十分开心，因为多一只羊就多了几百元现金，多一头牛就多了几千元现金。这里出产秦川牛，很出名。

经过努力拼搏，终于来到一处山梁，眼前豁然开朗，赛华山就在眼前，近在咫尺，伸手可及，之前的无聊之意一扫而光。而此时，最能想到的就是那句励志名句："无限风光在险峰！"

我们哥儿仨，顿时脚下生风，按快门如发射子弹一般。

其实此时，我们还没有到达山顶。离山顶还有很远距离。此处还看不到华山。要看到华山，还要继续爬上二百米。

这个季节，山下桃花、杏花、梨花已大部分凋谢了，而山上的树木刚刚长出小小花蕾。花蕾长在没有叶子、发黑、发枯的树干上，细看，倒是春天的气息有了一些。火烧似的枯树有种凄凉、孤傲之感，但依然活着，更令我对生命敬畏。

这一天的天色异常蓝，蓝得有点假。越向上走，越觉得就要摸到蓝天最蓝之处。原来蓝天离我们很近！相比之下，之前山下温暖如夏，而此时山上寒气逼人。当坐在山巅一块大石头，摊开一路辛苦背上来的食物——牛肉、烧饼、黄瓜、西红柿等狂吃一阵，那才是享受啊。

站在两千两百米的山巅往北看，似乎地势略低的华山在遥远处，觉得遥不可及，但依然鹤立鸡群，石色如绸缎，如在万山之上安放的一块金元宝一样；向南看，山连山，无穷无尽，如一幅绿地毯上刺绣出来的花纹，既有规则又有主轴，真有提神之妙。秦岭雄风，威严天下。联想华山之名之寓意，足见古人是多么智慧。立于此地的中原宝石，正寓意为中华民族的顶天支柱。

徐徐凉风吹来，那种神清气爽顿然而生，再一次想起哲理诗句"欲穷千里目，更上一层楼""会当凌绝顶，一览众山小"的那种超意境和超现实的感觉。

因为要赶时间，下山下得非常快。阳光不再像上山时的刺眼，而是变得柔美。我们又一次回到村头，村头遇到一个农民赶着一群牛。农民背着手，双手握着鞭子，优哉游哉。牛吃饱喝足了，顺着小路回家。夕阳余晖下，路边的野草透亮，树的叶子透亮，牛的皮毛透亮，农民的乱发透亮……几乎周围见光的地方都透亮，一幅真实巧合的《暮归》图神立眼前。生命有时就是如此，给点阳光就灿烂。

在刘家沟的村子里花了五十元，一人一大碗大锅熬出来的稀饭，刚炒出来的土鸡蛋、土豆和青菜，热锅黑土豆馒头，花钱也许是多年少有的便宜，但可以肯定地说，这是吃得最香的一顿饭。

饭香四溅，哥儿仨开心。

来回走了近八小时，事实证明我的腿脚、心肺是可以的，是及格的。那天晚上，之后驱车两小时回到县城，和父母五一团聚了。

一位成功的企业家说："如果你一出生到学会走路永远都踩在红地毯上，两边都有鲜花；当有太阳有雨时有人替你打伞，走路时还有汽车……你觉得有什么意思吗？如果每天都有好东西给你，你人生还有意义吗？人生就像爬山，有太阳晒，一路辛苦，不过当你爬到山顶有棵松树，你坐在那里有凉风吹来，这才有幸福感。人就应该是这样不负你的一生。"

这段话很应景，很有道理，已经收录在新书《我在碧桂园的1000天》之中。

近日续读《道德经》相关书籍，其中曾仕强先生著的《道德经的人生智慧》蛮有启发。他说，古代人写文章并没有标点符号，需要读者断句，不同断句就有不同意思。原版《道德经》里的名句"道可道非常道"就有三种断句法，其意有所不同。第一种："道，可道，非常道。"第二种："道可，道非，常道。"第三种断句是最常见的一种："道可道，非常道。"但无论哪种，都强调"道"是看不见、摸不着、无色、无味，自从"人类来到地球做客"就存在了"道"。"道"影响着万物，万物循道而生，最后又归于"道"。

"道"反复提醒人们，凡事都有两面性。当别人说你能干时，别得意；当别人说你很差时，别沮丧。如果能正确全面理解"道"的精神，你的人生才会多一些快乐，少一些烦恼。

华山之北为阴，以南为阳。《易经》说，"一阴一阳之谓道"。阴阳平衡正是中华民族长盛不衰的法宝之一，也是每个人做人做事养生的根本。

入华阳两次，也许还要入第三次。

2017 年 5 月 写于渭南

23. 城殇·城记

♡

9 月中旬的一天晚上，我在大同参加完摄影展后，收到摄影家陈雁秋一本《城记》画册。画册有手掌那么大，里面收录了他这么多年在大同这座城市拍摄的城市记忆作品，五十幅。作品是黑白调子，洁净，富有历史的厚度感。我知道这只是他众多照片中的一小部分，可为精品。那天晚上，我们交流了好一阵子。他依然用 120 负片，定焦，完成这些作品的。他说每年他给自己订了个目标，至少要拍一百个胶卷。到了今时今日，他仍然自己冲，自己洗，实属难能可贵啊。这一切，皆因他喜欢这座城市，他担心原有的城市元素消失了，再也找不着了。

每一次城市变革，必然要将主观认为的旧有、过时、危险的建筑拆掉，无论昔日这座城的历史、建筑史是多么璀璨，该丢弃的还得丢弃。随着改变，城中人的生活方式也随之要改变。有些改变是顺其自然的，可有些改变却是强逼的。这也就是文明进程中不可缺少的行为。

无独有偶，我也是陈雁秋式的人，比较念旧，有历史感。所以，我也喜欢用影像记录城市的变化。

我在香港生活了三十年。从 1997 年香港回归算起，记录这座城市正好二十年了。今年 6 月末，我在深圳高铁站、天安数码城举办了二十年回顾展，9 月来到大同举办了"一带一路"《香江·乡情》展，10 月中在北京国展展出了部分摄影作品。当再看这些照片，不少照片中的背景已经不见了，身上的符号也不同了。记录的过程很辛苦，贵在坚持。到底这一切为的是什么，简而言之，就是为了记忆；为什么要记忆，是因为城市变迁就是一部活生生的历史。我相信历史是用来传承的，从中可发现一个城市的基因，同时，历史是有温度的，可通过很多感人故事再现的。

今年火热的夏天，我来到上海。周末，继续着摄影这项对自己来说很重要的事，就在杨浦区记录弄堂及三层阁的过程中，碰见了一位同龄人——胡海宝先生。他也是一位有心记录城市拆迁的摄影人。据了解，他全过程参与了杨浦区十多年的拆迁，周边的人和事大都清楚。他已经获得了一批非常珍贵的影像资料，曾有人出高价想买，他拒绝了。

像这样记录城市的人，想必每个城市都有，而且大有人在。

这些年以来，我跑的城市很多。

自从国家推动城镇化建设以来，农村人口流向城市便成了中国当代大迁徙的大事件，多少年之后——像走西口、闯关东一样，也许这个动作才能基本告一段落。

在这样的一个雨天，我翻看着自己近一段时间的摄影作品，有上海的，绍兴的，大同的，不知是天气的原因，还是看这些摄影作品的原因，心里有些堵得慌，总而言之，在这里我要说几句话。

上海：算不上古城，但在近代中国，无论政治还是经济都是最为重要的城市。去年经济总量过二点五万亿，超越香港。但当走进杨浦区、黄浦区、静安区等区的老街，见到老弄堂及老弄堂居民以及他们的生活状态时，我会自觉不自觉地问：这里是上海吗？若站在稍微空旷之处，从他们居住环境向外看，不远处可看见东方明珠等标志性建筑，足以证明这里就是上海。如果茫然定义说这是两个世界，那太夸张了，但起码说明两处的差别也太大了。

绍兴：一座颇有历史底蕴的古城。据说，这座城市要从新石器时代中期的小黄山文化算起，若是，至今已有约九千年历史。在历史长河中，秦朝之前的公元前 490 年的越国古都建于此，兴于此，距今也有近两千五百年之久。正好近日，我在这座城的鲁迅大街一家酒店住了两日，感触良多。一些主要路段全面刨开，交通要绕道才可行，堵塞异常，杂物满目，乱石飞横，一片乱糟糟的景象。无论如何，这种杂乱和绍兴这座有着深厚历史底蕴的千年古城是不搭调的。我只能想，可能是为了迎接即将到来的国际马拉松赛事前的"大扫除"吧！

大同：经考究历史，在公元398年，距今一千六百多年的北魏道武

《旧城改造》，山西大同，2017年

帝拓跋珪迁都在此。到了明朝，大同城又在北魏都城、唐辽金元旧土城的基础上，从东西长约 1.8 公里、南北长约 1.82 公里、周长 7.24 公里、面积约 3.28 平方公里基础上建造的，因此这里留下来的大多是明清风格的建筑。很可惜，这些属于明清时的建筑差不多在这次重建中已被拆掉或者正在拆掉中，一片新旧建筑交替的格局正在上演中。新建筑依然是明清风格，却是赝品，远看整齐，近看及触摸时却失去了那份厚实的味道。

三座城市，三种历史，当前，都处在新旧交替的混乱中。

我和三个城市的居民做过少许有意义的交流。

譬如，杨浦区还有几处没有拆除的老弄堂，它们的确够旧的，够破的，住在里面的居民蹩脚，当走进门洞里那种窘迫更是一言难尽。他们起初以为我们是官方，当知道我们底细后牢骚少了，因为发牢骚不仅没有意义还要伤心。事实上，大千世界都是这样。和他们交流时有人想得开，因为他们相信会等到他们搬入新屋的那一天；有人有怨言，牢骚满腹，骂的话难听。他们听到的宽慰的话太多了，日子一天一天地过，从有希望到失望，看着周边不远处有人已经住进干净、现代化的房子，除了眼红、嫉妒，而愤怒、咒骂溢于言表。

在绍兴，鲁迅大街可说是时代产物。为了迎合人们到这里感受鲁迅先生笔下的酒店、人物和生活小情调，同时为了繁荣生意，建造了不长的步行街。我在心里默默地问，没有古味的古城还是古城吗？

在大同，为了营造和保留明清古城特色，在古城的不远处重新规划及建造了一处新区，当新区不够用，再继续建造另一个新区。实际上，全国很多城市都是这么干的，也许只有这样，才能把古城保留下来。目前，大同古城就处在拆和建的阶段。走在当中，一座基督教堂和一座寺院完好保存和开放着，虽和推倒造成的废墟形成巨大反差，反让我感到有精神慰藉之处而无不振奋。

安好心，一切皆可平静。

城市进程需要记忆，但到底记忆什么呢？
是城市规划？是建筑？是街道？是人？是生活方式？是时代印记？

还是新旧交替的那些反差？似乎都是，又似乎都不是。

有人说，我们国民是从农耕社会走过来的。当弄潮儿包括中国在内的国家迈进第四次工业革命，那些粗糙、土里土气、野蛮、脏乱差等劣质特性难道还要为此固执地辩护吗？

有人说，我们穷怕了，如今赶上好时代，那么什么都要赶，都要快，包括城市建设在内，总怕慢了。

有人说，我们这些年对于城市低收入家庭的关照已经做出了巨大努力，是的，这是事实，可是何时才能让阳光照进每个家庭每个人，这才是我所关心的。当我看到时不时有些宣传标语的内容很不真实，心里就不是滋味！

有人说，我们全国的很多城市建得越来越像了，不仅找不到它们昔日的影子，还失去了许多特色。大家想想，如果走在大街上，遇到的人全都长成一个模样，你会有何种感想，是不是很恶心呢？

城市发展飞速，走到了今天，是开心还是不开心，众说纷纭。不过，的确国有国殇，城也有城殇。

记忆城市不是为了评判，正是为了传承，为了未来，为了明镜一样地清醒。

2017 年 10 月　写于上海

24. 孤寂的乡村

♡

　　若要读懂中国，我以为要到中国的乡村走一走。

　　深秋，我和李小超来到了渭河上游通渭县。

　　这是我们两个的年初之约。我们约定来年一起搞一次巡展，从北京开始，名为《乡村记忆》。他拿出来的作品将是最新的雕塑和绘画，而我拿出来的是积攒多年的摄影作品。

　　既然有约，万不可当成儿戏。

　　实际上，我们分别跟踪渭水流域的乡村变迁达数十年。

　　李小超以《乡村记忆》主题的雕塑展近年每年都在国内外展出，反响热烈。而我，在 2015 年完成的长篇小说《博弈》就是以渭河下游的乡村城镇化为载体叙事的。

　　这里大面积地形呈馒头形，像无数个大小馒头摆放在一起似的。

　　秋收之后的土地裸露着，那些层层梯田宛如线条排列整齐的工笔画一样。走在盘山路上向四周张望，有茂密树木的地方便是村庄。村庄大都建在山窝里，有朝东向的，有朝西向的，有阳面的，也有阴面的。走进村庄，透过留下来的参天大树和依坡而建的房子，足以印证每个村庄曾经都经历过鼎盛和辉煌，但很可惜，已是昨日黄花了。当走进任何一户院子——无论有人居住还是没人居住，会发现占地都很大，足有一亩

《古长城遗址》，甘肃通渭，2017 年

或数亩，院内布置合理。四合院的围合结构中分前院和后院。前院人住，后院牲口用。家家院内长满果树，当下，树上还剩有零星的李子和苹果。村民蛮高雅的，譬如很喜欢观赏牡丹，于是家家都在前院有一个不大不小的牡丹园。尽管大部分村庄的位置比较偏僻，交通不便，可有人居住的院子里打理得干净整洁，好像随时迎接贵客的到来，因而证明这里的村民是多么富有，多么地热爱生活。

村庄被一团绿一团黄一团红包围着。

当微风吹来，树叶哗哗地飞落到田间及小路上，飞落到遗弃的残墙断壁上，飞落到麦秆堆上，飞落到瓦砾中……我会有意无意地触摸飞落下来的叶子。一叶知秋，而厚厚的一层落叶明确告知我们季节已是深秋了。我在一棵杂草前停下脚步，因为细细的草秆上夹着一片树叶。之所以好奇，是因为我想，即使我有心放树叶到细秆上也未必能成功。尽管一些高大树木落光了叶子，像历经沧桑的男人掉光头发和布满皱纹一样，但丝毫不损它们春夏时的灿烂。在多彩的山沟里，这里的柳树、杨树最为抢眼，叶子焦黄，以苹果树、梨树为主的树叶呈红色，红得像红宝石一般。逆光下，无论黄色还是红色树叶，都是那么地透亮，那么地绚丽。从脚下山坡眺望对面的山坡，那一团一簇的色彩如无数绣球散落在地球上一样，让人产生遐想，激动不已。

一天之内，会感到这里温差较大，不好穿衣服。

是的，晚间温度低到零摄氏度以下，可白天温度仍有十七八摄氏度。我们经历的这几天，基本上风和日丽，带来的多种御寒衣服都没用上，既有庆幸也有些心不甘的感觉。

清晨，山沟里有霜冻。当太阳冒出山峦，山沟顿时浮上一层雾，薄薄的，如白丝带一般飘动在空中。没等回过神，白雾散去，那错落有致的村庄如美女裸露一般无不惊艳，无不诱人。踩在厚厚的落叶上，站在流水的小溪旁，走在弯曲的小径上，喜鹊喳喳叫着，小狗汪汪吠着，村人或挑担或拉车或放羊而过，此时此刻的美感令我窒息。那时，很自然深深吸上一口清晨的空气，入肺入心，感到甘甜，让我心旷神怡。

村人越来越少，若能见到个把人，彼此都开心。

我们走进村庄，往往最先欢迎我们的是狗声。当一只狗叫，顿时四面八方的狗几乎在同一时间联合起来，狂吠。它们似乎有村约似的。其实狗在哪里，还得四周张望后才能发现。开始时，还担心遭狗咬，后来发现狗被主人拴得牢牢的。自从村里人口日渐减少以来，往往陪伴主人和看家的就是狗了。尽管有时狗吠很久，仍不见有人出来，也许家中根本没人。主人下地干活去了。

我们进村，时常如入无人之地地瞎转着，很悠闲，很自得，想拍就拍，想画就画。有时什么都不想干，就想发呆一会儿。村落留下来的一切的一切似乎等待我们来检阅和欣赏。

偶尔也能见到一两个留守老人。他们十分诧异，因为这里很少有陌生面孔的出现。顿时，马上请我们到家里喝茶。我们坚持不去，怕打扰人家，可他们不达目的不肯罢休，那热情的劲儿以为我们早已经是老相识了。当地人喜欢喝罐罐茶。罐罐里放的是老茶，用火炉慢慢地煮。煮好的茶呈黑色，稠浓，味道苦苦的。喝罐罐茶，就酥油饼，算是他们早餐了。

时下，已经到了玉米最后的收割时候，老男老女亲自下苦力把苞谷搬下米，然后将苞米秆砍倒堆成堆，或顺手扔进沟壑里。掰下来的苞谷装进袋子，慢慢移回家。当站在高处看那山连山、梯田连梯田时，最能吸引视觉的是那些苞米秆堆成的堆子，数也数不清。从美学来说，这样的重复是力量，具有美感；在村子里走上一圈，凡是有人的家里，要么把苞谷挂在树上，要么搭在土墙上，要么装在铁丝围成的桶中。苞谷黄澄澄的，颜色喜悦。今年苞米若能卖上个好价钱，村民才会真开心。

考究这里的历史，也有数千年之久。

战国时期，秦昭襄王为了"拒胡"修了一段长城。秦长城西起甘肃临洮县新添镇，经渭源、陇西、通渭、静宁，入宁夏的西吉、固原和彭阳，再经甘肃镇原、环县和华池，最后进入陕北吴起县，全长六百四十公里。由于两千多年的风吹雨淋，如今仅剩下了遗址了，如果没有特别提示，真是难以分辨出长城曾经走过此地。如今，政府正在加大保护遗址力度，在遗址两边加上铁丝网，不准随意进出。当站在遗址上遥想，虽然难以想象那时的景象，但也可依稀看到古长城、古堡上千军万马的恢宏，想必这里也曾经历过刀光剑影的厮杀。

我突然想到一段歌词，未必全能反映我此时此刻的心情：滚滚长江东逝水，浪花淘尽英雄，是非成败转头空，青山依旧在，几度夕阳红……

在宏大的长城脚下，两边坐落了无数村庄。

数千年来，他们就在这里生养繁衍。20世纪30年代，中国工农红军长征路过此地休息达一个月，中央政治局在这一带召开过一次重要会议，确定以陕甘苏区作为领导中国革命的大本营。历史证明，会议不仅为红军长征找到了一个具有战略转折意义的落脚点，奠定了长征胜利的基础，而且明确了中国革命新的出发点，对以后取得中国革命胜利产生了重要影响。因此，榜罗镇会议是长征史上的丰碑。

长城和长征本是两码事，因历史地位极高，也因在此地有交集，还因共同都有个"长"字，于是，不一样的两码事却在我心中产生了黏性极高的关联度。

许堡社张川村就是数千村庄中的一个。

我们在村庄遇到一位老婆婆。今年八十有四。也许因为她看到我们是稀罕的外地人，前来凑个热闹。她拄着拐杖，踏着碎步，小心翼翼地从陡立坡上缓缓走下来。开始以为她腿不好，后来发现她裹着小脚。现在裹着小脚的人已经很少见了。据邻居说，老婆婆一人生活着，孩子进城不在身边，她至今还在家里干活儿，譬如扫地，煮饭，捡树叶……

在通渭还发现另外一个奇观，就是这里人人都是懂字画的内行，不仅自己写字作画，还经营字画。据说，一百人中就有八十人是字画家。走进任何一个家中，不管家境是否富贵，家里人口是多是少，都会挂上几幅字画。他们的字画大都是家族人写的画的。我顺手拍来一副对联，上联："山静水流开画景"，下联："龙飞鱼跃悟天机"，横批："宁静致远"。当然，这里也出了不少收藏家。我以为喜爱字画不仅是他们的传统、习俗、兴趣，更是追求高品位生活的写照。这里已定点成为全国有名的书画之乡。我们算是来对了，彼此交流起来非常愉快。

车子行驶在沟壑、山头的路上，有时感到路无尽头，但一幅又一幅壮美画卷让人目不暇接，有时激动不已，立即叫师傅停车。

这些年来，城镇化以摧枯拉朽之势催化着乡村裂变，同时因为退耕还林也大见成效，原生态以星火燎原之势正在迅速复原之中。

只要离开县城到乡村，那秋高气爽、层林叠染就深深地吸引着我们。阳光的穿透力极强，想有雾霾都不那么容易。那些堵塞在脑部、心肺部的城市污浊之气早已被清澈之气挤压出去了。眼睛明亮了，思维敏捷了，浑身充电似的。

是啊，村庄静谧了，美丽了，但也孤寂了。

曾经的学校长满草，草中就剩下投篮的篮板了；曾经的戏台没人再关心了，于是，堆满了拆下来的木头和垃圾；就连人们祈求神明保佑的庙宇里也没有了香火……

数千年的中国农耕文明就要和我们永别了。

当时代车轮滚滚向前势不可挡，每个人只能换个活法好好活下去。

万物静观皆自得，人生宁静方致远。

2017 年 11 月 写于上海

25. 古镇一丝小幽默

♡

　　我走进青岩古镇，那是四月天的时候。

　　朋友预先应该告知过我要去古镇，可我没有放在心上。我就是这样一个人——总是把认为不要紧的事不到最后一刻都不愿意记在心上，因此挨过家人很多次批评。

　　其实，我很喜欢到处走，到处看，从中得到感悟。

　　我粗略算了一下，去过的古镇不下二十个，如大理古镇、丽江古镇、平遥古镇、桂林古镇、漓江古镇、大同古镇、太原古镇、浙江乌镇、江苏周庄，等等。我曾经得出过结论：中国古镇的格调都差不多。也因此，如果早知道又要去古镇，若有更多选择，估计我会建议换个地方吧。

　　这一天的白天天气酷热，看项目的过程把脸面晒得刺痛，可将近黄昏时凉爽袭来，舒服多了。四月天，温差大，太正常了。

　　青岩古镇，明清兴建的，有六百年历史，坐落在花溪区。

　　当走到镇口，那磨得光亮的青石板踩在脚下有点滑，那弯弯曲曲、凸凹不平的路面向人们诉说着这里的悠久历史及曾经的繁荣。同时可以看出，镇里为了提升当下旅游档次而精心翻新过一切的一切。一看，便能分辨出来。

我们顺着若干路标往前走。很快就大概知道了镇上有多处寺院，多处教堂，多处道门，一处孔子礼堂，一处财神庙，一处状元府，还有防范土匪抢劫的城墙。看到城墙，脚便自觉地带着身体上去了。站在城墙上四周望去，下面的房子、护城河及茂盛的树木、花草都静静地站立在那里，沐浴在温暖的阳光中，祥和之气不言而喻，构成了一幅静美图画。

参观古镇的人，总是熙熙攘攘。

朋友说，如果是假期或周末来到这里，人更多。

我相信这种景象是大概率存在的。曾经经历过的每个古镇都证明过这一看法的正确。说心里话，我最烦人多。每当看到人多，即使再出名的观赏点，我都会马上失去继续下去的心情。

不久，我们走了一圈，回酒店了，真是走马观花似的。

当夜，香蕉状的月亮挂在天空，那么遥远，那么深邃。

直到我入梦乡，相信古镇还在灯火通明中。

我有个习惯，便是清晨早起床早走路。此习惯数十年如一日。在香港工作时如此，在顺德工作时如此，在上海工作时也如此，也因此，在任何出差途中也如此。我很自律，自律得如一台摆钟一样，所以家人和同事有时觉得我乏味，没什么情趣。

当一个人知道自己要什么或不要什么时，除此之外，那些万事万物的状态与我无关。我就是这么认为的。

前一段时间，一位叫"小外"的作者专门写了我，说我是"怎一个'孤独'了得"？我觉得只说对了大部分。是的，在行动上我时常孤独，可在内心世界上我异常活跃，在意志力方面强大无比。我是一个有着自己界定的那种有想法的人，从来不会人云亦云的，因此很多时候显得风清淡雅或处之泰然。我就是我，所以有着鲜明的特质。

次日一早，天色未亮，我便穿上运动装悄然出门了。

走在镇上，镇上没有多少人，商店还在黑灯瞎火中，可青石板因为反光而光亮，并指明一条通往远方的道路。偶尔有人从青石板上走来，那身影才叫孤独啊。

因为静谧，我才开始思考了。

我发现这个古镇依山势而建。顺着主街从北向南走到尽头时，便是一个大的石牌坊。牌坊之外，便是南城门。因此我断定，这个古镇一定有多个城门，譬如北城门、东城门、西城门，等等。有了这些城门，不仅来往起来方便，还能在需要时一夫当关万夫莫开。

古镇很美，错落有致，但依然没能提起我任何兴趣。

当然，若从锻炼角度来看，我还是有收获的。我走出了五千来步，因为时上时下，腿关节有少许酸痛。

天大亮后，太阳被薄云遮挡着，时隐时现。

昏暗的阳光照在镇上，使古镇产生了不少神秘感，孤寂感。

街道两旁的商店陆续开门了，油香味四散开来，叫卖声有一声没一声地出现了。突然间，街上搞清洁的人和推车多了许多。

我是一位作家，既然到了这么一个名镇，就想写点文字作为纪念。带着这一想法，也许出于强迫症，便努力寻找。我不想写成游记，即便赞美游记很有意思，但我认为再写就没有任何必要了。我拍照片也是如此想法，只要很多人拍同一个画面，我是绝不会拍的。

是的，总能找到一些新的兴趣点。我这么想着。

这比较符合我向来的固执的取向。

不知从何时开始，写文章成了我的职业。

说起来挺可笑的，其实也没有什么可笑的。

我曾经读过日本著名作家村上春树的《我的职业是小说家》。这本书挺有意思，竟然用这么一句话作为书名。村上春树既然定义自己的职业是小说家，那么就要时刻不停地写。写作是村上春树终生的事，也获得了巨大乐趣。小说家这个职业很辛苦，开始时未必能挣钱养家糊口，但既然选择了就得坚持。真的很佩服村上春树，最终成为了很了不起的小说家。

我在古镇寻找感兴趣的东西，像村上春树一样。

后来，我还真的找到了，于是用手机记录下来。

我感兴趣不是别的，只是几个用于招揽生意的招牌。能见到如此招牌，也许不只是为了幽默，而更多是生活的趣味。

一家客栈

位置就在北街口不远处，看起来蛮大的，而且用心做了休闲装潢。客栈门前竖了一块招牌，上面有七片木条做的提示。第一片上面写着："注意：你已经进入到神圣地段"；第二片："邂逅·聊天·发呆"；第三片："聊天：老友小聚 那个陪你疯陪你二的人"；第四片："本店老板娘招老板"；第五片："求关注·求艾特 三个丁子咖啡奶茶店"；第六片："WiFi：网络我提供缘分你锁定"；第七片："三个丁子奶茶店营业时间：09:00-23:00"。

《幽默》，贵阳青岩古镇，2018 年

另一家客栈

绕路走到一处草丛，忽在丛中发现一块黑板。黑板装在木框里。黑板用铁架子撑着并紧紧地拴在一起。黑板上有那么几行字，是客栈的经营范围，读起来挺文艺的。左上角画了一个图案，也许是客栈标识；右上角写着红色字："今日缺钱"及红色字："营业"；紧下面写着："啤酒、布丁、提拉米苏奶茶"；再往下写着："相遇……才是文艺、初恋……酸酸甜甜、淡望……一种经历"。

一家院子

　　这是一家经营饮品的院子。走进院子前是一条比成人高的围墙。围墙是用石片砌成的，应该颇有年头。在围墙中间开了一道门。走到门前便有两个招牌。牌上面写着很有意思的中英文经营内容。字体轻松，还有颠倒，像小朋友写的懒散样子。右边一块写着："数星星Fancy""泡妞Wooagirl""闲聊Twitter""发呆Trance"；左边一块写着："懒睡Idel Sleep""茗品Drink""咖啡Coffee""吃饱Dine""来一瓶Adrink"。

　　走在主街，只要朝两边小街道走走，还会发现不少有趣的招牌。初看时，不以为然，再看时，会扑哧笑了。《西游记》中的猪八戒，最丑角色，很多人反而很喜欢他。每个人来自生活的压力都不小，那么就应该抽空小小幽默点、轻松点、柔软点，能不严肃就不要严肃了，能扯淡就扯淡一会儿吧，蛮好的。面对石头森林、残酷竞争，有时不妨萌点、憨点、傻点，如慵懒的熊猫、笨拙的猪、似懂非懂的孩童，也蛮好的。

　　给大家推荐一本书《钝感力》，渡边淳一写的，关于迟钝的力量，有时迟钝，也是一种人生智慧。

　　面对青岩古镇如果想明白点，这世上只是新人换旧人而已。

　　生活的确不会是一种模式，做生意也不要只为了钱，做人也不要统一标准，让大千世界多姿多彩，多姿多彩才是春。

　　贵州人，悠闲是他们骨子里的东西。

2018年5月写于贵阳

26. 正在告别的老弄堂

转眼一年又过去了。

去年相对于前年而言，去弄堂的次数明显减少了。

前年5月，那时刚来上海，对老弄堂还有着无限的神秘感，因为那时遇到老弄堂拆迁，很符合我记录的需要，也想揭开这里的神秘；而去年，再也发现不了什么神秘了，因为一切都暴露在阳光下，反而能体味到这里生活蛮有意思，也蛮有温度的。

老弄堂如一坛陈年老酒一样，有点越品越香的味道。

是的，每一个弄堂里就是一个小社会。

新弄堂如此，老弄堂更是如此。

当老弄堂去多了，这样的感觉就会十分强烈。都说百味人生，人生百态，在老弄堂就有这样的观感。

上海的弄堂很出名，因为很有历史。

近代以来，上海的知名度颇高，弄堂的地位也就不一般了。

每当观看老弄堂的细节，就像看古树木的年轮一样。

老弄堂已经是一本厚厚的历史书，每一页都是故事。

两百年来，上海大部分百姓都居住在弄堂里面。老弄堂有大有小，很多还有一个门洞，门洞设有保安，通过门洞才能进入弄堂。里面也随

《最后告别》，上海眉州路方子桥，2019 年

着时代的变迁而变化。如今，大部分弄堂遭到拆迁，虽然新建的社区仍然叫弄堂，但此弄堂已经非彼弄堂。有人干脆说，当今杨浦区的老弄堂才是最上海，因为还留有本色，原因是这里拆迁的速度慢了若干年。慢了，政府和百姓都着急。

去年，我坚持每个月都去这里的老弄堂。

去了之后，就是记录。很多记录的画面是重复的。很有幸，有时能停下来听老弄堂的老人讲故事。其实，家家都有故事，人人都有故事。有些故事是悲壮的，有些故事是凄美的，有些故事是愉快的，有些故事是传奇的，有些故事是平凡中的伟大。再从另外一个角度看，故事大约两大类，一类是爱情故事，一类是与时代同步的故事。总而言之，随着当下拆迁的临近、进行和完成，开启了另外一段新的故事。只要人活着，很多故事还在延续，当然，再过若干年，随着当事人的永别，也许围绕他们的故事就逐渐地消失得无影无踪了。

老弄堂在不断消失，新弄堂正在不断崛起。往往新旧弄堂正在交替，也就是在隔壁，或者一路之隔，但好像两个世界似的。如果站在高处看下去，泾渭分明，老弄堂呈现出矮矮的、黑乎乎的、拥挤的、破烂的残破形象，而新弄堂刚好相反，呈现出高高的、明亮的、松快的、完美的时代形象。

我对老弄堂有三个感觉：

一，这里太生活化了。弄堂和弄堂相接，大都在附近会有一个集贸市场。市场上的日常生活用品应有尽有。有吃的，有用的。沿街全是摆摊的。一整天任何时候走进市场，市场都很热闹，水泄不通。这里随处可见单车、三轮车穿梭。像是旧社会。二，远看弄堂里面有点脏乱。事实上，电线在空中飞来飞去，有粗有细，有横有竖，当汇集到老旧的电线杆上，就像一堆杂物捆绑在一起一样。晾晒的被单、衣服像万国国旗插在旗杆上一样。当微风吹来，它们在飞舞。但当走进弄堂，就会觉得弄堂里的卫生还是可以的，不过眼前的小东西实在太多。三，走进住户家里，有时有点不堪入目。据说，原居民大都搬走了，而眼下住在这里面的人大多是外面来上海打工的。屋子小，杂物多，多户住在一起，通过时会在通道上擦肩而过。这里大都是三层阁的格局，楼层之间上下是通过一人宽的窄楼梯实现的。

不过，这里的拆迁有序推进，有时几日未去，又平出一块空间来。拆迁，已经是这里的主旋律。拆迁一事，政府重视，百姓也重视。因为拆迁，给政府和百姓会带来许多变化。站在百姓角度来看，有人高兴，有人忧愁。高兴的人可能因为很快就要住进新弄堂的洋房里了，算是熬出来了，马上高人一等似的。那里条件一定会好，起码家里有独立厕所，有独立厨房，有现代化的智能系统，再也不用刷马桶了。而忧愁的人可能忧愁的大有不同，譬如，或因将要远离这一带而伤感，或因房子不够用而闹矛盾，或因没钱换房子而不知所措，或……

无论百姓是什么心情，拆迁的脚步是不会停下来的。

无论政府遇到什么难题，拆迁都是头等大事。

因此，这是势不可挡的趋势。正因为如此，在老弄堂可随处见到政府悬挂出来的各类宣传标语，可遇见的每个人都在谈论与拆迁有关的事情。我们是生人，只要一露头，很快一传十、十传百，他们就把我们当成了与拆迁相关的政府工作人员，然后问东问西。我们坚定说我们不是政府派来与拆迁相关的人员，他们开始不信，当信了之后就会离开，也许会关上门，关上窗。我们明白，因为我们解决不了问题，和我们交谈就等于浪费时间。

但拆迁关系着他们的现在和未来，他们关心是正常的。

随着新弄堂的崛起和全方位地完成，旧弄堂的命运也就不得不结束了。结束时，既没有重大的告别仪式，也没有让你伤感的时间。有时，就听到一些轰隆隆的推倒声。事实上，旧弄堂存活的时间真的不多了，住在里面的百姓是明白的。

我们似乎就像抢救历史文物一样，只要来到老弄堂里，就使劲地记录，记录着这里的人、草、猫狗、门窗、电线、竹竿、家具，等。一切都不放过。有时，几个小时就很快过去了。当停下脚步，才感到饿了、渴了，才知道要找厕所了。

老弄堂，弥足珍贵。

据说，有些老弄堂计划保留下来，本来是好事，可是，那只是保留了外壳，而没有了灵魂。

不久的将来，这里生活的味道只能从影像中去感受。

2019 年 2 月 写于上海

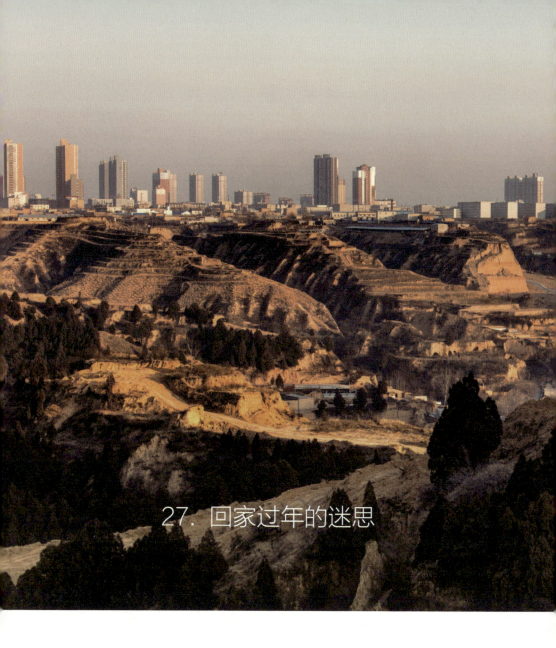

27. 回家过年的迷思

春节期间，又一次回了老家。

虽然时间短促了一些，但很多事儿走进心里，让我搁不下。

渭北老家这个冬天太异常了，没有雪，土地干裂，树木枯萎，几乎很难找到一片绿色；空气不是那么纯粹，似霾非霾的，似云非云的。当西北风刮起的时候，蓝天才逐渐扩开，可黄土和树叶仍在狂飞。

风力太大，我开着车子只能缓行，否则有可能被吹翻。

《原上新城镇》，陕西澄城县，2017 年

这样的状况如果再持续一段日子，注定靠天吃饭的村民就要有些担心了。

随着城镇化进程的继续，农村发生着革命性的变化，变化的不仅仅是村貌，更是人心。人心思变，就再也没有办法让他们宁静了。

走进村子，映入眼帘的仍是一片废墟。许多院子早已没人住了。大门紧锁，锁子早已生锈了。土围墙比几年前更加破损。留在村子里的人越来越少，但这两年的变化并没有那么大了。几千年的农耕文明，也许就这么轰轰烈烈、稀里哗啦地塌方了，崩裂了，埋葬了。

当然，也有一种情况，就是在城里混不下去的年轻人还是会回到村子里，或暂时躲避，或储蓄力量。我很佩服留下来一直努力坚持的人，土地让他们起码有微薄的收入，有活着的尊严，也许他们是迫不得已的选择。

我家亲戚至少有一半还在农村，或县城。说是在县城，也就是农村的延伸罢了。

农村的年轻人要改变命运，其实和过去我走过的路没有任何变化，那就是努力读书，考上大学，毕业后留在城里，慢慢地熬成城里人。

农村孩子读书早已经不能在家的附近就读了，他们被集中在县城，但相比大城市来说，教育资源还是非常落后的，县城有能力的人让孩子到地级市读书；再有能力的家庭，可能去了西安或者更发达的城市。

村里的年轻人好不容易上了大学，如果是普通大学或大专，毕业之后找工作是非常难的。他们没有真正的社会资源。好不容易托人、求人或运气好找了一份工作，收入却十分低微。时常，还需要家人给补贴。而家人的补贴，无非来自一年到头辛苦在土地上及省吃俭用攒下来的收入。除此之外，别无他途。

我在村里算是一个有意义的社会资源。

只要打听到我要回来，很多人都想见见我，哪怕几分钟。其实，见不见我我都知道他们的期待。如今通信发达，很多期待早已经了然于心。有时，他们期待的我根本办不到，但不好当面拒绝。在亲情浓厚的社会，拒绝是一种不近人情及不道德的做法。

事实上，如果我不尽力帮忙，有些年轻人从学校毕业就意味着待业。他们的户口又一次回到农村。曾经的所有期待慢慢地化为浮云，曾经的所有梦想也就成为泡影。每当想到这些情况有可能发生，而且发生在认识的人群中，我的心在刺痛。

有一种情况是令人费解的，也许是普遍的社会问题。

过去，一般说到农村毕业的大学生大都认为能吃苦，很踏实，很诚实，甚至有改变命运及努力做人上人的迫切愿望，可现在这样的看法早已发生了颠覆，已经过时了。

我了解过，村里的不少年轻人在小学、中学乃至于大学读书阶段，不仅没有吃过苦，没有帮家人劳动过，花钱方面同样无节制，他们在有限的条件下好吃懒做，玩游戏，被家人宠着，没有练就出一种积极向上、自力更生的心态。这是多么要命的一件事啊。

因此，导致他们大学毕业后好不容易托关系找到一份工作，却因为嫌工作太累，工资较低，升职慢，遭到领导批评过等原因，一气之下就把工作给辞掉了。因为他们任性了一把，要面子了一回，回到家后父母才知道，然后父母又能怎么办？

父母能做的只有两件事，把孩子臭骂一顿，接着又去求人。

春节在老家短短的几天里，这样的案例我就听了至少有五桩。我有点气愤，很心痛，但又能如何呢？浮躁的社会如瘟疫一样，走到今天这个地步，农村孩子也有自己的自主权利，是可以理解的，但传染着守不住初心的人。

人生的路要靠自己走。有些人越走越宽，有些人越走越窄。该怎么走，是对还是错，是没有答案的。那只是一种感觉。感觉来自对比。你到底需要一个什么样的人生，全靠你自己去设计和追求。

在村里，有一句话我常用：三十岁之前，看父敬子；三十岁之后，看子敬父。人一生最主要阶段，不就是两个三十年吗？

有一个数字说，在中国农村，未婚男性比未婚女性人数多，高达62∶38，相差百分之二十四。这个数字说明，注定有些男性一辈子是要打光棍的。这也许只是户籍比，现实差别可能更大的。

造成这个问题起码有两个原因：其一，许多女性在耐心地等待和选择；其二，重男轻女在农村一直延续着。农村人有一个生儿养老的观念，认为只有男孩靠得住，因此在孩子性别上，更多倾向于家里要有男孩。

亲戚拜年时，彼此聊天，会时不时听到谁谁谁、谁谁谁都二十、四十好几了，还没有找到媳妇；又听说，谁谁谁结婚没多久，媳妇又跟人跑了。这样的案例太多了。

而直接的结论是因为男性与女性人数比的失衡造成的。

女孩少，其要价和价值就水涨船高了。

女孩们很现实，要价高，这是无可厚非的。谁能阻止女孩追求美好生活呢？谁能阻止女孩想过上安逸幸福的生活呢？这是谁也阻止不了的现实。

中国人本来就现实，现实没有什么不好。

我了解到，女孩要不要嫁给谁，首先说的是钱，其次说的是有没有别的负累，至于爱啊情啊长相啊，从来就没那么重要啊。钱永远是第一位的。

一个普通家庭娶一个媳妇，从订婚到结婚，到底要花多少钱呢？

他们告诉我：起码要花五十万元以上吧。

女孩家里开出的条件很直接也很清楚。订婚要花一笔钱，结婚时要举办风光的婚礼。要举行婚礼，需有车、有房。车、房还不能有银行欠款。一辆车十来万吧，但房子就大有不同了。如果将来到西安市生活，就要有西安的房子；如果将来在渭南市生活，就要有渭南的房子；如果将来在县城生活，就要有县城的房子。村里的房子再多也不算数。达不到这些硬条件的男孩家里，几乎免谈。

如此条件，对于一个农村家庭来说，那是多么地难啊！

我亲戚中就有这样的情况，父母为儿子结婚已经伤透了脑子。而他们能说的便是让儿子自个儿想办法。试问，孩子能想到什么办法呢？儿子只有一个办法，便是不结婚，除非哪天混出个人模狗样来，再考虑此事。

父母在，家就在，我们就没有不回家的借口。

无论我们远行哪里，做什么事情，每到春节就想着和父母如何过年。其实，我们大部分人的根都在农村。每回一次农村，就会有些感慨。即使有一天父母和我们永别了，但那童年的记忆、血缘的纽带、乡里乡亲的亲情是割不断的。

这些年来，国家富了，农村也富了。但是，城乡差别却没有因为整个社会的富裕而实质性地缩小，我以为还在继续扩大之中。当然，农村人的生活方式已经多样化了。由于多样化，人们对生活的需求也在多样化。农村也需要多样化的生活方式。

当每一次踏进多年不见的亲戚家，我就是这样的感觉。

村民，要有更远的憧憬，而他们的子女要努力读书，要勤奋工作，要有改变命运的决心，并一步一个脚印地去实施。

年轻人，你努力了，你就对得起你的人生。

2019 年 2 月　写于上海

谢谢鸟儿吵醒我

28. 桥之遐想

♡

　　落日的余晖穿过玻璃窗洒落在书房的木地板上，桌上一杯冒着热气的红茶，我静静地享受着这岁月之美。

　　此时，我没目的地打开了电脑里的照片库，翻看着一幅幅我拍摄的照片，就像打开了历史的记忆一样。之前拍照，并没有特意拍桥，当看着有桥的照片，人生的过往跳跃在了眼前，也就想提笔写点文字。

一生见过很多桥

　　我的人生过了半百，也不知走过多少桥。也许能算清楚，但一回想，即便算清楚了也没有什么意义。桥就是桥。桥的作用自古就是为了让人们跨越障碍而建的。当然，跨越的方式包括了行走及过车。如果我们不去延伸，不去投入情感，也就不当回事了。

　　我从小到大一直生活在农村，到了十六岁，才第一次去县城。第一次去县城不是为了开眼界，是因为高考。去县城要走一段沟路。在一段有水的深沟上有一座桥。桥是石头铺成的。大学的四年，每年假期来回都走过这座桥。遇到下雨，桥面会十分泥泞。工作后一次次地回故乡都会走过这座桥，也不知从什么时候开始，桥变成了钢筋水泥的，桥面

《老路及新桥》，陕西澄城县，2010 年

已是柏油路。

工作之后，我有机会走南行北，也就见过很多桥。

实际上，桥的种类很多，构造异同。在农村，有时能见到几块石头、几块木头架在一起，也名为桥。

到了 2010 年，前面提到的这座桥成了备用桥，在这座桥的上空架了一座更长的高架桥，名为西河大桥。此桥全长一点五公里，宽十二米，最高桥墩达七十三米，从沟这头直通另一头，省时半小时。这一处的桥从此翻开了新的一页。

曾到过贵州苗寨，才知道桥的作用不仅仅为了跨越，还可以发挥避风挡雨，做集贸市场，恋人相聚的作用。因为桥廊上设有座椅。每逢节日，穿着民族服装的男女都会聚集在桥上，有说有笑，载歌载舞。这是贵州苗寨的风雨桥。

新疆的赛里木湖古称"净海"。一次我到新疆赛里木湖去拍片，傍晚住在附近的一个毡房里。毡房的位置十分之好，站在毡房里向外望去，眼前就是一座桥——果子沟大桥。大桥作为全国首座公路钢桁梁斜拉桥，也是新疆的第一高桥，是连霍高速公路上赛里木湖至果子沟段的标志性工程，它集新技术、新结构、新工艺、新设备于一身，是新疆公路建设史上一次重大突破。桥身蜿蜒在崇山峻岭之中，把艰险道路通过隧道拉直，不仅解决了交通问题，还为青山绿岭增添了一抹色彩。

还记得北京的一个隆冬，一场大雪后，天空出现了少有的藏蓝，阳光明媚时，我正好在帝都。早听朋友说颐和园湖水冬天会结冰，之后可在上面溜冰。溜冰人会很多，很壮观。更是想拍摄十七孔桥金光穿洞的美景，于是，我就去了。因为对颐和园里的各个景点还不熟悉，为了能在夕阳西斜最佳时段拍摄到颐和园十七孔桥金光穿洞的美景，花了一百元找了一个导游小姐，尽快赶到了湖心。夕阳下，余晖洒在冰湖之上，十七孔桥和冰湖如一幅不可复制的油画艺术品，这种美从来没有见过。

走在上海，无论过去还是现在，感觉桥的作用太大了。就因为这些高架桥的存在，才使这个城市的交通得以缓解，而同时，让城市的建筑像音乐旋律一样跳动起来，使周围建筑物不再冰冷，不再孤独。记得有一次晚上，在激动之下，在老同学陪同下，我跑到附近最高处，用慢速度记录了桥的旋律和色彩。试想一想，如果没有这些桥的存在，这座城市会是啥样子呢？

在香港，桥多如繁星，几乎每一步都要过桥。

人生桥

我们走过各种各样的无数的桥，试问，我们的生命不也是一座桥吗？

譬如，你生在桥的一端——那是生命的起点，当到了桥的另一端——那也许就是生命的终点。整个过桥的过程不就是你的人生吗？人是由两部分组成的，一部分是肉体，另一部分是灵魂。过桥时，一定是你的肉体带着你的灵魂而同行。试想一下，如果过桥的仅仅是你的肉体，那不就像一辆汽车从桥上开过一样，桥是通过了，它不会对桥及周边的风景及一路的感悟产生任何反应，活着还有什么意义呢？

而对于每个人来说，如何走完自己的这座人生桥，正是我们经常要思考和面对的问题。你可以不想，可以不思考，但并不能因为你这样的态度而不去完成这一问卷。

说得直白点，人生之旅就是从桥头走向桥尾的过程。每个人如何完成人生之旅都有自己的选择。脑袋长在自己身上，自然有决定权。我认识一些老板，一直有梦想，一生为实现梦想而锲而不舍地奋斗，永远在路上；但同时也有人选择了安逸，小富即安，放松，其实过得也不错。实际上，不论你选择什么样的活法，这段人生桥都是要走完的。

反思我的半百人生，的确可圈可点。

学生阶段，努力学习；工作阶段，勤奋工作。而同时合着时代节拍，不断学习，在人生的道路上创新、顺应，让自己的兴趣爱好不断督促自己保持活力、魅力。

一个人一生要保持良好心态，在有能力的情况下，多帮助有需要的人。人生不可能一帆风顺，遇到困难时常思自己过，多念社会好，乐观去面对。天下没有大不了的事情，除过生命，其他都是小事。

是啊，在许可情况下，每个人都要有一个崇高的理想，让它牵引您的一生。在实现崇高理想的过程中，一定要积德、行善。德，同样是肉眼看不见的，存在于另外空间之中。德是灵魂的一部分，和灵魂相伴相随。一直做好事就能积德。人常说，送人玫瑰，手有余香。好德需要终生养护，还要付之于行动。有时遇到吃亏、受罪、冤枉、非议等是坏事，若能修来大德，灵魂升华，我们的人生也许会更加璀璨。

从桥头到桥尾

从桥头出发，选择合适的过桥方式，看一路风景，感恩社会和朋友，当顺利到了桥的另一端，如果不再苛求，人生之旅算是完美了。桥还是桥，如果把人生之旅当成生命之桥去看待，我们就会更加珍惜我们的每一步、每一个决定、每一次高潮期、每一次低落期，以及每一次的蜕变。

变是永恒的，爱同样也是永恒的。

2016 年 12 月 写于深圳

29. 如期归航，初心可续

$\heartsuit$

何玫女总裁为了热烈欢迎我，特意为我和夫人量身定制了两天福州文化之旅。

第一天

天色阴沉，有点冷，天空时不时飘落雨花，初期以为是雾霾，实为雾气。

走在市中心具有历史文化价值的古建筑中，看到高墙、大榕树、大樟树之下的深宅大院，被高深、雅致及繁华的明清建筑所吸引。建筑无声却胜有声。

一切都按既定的行程进行着。

晚上享受美食之后，回到酒店，奇怪的是卧榻难眠。一方面因为房间的床垫软，被子厚，感觉湿热，于是关了热暖空调，但也未能调节到最为合适的温度。想打开窗子，外面却在通宵施工。施工现场的货车声及钢筋撞击声时不时袭来，即便不开窗，这些声音也能隐约传来，让寂静的夜晚变得烦躁；而另一个原因则是女总裁正式给了我一份"确认函"，是签还是不签呢？若签了，一切就像三年前加入碧桂园集团一样。所以，睡不着也许不关湿热的原因。实际上，也是有关的，情绪一直折腾到凌晨，后来我穿上一件浴袍再盖了一件浴袍，枕了一条毛巾，蜷曲在沙发上，慢慢入眠直到天亮。

虚实的神韵

第二天，九点出发，我去了城市最高处——鼓山。

车子顺着盘山路上行，越向上走，雾气越大。太阳被雾气遮住，山风吹动着，雾气在山间流动，流动的影子如绸缎在眼前飘动一般。

车子走到山门处，前面便是涌泉寺。

本来，此寺院和我见过的寺院没什么迥异，但由于云雾的忽来忽去，那参天大树及庙宇楼阁的时隐时现，一切就都改变了。该寺院建筑规模宏伟，布局精巧，有"进山不见寺，入寺不见山"之精妙。一幅幅中国式的山水画就在我们参观的过程中不断地涌现出来。

中国博大精深的文化表现在山水画风上，则是黑白相间，大面积留白，虚中有实，实中有虚，虚实又结合。因此，让主角更加跳跃，让陪衬恰到好处，正是神韵之魂。

看到如此景象，我背起手，放慢脚步，用心吸收着清爽的空气，用手抚摸着黏黏的水珠，昨夜的倦意一扫而净。

在寺院走上一圈，那通道、门框及房柱上的对联总是很吸引我的。其实，在寺院里最博大精深的就是那些经久不衰，被传颂，富有寓意的对联。譬如，"境地何须扫，空门不用关"。这既是描写景物，也是佛的意境。意境至高，心致远矣。

人生很多时候就是需要这样的惊喜，这样的一份宁静。

昨夜的思绪萦绕我心。

是啊，人生只有拼出来的美丽，没有等出来的辉煌。《我在碧桂园的 1000 天》清样完成后，也已清闲一月有余。清闲的岁月看上去挺美，令人羡慕，可实际上，它剥夺了我对未来的期待，影响到我和世界的距离，它让我逐渐失去了积极意义以及人生可能塑造的价值。

和几位同行者一起上台阶下台阶，穿过寺院红色连廊，在藏经楼里凝望，在印经楼里看制作经书的过程……一路在悟，顿然豁达。佛光在前，仿佛看到了走向目标的通道再次出现了。

就说拍照吧，如能做到任何时候眼到、心到、手到，就会有不同格局的照片定格在相机中。在云雾中、小雨中我走入佛地，或许才能体会到佛学的虚实精髓以及道学的道法自然的法则。

家国情怀的感动

中午时分，女总裁陪我去了她老板创建的学校。学校坐落在卧龙山上，占地千亩，据说，自筹资金投资了十四亿元。

从山脚往上走，一共五百三十九个台阶。

女总裁十分欣赏她的老板，言语之中，几乎到了膜拜的地步。

她老板二十七岁开始创建这所学校。那时，老板还没有多少钱，只是有个办学梦想。老板把所有的钱首先用在教育投资上。历经二十二年坚韧不拔的奋斗及持之以恒的努力，如今，创建的学校已经晋升为民办大学的二本学校，在校生达万人，可谓功德无量。

走在背靠卧龙山，俯瞰闽江水，依山而建的风景秀丽的学校园地，令我赞不绝口，心悦诚服。学校如今建有数字模拟法庭、商务综合实验室、电脑音乐制作室、录音棚、ERP沙盘模拟实验室、材料力学实验室、信息处理与DSP技术实验室等；拥有高标准、现代化、多功能的建筑面积达二点一万平方米，藏书八十二万多册的图书馆；拥有学术报告厅、音乐艺术中心、网络中心、游泳池、塑胶田径场、咖啡屋等现代化教学、生活设施等。与此同时，设有管理系、财会金融系、外经贸系、人文社科系（文化传播系、思想政治理论课教研部）、法律系、艺术系、计算机工程系、电子信息工程系、土木工程学院、基础教研部等专业。

听着女总裁和校领导这些介绍和感受，我心潮澎拜，怎能不热血沸腾？

说心里话，我从来最尊重的人就是那些有情怀的教育家。

女总裁口中的老板形象不仅是教育家、慈善家，还是个成功的企业家。她老板的形象在我心中一下子高大起来，血肉通透，让我竖起大拇指。

数月来，她老板和我两次接触，起初并没有感动我，而此时此刻被感动了。是啊，她老板有崇高的家国情怀，为之付出了一生努力。我也一直在有能力的情况下帮助有需要的人，还在我母校西安交通大学设立了以我命名的教育奖励基金。"也许，借助此平台还能继续我的初心。"我是这么想的。她老板曾经主动承诺为我成立一个研究室，研究企业战略、财务规划，答应配人配物完成我的《财务智慧》升级版，而同时，做一名教授传授知识给大学生们。

心心相印，他心我心。

阳健不息，光华恒升！

当着多人的面，我在"确认函"上签字了，一签就是三年，表明将初心可续。因此，要记住 2017 年 3 月 13 日这个重要的日子。

结束语

生命需要不断留白。

留白是中国艺术作品创作中最常用的一种手法，极具中国美学的特征。艺术大师往往都是留白大师，方寸之地显天地之宽。留白留得好，可留下诸多想象空间。

女总裁一见面送给我一尊开过光的木雕观世音菩萨。我端详很久。观世音菩萨是佛教中慈悲和智慧的象征，无论在大乘佛教还是在民间信仰都具有极其重要的地位。佛法强调悲心，视悲心为根本。

许多未来的事现在不好说，唯有凭着直觉去做。

今日决定若为种因，那明天的收获则为善果。

心若向着太阳，未来必将灿烂。

2017 年 3 月 写于深圳

30. 母亲的电话

　　元宵节未过，年不算过完。

　　因为春节没能回家过年，我决定在元宵节前回趟家，也算是在家里过了个鸡年，了我和父母的心愿。

　　正月十四这天一大早，我突然回到家，可家门锁着。我退到楼外，想起县政府旁边的广场，说不定母亲在那里或跳舞或打鼓。刚退出几步，

《锣鼓队》，陕西澄城县，2011 年

　　远远看到熟悉的身影，那是父亲。父亲没看到我，我喊他，他还朝身后
看去，等再转身发现我时马上开心了，脚下的步子走得极快。

　　这天虽然寒冷，但晴空万里，阳光和暖。

　　我和父亲见面总是很君子，不会亲热地拥抱或者握个手。

　　此时我叫了一声："大！"父亲说："回来了。"就这样算是彼此打了招呼。我习惯性地问："我妈去哪里了？"父亲说："打鼓去了。"

母亲属羊，虚龄七十五。我知道母亲最大乐趣就是参加县老干所老年人的活动。母亲五十八岁那年从农村住进县城，算是进城了。一到县城就走进老干所。母亲喜欢热闹，又勤于锻炼。按照父亲的说法，我们不生病就是对子女在外面工作最大的支持。记得过去每年几次回家，总会碰上母亲去老干所。有一年，母亲说他们正在努力排练跳舞，也要上央视春晚。那一年春晚肯定没有去成，却在县里领到奖状和匾，还拍了视频，视频在网上能查到，母亲乐滋滋的。

我和父亲回到家，父亲马上给母亲打电话，说大儿子回来了。父亲放下电话很生气，说："你妈越来越不像话了，竟然把我电话扣了……真是的，都这么大年纪了，还疯疯癫癫的！"

父亲急忙找出一堆年货给我吃，如果母亲在家，这便是母亲去干的事了。我和父亲聊了很久，仍不见母亲回来。妹妹知道我回来了，加上母亲还在广场上打鼓，急急忙忙跑过来。我妹妹知道父亲的脾气不好，一进门便解释说，水饺都没有煮熟就跑过来了。中午饭也就是妹妹来做了。

过了许久，母亲回来后第一句话就解释扣电话的原因："正在打鼓，总不能把活儿给人家一撂就走了。"我见母亲精神不错，哪像这个年纪的老人，心里特别高兴。母亲和我聊了几句，知道我这次在家待两天——多年最长的一次，便说："妈下午还有两场表演。领导好不容易争取来的。"

我知道表演有收入，半开玩笑地问母亲："妈，能挣钱吗？"

母亲自豪地说："今明两天能挣妖洞洞，还有五盒烟……"

父亲插了一句："一年挣来的烟还真不少，够招待人的。"

我明白妖洞洞就是一百元的意思。我明白元宵节的花车游街及打鼓是县里元宵节社区必备的项目。我知道母亲并不缺钱，图的就是高兴。

父亲却说："不去了！娃难得回来！"

母亲有自己的主意，懒得理，吃了一点饭菜，稍稍休息了一会儿就出去了，说是到点了。看着母亲欢快的样子和这样健康的身体，做儿子的我真的是高兴！

就这样，母亲在正月十四打鼓一天，十五打鼓一天。

正月十六一早我回深圳了。

每当想到父母心情好、身体好，还有一帮村里的好邻居常来看他们，我就感到很满足了。父亲有时对我感慨地说："谁能想到我烂谋娃把日子过成这个样子来了，真要感谢你们做儿女的。"

可过了两个星期，家里来了电话，当时忙没有接。接二连三来了多个电话，我不得不接。拿起电话，是母亲的声音。母亲把原委说了一遍，期望我给县委某领导说一声，让她继续留下来参加老干所的活动。

这么一点小事要找领导吗？我给母亲解释说，人家领导管几十万人，很忙，要么你就不去了，反正年龄也不小。母亲不从，知道我和县委一个领导很熟，下任务似的，一定要我马上打个电话。

母亲的话就是上帝的话。只要是父母说的，哪怕办不了，都得先答应下来，再想办法去处理。让老人家高兴是做儿子最大的责任。

思考再三，我给县委这位领导通了一个电话。

没想到这位领导给我说了一句暖心的话："在你看来是小事，但母亲的事都是大事。你放心，我来安排好。"

放下电话后，我立即给母亲回了一个电话，母亲很开心，还说，妈今后再也不会烦儿子任何事了。能感受得到，她心头的乌云顿时散了。

后来过了两周，母亲给我电话说，为啥县委还没有安排呢，让我再问问吧。母亲还说，老干所那里催得紧，我已经把老干所的钥匙、衣服及账目全交了。自然，母亲有些遗憾和失望，唠叨着自己在老干所干了近二十个年头，里面的所有东西都是她弄来的，现在身体还好……电话中听得出，母亲不舍得。

为了此事，我不好意思催这位领导，想必领导也遇到什么难处了，否则这么点小事——不占指标、不占编制、不领工资——怎么能算个事呢？琢磨了很久，没再打电话。

后来我一忙，就忘记了再钉此事。

又过了两周，突然想起此事，马上给母亲打了电话。这一次，母亲很平和，说："县委让一位局长打来电话了，让我过来。妈想了很久，和你父亲商量过了，就不去了。"

我感到很遗憾，担心母亲为此不开心，就多问了母亲一些情况。母亲说："人家老干所划了一条线，七十岁以上的人都不能参加。算了，别难为人家领导了。"

由此看来，母亲是个讲大道理的人。

我想到有人说，人生就是一本书，书的内容需要自己一个字一个字地写，照片需要自己给自己去整理。母亲的简单、直率，给一点阳光就灿烂，又能不断找到自己乐趣的人生态度一直影响着我。

是啊，日后母亲可以有更多时间在家里陪伴父亲，和父亲找到又一个适合自己的事快乐地去做。我相信会的。这么多年我不在父母身边，没能时不时尽孝，总觉得亏欠了父母很多。

再过几天就是母亲的阴历二月二十七日生日，祝母亲生日快乐！

2017 年 3 月　写于深圳

31. 父亲很有眼界

♡

    之前写过一篇母亲的文章，听说父亲有点吃醋，那我就想着写一篇关于父亲的文章。是啊，在什么时候，都要做好平衡。

    8月中旬的一个周六，我上午参加了西安市政府举办的"科技人才峰会暨'梦回长安校友行'"活动，下午参加了"第九届五所交通大学全球校友商界领袖峰会"，会议结束后，驱车回了一趟老家。

    我一直是这么想的，也是这么做的，只要到了西安，能腾出少许时间，都要回老家看看父母。正因为如此，好多次都是深夜回到家，次日一早就离开了。

    父亲是我的天，母亲是我的地。天地的存在，我才有去处。尽管我走南闯北，总认为是漂在他乡。我一直就这么想着。

    车子在路上行驶了两小时。

    到了家门口，咚咚咚的一阵敲门声，没有迎来父母的开门。

    我每次回家，都不会提前告知父母的，除非他们从不同途径知道我将要回来。我担心我说了我回家的日子，他们就会什么都不干了，就会不停地念叨，就会出出进进地看我回来的方向。这样，很折磨父母的，也让我心里不安。因此，多少年以来，回家不预先打招呼便成了我独有的做法。

    敲门之际，我已经听到地下室传来的阵阵麻将声。

地下室有多间储藏室，其中一间是我家的。

我下了楼，朝有声音及亮光的方向走去。当掀起门帘，父母果真在此。父母看见我，十分地激动，马上把手中的麻将活儿推开。

"儿子回来了！"父亲炫耀说，"我老大。在上海工作。"

我礼貌地给大家点点头。

"儿子，你咋不说一声？"母亲问道。随即父母亲起身离开麻将桌。

父母这么一起身，这四人麻将就没法打了。父亲只好说："刚才有个女的说要来打麻将，我去叫她。你们等一下，我问问还有一个人说会过来。"

我和父母上楼回到家中，母亲从冰箱取出馍、土豆、青菜各种食物开始给我准备晚餐。父亲打了一圈电话，只找到了一个人。

征求完我想吃什么的意见，母亲在厨房已经点火动手了，建议父亲说："算了，今晚就不要接着打了。"

父亲一边继续打电话找人，一边说："你都知道的，人家从西安回来，专门约好今晚打麻将。咱不能这样的。"

如此这般，折腾了十多分钟，最后还是三缺一，父亲抹不下情面还是下去陪打麻将了。一直陪打过了十点钟。

父亲回来后，几乎趴到我脸上看了一遍，兴奋地说："儿子这次回来脸圆了，看来上海工作没那么累，红侠照顾得好。"

"差不多吧，"我解释说，"是头发剪短了。"

"娃的头发掉了不少……"母亲心疼地说。

"你眼睛好了没有？"父亲接了母亲的话，关心地问道。

"差不多了。"我不想让父母担心，说，"坚持一日三次热敷就没事了。"

今年以来，父母的心情总体上是欢快的。两个外孙结了婚——都在他们身边长大，了却了心头一件大事。另外，他们的独孙——在外地，之前还没有确定下来的女朋友，令他们担心。二老经常给孙子打电话，给孙子的父亲打电话，也给我打电话，给大家施压。可谁也没有料到，才过了几个月，孙子确定了女朋友，还和女娃订了婚，确定在年内 11 月结婚。父母当然高兴了，因此两人都胖了一点，脸色红润，看起来比实际年龄年轻多了。

一般而言，身在农村的父母这一生说白了，不就是忙活着子女的成长、结婚，再帮忙着带孙子管孙子。这是他们一生最为重要的事，只有当这些事办完了，他们所谓的人生最为重要的任务便完成了。

聊天期间，谈到老二的儿子结婚在哪里举行仪式，父亲不悦。

其实这件事，我早已知道。因为每走一步，弟弟都给我说上一声。关于结婚仪式是在渭南还是在县城举行，彼此有过一番争议，的确有分歧，还生了点气。父亲给我在电话上说，很希望孙子在县城举行仪式，他的理由很简单，说我和我弟弟结婚时家穷，没有举办婚礼，这些年来，总觉得有些亏欠，因此期待孙子回到县城举行，一了心事。可弟弟也给我发来微信作了一番解释，还说和妻子商议过，觉得市里条件好，待客好待，所以坚持要在市里举行，要我说服父亲。要我说，在哪里举行都无所谓，只要方便让大家开心就好了。正因为这个，我这次匆匆回家也有调解这件事的任务。

我看父亲这会儿挺高兴的，就说："大，娃结婚的事，我弟给我说了，你看这样行不行？"

父亲脸色一变："此事我不再问了，你和你弟商量。咋定都行。"

显然，父亲还在生气。

"大，你看，我弟弟的朋友全在市里，市里条件好，"我知道父亲会听我说，我也不想含糊我的看法，"我觉得在市里举行仪式比较合适。我弟也说了，等娃结婚过后，让娃和媳妇回来，在县城请亲戚、村人吃顿饭，或者等他们有娃了，满月摆酒席回到县上。"我强调说，"这是我弟的意思。我觉得这样安排蛮合理的，各方面都照顾到了。"

父亲没有接话，母亲和妹妹坐在对面沙发上也没有说话。

霎时间，屋子变得冷静，灯光似乎变得昏暗一些。

过了许久，父亲说了一段话却令我惊讶。父亲今年七十六岁，早已经不参加村里的任何事了，也就是说，远离了人群，独来独往，一天要么锻炼，要么打麻将，但他还能敏锐地看透当今国内的事情，真是了不起。

"你给你弟说一下，这次运动风声很紧，"父亲严肃地说，"他和媳妇都在人面上，干着国家的事，结婚不要搞得太大。上面有规定，不能超过三十桌。现在坏人多，要是让人告上一状，会出事的。"他解释说，"我原来是想，如果在县城结婚，以我的名义搞，搞大点都不会有事的。这件事，你给你弟交代一下，咱划不来。"

父亲竟然能说出这样的话，令我这个见过世面的儿子刮目相看。

"大，我现在就说。"我说。

于是，我给弟弟发了个微信，说了父亲的担心。弟弟很快回复说："我只定了二十桌，不违反规定。"

这件事再次验证了我早已形成的看法，父亲是个很有眼界的人。他作为一家之长，如轮船航行在大海上的舵手一样。舵手是不好当的，在远航中有可能遇到各种挑战，他不仅要把握好方向，还要准时到达预定的目的地。父亲和他很多一样出身的农民真的不一样，尽管书没有读多少，身上仍时不时跳出许许多多小农习气，但可贵之处在于他看事看得很远，看得很透，小事上有时犯点混，但在大是大非上一点不含糊。相比之下，他比很多读过书，受过高等教育的人都出色。我想，他的眼界一半是天生的，一半是他长期为了活得更好而悟出来的。

人生迈向最高境界的就是懂得悟，会悟，而且能悟出真谛来。为了悟出真谛，我以为要从善念出发，带着阳光的心情，不畏重重困难。

父亲曾经说过不少警句，值得家族后人们去领悟。

他为了鼓励家族每一位成员努力读书，做事，成就事业，成就家庭，让彼此负起自己的责任，总提醒我们说："人这一生，三十岁之前，看父敬子；三十岁之后，看子敬父。"

尽管老人一生很勤俭，花钱很抠门，到了现在还会五点起床，冒着严寒排队领推销公司送的毛巾、洗衣粉、油等，但当花钱和做事发生矛盾时他会强调说："吃不穷，穿不穷，一技不成穷一生。"

家族人和村里人有时为了孩子的工作很苦恼，他会鞭策每一个人要能了解自己，总是要求"勤快"，只要勤快了就会有口饭吃，于是鼓励大家："有智吃智，无智吃力。"

父亲一生的经典语言很多，譬如，"做什么事，脑子要灵活，要有眼色。""帮人是在帮自己，是积德积福事。"等等。

是啊，男人是一个家庭里的主心骨，如果缺乏眼界，这个家有可能失去了正确的方向，也许失去了许多机会，也许走了不少弯路。

父亲，就是我们这个家庭的领航者。

领航者要充满智慧，父亲是一个有智慧的人。

2017 年 8 月 写于上海

32. 清明时节思故人

《上坟》，陕西澄城县，2009 年 11 月

我老家位于陕西渭北平原。我们那里把扫墓叫上坟。

今年清明节，我专程回到老家。这么多年在外奔波，很忙又很累，难得有机会在清明时节回到家乡去给亲人上坟，但思念之情从未褪色。

十七年前，父母从农村住进了县城。这次回老家，我们全家人先是回到了县城。县城虽然不是我真实意义上的出生地和成长地，但毕竟离我出生地及成长地很近了，近到只有二十来里的路程了。十八岁前，我父母还生活在国家行政编制最底层的农村。当我走过了人生的五十五年岁月，反而觉得有农村经历及在农村有自家的老院子才让我的生命更接地气。农民的勤劳和善良，我一直保留着。这些品质来得如此地自然，根本不需要装神弄鬼，扮两面人。

三十七年前考上大学离开老家时我是一个人，如今带回来三人：一个是妻子，一个是女儿，另一个是女婿。我们小家都在南方大城市生活，孩子们也是忙忙碌碌的，由于经历迥然不同，彼此对农村的认知也相差万里，但这不要紧。带着全家人在清明节期间回到家乡祭祖扫墓，虽然很是不易，但我们全家来了。

热烈的午饭之后，趁着天色早，父亲带我们给亲人上坟。

这些亲人包括了我的爷爷、奶奶及大伯。

我们家族有一个老陵，历经了上百年，如今保护尚算完好：上面长了二十八棵柿树，还有几棵松柏，平日杂草丛生，坟头仍依稀可见。爷爷、奶奶及大伯并没有埋在老陵，因为老陵拥挤不堪，没有多余的空间。

三个逝者中，爷爷活了八十一岁，去世后就埋在他曾经一生劳作过的果树沟边上，随后，奶奶和大伯也埋在这里。他们结了伴，相互有个照应。从我有记忆以来，爷爷就忙活在村西头的果树沟里。这里倾注了爷爷的一生。果树沟以杏树、桃树、梨树、柿树和核桃树为主。20 世纪 70 年代之前，果树沟也很风光，每年到了果子成熟季节，生产队集中采摘，然后按人头分到每家每户。那种祥和的气氛十分美好，像冬日阳光照在身上一样，充满着生活和生命的质感。

果树沟旁边有个麦场——现在是苹果园。那时夏收之际，全村人忙在麦场上。有晾麦的，有碾麦的，有扬麦的，有装麦的，有入仓的，好一派热火朝天的劳动场面。遇到雨到，更是忙得不亦乐乎。晚上，有时还能看一场盼望已久的样板戏类的露天电影。那时，我会早早搬来凳子，占个好位。看后，还会模仿几个亮丽的动作；夏收过后，麦场成为孩子的玩耍乐园，但玩儿的东西很土，土得掉渣子，却锻炼了一副好身体。麦场发生过的一切，如今看来无不有趣，让我这个游子多少年来还能记起来。

爷爷下葬那天，我从北京回来。在我们子孙们长跪之时，一条蛇从坟头穿过。大家都看到了。都说，那是老人的最后告别；奶奶比爷爷多活十二年，高寿九十三岁去世的，在贫瘠的农村极为罕见，加上奶奶人缘好，入土也就非常热闹，变成了白喜事。后来录制成了录像带，我父亲说他什么时候想妈了，就会拿出来看一看；大伯活了七十四岁，一辈子干公家的事，留下了颇佳的口碑；二伯活了七十五岁，因为从小给了他舅家，改了姓，也干公家的事干了一辈子，去世后埋在另一个村里。

此时，父亲、我及我弟三人跪在坟前，看着插在坟头的花树，烧着五十、一百及千元的纸钱，最伤心的莫过于父亲，他很快进入状态，连续叫着："大，收钱了……大哥，收钱了。大哥你钱不够用的话，从大这边取……"

我思绪万千，曾经经历过的点点滴滴，无论高兴还是伤心，被激活，记忆之门再次打开……

很欣慰，爷爷看果树沟时避风遮雨的窑洞虽然破烂不堪但依然还存活着，孤傲着，屹立不倒。我让女婿拍上几张照片。于是，我妹妹带着女婿在窑洞前转了一圈。此窑洞我小时候偶尔住过，和爷爷一起，当年相睡的影子立现眼前。

在我们父子三人下跪的旁边有三棵核桃树，看上去老态多了。我一出生就见到。还记得这三棵树就长在我大伯曾经住过的窑洞的后面。围绕这三棵核桃树发生过不少事。记得有一次，我费了九牛二虎之力，把一车又一车装满粪的架子车从三棵树旁的斜坡拉上去送到地里。村人夸我勤快。可是如今，村里人事全非了，那些熟知的长辈一个又一个去世，能不伤心吗？不仅如此，大伯曾经拥有的老窑洞和老院子也夷为平地。曾经的故事如果不再记录下来，也就全丢失了。话又说回来，即使记录下来，也未必有人去看。每一个不起眼的生命本来在这个世上就那么回事了，如尘土一样，飞时或许能看到，可随后就无踪无影了。

我家和大伯家原来住在一条大村子，后来我家搬到前面一条紧贴沟边的小村子，再后来搬到离小学较近的一条村。从我出生到上高中十五年间，我搬过五次家。父亲是个不甘寂寞的人，过几年不折腾一下就不是他了，当然，都是生活所迫及对命运不甘逼出来的。这正应了"穷则思变"的道理。

上坟之后，驱车来到我们在村里的最后的家的门口。

站在大门口，门上有把生锈锁子，一旁还挂了一个黑皮帽子。父亲拿出一串钥匙试遍了却打不开。门打不开，家就进不去。没辙，我们父子三人也许带着同样心情轮流透过门缝隙向里面看着。

忆往事，我曾经在这处院子住过仅仅四年，门缝里面发生的往事如昨天发生的一样。那段日子，父亲和母亲继续着在主村之前的艰苦挣扎。父亲逢年过节坚持着献爷爷，期盼一切会好起来。说到期盼，那时我们兄妹三人都在上学，父亲常以高压手段压我们，他很早就明白子女只有像两个伯父一样读成书才能改变家境。的确，我在高中阶段心无旁骛，平日在校努力读书，放假回家父亲不让干农活而是让我静心温习。

记得我们家搬离村子到乡上后，窑洞和院子一直空着。由于80年代初我考上了大学，我弟弟考上了中专，一时风光，都说我家院子风水好，龙脉之穴，好多人想买，我们坚决不卖，但其间送给一家邻居居住。邻居住了几年，去世后，院子至今空着。

假若有一天要讲十八岁之前的农村经历，几天几夜都讲不完，一定很感人，一定很动听，一定会发人深思的。

父亲和母亲在村子的经历是一个迫不得已的故事。

过去从没有人看好我们这个小家，有长者竟然定性我父亲这辈子完蛋了，翻不了身，可顽强的父亲和母亲带着三个子女，一方面自己坚持，一方面督战我们，经过数十年从不偷懒的奋斗，突然有一天，我家成了村里人羡慕和学习的榜样，也激励了很多邻居的效仿。当然，父亲和母亲在农村经历的多属于心酸及受人白眼的日子，乃至于进城很长一段时间，父亲根本不想提起村里的任何人和事，似乎和村里人结下了深仇大恨。可是没过几年，伤痛淡化了，怨恨消失了，他们开始惦念村里人的好处，也在有能力情况下帮扶村里人。如今二位老人身体好，都说是行善积出来的福报。

母亲见我们家的大门打不开，心不甘，加上两个儿子好不容易回村很想让村人知道，就走了几家，可一个人都没有。好不容易见到一个妇女，一见面就拥抱起来，此人羡慕地说："婶婶你咋不老？！"

是啊，留在农村的人越来越少。少的原因无非有两个，其一，很多人进城了；其二，很多人离世了。由于这些不间断的巨变，村子变成了名副其实的空村，或叫废村。很多窑洞已经没人居住了，狗也少，人更少。几年前，我们村已经编入乡的第八组，原村建制没了，村名也没了。我们乡也和临乡合并了。这些，都是城镇化碾压下的必然后果。

天黑了，我们在村里待了半小时，只见到五个人。其中一个是哑巴。哑巴的弟弟和我是小学同班同学，当年学习比我好，几年前因脑部得病英年早逝，随后他父亲也去世了，哑巴成了村里的五保户；还有一个中年人，是傻子，也许家族遗传原因，父母早死，我认识他，他一路憨笑，口水流个不停，我父亲还伤心地说了一句："不知道上辈人做错了啥？"母亲瞪了父亲一眼："别胡说。"

我多少有些唏嘘，想必再过十年八年，我老家的窑洞和院子会被拆掉，村子会再次易名，有可能再也找不到我的真正意义上的根了。

清明时节雨纷纷，路上行人欲断魂。

又是一年春草绿，又是一年清明时。

四月天，果树沟的桃花刚败，而杏花、梨花盛开，那姹紫嫣红争春斗艳之势变得孤芳自赏，我仿佛看到我小时候爷爷、奶奶、大伯、二伯及二伯母的身影。很可惜，他们都不在阳世了。

生命有长有短，即使人活百岁总是要离去的。短短几十年，除了前面提到的亲人之外，还有多位亲人相继去世。站在父亲这边看，还有大姑、大姑父；站在母亲这边看，还有外婆、大舅、大舅母、二舅、二舅母。说心里话，我一生最对不起的就是我外婆，她没有等到我家过上好日子就走了。小时候，我家里穷而且出事不断，我在我外婆家过了十一个年头，外婆家成为我小小生命成长过程中的暖心港。

每年清明，只要坟头有人插花、烧纸，说明这家仍有后代，后代人还是有良心的。给逝者上坟，我以为不仅仅是种思念，还是一种家族精神的传承，更警示我们还能为家族活着的人做点什么。承前启后，继往开来。有时，让灵魂升华也需要内外不断地提醒。

是啊，跪在亲人坟前——过往趣事涌上心头，他们活着时的音容笑貌及对我的帮助、对我的关爱让我感激不尽——哪怕只有短短的几分钟，都是非常非常有意义的事。不忘逝者，珍惜当下，我们走得才安稳。

2017 年 4 月 写于深圳

33. 我的高考岁月

♡

　　跨入 2017 年，从春节前寒冷的 1 月到火辣的 7 月，从珠三角到长三角，半年之中，我业余时间选择了要么听书，要么有限度地看电视剧。从来没有这么惬意地度过业余生活。真是有幸，有系统性地听完了余华的《活着》、杨绛的《我们仨》，看完了电视连续长剧《白鹿原》《平凡的世界》。这算是意外收获，也算是另外一种汲取营养的方式。

　　看《白鹿原》《平凡的世界》，品味生命中的每个角色，自然想起了自己的爷爷、奶奶、父母、兄弟姐妹的命运及经历。这两部电视剧里面的场景离我的故乡都不算远，其中的陕西话、旋律倍感亲切，其中的人物经历在我的经历中也能找到不少一致性。看这两部电视剧过程中，每每到了人与人情感交流时就会情不自禁地流泪，哽咽，是因感动，是因同情，是因真情，也是因为看到了自己曾经的影子。到底流了多少次泪，无从记录。我在很多场合都说过，来到这世上，每个人的一生都不易。很多表面看上去是光鲜的，可背地里一样心酸。平凡人如此，大人物也如此。

　　《平凡的世界》里的孙少平——据说是作家路遥自己，高中毕业时国家仍处在"文革"动乱中，导致没法参加高考，也就没机会上大学。他回到农村，从父亲、哥哥及周围人身上感受到了农村的苦难，看到了自己的未来，骨子里是不甘心的，就要出去闯一闯。当他到了外面，外面的世界一样残酷，但由于他热爱劳动，能吃苦；对人真诚，又乐观；勤于读书，善思考；立志让家人过上体面生活，也就让他渡过了一个又一个难关。在煤矿下井的几年里，尽管十分艰苦，随时有生命危险，但因为他找到劳动可以改变生活面貌也就逐渐找到了生命意义的寄托，于是带着满腔激情，一边劳动，一边写书。他把经历写了出来，成就了这位农民出身的伟大作家。

我从孙少平身上想到我的青春。我从白鹿原想到冯原。那些青春的记忆之门被打开。是啊，我那青春岁月也一样苦涩，却因不懈奋斗，使苦涩变得甜美厚实。这一青春经历如在土壤之中撒下种子长出的树苗，为了成为有用之材，是我一生不敢丝毫怠慢生命的理由。

弹指一挥间，回想三十八年前的1979年的夏天，我应届高考落榜了。

回到家的那段日子，遇到村人冷面冷语我深感不安，因此连家门都不愿意踏出半步；要是走出家门，一般都会直奔地里干农活去了。难受至极的心情以及人间冷暖，唯有自己知道！联想一年前担心考不上大学，报考了村里民办教师考试，考是考上了，却被人说服后放弃了；参军也在学校报了名，也被人告了拉了下来。又联想家人长期被村人欺负的日子……我是多么地痛苦，一切如天塌一般。

年壮气盛的父亲终日默默无语。我相信，那无语比鞭子抽还要疼。

全家人因我没有考上大学而处于极度悲伤之中，先不去说这个，可村里人冷言冷语、看笑话的大有人在。

那时的情景至今清晰记得。

我当时只差五分，就可达到大学录取分数线。

"你到底补习还是不补习？"父亲沉默多日之后严肃地问我。

"要补！"我坚定地说。

记得王庄中学老师带话要我回到王庄中学补习，经过思考，我婉拒了，我选择了去冯原镇的冯原中学补习。

冯原镇离我家十五公里，交通不便，北依黄龙山，与《平凡的世界》塑造出来的陕北黄原地区相连；南接洛河水，与《白鹿原》塑造出来的陕西关中白鹿原村相接。

《永远感恩伟人》，深圳莲花山，2011 年 2 月

　　去冯原中学时可说是悄悄去的，村里没人知道。也不是什么光荣之旅，没人知道正是情理之中。

　　其实，我也不想让人知道。这是自尊保护的需要。

　　选择去冯原中学读书为的是不受周边环境干扰，还因为有亲戚在学校行政管后勤，若能得到他们照顾就会方便一些。

　　就这样，我在冯原中学度过了最为紧张的一年。

　　一进冯原中学，分科分到文科班。

　　由于书本上的课程早已在王庄中学学完，为此多了许多温习课程的时间，但要死记硬背的内容实在太多了。死记硬背一向是我的弱项。

　　在学校校区东南角有几棵大槐树。

　　秋冬季节，天日渐寒冷，只有少数几个学生在树下看书。到了下雪日，不得已，全部回到教室里。到了早春之后，树下的学生逐渐增多。学生们利用早读时间在树下背书，那朗朗的读书声，早已是一道风景线。真有意思，很多学生都愿意大声背书，背得声音很大，生怕别人不知道。

毋庸置疑，我是常去树下的人。

我比较讨厌在教室温习，因为教室学生多，相互干扰大，为此我常选择逆向行事。树下人多时，我到教室；树下人少时，我到树下。

早期，几棵大树下面没有坐的地方，后来学生们搬来一些砖块相叠在一起。有三块一起的，有两块一起的。我常会坐在砖块上，靠着树干，像一个思考者一样，漫步在自己的世界里。

来到树下温习，更多是背记政治、地理、历史，还有语文老师划定的重点范文。日子一久，背记其实是很枯燥的事儿。我比较喜欢的记忆方式是小声读出来。读多了，口也干、舌也燥、气力不支。期间，夹杂了默记。默记时要边写边画，以强化其功效。总之，无论通过何种方式，都要记住该记的要点和内容。有人说文科学生如果记忆力好，很容易提升成绩的。此看法有一定道理。我的几个同学的记忆力超群，有过目不忘之本领，文科成绩就很出色。相比之下，我很逊色，只能笨鸟先飞了，也就是比他们花的时间更多才能基本与他们的成绩不分上下。

补习进入第二学期，即1980年春节过后，由于张刘俊同学有需要，应他的邀请，我们三人一起搬进他家在学校附近一所闲置窑洞里。窑洞也就七八平方米，中间一个窄窄的通道，里面有两个炕，炕上有草席子，另外有个桌子。条件显然好多了，起码环境是安静的。

我们三人都很用功。起早贪黑是再平常不过的事情。晚上，我们很少在12点之前睡觉，早上还都会早早起身。

窑洞里没有通电，照明用的是煤油灯。每天早上出门时，鼻孔熏得黑乎乎的，手指一挖鼻孔，就是一块黑疙瘩。每天在微弱的煤油灯的光线下看书，眼睛早早就不舒服了。第二天，揉揉眼，新的一天又开始了。那时根本不知道累，就因为心中充满着期待，心中有着一团火，火燃烧着。

相比之下，我的数学比他们都好，时常会帮助大家。所谓帮忙，实际上是谁也顾不上谁的。老师根据七八、七九级两年考试试题判断，反复强调1980年这年的数学考题应会很难。对于百分卷子来说，由于每题占十五分到二十分，如果做错一道题，就足以失去上大学的机会。为此，在这所住处，我们多数时间是做数学题。

老师发下来的蜡印纸张上的数学题实在是太多了。我们文科生数学基础差，小窑洞里，成为我们破解数学难题的攻坚重地。

我还记得因为大家忙，也不方便，也就没法讲究个人卫生了。因此，一学期不洗一次澡太正常了，那时也不觉得是个什么事。还记得自到冯原中学补习就没换过被褥。

在后来一段时间内，我身上时常痒，只要顺手一抓，就能抓到几个虱子。顺手一挤压，虱子被挤爆，血迹沾在手指上。然后，每次打开被褥一看，线头上爬满密密麻麻的小白虱子。

太恶心了，但那时顾不上。

实际上，那时只要每天能吃上热饭，不受干扰地有时间背书，有时间做题就很好了。简而言之，考上大学就是那时最大的事了。

我到冯原中学补习入学报到时，父亲送来两袋子基本符合标准的面粉给我上了灶，还给了一些零花钱。至于面粉是从哪里来的、钱又是从哪里来的，我无暇过问，即使问清楚了，只会增加我的负担。

后来的事实证明，父亲北去两百公里远的洛川换粮换油比过去更勤了。

此事过了若干年，我和父母拉家常时父亲才说起那段经历。他说，那两袋面粉是赊账赊来的，钱是借来的。为了清还，我和你妈比过去更加劳累。好在那时农村的气氛稍微宽松了一些，倒卖物资逐渐有了少许空间，才让家里有了一些回旋余地。

事实上，我父亲非常精明，眼里全是生意，还能付之于行动，总能在每次倒卖中赚回一点钱。曾经很多回，他会赊账买一辆旧自行车，回家后将自行车清洗，擦油，维修，自行车变新了几成。几星期后，再把自行车放到集市出卖，准能多卖几块钱，运气好时能多卖十几块钱。

既然来往洛川的路子走开了，我父亲还带着村里很多人来往在洛川的山路上。父亲凭着他那结实身体和智慧，为了改善家境，为了让儿子读书，多跑几趟无所谓，这对于他这位庄稼人来说不在话下。

每次父亲来往洛川，都须经过冯原镇。

有一次我刚好下课，父亲来看我。我感到惊奇，这是第一次。父亲把我叫到一边，从报纸里拿出两个白如雪、软如棉的大馍，夹着肥肥的卤肉，交给了我。我二话没说，狼吞虎咽把肉夹馍吞到肚子里。实在是太香了！！这种感觉前所未有，以后也没有过。

"我看到校门口红榜上有你。"父亲满意地笑了。

我奢望还能吃一个，父亲说没了。

后来，我和父亲没说上几句话，父亲乐呵呵地走了。也许他怕影响我补习，也许还要赶回家告知母亲看到我又上红榜了。

父亲离开的背影真的如山，给了我无穷力量和动力。

《白鹿原》里的白嘉轩、白灵、鹿兆鹏、鹿兆海、黑娃，《平凡的世界》里的孙少安、孙少平、田福军、田晓霞，他们都是敢于向命运发起挑战的人，值得敬佩。所以，看到他们很多场景时我泪流不止，甚至哽咽。

是啊，想想自己的经历，一生命运的改变的确是倒逼出来的。

在冯原中学，我们这届的张刘俊、郭云海、苏少青、杨忠民、袁金屯、王育虎……后来陆续都上了大学，每一个都是倒逼出来的。

回想起来，倒逼前行的根本要有改变命运的诉求，还要有让家人过上体面日子及不被别人白眼的愿望。这些前提成为动力，同时还要付出毕生的努力，才有机会让我们这些普通家庭出身的人改变命运的。

1980年9月，在千军万马过独木桥的日子里我上了大学。父亲送我时身无分文，他又一次灵机一动，从集镇的一头赊账买了一头毛驴，然后到另一头低价卖了，手里拿着这样得来的沉甸甸二百元现金，抑制不住的兴奋，领着高龄小脚的奶奶送我来到二百多公里以外的西安，上了陕西财经学院。

看着两部电视剧，我那年高考的青春记忆不止一次被勾起。

过程的流泪是个表象，而触动心灵才是真谛。

是啊，奋斗了，再苦涩也变得美好；收获了，再曲折也回味值得。很久以来，我只要一躺下——无论是床上还是凳子上，都能安稳地睡着，令很多人羡慕，自己也觉得幸福，此乃福报。

我是一个"常设目标，脚踏实地；志存高远，低飞远行"的人。这样的人生轨迹，我以为才符合我，才对得起我生命一场活着的意义。

让青春美丽的记忆，永远绽放，永远成为进步的动力！

2017年8月 写于上海

34. 我的老父亲老母亲

眨眼的工夫，一个月如一阵微风掠过似的过去了。就在重阳节这天清晨，我送父母坐上了开往家乡的高铁，父母回老家去了。

从 80 年代初我大学毕业以来，和父母在一起居住从来没有长达一个月之久，究其原因，因为天各一方，也因为我很忙。"忙"成为我生命或者生活方式的代名词。

我有很多事同一时间要做，不亦乐乎地忙是真的，并非找来的托词。

近年有时想到，忙了大半生总该享受一下家庭的快乐，总该让身体放松调整一下。事实上，今年小毛病缠身难以消除已是一个不客气的信号。可是，我总觉得时不待我，怎敢懒惰呢？

这一次，我和夫人多番商量，让她找一个理由到国外散心，而我把父母接到上海。与父母随行的还有我妹妹。一个月里，四人吃住在一起，许多细节让我颇有感触。

每天早上，父亲还跟他在县城的习惯一样，五点多起床。

他起床后先是打扫家里的卫生。他会把客厅、饭厅所有角落打扫一遍，擦一遍，扫擦过程难免发出一些微弱的碰撞声。然后，他给自己弄点吃的，算是早点。之后会坐在大沙发的一角，在稍微昏暗的光线下发呆。我知道他不是在真发呆，而是脑子里不知又在想什么。由于长期形成想

《父母高兴时》，上海世博园，2017 年

东想西的习惯，脸上留下的拘谨痕迹异常之深。他会把很多看到的事想个明白，也因此会时常说出自己的一些看法，大多看法蛮有道理的。

六点是我起床的时间。我一边听书，一边洗漱。约六点半，我走出我的睡房。父亲看到我，下意识地稍微动身一下，会说："水烧好了。"我打了招呼，倒满一杯热水回到自己房间。早上起来喝一杯温水，洗洗肠胃，家人都知道我有这个习惯。

回到房间里，我扭动腰身十分钟，伸伸脖子五分钟。

临近七点，我穿戴整齐，拿着手包走出房间，再次和父亲打上个招呼，上班去了。那时，母亲和妹妹还没有起身。临出门前，父亲会叮咛我走路要小心。在父亲面前，我依然还是个让他操心的孩子。

这个月上班的日子，就这么温馨又舒服地进行着。

这段时间，我尽量不在晚上安排任何应酬，于是大都在七点准时回到家中。当门锁一响，推门回到家，父母妹妹都差不多起身，接着送来三张笑脸，像迎接一位大人物到来似的。

母亲为了让我下班后回家吃好，和妹妹总是挖空心思。当然，变来变去都是面食，如饺子、韭菜盒子、煎饼、扯面、臊子面……由于我在南方数十年生活的缘故，早已不怎么吃面食了，可这一个月的面食花样足以重新点燃我的面食胃口。

我知道父母有不吃晚饭的习惯，如此花样是为我一个人做的。

我狼吞虎咽地吃罢晚饭。饭后我要走路，于是强迫父母跟着走。有时他们跟，有时不跟。一般而言，我们在小区走上两圈，需时一小时。期间，我们聊上几句，但大多时间是各走各的。我知道他们走不过我，但我坚持这么做，用意蛮清楚的。

走路目标完成后，时间尚早，我会放下所有的事，真诚陪父母玩上一个多小时花花牌。这一个月只要在家，我都陪着父母一起玩牌。打麻将、玩花花牌是他们这么多年在家打发时间的娱乐活动。尽管我们打牌之前均分了筹码，制定了严格规矩，可玩着玩着变样了。实际上，都明白玩牌是为了开心，而非真要决出个胜负来的。

不管我在外面如何受到尊捧，可在父母面前永远是谦卑的。这一点我一直用心拿捏，基本上是做到了。

父母和妹妹在上海的这段日子，正好赶上了国庆和中秋节两个大的节假日。两个假期合并起来，一共休息八天。原来计划去多个地方看一看，可小到中雨连续下了六天。尽管这样，还是走了一些地方。

上海被誉为魔都，我以为父母去到那些有名地方会很激动，事实并非如此。的确，有时到了有些地方会令他们雀跃，顿时灿烂，可父亲的笑容稍纵即逝，脸上焦躁的皱纹凸显，两手一拍，似乎这些繁华、高楼、热闹与他无关，甚至说着"没意思"之类令人失望的话。一次母亲也说："那年去到深圳还挺激动的，现在再看激动不起来了。城市都长成一个样子了。"然而，在游玩处留个影父母倒是很配合的。我把拍好的照片第一时间发到"吴家"微信群。父母马上关心是谁最先看到，是谁第一个点了赞，说了什么。

经历过贫瘠的农村生活的父亲，时常感叹当下世事真好！

我给父母拍了不少照片。拍照时，脑子里想着摄影家焦波追拍他父母三十年《俺爹俺娘》的故事。该主题获奖不少，这是一件不易的作品。焦波做到了，体现的不仅是那份做儿子的爱，更是一份社会责任。我散拍父母也不少年头，但一直没能找到合理的意念去定格。

我父母老来得福，身体硬朗，看上去比同龄人要年轻一些，性情也比同龄人要豁达一些，我们做子女的很是欣慰。

在逛上海期间，真心期待父母能多买几件衣服或者喜欢的东西，每当看到标价数百、上千元时，他们根本下不了手，接着掩面一笑，还会说："县城同样的东西质地好，便宜，不到一百元就能买到。"记得逛了两次城隍庙，父亲买了一件不到二百元的暗红色唐装，为过年和生日着装而用；母亲买了件一百多元的红线外套及送朋友的三条各十五元的丝巾，算是这次来上海的纪念。

在逛街期间，我很希望他们多看，如果一旦知道要买门票才能进去时，除非掏出《老年证》不花钱，否则坚决不进去，还会说句不好听的话："没意思！"

如今父母步入子曰"七十而从心所欲，不逾矩"的年龄段，他们不再对大千世界和乃至于拥有多少物质感兴趣了，而最感兴趣的莫过于和家人及亲情的交融。

父母早已进城了，但依然精打细算，斤斤计较，能省则省。

这次父母来上海，我事先叮咛他们不要带太多东西，还是带来了两个透明塑料袋，一袋装着煎饼，一袋装着馒头。它们足有十多斤重。我在接站见到此情此景的那一刻，扑哧笑了，心说："都什么年代了，上海什么都能买到。"这两袋主食让他们吃了一周有余，可算给我省了不少费用。

我家里放了两箱水果，其中的苹果多数发绵，发绵后口感不好，或者在不久就要坏掉，如果父母不来，估计多数情况下会扔的。可父母哪里舍得，平均每天每人吃两到三个，很快消灭了。

冰箱放了不少肉，冰冻了好久，父母和妹妹每天吃一点，没过多久，冰箱空了。

我们小区有个超市，以进口及有机食物为主，自然价格不菲。过去我为了省事省时，需要时就从这里买。一天，我习惯性地从超市买了一个小南瓜，也就花了十三元，父母唠叨了多次。后来，他们从别的地方花了四元买的南瓜和我买的大小差不多，口感一样。我喜欢吃南瓜，父母是知道的，家里就经常做南瓜饭吃。

一个周末的下午，夕阳西下，阳光穿透力极强，余晖洒满大地，我在小区为父母拍照，始发现很多树上长满果子没人采摘，真是春华秋实啊，却太浪费了。他们兴致来了，父亲竟然蹲下让母亲踩在肩上去摘。他们摘下来三个大柚子，捧在手中高兴极了。柚子在家放了多日，熟了，母亲把它吃了。

又一天早上，因为家里只剩下一个鸡蛋，母亲把鸡蛋煮熟只让我一个人吃，我也知道我拗不过，因为在他们眼里我永远是孩子。和往常一样，我吃了蛋清，把蛋黄丢进放杂物的纸里，母亲看到了，嘴里嘟囔着说："太可惜了！"没有征得任何人同意，就把蛋黄夹起来放进了嘴里。

有那么几次在外面吃饭，除非剩下的饭菜打包带走，否则父母连菜汤都会喝光。在家里，假若上顿饭留有剩饭剩菜，父母和妹妹每个人都会先把剩下来了的饭菜分着吃掉。我发觉他们的胃可大可小，一旦发觉要浪费，哪怕是吃饱了饭，也会把食物塞进肚子里。

所有的这些细节，每发生一次都会有小小感动一次。

走过七十有五的父母，经历得太多太多了……没有粮食吃的年代的那些经历，已经深深刻在了他们的心头，时刻也不敢忘，也不会忘，因此，他们从不浪费哪怕一粒粮食。一粥一饭当思来之不易，半丝半缕恒念物力维艰。父母一直就这样勤俭持家。

有一天下班后我回到家，父母妹妹都很高兴。

父亲马上给母亲说："赶快给儿子倒水。"母亲顿时起身。妹妹给我拿来拖鞋。我见三人有少许慌乱，甚感异样。后来妹妹说："今天我把采访你的微信念给父母听，后来父亲一字一句读了好几遍。父亲很激动，哭了。"

这是一篇来自母校的文章，题目是《追光者——访澳科大杰出校友吴建斌博士》。文章自然说我多有成就，"诗歌、艺术、摄影皆精通；企业高管、作家、摄影师多个跨界角色间游刃有余"。父亲笑说："他们还少写了一句，我儿子还是一个大孝子。"

父母一直认为我给他们争了脸面，一直为我骄傲，但我明明白白地知道我还有许许多多需要提升的空间。

父母在上海期间，我积极配合妹妹，期待让两位老人开心。说到能否开心，我并不担心母亲，而担心的是父亲。对于喜沉思又严肃的父亲而言，如能让他发自内心地笑而且大笑估计是比较难办到的。事实证明我们的努力没有白费，父母很多时候展现出的笑如孩童一样纯真，如太阳花盛开一样美丽。

佛说：一花一世界，万物皆有情。

我父亲常常对村人说，我们家之所以总体上这么顺，是因为他心中有"爷爷"，每年都会不定期地给家宅爷爷——天爷、土爷、灶爷、门爷、财爷——点香，献贡，磕头，让"爷爷"保佑我们全家平平安安，顺顺利利。

2017 年 10 月　写于上海

35. 寒夜托梦与斌哥对话

上海的白天，小雨，天寒地冻。

晚上回到房间，房间开了暖气，入睡时才是那么地舒服，惬意，于是睡得熟，熟得香，又因为是周末，就睡了十多个小时。梦中，遇到了我好久未见的好兄弟斌哥。

斌哥比我大几岁，状态像青年人一样。他在行业或圈子里小有名气，有不少粉丝，有时随便说上一两句话就会引起媒体的关注。他的见识比我多，心自然比我大，谈论观点时一听就有大家风范，给人的感觉总是风清云淡视野宽。

起码我是这么认为的。

我们坐在一片银杏林中。他来上海看我。

夕阳斜射，树叶透亮，如无数金片挂在空中一般。微风吹动，树木婆娑，时不时有无数叶子缓缓落下。脚下已经落了一层叶子，踩在上面如踩在海绵上似的。

这样的景色似乎在哪里见过，想起来了，那是不久前在世纪公园遛弯时见到的。世纪公园连接着世纪大道，通向陆家嘴金融区。

我和斌哥发生了一场对白。

《寒夜托梦》，上海仁恒滨江花园，2018 年 1 月

斌哥一开始说了一些令我奇怪的表述："我的鸡年过得不易，在走过的几十年的人生旅程中算是最诡异、最装逼、最喜剧性的一年。这一年既要面对来自身体不适的烦恼，又要面带笑容，显得从容、坚定一般地实现心中的理想！但，有时，心里一直在流泪。"

我大惑不解地问："怎么了？"

斌哥说："这是真的。"

我说："你能告诉我发生了什么事吗？"

斌哥却坚定地说："不。"

我调侃地说："那你这是开玩笑逗我吗？"

斌哥却说："事情在年末之前'都'过去了。"

他把语气的重音落在"都"字上。

虽然斌哥说事情"都"过去了，但我感觉他仍在意，甚至很在意。那么按照常理推论，说不定他还处在感慨之中。

斌哥没有呈现出兴奋的样子，他淡定，甚至神情有点冷漠。

我们对话的气氛虽然轻松，但也冰冷了好一阵子。

寒风吹来，卷起了落在地面的树叶。树叶像雪球一样地滚动着。

我把黑色羽绒服大衣的扣子全扣上了。

过了一阵，斌哥换了一副面孔，风轻淡雅地说："你是知道的，我是一位至善、至忠、至诚的人，帮人无数，对人生有着美好追求，对社会有着担当，却没像佛法讲的那样得来善有善报的结果，因此，我以为这个世界太荒唐了。"

我推想斌哥所说的"这个世界太荒唐了"这句话其意可能是想说现实世界里的人太荒唐了。自古人生百态，每个人为了生存而自私自利，可以理解的。都说笼子大了里面什么鸟都有，自己不也是一只怪鸟吗？在一个物欲横流及没有信仰的世界里，这很平常。如果说不平常，反而可能是斌哥你太矫情太幼稚了。

斌哥见我一时不说话，反问："在想什么？"

我回过神来说："揣摩你刚才说的话有什么深层含义，或者隐喻着什么。要么你直说吧，别让我猜。"

斌哥说："其实，也没什么好猜的。"

我不明白斌哥有何指向，从没发现他有何委屈。一年来，在很多场合很多朋友都提到他，都说他转型成功，老板当大了。那他怎会传递出这样的信息呢？会不会是个幻觉？或者是一场虚构？当然，每个人心里发生了什么或者受到什么刺激，局外人是很难知道的。

就在我捉摸不定之际，树丛中来了一头大象。大象带着吉祥的面孔，摇晃着它那伟岸的身躯走来，鼻子上卷着两个杯子，杯子冒着气。

我闻到了，断定杯子里是咖啡。

斌哥兴奋地说："咖啡！"

我们两人平时都喜欢喝咖啡。此时此刻，竟然有咖啡喝，这可是最大的喜出望外。是啊，有一年冬天我在新西兰基督城拍照，一个当地人花了五美元给我买一杯热咖啡，让我激动不已，乃至于记忆了十多年。

我们两人捧着这意外惊喜，暖在心头，那感觉胜过千言万语的暖心话。

大千世界，美好总是处处存在的。

斌哥的话匣子算是打开了。

他说："你看，我头顶左侧有一个伤疤，这是年初长的疙瘩治疗留下的疤痕。发现后，前后治疗了一个多月才愈合。"

他脱了左脚的鞋和袜子，说："你看，这里有个疤痕。这是一次喝酒时发现的。那天，一个小女生庆生，我是她的上司也就出席。本来我能喝一点酒，可那天喝了几杯后脚心极痛，始发现长了一个无名脓包。接着连续治疗了两个月才痊愈。当时治疗算是及时，医生说，要不然会截肢的，因为淋巴管道的血液感染到了膝盖附近了。"

就在我察看他脚心的时候他补充说："治疗脚心过程中势必影响工作，我觉得生命大于一切，把工作辞掉了。"

斌哥辞职一事，在媒体躁动一时。

他伤悲地说："辞职后在家中疗伤，却发生了一件极不愉快的可说无耻至极的事件，使躁动心比任何时候都难受。为了泄愤，为了控制情绪，在家中写书。连续写了两个月，把没有完稿的书稿写完了。当书交给了出版社，心平静了，如静静的湖水一般。"

我知道斌哥是个十分勤奋的人。他的勤奋是一般人比不了的，让很多了解他的人为之汗颜。

"可谁能料到，"他接着说，"春节前，突然左眼皮痛，一摸，眼皮有些硬，不光滑，有凸凹感。我抓紧去了医院检查，医生说，得了麦粒肿。医生开了药，然后一边涂药一边热敷。在左眼疼痛不见好转时，右眼也开始不舒服了。好不容易过了春节，再次去医院检查，医生下结论说，得了散粒肿。根据医生建议，先给右眼动了刀子，上下眼皮一共挖出四颗红红的肉粒。右眼愈合了大约十天后，给左眼动刀子。左眼上下挖出三颗肉粒。接下来的两个月，就乖乖地按照医生嘱咐按时点眼药水，按时热敷，让身心处于全休眠状态。"

不工作就要命的他在家根本坐不住。在众多邀请中，他答应了一家上海老板。5月上任了。

"满以为动了刀子会很快康复，可其实不然。"他说，"不久双眼又疼痛了。随后的六个月，又动了三次手术。其间看过中医，还进行过中西医结合治疗。这期间，酒不能喝，辣不能吃，虾不能碰，羊肉不能尝，饮食失去了乐趣。本来我是一个不知烦躁的人，后来也不得不烦躁了。此事搁在谁的身上都会如此。是啊，病来如猛虎，病走如抽丝。中西医反复说，我的身体免疫系统出了毛病。说白了，身体透支太大，导致阴阳失调。"

听了斌哥的解说，算是明白他鸡年的遭遇，而对照自己的状况，似乎马上也得看医生了。我也是一个玩命做事的人。身体是实现完美人生的本钱。没有了好身体，一切都是空谈。中医大师说，要想让生命有质量地活着，万事都要适可而止，量力而行。

斌哥又说："一个月前，终于在五官医院找对了医生。这一次算是对症了。眼睛一天又一天好转。要感谢同事们的鼎力支持和关怀。"

我并不觉得斌哥说的这件事有多严重。人如机器，日常维护及每隔几年大修太正常了。如果斌哥就这么一件事而令他那么伤感，那么感慨，未免小题大做、无聊至极了吧。

我冷冷地呆看了一会儿斌哥，见他若有所思。

我们忘记了喝咖啡，杯子不再冒热气了。

就在我要喝上一口咖啡的时候，斌哥又说话了。他说："其实到目前为止，我还没有讲到重点。因为太离奇了，太难以说出口来。"

我顿时目瞪口呆，迅速在脑子里搜寻一年来斌哥的所有信息。

斌哥稳稳地说："和眼病并行期间发生了两件滔天大事。"

我一时惊傻，急问："两件事，都是什么？"

斌哥也喝了一口咖啡，不慌不忙地说："极为荒诞，极为离奇。比眼痛烦人的程度要高出百倍。令我肝火居高不下。"

我纳闷，好奇地问："到底发生了什么？"

斌哥却说："绝密，不会说的。"

我生气了："到底说还是不说？"

斌哥说："不说！"

我越听越糊涂，既然斌哥不想说，那一定是很特别，或者很私密的事。可问题关键是为什么平时没看出来，从没感觉到呢？

斌哥也许为了让我释怀，说："在我眼睛不舒服的这段日子里，我听了很多书，有国学、传记，还有心灵鸡汤。书中自有黄金屋，书中尽藏哲理。当我们用得其所，吸取精华，浇灌心田，就会感知这个世界的是是非非，唯顺应事物变化的规律，更能选择好自己的道路和角色。"

我越听越糊涂。我大声地问："那你能否告诉我，听了这么多书，你对这个世界到底持什么态度？"

斌哥说了："乐观。明天会比今天好！"

我听得云里雾里，以为斌哥精神受刺激，失常了。

等我梦醒时看到房间的四周白墙，孤寂，皆空。

白天，我看了一场冯小刚拍的《芳华》。电影讲的就是我的青春时代。很有感触。期间，我流泪多次。面对大千世界，人很渺小，很多事没的选择。无论开心还是不开心，都是一生。无论做善事还是做蠢事，也是一生。洗尽铅华，能留下来的是你对生活的态度。你可以抱怨这个世界，可抱怨久了，结局一定不会太好。只有认了，妥协了，顺从了，也许就能获得小小的开心和幸福。事实上，想拥有一辈子的幸福是很难的，即使你不折腾这个世界，这个世界也得折腾你。不管怎样，就当一个过程，就当一个经历，这就是人生。一生很长也很短，如何走完这一生，是自己的选择。有些选择不得已，不得已也得选择。这个世界没有什么想不通，也没有时间让你想不通。

其实，生活中没有斌哥这个人，那只是梦中的涟漪。

到了12月底，2017年就这样画上了算是满意的句号。

在2018年，更要善待家人，善待自己；要努力做事，获取生命的乐趣；继续听书，丰富内心世界；与人为善，尽力帮助有需要的人；锻炼好身体，以饱满的热情拥抱未来。在我们这个年龄段要储存的并不是财富，而是身心的健康！

2017年12月 写于上海

36. 说出"新年好"并不容易

跨入新年第一天，我身在香港。

和以往一样，我拿起相机很早出门，希望拍到几张能展示香港新年新面貌的满意照片，于是从奥运站下来到西九龙一带的海边看一看。

我很喜欢这一带，很多经典照片就是在这里捕捉到的。

可是，这一天的天气非常糟糕。

远远望去，海面上像浮了一层灰纱似的，模糊不清；太平山几乎和天色一样浑浊，层次难以分辨；也没能找到能代表新年新气象的符号。因此，我在海边没待多久，敷衍地拍了几张，算是安慰罢了。离开海边时，海面上突然窜出几只舢板船。它们带着黑烟，使平静的海面顿时泛起了波澜和异色，数只海鸥被吓得飞向远方。此时此刻，心里泛起难受的感觉，好像一切都是现代化的错。

我掉头回到了附近的商场。

在穿过商场连廊的时候，听见有人在大声说话。

我确信，说话人就在前方。

我顺着说话的声音走过去，先是看到一个翘得很高的屁股在那里摇动，此时她的上半身我还没有看到。一直走到跟前，我才看明白，是一个菲律宾女人趴在窗台上打电话。

这个菲律宾女人说话声很大，也很专注，她并未发现我从她身边走过。因为玻璃窗外是香港高铁总站的施工现场，窗户的玻璃上贴着一层磨砂纸，走廊里的光线灰暗。

我看到她手机视屏的画面忽亮忽暗，还听得出，她说话的声音中夹杂着苦涩、不安，也许还有万般的无奈。她反复说着一句话："Happy New Year……"

在香港有数十万菲律宾人做佣人。数十年来都如此。每到假期，他们也放假了，大都被赶到大街上度过那一年四季的春潮夏热、秋暖冬寒的日子。大街成为他们度过假期的唯一场所。他们聚合在一起，有在大桥下，有在维海边，有在通向商场的走廊上，有在树荫下，有在附近的快餐店，要么打发时间，要么聚餐，要么倾诉心声，要么载歌载舞，要么祈祷上帝，要么做点小生意……总而言之，我以为表面上他们活得丰富多彩，可实际上有许许多多的难言之苦吧。

是因他们的国家实在太穷了，百姓为了生计，不得不流离失所，寄人篱下，为活着而活着。

千人有千心，千心有千个期待。

数十年下来，此情此景不再吸引我了，真是麻木了，因为这样的场景司空见惯，俯首可拾，不仅视觉疲劳了，而且有些厌恶感。不过，在这辞旧迎新的时刻，还真心希望菲佣们新年好！

换个角度，我想说说互联网。

我此时有点空闲时间，于是习惯性地打开手机上到微信，微信里已经非常热闹了。在跨入新年的这段日子里，有关辞旧迎新的表达可说多如繁星，有文字，有照片，有图案，有语音，有真人秀，可说好不热闹，好不喜庆，好不创新。其中一些关键词总是少不了，譬如相互祝福新年好！新年吉祥！新年万事如意！

记得还在不久前，每逢新年，我们还是通过电话向对方问好，向对方祝福！才那么几年，这个世界就变成了现在这个样子，真是不可思议，真是不可同日而语啊！

不可否认，互联网已经成为我们这个时代最为重要的交流方式之一。正因为有了互联网，我们人类的空间被放大，被拓宽，乃至于正在颠覆

《孤雁》，香港青衣城，2018 年

我们的生活方式。是啊，有人在互联网下的虚拟世界秀成功，有人在呐喊，鱼目混珠，也有不少人在沉默。沉默者总是大多数。估计沉默者最愿意潜在水中，冷眼旁观这个世界的一切。

我以为虚拟世界就是个大染缸，什么人都可以进来染一染。地球人尽管口水多，没想到随着科技发展，虚拟世界的容量更大。你可以在里面大声喧哗，也可以咒骂，还可以吐槽。这正是虚拟世界的精妙及吸引人之处。

我们真要感谢互联网的发明家，他们把宇宙缩小了，拉近了人和人的情感交流距离，让每个人的思想能迅速传播出去。

我们刚开始时还不太习惯这个虚拟世界，可是我不得不说，我们被迫习惯了。有朋友把手机微信关了，其实你关不了太久的，因为这里诱惑太大，相信你还会回来的。

不管怎么，浩瀚如星海的信息充斥着我们的眼，占据着我们的心，还霸占了我们所有的休闲时空。每当看到众生都忙于刷屏，让我觉得我们当下每个人就是为互联网而生，为互联网而活。互联网已经把我们的生命绑架了，形成了另类的命运共同体，一荣俱荣，一损俱损。

这是件好事。起码在我们无聊至极时，通过互联网可以了解这个世界又有什么新玩意儿出现。想想，如果有一天我们离开了这个世界，起码在虚拟世界里，关心你的人能找到曾经的你的少许痕迹，也就证明你真的在这个世界上走过　趟，否则，我们来过都没人知道，多么可悲的事啊。

善用互联网，可商机万千。

一家世界 500 强企业在新年到来时设计出了一张图，双手半合，勾勒出一个红心，红心中间有一颗冉冉升起的红太阳。太阳光芒四射，大地生辉。下面写了一句"扫除杂草，驱散阴霾，让自己的生命处于高能量状态"。右下角，便是它们公司的二维码。

新的一年新的开始，这个设计很贴合这个时间节点。我马上明白了，这是一个充满正能量的推广公司广告。

还有一家企业在众多设计中也很特别，叫 WCA 机构。它奉献的一个十二刻度的钟表。第一部分：将 2017 年遇到的"压力""焦虑""失望""疾病""腐败""憎恨""挫折""失败""懊悔""混乱""黑暗"随着时间的流逝而一扫而光；第二部分：期待 2018 年从 1 月的"光明"开始，依次按月获得"健康""成功""顺利""安宁""幸运""期待""充实""积极""美满""希望"；第三部分是提醒人们"所有悲伤和不幸随着结束而结束；所有幸福和快乐随着到来而到来"。最后仰望星空，"愿你在新的一年实现梦想，天天精彩，生活充实，幸福快乐"！

这是一个富有创意的设计。我发现很多人转发了。我也转发了。凡是转者，我相信都是因为这个设计很好地诠释了自己独白的内心世界，也帮这家企业做了一次又一次免费广告，一举两得。

试想想，在新年好的日子里，一个优秀的个性化的表达，是不是太重要了？！

我再换个角度，说说我自己。

2017 年对我而言，可说太戏剧化了。

在这一年即将结束的时候，我也琢磨着写一篇文章凑个热闹作个纪念。有几个机构约我写点文字，譬如管理类的，对市场看法类的，但我始终没有写。其实，我完全可以写，但我没有这么做。我知道在这个节点上有很多人都在写。我很清楚，市场并不缺我的文章。平心而论，我最讨厌扎堆式的做事方式。譬如摄影，如果让我扎堆式地拍照，我会感到恶心，会觉得亵渎摄影这门艺术。也许这有些言过其实了吧。事实上，一直以来，我很喜欢在一些关键日子、关键节点写个总结。终于在元旦前，我发了一篇文章《寒夜托梦与斌哥对话》。

于是，于无声处听惊雷似的。

不少朋友马上联系我，担心我，以为我遇到了什么困难。我解释那只是个梦。梦里有真实的成分，但更多是恍惚及倩影。《周公解梦》中说，梦里梦到的大都和现实是反的。

去年 5 月，我加盟了闽系阳光控股集团，在上海黄浦江北外滩上班。该企业是一家世界五百强，集团有六大支柱产业，形成了可持续发展的格局。这家企业老板很有家国情怀的高度，很有儒家文化的厚度，很有做人做事的宽度，也很有以人为本的温度。他参考了西方"三权分立"而设计了一套现代企业的顶层运行机制，不仅是这么说的，也是这么做的，大量社会精英慕名而来，成为行业中的"知行合一"的楷模。自年初推行跟投机制以来，突然一扇通向伟大的大门迅速打开，炽热的阳光也就照了进来。与此同时，在我扶持下，下面的一批年轻人快速成长，日渐成熟，已经可以担当重任了，也为此感到骄傲。这样心情舒畅的工作环境，才是我这一年里最大的收获。

这一年，我的一本新书《我在碧桂园的 1000 天》出版时，掀起了一场轩然大波，这是对我过去三年工作及角色转变的一个小结，也是一个转换角色的交代。此书设计精细，干净，很柔性化。不仅如此，还有多位大咖级的名人写了序及评语，为这本书作了重要点评，在此感谢朋友们的支持和厚爱。站在商业管理角度看，我以为这是一本属于企业家、财务专家、战略家们需要的一本好书。我很喜欢具有时代意义符号的企业家，他们的精神需要大力地弘扬。在我们改革开放只有近四十年的国度中，真正的企业家并不多。成功的企业家都是社会的稀缺资源。他们的精神更是弥足珍贵。我相信我为社会做了一件很有意义的好事，历史是会证明的。

另外，在香港回归祖国二十周年之际的 6 月，我在深圳举行了两次香港回归大型个人专辑的摄影展。同年 8 月，应中国（大同）国际摄影文化展邀请，参展了优秀作品《香江·乡情》专题；9 月，应北京国际摄影周邀请，展出了优秀作品《本来·未来》专题。除此之外，开启了上海弄堂百户人家的拍摄计划。如此愉快地度过业余时间，不仅得到身心健康，更丰富了生命的内涵。

感谢天地，感谢社会，感谢家人，感谢朋友。

2017 年就这么充实地过去了。2018 年才刚刚开始，会面临什么挑战暂时不得而知，到时只能逢山开路、遇水架桥了。

元旦这天，我习惯性地用最直白的语言"祝新年好！"问候了广大的朋友，也回复了不少朋友，我以为这是最有力量的表达方式。

"新年好"是个美好的期待，就像一盏指路明灯一样。

因为有期待，才让我的生命总是生机勃勃，才让我充满着战胜一切困难的决心。

2018 年 1 月 写于香港

37. 走过的岁月等同一堆数字

♡

　　一天早上，我在上海机场候机，突然收到两张我的老照片，是旧同事发来的。他说他昨日在北京整理杂物时发现的，于是用手机翻拍下来。我盯看了很久，竟然想不起这两张照片是在哪一年拍的。我请他帮我回忆，他说，可能是在 1988 年拍的。

　　如果这张照片认定是在 1988 年拍的，那背景应是公司刚刚为财务部配置的电脑房。那时，我们公司在香港港澳码头的信德中心 29 楼办公。电脑房是在我要求下隔出来的，就觉得电脑很珍贵，也就要特别保护好。我所在的公司叫中国海外建筑工程有限公司，是后来的中国海外发展有限公司、中国海外集团有限公司的前身。

　　我给老同事回了一个短信："谢谢，这么年轻啊！"

　　他回信说："看你那会儿的头发多浓密！"

　　那时的我，年仅二十六岁，朝气蓬勃，头发又黑又亮，颇有质感。那时能到香港工作，应是亿万人梦寐以求的事儿。记得有人说我像李小龙，也有人说我像刘德华。

　　我无不叹息地回复说："是啊，岁月蹉跎……"

　　这位老同事和我年纪差不多，因为有同感，回复说："是啊！"

　　我对着这两张照片又看了很久，往事涌上心头。

飞向西安的飞机开始滑行，我放心了。因为飞机准点起飞，意味着这天下午 3 点前就能回到县城，赶上表弟为我七十七岁老父亲举办的简朴生日。我把手机关了，因这两张突来的照片而引起的涟漪思绪却没有完全平息。

　　我的头发从浓密变得稀疏，是对岁月的印证。

　　那么，岁月到底是什么？

　　我们经常说光阴荏苒，岁月如梭。岁月如织布时牵引纬线的工具，如太阳和月亮一样有来有去。岁月的流逝就像地球转了一圈又一圈一样，其实可以没有任何意义，就是一个正常的自然现象罢了，但当我们为了走完这生命的一程而为此付出了辛勤、情感、生命的时候，岁月立即变得有了意义，也就有了回想了。

　　岁月静好，现世安稳。是胡兰成与张爱玲成婚时在婚书上写下的几个字，也是对张爱玲的承诺。想当初他们签订终生时必定也是爱到情深意浓，希望偕白头到终老，必定也是满心欢欣的，可现实是另外一码事了。

　　人生如戏，岁月如歌。每个人的生命里都有过灿烂辉煌，也都有过低迷时刻，跌宕起伏的种种滋味尽在不言中，恰似一首歌，有激荡人心的高潮，也有平淡无奇的过渡。而最重要的，无论你是在波峰还是在低谷，一切都会过去的。

　　有人说，岁月是把杀猪刀，一刀又一刀，刀刀催人老。这个过程中，你没了当年芳华，我没了处事棱角，她没了小蛮腰，我们的身躯开始弯曲，走路有些颤抖，小毛病时不时跳出来，气力不足已属平常，看待世事再也不会一惊一乍、喜怒无常了。

　　面对岁月，每个人的理解是不尽相同的。

　　季羡林说："人活一世，就像作一首诗，你的成功与失败都是那片片诗情，点点诗意。"他又说："每个人都争取一个完美的人生。然而，自古及今，海内海外，一个百分之百完满的人生是没有的。所以我说，不完美才是人生。"

　　企业家林腾蛟在一封家书中说："真正的立志，当是志在心上。"还说："每一个'光之子'都生起伟大力量，'可以托六尺之孤，可以寄百里之命'，站在良知的高山上，一望无际，一览无余，赢得人生，赢在未来。"

而我的理解是，岁月是用追梦、辛勤、奋斗、坚持、开心、苦涩、平淡、痛苦、愤怒等形容词组合而成的。

飞机翱翔在大地的上空，我静思了很久，悟出了一句话："岁月其实不就是一组组数字组成的吗？"这可能缘于自己是一个财经人吧！

的确是这样，出于职业特性，时常在介绍一个企业时觉得最好的介绍就是说出一串数字来，譬如：企业注册资金是多少，经过多少年发展，如今有多少员工，拥有多少资产，从事哪几个行业，中国财富排名多少位，世界财富排名多少位，每年交了多少税，盈利是多少。

同理，在描述我们的岁月时，也可用一堆数字来诠释。当用各种角度的数字诠释之后，不仅三言两语能说清楚我们，还能把一个具象的我们呈现在眼前。若表达我们的数字巨多，我们就会变得丰满，有血有肉，透过数据看到灵魂。一般情况下，丰满代表着真实。当然，有些人希望是真实的存在，可有些人并非这么想，反而觉得朦胧一点才是自己所要的效果。这不存在谁对谁错的问题。

表述我们岁月时的数字如果分分类，会发现下面有趣的情况：

有些数字从一开始就有意义，可有些数字的存在从来就没有什么价值；有些数字给你生活带来快感，可有些数字给你带来的是负累，让你劳心劳神；有些数字给你带来的不仅仅是荣耀，还有品位，可有些数字给你带来的是污点、低劣；有些数字让你的生命变得有质感，丰富多彩，可有些数字让你想起来就肤浅，可有可无；有些数字还没有开始就结束了，可有些数字早已发生，在生命没有停止前还将继续，陪伴你一生；有些数字让你爱不释手，像你的至爱一样，可有的数字让你见了就烦，想起来就气，像恶魔一样……

这些数字也许会在不同时段出现，交织在一起，伴随着生命，拧成麻球一样，直到有一天戛然而止，停在一个截面上，就可盖棺定论了。当然，也有一种现象，因为定论你的人或组织立场不同，结论往往大相径庭，让人无所适从。

如果能把岁月凝固成有意义的数字，再转化成音符，你的岁月就大不一样了。

我，阴历九月初九出生。这天是重阳，秋高气爽，风和日丽。苦难的母亲对父亲说，她梦见一条巨龙，龙从屋顶腾飞而去。后来父母担心我命硬，先是把我的生日改到九月十日，再把我的姓改为父亲舅家的杨姓，再过一段时间又改了回来。如此这般，我的生命我的岁月就这么起航了。

到 2017 年底，我会用一堆数字界定自己，现代说法则是给自己画个像。譬如：

实足年龄五十五岁，虚龄五十六岁；妻子五十四岁；父母健在，父亲七十七岁，母亲七十六岁；家有兄妹三人，我排行老大；育有一个女儿。女儿已工作，已结婚。家里人均康健，其乐融融。

在陕西生活了二十二年（其中农村十八年），北京生活了三年，香港及深圳生活了三十年，上海生活了八个月。我以为我有两个故乡。

1980 年考上了陕西财经学院（现在的西安交通大学经济与金融学院），四年时间读完本科；2001 年 8 月开始，又花了五年时间在澳门科技大学读了工商管理硕士和工商管理博士。学无止境，一直在读书。尽管如此，还需要再读书。

在两家世界 500 强企业工作过，其中第一家工作了三十年，第二家工作了三年。目前正在第三家世界 500 强企业工作。在三家企业工作很给力，均处在核心层的位置。

上大学时，每月能领到十七元五角困难补助费；北京工作时，每月能领七十八元工资；香港刚开始工作时，每月能领三千元。20 世纪 80 年代梦想攒钱成为万元户，为的是脱贫，后来梦想成为百万元户，过上财务自由的日子。由于目标不高，梦想都实现了。

曾出版过五部长篇小说、三本专业书、四本摄影画册；为了记录香港回归祖国以来的变化，连续拍摄香港二十年；为了拍摄黄土高原的乡村变化，连续拍摄了十年；为了拍摄新疆牧民转场专辑，前后去过五次。忧国忧民之心，从未停止过。

一生识人无数，单收名片就有几大箱，可知心朋友就那么几个；一生帮人无数，很多人都已成家立业，让他们改变了命运；喜欢读书，可始终找不到真正的自己，如今爱上了神话小说《西游记》；一生去的地方不少，回头再看，能让自己感动的地方并不多，始终还是家乡（包括第二故乡香港）最好。

这里堆积的数字对别人来说也许一毛钱不值，但对我来说却很有意义。人活着就是要自己觉得有意义，按著名作家王小波的话说，就是要有意思，有趣味。在人生道路上，我总是带着梦想，充满激情，专注兴趣，坚持不懈，一路耕耘，一路辛勤，一路谦卑，一路感恩，并不为名利所累，并不做失格之事，并不改率真本色，让活着本身有意义，让岁月沉淀像金子一样总是会发光的。

记得孔子和他的弟子颜渊有这么一段对话：

> 颜渊问仁。孔子说："克制自己的欲望，回到人我之际合理的分寸，这就是仁。一旦做到了这一点，普天下的人都会追随你。为仁从自己开始，何必责之于人？"

以梦为马，知行合一，岁月就会如炼金如诗一般。

2018 年 2 月 写于深圳

38. 千里归来为了过年

《蓝天白云》，深圳，2009 年 8 月

　　我在外面忙活了一整年，春节前从上海回到深圳家中，一是陪夫人和女儿好好过个年，另一方面正好利用春节假期，让身心休整一下。

　　除夕前一天，深圳天色晴朗，我心情大好。

　　在家附近的香蜜公园运动多时，我收到集团人力发来的一封《致谢信》。信上给我罗列了一堆年度业绩，说我在阳光城度过了二百九十一天；总共飞行了三十三次；对内，提出的多项改革均已落地；对外，与荣斌总一起为集团品牌形象建设发挥了重要作用，并积极拓展海外融资，提升价值管理；等等。

　　这是多么特别、多么温馨的一封信，为此，也要为杠杠的人力资源管理部同事们点个赞！

几年前，都是自己年终写总结，恨不得把一年做过的大小事列出来写上几页纸长，签上大名，生怕别人不知道。自从到了民企，我就不再写总结了。我不写，不代表业绩没人知道。而其实，我的一举一动不知有多少双眼睛盯着呢。过去八个月，我很用心很努力，有些努力马上见到成效，可有些努力一时还见不到效果。见不到效果心里急啊，可急又不能表露出来。

林主席在内部反复强调，期待我们互为贵人。一言以蔽之，我还得给自己鼓鼓劲，加点儿压，把用心做事的态度持续下去。

除夕这一天一大早，趁周围人还没有起身，我开着车，主动到马路对面的沃尔玛超市采购年货去了。实际上，也没什么好采购的，之前，太太已经采购了很多，眼下夫人只明确指示我买一些保鲜袋、少许水果而已。

这两样东西很快办妥，又去把车洗得干干净净，加满了油箱。

回到家中，把阳台上干枯的发财树分成两段，搬了出去，高标准地把家里的阳台做了一番清洁。

女儿起床后，我提醒女儿今年贴对联、挂窗花由她负责。过去数年，都是我带着女儿去做，今年我改了，让女儿一人去干。女儿很愉快地接受了。

到了此时，过年大事算是安排妥当了。

因此，我有了不少富余时间，于是想到电视剧《老农民》尚未看完，心就转到这部电视剧上了。

这部电视剧一共六十集。写了山东麦岭村农民从 1947 年到 2008 年经历了六十年的土改变迁。剧情很聚焦，集中描写这个村庄的农民为了吃饱饭，与天斗，与地斗，还要与国家不适合的政策斗的经历。很多场面我小时候都经历过，不禁为之流泪，悲伤，遗憾。不过剧情太慢了，慢不是坏事，犹如品陈年老酒一般，越品越品出编剧和导演的深意来。老戏骨陈宝国、冯远征和牛莉十分入戏，角色的火候把握得极好。

这是 2015 年最火的一部电视剧集。看着这部电视剧，脑子里凝聚出三个关键词，第一个是"折腾"。人活着就是要不断折腾，敢于折腾。若不折腾，活着就失去了活着的意义了。第二个是"亮堂"。每当某事折腾成功了，心就亮堂。当心亮堂了，生命才有那灿烂的瞬间。第三个是"拉呱"。拉呱是拉家常的意思。作为个体，无论有事还是没事时都可找人聊天，通过聊天达到相互沟通，释疑，找到解决问题的办法。

我蜷腿盘坐在沙发中央，聚精会神地看着，像个得道的大老爷儿们一样。我父亲年轻时有点像牛大胆，大胆妄为，敢为天下先，白白吃了不少苦头，几十年风雨之后，也和牛大胆一样赶上了好政策，如今时常嘴里念叨着邓小平的好。的确，中国农村太苦了，小时候的耳濡目染，父母亲的吃苦耐劳本色让我终生受益。

女儿是在2015年结婚的，有了自己的家。在我和夫人不在深圳期间，她时不时地回到家里居住。

我和夫人还没从上海回来前，女儿就从网上买了套装对联。套装里有多个"福"字、两个灯笼、招财猫，还有一副对联。当她摊开套装时才发现对联的尺寸小了好几个号。而此时，离花市关闭尚有一段时间。如果花市关闭了，意味着买不到合适的对联，可旧对联之前已经被她取了下来，揉成纸团扔了。我迅速把电视剧暂停，主动起身要去买。女儿乐了，问我需要多大的尺寸，我说起码长一米六。她拿起手机边输入所需资料，身在厨房的夫人说还缺生姜……不一会儿，外卖送来了。

女儿是八〇后，他们的生活方式和我固有的生活方式真的不可同日而语了。世界变了，我突然想到我有时还自以为是，如果不去主动适应女儿，也许某种不快的感觉还要延续下去的。

女儿一向懂艺术，很有审美观。她忙活了个把小时，家里从入户花园到饭厅、客厅、睡房，都焕然一新了。

"年味有了！"我十分欣慰地说。

过年就得有年味。走进家里，就要红红火火，喜庆，有过年的气氛。这一次，女儿做到了。说明和女儿分开居住的这段日子里，她长大了，成熟了，爱家了。

多年来，我们小家的年夜饭都是在外面吃的，今年也一样。据我了解，深圳人在外面吃年饭已变成很平常的事儿，几乎家家如此，不仅说明生活富裕了，也说明大家会省时省力了。

半个月前，我们家订年饭订了六人。这么点人吃年饭怎么铺张也不会有热烈的场面，可偏偏发生了一些小插曲，一是我的一位老同学腊月二十九突然决定回桂林了，二是我女儿和女婿为了一起吃年饭拿不定主意到底去哪边。女婿不断解释，可女儿为此纠结和不快。

女儿的纠结和不快是有原因的，因为她先生家的年饭时间和我们家的年饭时间正好碰在一起了，都是五点整启动。这么重要的日子，到底是去哪家吃饭唯有两个方案可选，要么各去各家，要么就去一家。

很明显，任何一个方案都不是最好的安排。

女儿怪罪说，曾反复提醒过她先生，要把两家吃年饭的时间错开一点点，可她先生什么也没有做。事实上，她先生因为太忙又觉得是件小事，就没当回事。而这天，她先生从香港回到家已是下午三点，若想作出适当调整，已是不可能的事了。

我了解情况后，迅速做出了两全其美的安排。

我要求他们二人四点出发，先到她先生家预订的吃团年饭的地方陪爷爷、父母、姑姑们聊天，五点正常吃饭，然后给长辈们一一敬酒，陪家人好好吃完上半场。

我们预定的五点开始的年夜饭，尽力推迟到六点，等他们一到，吃饭立即开启了，也就没有影响酒店当晚二次翻台的安排。

年饭接近八点结束，两个孩子陪我们守夜。

再于次日，他们回到她先生家吃大年初一的饺子。

如此安排，两全其美，皆大欢喜。

所以，凡事都是有解的。出现分歧切莫着急，只要怀着解决问题的心，就没有解决不了的事。

除夕这天晚上，人们往往通宵不眠，名为守岁。

我们一家人在八点准时收看央视春晚，看着看着走了神，后来我们一边听着春晚的热闹，一边聊天，后来玩起扑克来。玩扑克是一种有效的沟通方式，好久没有和两个孩子在一起了，对我而言，玩牌的输赢并不重要，重要的是亲情的互动。我时不时地插话问着他们的工作、创业、读书的情况，待时机成熟时，会毫不客气地植入我的人生理念。植入时万不可生硬，而是采用和声细语的方式。我感觉到了，他们起码表面上全盘接收了。

美好时光就这么悄悄地流逝着。

倒计时的时间到了，我很想听到往年周边那轰轰隆隆、持续很久的炮仗声，可今年变得异常地平静，只有很远处——也许是海边，传来若隐若现的似有似无的响声。这一瞬间，因为没有了炮仗声却感觉少了点年味。是的，少了热闹，少了气氛，少了驱鬼的警示，还少了一年忙碌的赞礼。

我们守夜一直守到凌晨两点。我困乏得哈欠不断，也就休息了。一沾床我就进入到梦乡，夫人说我呼噜打得震耳欲聋让她久久不能入睡。后来我猜想，她可能因为玩牌玩得兴奋吧。

千里归来和家人团团圆圆过大年。

辞旧迎新，一家人张贴了对联，清扫了灰尘，购置了年货，狂吃了大餐，欣赏了春晚，大发了红包，一起守了年夜，送走了鸡年，走进了狗年，和远方的父母、亲戚、朋友拜了年。

写这篇文章时，忽然想起 20 世纪 90 年代初发生在除夕夜的一幕就禁不住地憨笑了。那时，我和夫人在深圳刚刚住进了公司分给的房子，我们临时想吃饺子却买不到擀面杖，于是折了树枝，剥了枝皮，当成了擀面杖。虽然这种情景以后再也没有出现过，但幸福一直延续到三十年后的今天。

除夕夜，我一直很重视。

2018 年 2 月　写于深圳

39. 乐观人生是一种秉性

♡

3月8日，国际妇女节。

北京开着"两会"。全世界的关注点都对焦在这里。如今，这里的任何一项决定都影响着当今世界脉搏的跳动。

身在上海的我，感受到乍暖还寒。小区门前的几树冬梅几近败落，可玉兰花含苞待放。

这一天，空中飘落着小雨，刮着微风，黄埔江边新修的海滨健身路有些积水，一不小心有可能滑倒，只能提起脚，缓缓前行。我如常在七点来到杨浦大桥北岸江边。从这里起步到办公室快走也需要四十分钟。自从换了一个新办公环境后，又一次找到属于自己生活的轨迹。每天如此循环着，并不觉得单调。不管昨天发生过什么，正在推动着什么，甚至突然被网上极大地关注，但新的一天就这么开始了。

刚上引桥，就听到一个男人铿锵有力的说话声。我起初以为有人在吵架。当走到跟前，就发现一个身着红色运动装的男子和一个弯身绿化男人在说话。绿化男人蹲在地上。

"……"红装男子说，"有国才有家，你说对吗？"

绿化男人没有停下手中的大剪刀，也没有应声，继续着他的工作。也许此男子感觉无趣，蹦跶了几下，还大声强调着自己的看法。

我路过时，见二人并无吵架之意，就加快步伐向前走。

就在我大步流星向前走的时候，那个红装男子风一般地追了上来。他靠近我说："董事长，你也来锻炼啊。"

我不以为然地说："我是打工的。"

红装男子上下打量了一下说："你不像打工的。"

我见他不似上海人，口音有点混乱，又见他那般热情，貌似不是坏人，给面子似的便问："你哪里人？"

红装男子自豪地说："陕西，主席家乡的。"

因为口音不对，我吃惊了一下问："我也是陕西的。你是陕西哪里的？"

红装男子兴奋得快要蹦起来，说："原来是老乡。老乡见老乡，两眼泪汪汪。"大声说，"是汉中的。"

我于是郑重地说："我是渭南的。"

言外之意说，我才是正宗主席家乡人。

不管怎么说，我们是老乡。大清早遇见老乡，心情格外激动。

我们边走边聊。红装男子的故事令我有些感动。从男子身上看到了"乐观"二字。因为他乐观，身上散发出风轻云淡的爽劲。

此红装男子今年五十岁，出生在陕西汉中与四川、湖北交界的一处农村，高中毕业。毕业后，他在村里干了数年，尝试过很多活法，但都没有出头之日。他终于挑战了自己，决定不屈从于命运的安排，和很多打工人一样拿着简单行李，几乎没带什么钱，于1992年南下深圳。

那年，进入深圳需要办理边防证。男子在公安局办边防证时，公安局问他去深圳干什么，他说有一个亲戚想去看看，如此理由下，并拿出亲戚曾经寄来的信件为证，于是顺利拿到了边防证。

从此，男子以为找到亲戚就能找到一份工作，可是他想错了。当他到深圳一个建筑工地见到这位期待已久的亲戚时，亲戚却说不认识他，搞得他哭笑不得。后来，他算是想明白了，也许这位亲戚遇到什么难处了。

"不认识就不认识……"男子鼓起勇气去找工作了。

男子找工作找了很多天，一无所获。饥饿之苦就要击垮他。击垮的同时，有可能迫使他回家。若回家，他又不甘心，也丢不起人。

那时，清水河发生了爆炸案，震惊全国。他发现这类报纸好卖，于是赊账，每天卖报纸。卖报纸的些微收入让他有钱买吃的，买喝的，有了基本的尊严。可晚上，只能猫在大桥下面度夜。

心中有梦想，所以他遇到的所有困难都能克服。

他说他在卖报纸的过程中，认识了一位老总。老总见他长得精神，老实，肯干，就让他来公司面试。这位贵人就是海鹏贸易公司的老总。

人事部门依照老总的意见，要他从洗碗开始。他很勤奋，碗洗得又快又干净。后来他打扫卫生，也令老总满意。老总就让他到厨房帮忙，帮着帮着，让他当上了厨师，饭菜做得不错，升为领班，再升到经理。

这一晃，他在深圳干了十七年。

听了他的故事，我以为这样的打工案例太多了。我帮过不少年轻人。他们大都这么走过来的。后来有些走得不错，可有些走得不好。我比喻自己是师傅，只能把他们领进门，修行靠自己了。有些孩子有眼色，会顺应，肯吃苦，可有些孩子就是所说的陕西冷娃一样，又硬又杠，怎么说也没有用。后一种人自然发展得不好，我也很内疚。我有时想，如果有一天我能做老板，把有需要的农村青年人都请来，给他们一口饭就是了，可事实上，我没有做老板的秉性。

我说："我在深圳生活了三十年，半年前才来到了上海。"

红装男子忽然问："你在深圳买房子了吗？"

我说："买了。"

红装男子马上竖起了大拇指，带着欣赏的目光说："你比我能干。"还说："我就是学历太低，那年入深圳户口没入上。如果入上了，也就买房子了。可过了几年，再也买不起了。"

我好奇地问："你到上海是旅游还是工作？"

红装男子说："工作，快两年了。"

我问："在做什么？"

红装男子说："还是贸易这一行。"

红装男子活蹦乱跳如猴子，走路轻如飞燕，根本不像这个年龄段的人。他反复叮咛我，要锻炼，要有好身体。还叮咛，要乐观，要知足长乐。还叮咛，要爱国，没有国哪里有家啊。

我问他："你老婆在做什么？"

我觉得他没有直接回答我。他说："中学有个女朋友，我成熟早，追她，可后来没有成……"

这句话到底传递出什么信息我并不懂，也没有深究。毕竟彼此初次见面。说聊期间我到了公司，也就分手了。

他急忙追问："你有名片吗？"

我说："没带。"

他又问："你有微信吗？"

因为是生人，我警惕了一下，便说："我每天早上都在这里走路，如果有缘，我们还会见面的。"

我走了，红装男子依依不舍。

男子的乐观、简单、快乐，有啥说啥，给我留下了很深的印象。

后来，我分析了一下他说的经历，其中有九年的中断连不起来。我想知道他来上海前的九年在哪里，做什么，又因何来到上海，到底成家了没有，等等。为此连续多日，在同一个时间点我期待能遇见他，问个清楚，然后，我失望了。

我们一生会遇见很多人，大部分人都会擦肩而过，再也记不起来或者从来就没有记起来过。可有的人一面之交，就会记得时间比较长。写此男子的故事的同时，想到我写《博弈》小说前为了完成心中的故事，就请一些我曾经帮过的老家的青年人把自己多年进城打工经历写出来。他们写了，成为了我小说角色的部分形象。

早年，农村人进城打工真的不易，他们没有背景，没有学历，没有钱，只有一身的蛮劲和少许的梦想。如今，还有不少农村人走着同样的路，迈着同样的步，当他们走进城里才知道城里并不是他们想象的天堂，而能让他们走下去的理由只有一个，便是乐观。

时间久了，持续乐观就是一种你特有的战胜困难的秉性及能力。当你快乐了，受益是你，与他人无关。可是，保持事事乐观真的太难了，即使再难，也要尽最大努力去做。我时刻要求自己这么做，可离要求还差得很远。

期待乐观永远。

2018 年 3 月　写于上海

40. 生造"狗游"一词

$\heartsuit$

"狗游"一词在《辞海》里是没有的，但很有妙趣，我常常在家里使用它，而且用得很娴熟。这个词像是一个永远让我忘记不了的老朋友的名字一样，每当看到一个场景，总能想起来。

这个词是我创造的，也许有价值，也许根本没有存活的必要。

当然，有没有价值，其实不关别人的事，就像时常有情人送来的信物一样，只要自己认为有意义就偷着乐吧。

可事实上，我心中一直有着一种状态，似乎只有用"狗游"来表达，方能清晰地展示我的心境以及那种状态。

前一阵子，漫步在现代化的石林城市中，走到一家书店橱窗前，因为突然失去了前行目标，又对当前工作之余的事情有点茫然，又一次想起"狗游"一词了。那是一个雨天，上海很冷。这样的寒冷有些刺骨，我裹上厚厚的大衣似乎跟没有穿衣服似的，加上空气污染指数高，不适宜运动，在此环境下，不能出外拍照，不能出外运动，自然也没有心情写文章了，但是，起码的出外吃饭及少许运动总是要做的吧。此情此景，"狗游"一词油然而生了。

记得在女儿小时候，很多周末及假期，每当送完女儿上课后，我和夫人就在附近的马路上，或者旁边的公园里，或者就近的商场，漫无目的地走来走去，直到女儿下课了，接上女儿回家了，这一次的"狗游"场景算是结束了。女儿那时要上很多类课，我们和现在的年轻父母一样，生怕孩子输在起跑线上，为此给女儿把课余时间安排得满满的。有时觉得满得快要溢出来。不知女儿累不累，反正我们很是身累。考虑到女儿的安全和快捷，我们坚持送，坚持接，没有丝毫的懈怠之意。有时耗时半天，也有时耗时一天。没有事干的时候，这半天或一天的时间是很难熬的，真有度日如年的感觉。我们就这样忙活了多年。那时累了，在树下休息，甚至躺在石凳上一会儿。深圳大部分时间是酷热的，稍微走动一会儿会汗流浃背，那种折磨要命似的。一般在这种情况下，我穿的是中裤及短袖，戴个遮阳帽，搭上一双人字拖鞋，走起路来懒懒散散，就差时不时抠脚行为了，颇像入乡随俗的广东人。突然有一个大热天，由于我们挤公交车挤不上去，心里很不是滋味，就羡慕起那些有车开的人了。我们不是买不起车，而是小时候经历过苦日子，还有，心中时刻告诫自己老家还有很多人需要钱，钱要省着花。由于我一直这么想的，行动上也是这么做的，因此我比很多同事买车晚了多年，即使后来买了，因买了一辆"宝来"被同事们当成了笑柄，趣谈多年。

　　我把这种状态定义为"狗游"。

　　定义"狗游"并不是一时的热血沸腾，也不是为了发泄什么，只是为了反映一种随遇而安或不得不做的状态。当然，这种状态无所谓好或者坏，无所谓高贵或低贱，就和周一到周五上班着正装相比，判若两人，有时感到分外滑稽。

　　具体而言，这种状态可比喻为像狗一样游走的生活方式。

　　我曾经十分严肃地问过自己，这里说的狗是什么狗，我思考过很久，以为更多指的是野狗。野狗是没有主人家的，也没有每日几餐的保证。小时候在农村到处能遇见野狗。它们很害怕人，见了人就拖低尾巴，贼眉鼠眼，灰溜溜的，像做错事的小孩一样，尽快躲得远远的。20世纪的80年代后期及90年代初期，在深圳及香港元朗工作期间，也偶尔能见到一些野狗。这类狗全身都是脏兮兮的，很远能闻到身上发出的臭腥味；这些狗要么断了腿，要么瞎了眼，要么丢了只耳朵，总而言之，会有少许残缺，此残缺或是路人干的，或是狗咬狗的后果；这些狗整天到处寻找食物，遇到肉的时候，很可能就会发生一场狗咬狗的厮杀，没有肉吃的时候又要充饥，唯有吃人屎，吃得还挺香的。

有人形容这样的狗为流浪狗，对的，就是这样子。

对照这一样子，我所说的"狗游"的狗大都可能是野狗了。

创造"狗游"一词的感觉真的没有什么刻意，也不知为什么，就这么在脑子里蹦了出来，然后生根，固化，常用。近日重看《西游记》，孙猴子是从石头缝隙里蹦出来的，据说它是天地万年孕育的精灵。想到这里，我的"狗游"一词也是这么来的。早年这么说，现在有时走在街上，走在马路上，无所事事之时，也这么说。在任何时候，每当这种状态出现了，就会瞬间跳跃出这个词，还会若无其事地说出来，接着会会心一笑。

夫人不止一次提醒我，世上没有这个词，以后别乱说了。

而我说，这种状态用这个词来描绘太有深意了。

此种深意，也许只有夫人和我最能体味得出来，也最能懂得其中的意义所在。

是啊，往往触及灵魂上的东西才能感动人。

因为喜爱摄影，我对物体画面的把控来得十分快又十分专业，也因此，我觉得我是一个画面感把控极强的人。写文章时，特别写到入情那一部分，总在眼前浮现出一幅幅画面。画面可能很美，也可能很恐怖。我会一层一层地去描述，有时肚里的词汇掏空了。尽管很努力，在这方面的技巧还是要向作家贾平凹学习。

为什么"狗游"一词这么刻骨铭心呢?

深究根源，可能有两个原因：一，这个词是我创造的。我从来没有创造过什么，这可是第一次。为此，就把这个创造看得很重，又很得意。这个词是我内心长期孕育的结果，而非一时的冲动。二，因为这种状态的画面从来没有远离过我，与我纠缠多年，如情如爱的黏糊，伴随着我从年轻到中老年。这是多么富有真诚的情感表达啊。

今年恰逢狗年，沾狗年之光说出这个词来又有特别意义。

"沾就沾吧。"我给自己说，"如果此时不沾，要想再沾，又要等十二属相下一个轮回回来了。"

人生只有几个十二年，如果现在想说而又没有说，这是多么遗憾的事情啊。我刚刚出版了一本书，表达了内心，弘扬了企业家精神，展示了一盘生意经，一时洛阳纸贵，算是为行业做了一点事，虽说有些缺憾，相比对社会贡献来说，也就没有什么遗憾了。

今天是有少许伤心，因为台湾著名作家李敖去世了。他说过一句足以表达我心境的话。他说："人生是我的，不需要别人指手画脚。"

一个人无论伴随着掌声还是唏嘘声都是要走下去的。只要有一口气，都要为自己而活。想做的事就去做，先不要问结果。一般而言，如果出于良好愿望，即使被曲解，甚至在喧嚣的当下遭到指责，也不要当回事。道法自然，依心做事。今天再大的事情到了明天都是可有可无的小事。我相信，不管碰到任何事，善良永远不会过期的。

追梦是对待生命最尊敬的态度，只有勇往直前才有意义。

当然，人的一生不可能高潮迭起，而更多的状态说白了就是"狗游"，也许"狗游"一词忽然听起来似乎很刺耳，很低级趣味，很有无奈感，换个角度看，其实不然。关键还是我们的心态。心态敞亮，用"狗游"一词调侃一下自己又何妨呢？

"狗游"的状态永远都是存在的，而且占据了我们生命的大部分时间，应景需要，造了这么一个词并拥吻，是个很美的感觉。

2018 年 3 月　写于上海

41. 有感于高铁施工现场

♡

今年五一期间，我放弃了公司安排去伦敦旅游的机会，因为我有一个另外的选择——到襄阳和随州记录高铁施工现场。

之所以作出这么一个重要决定，我认为伦敦可随时去，反而身在祖国的高铁施工现场却不是想去就能去的地方。如果错过了这次成行的机会，也许终生再也不可能遇到了。

有时，我就是这么认为的。

红日当头，一群摄影发烧友走进了目的地。

当大家置身于施工现场，那近距离触摸、近距离呼吸的感觉才使心灵震撼不已。我起码"哇塞"了好几次，犹如没有见过世面的小孩一样！说到选用"震撼"一词来形容，并不是说现场有多少人，有多少旌旗飘扬，而是那来来往往、上上下下承载着巨大载重的都是重型机械。现场时不时发出各种碰撞声，如旋律中的鼓声锣声，还有跳动的音符一样。中国高铁已经被全世界网友定义为中国的"新四大发明"之一。能列为闻名于世的发明，其地位可想而知了。

身处施工现场，我感慨万千，浮想联翩。

20世纪的1964年开始，祖国大江南北掀起了农业学大寨热潮。

大约在 1975 年夏天，我已经上了中学。正好那时，全社人民以饱满的热情在中学门口的几千亩地上大搞农田基本建设。

我母亲就在其中。

每天，旌旗飘扬，红旗招展。扩音喇叭宣传着伟大领袖的最高指示，情绪激昂地表扬着身边学习雷锋的好人好事。远看，黄土飞扬，数万人像在黄土中扭秧歌似的浴血奋战。

那时的生产工具十分落后，因此有用铁锹的，有用架子车的，有用肩挑的，其场面十分生动。牛马发挥着重要作用。生产队能有几台拖拉机帮忙已经是很了不起的事了。

那时的农村很穷，能吃饱肚子，能穿上没有打补丁的衣服，已是谢天谢地的大事了。

尽管如此，我们仍能如期创造出很多奇迹。

遇上周末，我把母亲换下来。

工地有很多能人，他们即兴作画，编写海报。有的贴在板报上，有的挂在树干上。微风吹来，迎风招展。遭遇瓢泼大雨之后，他们又会很快地恢复激动的宣传场面。

平整土地，"抽黄引水"（注：抽黄河水饮用及灌溉农田）的任务就这样完成了。

尽管过去了很多年，带着那份美好记忆，回想那震耳欲聋的喊声，油锅炸烈似的激情，试比天高的狂想曲，永远在我心中回荡着。

正因为亲身经历过，才让我时常感动。

说一千道一万，那种出工不出活的生产力实在是太低下了。

1988 年那年，我在香港元朗一个工地工作。

我是 1987 年 2 月被公派到香港，于这一年的 8 月向公司写了申请，要求下工地。总经理当即批准了。那年我二十六岁。

工地处在新界元朗的海边。海的北面正是尚未发展的深圳。

工地项目是一项抽沙填海造地的土木工程，占地大约二十平方公里，是将五百多个鱼塘换上新土并填平，总造价十亿港元。

这个标段合约额，刷新了香港新纪录。

我在工地负责出纳、会计及行政事务，统称为地盘总务。

《高铁建造现场》，湖北十堰，2018 年 4 月

　　身在工地的我，深感工程规模巨大，十分壮观。每天看到抽沙船从海洋深处运沙子到近海，然后通过泵沙机传送，将那黄澄澄的沙子运送到陆地上。我兴奋不已，因为我看到的是钱正在流入公司账户中。

　　随着时间推移，鱼塘一个接一个地消失了，五米至六米高的沙子如地毯一样慢慢地铺在地面上。一块足以容纳几十万人的新城镇的土地出现了。

　　记得沙子所到之处，鱼塘的水被挤走，数不清的鱼死掉了。

　　这一带村民岂能善罢甘休，毕竟他们赖以生存的渔业将消失。当然，政府给予村民适当的赔偿。村民为了争取最后一搏的利益最大化，时常闹事，黑社会也变得猖獗。

这是一个中法联营的项目。中方负责陆地上的事务，而法国公司负责抽沙作业。

很明显，中国公司的能力是有限的，而法国公司显然很厉害，掌握着工程的核心技术。最后，法国公司的标段挣钱多，而中国公司挣钱少，且挣来的全是辛苦钱。

后来我醒悟了，曾说，如果一个企业没能拥有核心技术，就不可能拥有美好的未来。

1996年，我仍在香港工作。

那时，香港历史上最著名工程——新机场建设正集全球力量在推动之中。这项工程有众多的政治角力，若撇开这个因素去看，的确为日后香港屹立在全球最具城市竞争力地位奠定了良好基础。

这个项目，许多中资建筑公司也积极投入到这场大战中，分得了一些标段。我所在的公司，就承担着新机场客运大楼标段的建设任务。

作为财务小负责人的我，去过机场现场多次。

为了保证施工标段的顺利完成，香港政府特意批准这个项目可输入内地劳工。几千名内地劳工从罗湖口岸出关，直接送到岛上，就被监管起来了。他们披星戴月，就在岛上夜以继日地劳动着。

还不错，那时大量的大型机械得以使用。

经过多年努力，世界一流的新机场建设工程告终了。我所在的公司做了新机场工程十大标段中的三段，算是很辉煌的业绩了。从统计结果看，新机场工程最大的贡献者还是以英国、法国为主的外国公司。因此，中国公司还有很大的提升空间。

技不如人，岂能归罪他人呢？

2018年4月末，我走进汉十高铁现场。

这是一条修建武汉到十堰的双线高速铁路，全程三百九十九公里，设计时速每小时三百五十公里，未来将作为武汉通往西安的国家级的高速铁路的重要组成部分。这条线的地位特殊，沿线快速连接了武当山、吉隆中、炎帝神农故里、黄鹤楼等著名风景区，打通了襄阳、随州、孝感、武汉等历史文化名城，因此被誉为湖北最美的高铁线路。

在没到施工现场前，我很是期待，当到了现场一感受，原来期待是对的，不再是梦一般。

在襄阳崔家营汉江特大桥工作段，我见识了世界同类桥梁跨度最大的三百米施工难度及张力；在随州的工作段，我见识了工人铺铁轨的全过程以及精湛的技艺。

这全是中国制造。

的确是这样，如果没来现场，是无法感受真实中国制造场面的。

志于一生献给建筑的我，为中国制造在高铁领域的独领风骚感到自豪。一时间，我的眼球被抓住了，心被钳制住了，脚被黏住了，尽管太阳很毒，我丝毫没有感到不适或有逃跑之意。

一张又一张纪实作品就这样诞生了。

有资料显示，到 2017 年底，中国高铁贯通的长度达二万五千公里，相当于全球总长度的 66.3%。还预测说，到 2020 年，中国高铁运营总长度将达到三万公里，估计要占全球 70% 以上。这是一份多么了不起的成绩单。

这样的大国重器，值得所有中国人为之雀跃。

前后四十年的巨大变化，展示出强大的中国力量，我想应该得益于全球化下的时代进步、祖国实行的改革开放政策、农村劳动力红利的释放、企业家勇于创新的精神及重大技术革命的实现。如果中国还能继续坚持技术创新，在中国芯、互联网、人工智能等方面赢得新突破，领先于世界，离跨入第一流强国就不远了。

> 小时候穷怕了，
> 它告诉世人，
> 日后不能再重演。
> 假若不幸重演了，
> 谁当领导，
> 谁就会遭历史唾骂的。

2018 年 5 月 写于武汉

42. 岳父与我谈"串联"

$\heartsuit$

20 世纪 1966 年的 6 月，"文革"在大江南北开始了。

当时身为大学生的岳父和很多同学一样，并不明白"文革"兴起的真实意义和目的。看到的是大字报漫天飞，一个又一个的老师被整被批，打砸抢没人管，这样的状况持续了四五个月，但依然如火如荼地进行着。

这场一开始就声势浩大的"运动"，岳父想置若罔闻似乎是不可能的；想逃避，却不知道如何逃避，逃到哪里去。

同一时间，全国出现了串联师生，许多外地学生涌入北京取经和接受最高领导人的检阅，同时，北京学生到外地传授造反有理的经验。到了 11 月，来北京接受检阅的红卫兵、青年师生达一千一百多万人。

一场轰轰烈烈、星火燎原的运动在全国蔓延开了。

这种形势下，还没有行动的热血青年再也坐不住了。

2018 年 5 月中旬，上海突然热了起来。

夕阳从窗户照进来，家里不再享有暖融融的感觉，而是有点闷，有点热。闷热交织下，只好打开空调降温了。

岳父一家人来到上海，这是他一生第三次来上海。上海是他二女儿的家。岳父曾说过，他的二女儿很早就识字了。二女儿三岁那年，他从铜川回到农村家中问女儿：识字了吗？二女儿得意地拿出课本，朗读了课本上的第一课："毛主席万岁！"

岳父是一位延安大学毕业的老大学生。

1963 年夏季，岳父考上了延安大学数学系。前三年学业正常也顺利，可到了 1966 年 6 月到 1967 年底，上课时断时有，一直拖到 1968 年他才毕业离校。能毕业就好，成为了公家人，也算为求学画上了一个完美句号。

岳父毕业后，把一生献给了铜川、渭南的中小学教育事业。按常理，他完全有理由承担得更多，走得更高，飞得更远，可他没有向组织提出过任何要求，就在中小学教书育人如一颗螺丝钉一样，平平静静度过了一生的工作时间。如今，退休了。

前一段时间发生了一件趣事，说明岳父很在意他是一位老党员的身份。因为退休，也因为换了居住的地方，导致他多年没交党费。去年，他想到交党费，可没地方收，四处托人找关系，差不多折腾了半年有余，仍没能恢复组织关系。在此期间，家人多次劝他就此算了吧，可他坚持要恢复，最终还是成功了。党籍恢复后，他补交了多年所欠的党费，才见他脸上露出了微笑。

身在上海，岳父那 1967 年串联从井冈山来到上海的情景再一次浮现在眼前，那久远久远的记忆之门被打开了。

岳父期待到著名的外滩走一走。

说起串联，岳父像是打开了话匣子一样说个不停。他也不管别人爱不爱听，也不管人忙什么。岳父是一个非常关注细节的人，他把串联的细节说得一清二楚，生怕大家听不明白。

很多故事，因为有细节才感动！

1967 年 11 月，他们串联从延安出发，目的地没有选择去北京接受检阅，而是选择去井冈山朝拜。

井冈山、延安都是革命圣地。一个是革命的起点，另一个是迎接革命胜利的支点。可是，延安到井冈山的直线距离一千八百六十九公里。以每小时六公里行走速度计算，最少需要走三十天的时间。对于很多人来说，行走这么远，真是望而生畏的事情。

延安大学的热血青年们出发前，一个又一个信誓旦旦，还举行了宣

《岳父岳母》，上海世博园，2010 年 10 月

誓仪式，郑重宣誓要发扬红军长征精神，要步行到井冈山，向革命先行者献上鲜花并深深鞠躬。

在众多的宣誓人中有一个瘦形大个子，便是岳父。

岳父的话不多，举起拳头时，显出钢铁一般的意志。

热血青年们步行到西安，队伍散了。

大部分人选择了溜之大吉，少部分选择了乘车前往，而岳父和另外六人结成七人团队，扛着旗子，践行着出发前的誓言。

11 月，全国进入到冬季。

他们七人为了行走轻便，每个人没带多少行李，也没带多少钱，只带了一个小包。小包里装着一条毛毯和一双备用鞋子。除此之外，他们拿着学校开出的《介绍信》和《学生证》。这两样东西太有用了，犹如唐僧西天取经携带的《通关文牒》。所到之处，只要亮出这两样东西，接待站就会十分热情而又周到地给予免费安排。

尽管如此，头顶天，经风雨，冒严寒，路还得一步一步自己走，山还得一座一座自己越。他们翻秦岭，过山阳，入汉口、岳阳、南昌，迈进吉安，到达井冈山，真可谓一路的英雄气概。

岳父粗略估计了一下，他们正常每天能走出一百里的路程，有时还能走出大约一百三十里。那时年轻，年轻就是本钱就是力量。

回想之所以能走下来，还有一个重要因素是不能不提的，那就是沿路有很多为串联设立的临时接待站。

接待站有吃的，也有休息的地方。

那阵子真好啊！岳父说。

他们一路颇有收获，不仅参观了许多古迹，参观了为缅怀革命烈士修建的纪念馆，还了解了沿路的风土人情。

屈指一算，从起点到终点，再从终点经上海回到起点，花了三个多月。国人的春节，他们也在路上。

如此"壮举"，一生就这一次。岳父说，当时走了就走了，如果当时没走，也许今生也是不会走的。

中国 20 世纪 50 年代到 90 年代是变幻多端的时代。

这些，岳父是见证者、经历者。也因此，他是一个见过世面的人，可他毫发不损。这样的修行非一般人能做到，而且做到了世人所倡导的淡泊名利、宁静致远的境地。

岳父讲着串联。

作为听众的我，对老人十分尊敬，时不时地提一些看似有意义的问题，他乐意而且有耐心地回答着。

我问：选择这条串联的路线有什么意思？

他答：当然有了，就是重走革命路。

我问：这么辛苦，是什么力量让你们七人走下来的？

他答：红军长征的不言弃、不怕苦、不怕累、不怕死的精神鼓励着我们。

我问：接待站吃得好吗？

他答：顿顿有肉。到了南昌，还有鱼。

我问：沿路接待站欢迎你们吗？

他答：当然欢迎。我们沿街走过，举着红旗，队形整齐，很有纪律，一路得到很多路人的赞美。

我问：串联是自愿的还是组织的？

他答：当然是自愿的。学校不支持，也不反对。

我问：带了几双鞋？

他答：脚上穿了一双布鞋，袋子里装了一双胶鞋。沿路，布鞋换过几次皮底。遇到地滑时，买过草鞋套在布鞋上。记得在山阳买过一双尼龙袜，后来还穿了很多年。

我问：你们是怎么认路的？

他答：手中有张早准备好的自画地图，到了接待站再问下一站怎么走。有时还能抄近路。

我问：一路上，有什么有趣的事情发生呢？

他答：的确有很多趣事，我只说几件吧。

在翻越秦岭时，肚子饿了，到了一家农户每人要了一碗醪糟，一碗要花两毛钱，我们有些舍不得，因为西安一碗才五分钱。后来，听农户人说醪糟很稠，我们才要了。我们吃的时候，就感觉到物有所值。

一天，我们到了南昌，当晚住在公安局局长家中。局长是延安人，一听说我们是从延安来的，十分开心，热情招待了我们。那天吃得非常丰盛。

到了庐山，因山上积了很多雪，路封了，我们商议就不上去了，可一个同学坚持要去，谁也拦不住。这个同学试了很多办法，最终也没有去成。没有去成，蛮遗憾的。

到了井冈山，井冈山上下了一场冻雨，天气很冷，地面很滑，我们买了草鞋，将草鞋套在布鞋上，起到了一点防滑作用。就这样，我们慢慢地行走。行走十分小心。最终，我们到达了目的地，十分开心。

他问：你去过岳阳楼吗？

我说：去过。

他说：那时，我们到了岳阳楼，范仲淹的《岳阳楼记》因为岳阳楼修整而被遮住了。我在学校教书时背过这篇文章。开头几句是："予观夫巴陵胜状，在洞庭一湖。衔远山，吞长江，浩浩汤汤，横无际涯；朝晖夕阴，气象万千。此则岳阳楼之大观也，前人之述备矣。然则北通巫峡，南极潇湘，迁客骚人，多会于此，览物之情，得无异乎？"这几句是写景的。

我想：岳父很神奇吧！

读《道德经》都知道，万事万物都有道。有大道，也有小道。"道"就是规律，是自然界的规律，也是人生的规律。"道可道，非常道"就是说，人生的规律是可以认识的，是可以掌握的，但并不是我们平常所认识的那样。

道法自然，大道至简，才是最大的做事方略。

串联一事影响了岳父的一生，包括他的人生观。事实上，几乎所有人只要见过岳父，和他聊上几句，都会说他是一个好人。

世界是五彩缤纷的，各有各的精彩，岳父也诠释了一回。

> 每个人都有自己的过去，
> 也期待着美好未来，
> 可只有走好当下的每一步，
> 才是真实的可靠的有意义的。
> 静水深处大道行，
> 修心养性一辈子。

2018 年 5 月　写于上海

43. 难忘的 8 月 8 日 8 时

♀

生命中总有一些日期或一些数字让我们难以忘怀。

之所以这样，是因为这些日期或者数字就像美丽的音符一样，不仅诠释了生命长河中的某个节点的重要性，还影响着我们一生的言与行，以及精神的层面。

8 月 7 日上午 8 时，我坐在集团林主席右手边，像小学生一样听小王女士讲解《论语》的一个章节。小王女士做了充分准备。参加学习的人紧围着椭圆形的大会议桌，面前放着影印好的材料。小王女士先读一段古文，然后逐字解释，再翻译成白话文，再根据自己的理解延伸出新时代新意义。此气氛非常熟悉，像我中学时学习古汉语的场景。据说，这样的学习已经连续十多周了，林主席期待今后每周能见到我，如果我刚巧出差，那就算了。

因为学国学蛮特别的，很多时候就像我看古装戏一样，戏是那么古那么老那么奢华一样，如果再穿上汉服就更加有味道了，于是在笔记本上重重地写下这一天的日期：2018 年 8 月 8 日 8 时。一小时学习结束后，才发现看错了日期。准确来说，此日为：8 月 7 日。

过去数十年，每当遇上 8 月 8 日，就像遇上阴历九月九日我的生日一样，敏感日期背后的故事顿然跳出来，呈现在眼前。

商业极为发达的香港人很早就很讲究数字谐音，几乎每个人都喜欢"8"字，因为他们渴望辛勤之后发达。八是发，四个八为世发。也因此，他们对车牌、门牌、楼层、电话号码等，都很期待有八字的存在。事实上，在那样的环境中，若拥有八字多，不仅象征着发达，也象征着权势、地位和名望。记得有一年，香港某地产商新建了一个楼盘，也就五六十层高，竟然为了迎合买家的需要卖上个好价钱，把物理楼层的编号生硬地改了，每一层都带个八字，譬如，一层就叫八层，接下来就是十八层、二十八层，到了最高处，就出现了八百八十八层。这是一件真实案例，而非杜撰。这件事情发生后，还导致香港政府要修例。

话说三十年前的 1988 年 8 月 8 日上午 8 时，地盘的苏柏强经理把我交给集团总部分管财务的戴允馨总会计师，这个无与伦比且有象征吉祥的日子和时辰是苏经理给我挑的。

苏经理，广东人。

以后的三十年里，每年到了 8 月 8 日 8 时，我就会情不自禁地想起这段往事，自然想起苏经理和戴总对我的好。他们是我生命中最为重要的两个贵人。

都说现实中，贵人是可遇不可求的，如有幸遇到了，是你的福气，更是你烧了高香、你家坟头上冒了青烟。

我就有这样一种感觉。

故事还得从 1987 年 9 月说起。那时，是我派到香港工作刚满半年的日子。因为半年来我一直打下手，更多配合外派李代保助总当出纳，给外派人员跑银行发工资，于是一颗不安的心躁动了。一天晚上，我冲动地写了一份申请，次日一早呈交给公司孙总，申请内容十分简短，是说自己在总部没什么正事可干，学不到东西，位子又被占满，担心荒废年华，对不起组织，言之凿凿下，要求去地盘锻炼。

没多久，孙总批示下来了，同意小吴马上去天水围地盘。

戴总震怒！

戴总把我叫到他的办公室，关上门，劈头盖脑狠批一通。他批得颇有道理。他说，你是我半年前百里挑一从北京挑来的，当时很多条件比你好的人想来香港被我婉拒了，你想想，我怎么可能不关心你的发展呢？

你有什么想法为什么不能和我先商量呢？现在把事情搞成这个局面，把我置于不仁不义的地步，这对吗？

我当时就傻蒙了。

我知道自己犯了愣娃的毛病。立即低头认错，解释，可解释是苍白的。戴总怒目以待，我十分恐慌。

随后，外派郭根臣先生送我到了天水围地盘，把我交给了苏经理。

我的眼前一片灰色，心情蒙上了一层厚厚的阴影。

此后数月，我多次回到总部报销，戴总根本不理我，连正眼都不看我一眼。

天水围地盘是公司当时连中三元的大项目之一。合约额十亿元。要抽沙把五百多个鱼塘填平。占地面积大约二十四平方公里。

这项工程极具挑战，是和法国 B I D 公司组成联营体，于是，公司派了土木工程管理最有经验的一批领导坐镇，至今还记得有当地注册工程师牌照的张少麟[1]、叶仲南，外派工程师苏柏强、陈鑫尧。

后来我知道，尽管戴总为我的决定很是生气，但在我人还没到地盘时他就给苏经理打了招呼，期待关照我，好好培养我。

我在地盘那些日子里，白天驱车来到工地，在货柜箱里办公。货柜外面艳阳高照，不远处是巨型抽沙机，整日轰轰隆隆，源源不断的沙子就从海上的沙船通过管道抽送到鱼塘里；晚上回到元朗锦绣花园居住。居住处请了一位阿姨做饭。阿姨的肉饼拌饭做得真好吃，又有营养，百吃不厌。

苏经理是公司董事，在地盘就是最大领导。

苏经理主持过香港多个大项目施工，无论语言还是习俗都是精通的。我帮他管总务，负责报销、记账、零星采购，他对我很好，让我放开手脚大胆工作。他友善的态度让我逐渐进入工作佳境，恢复了往日的自信。

我知道我来地盘是要做什么，所以把业余时间都花在学习上。刚开始根本听不懂香港话，但什么会议都参加。没过多久，就把什么是土木工程、工程流程、工程造价、合约结算、联营工程运作等常见问题全部

---

[1] 2019 年 6 月 9 日，张少麟给林苑女士写了一段微信："吴建斌，早期曾在天水围工地工作，我们和他较熟，也曾叫他'小彬彬'。小彬彬是当年台湾一位著名童星，顽皮得很，也很可爱。请代向他问好！"

搞清楚了。感谢这次机会，让我不仅掌握了香港工地的运作，还从中学到不少知识，更让我感受到香港底层人的生活状态。

香港的天潮湿又酷热，时间颇长，我的身体很不适应，大腿之间长满了痱子。记得总部同意我们在居住地方安装空调，行政陆经理具体办理。由于我级别低，最后只剩下我一个人房间没安空调。为此事我很生气。陆经理拿出文件给我解释，坚持按文件执行，苏经理得知此事后，毅然决定给我房间也安空调，如上面怪罪下来由他负责。

还有一件事。一天早上，我应该没睡醒就下楼锻炼身体，以为玻璃门开着，就奋力冲出去，不料撞上玻璃，刹那间，玻璃成了碎片，我的脑门及腿膝盖划破出血，苏经理立即跑出来，第一时间送我到附近的仁爱医院，经过消毒、包扎，才没留下后患。

在地盘的时间过得飞快，转眼到了次年6月，戴总说总部工作多，外派人手不够，要求苏经理马上把小吴送回总部。

此事，我并不知道。

大约过了一个月，苏经理才正式给我提起此事，说戴总已催多次，想听听我意见。我一个小兵，哪敢谈什么看法，也吸取了之前教训，支支吾吾地说，听从组织决定。

说心里话，那时真不想回总部，这里接地气，能学很多东西。

数日后，苏经理明确告诉我，我给你挑了一个好日子，到时准时送你回总部。微笑说，会一路发的。

1988年8月8日上午8时，我结束了近一年的地盘工作，苏经理亲手把我交还给了戴总。戴总和苏经理握手，象征着物还原主。临别时，瘦小、刚毅但充满阳光的苏经理握住我的手说，祝小吴万事顺意！

这句话很真诚，也很有寓意。从此，这个日期、这个数字、这个场景刀刻一般，永驻心中。

戴总一直在香港工作到1994年中，那年他六十三岁，光荣退休了。

那些年，我一直在他身边，几乎形影不离。

在他带领下，我们一起经历了许多事，同时学习了他很多优秀品质，直接影响着我的工作方法和态度。

戴总不仅博览群书，思路敏捷，公司的事能融会贯通，入木三分，既能着眼于大局，又能精于细节的计算。我后来逐渐明白，这是一个高层决策人必须具备的素质。最可贵之处还在于，不管别人怎么想，当遇到原则问题时敢于表明态度，坚持到底。记得当年在内地投资了一个饭店，他认为不妥，几乎和所有人闹翻，事实证明他的执着和坚持是对的。

戴总对身边工作人员的要求极其严厉，简直就是苛求，不仅包括我，还包括了别的同事，也包括了香港当地人。大家都有领教过。有一次我写了一份汇报材料，没能抓住要点，文字表达粗糙，没能符合他的要求，不仅遭到训斥，还遭到了不同程度的羞辱。这样的遭遇是经常的。后来当自己走上领导岗位独立作战后，每一件事都尽可能地推敲来推敲去，力求思考缜密，逻辑清楚，表达准确，万不可马马虎虎了。

1992年，中海地产计划香港上市，当时内地还没有证券主管部门，为了合规，他借邓小平南巡机会找到内地官员汇报。有官员讲，按香港法律办就足了。我那时已足部门助总，负责校数和报表汇编。我们做得十分辛苦，加班加点很正常，也很欣慰，我负责的资产评估值和戴德梁测量师行预测的结果几乎完全一致。这年8月，中海地产完成了香港红筹股上市，集资八亿港元，创造了很多新纪录。我是见证者、参与者，更是实施者。站在财务方面，这件事是戴总给的机会，也为我日后在资本市场长袖善舞起了一个好头。

南宋著名理学家朱熹说：问渠哪得清如许，为有源头活水来。

看到又一次写下8月8日8时，顿然记忆起这一往事。这是多么地幸福，多么地愉快，让我泉涌一般写成了这篇文字，作为纪念。

人的一生是见天地，见众生，见自己的过程。当我们见过天地，见过众生，见过自己之后，就会很清楚地知道自己该做什么，朝什么方向走……也许会明白天地之间的许多事理。

感谢生命中的中海，感谢一路遇见的贵人。

> 感谢生命最好的方式，
> 就是不言累不停步，
> 勇往直前，
> 永远激荡年轻时的心。

2018年8月 写于上海

44. 怀念摄影家戴增和老师

♡

当年，在我摄影迷茫阶段，有幸得到戴增和老师的指导，这是我一生最为荣耀的经历之一。

老师于 2010 年 4 月 16 日去世。转眼间，离开我们已经七年了。

那是一个不幸的哀伤的日子。我在深圳，他在北京。听闻噩耗的那一瞬间，我痛哭流涕，难以接受。于那年那月的 18 日，我写了一篇《怀念戴增和老师》的文章。文章收录在我一本《生命记忆》之中。至今，每每读这篇文章都让我很有感触，思念之情就会不由得涌上心头。

我记得我当时计划是五十岁退休，之后和老师一起拍照，可他不同意，一定要我五十五岁退休后再说，我应承他了。今年我正好五十五岁，可老师却不在了。七年来，时空反转，我换了两份工作。生命有顺利的时候也有低沉的日子，但始终对摄影热爱的热度没有减退过。有时数日没拍照，心痒痒的，手痒痒的，有被家猫抓的感觉。

记得是 2001 年，我和老师一家人相识。2003 年的 7 月，小区成立了摄影协会，老师出任会长。从此，带着我们这帮有热情没技巧的学生交流摄影，采风，推动着我一步一步向前走。从那时起，我们一起出去正式拍片，留下印象最深最出成果的有那么五次：一次是在 2004 年 7 月，香港拍片；一次是在 2005 年 9 月，新疆拍片；一次是在 2006 年 4 月，广东广宁竹海拍片；一次是在 2007 年 12 月，广东连州参看了我的摄影展览后一起拍片；一次是在 2008 年 4 月，婺源、三清山拍片。每次拍片回来后，通过冲洗、调光、裁剪、评比，夯实了我的摄影基本功。我不敢有丝毫的怠慢。因为喜爱，才坚持；因为坚持，老师更倾心于教我一人。

经历这些专业训练之后，逐渐让我明白摄影这门艺术的真谛。摄影不仅仅为拍而拍。老师反复强调说，你能不能在摄影事业上走得远，关键是你有没有思想。而最后，摄影人拼的不是设备和技术，而是你的摄影思想。

那么，什么是摄影思想？多年实践下来，我以为就是要有想法。譬如，作为摄影师，你的照片到底想说什么，有没有故事性，有没有创新，有没有启迪，有没有鞭打……总是要有你的想法的。由于摄影师的经历、认识事物的态度及个人生命取向的不同，才出现众多的摄影门类，而有人成为名摄影家，但大多数人永远停留在可有可无的制造垃圾重复上。

记得是 2005 年 9 月，老师带着我和一帮朋友来到祖国的西部边陲——美丽的新疆东疆，这是我有系统地有准备性地拍摄风光的第一次。

那是秋天，一行八人。东疆是老师最喜欢拍摄的一个风景区，那时还没有完全对外开放，他找了关系，找了车，安排妥当沿路的吃住。东疆之行，主要围绕着天山山脉，从乌鲁木齐出发东行，经五家渠、奇台县、木垒县，翻过天山到了巴里坤大草原，再到最东面的哈密，然后经吐鲁番回到乌鲁木齐，行程约三千公里。一路拍摄一路学习，遇见的每一处景都是那么地别具特色，譬如：五彩湾，色彩斑斓；高原农场，一望无际；大漠胡杨，千年不倒；原始森林，流水潺潺；雅丹地貌，风声鹤唳；火焰大山，美艳传说……每一处景物，无不让我们激情飞扬，让我们忘情创作，一批好照片因此诞生了。

这次东疆采风结束后，四人合着编辑了一本《东疆秋韵》，算是个交代，也算是初战的成果。

为了激励及提醒我，老师将两张照片放大，挂在我香港办公室，一挂就是十年之久。每当累了，每当遇到困难，看着来自魔鬼城夕阳西下的金色般充满想象的照片，会给我启迪，会给我力量。是啊，我们个体生命实在太渺小了，当置身于大自然，不就是大漠中的一粒沙子而已吗？

沙子有沙子的用处，既不夸大也不贬低，做自己该做的认为正确的事，才是你的人生应有的态度。

其实那时就想好了，只要有时间，就纵情于大自然里净化心灵。多年后，我多次进疆，也到过南疆，也到过北疆。在北疆记录哈萨克牧民生活及转场的拍摄我极之用心。一连去过六次，每次十多天，最终完成了《千年牧道》一书，获平遥国际大赛大奖。

在奇台农场的经历，至今记忆犹新。

记得那天下午，我们从乌鲁木齐长途开车来到农场。傍晚的阳光下，收割后的大片麦茬秆呈金黄色，大地生辉；羊群带着金边从远处缓缓通过，像整装的仪仗

《摄影家戴增和》，
家人提供的照片

队，接受我们的检阅；眼前的森林、一草一木在微风吹动下，像舞动的旗子，无不证明自己活着；身边的红色房子，其色彩是那么的地鲜艳夺目，令人垂爱。地生情，山有情，草动情，房子装满情，情满满世界。

夜晚，美餐之后早早休息了，期待次日早起拍日出。可不到天亮醒来后打开窗子一看，外面银白一片，真是惊艳无比。

"下雪了！"我高喊，惊动了大家。

天亮之前，先是透过窗口从室内向外拍，雪花如鹅毛飘飞，外面有朦胧的森林、红房子，还有吃草的羊群，如丝的雪花线条进入画面；天亮之后，雪小了，走到室外，扛着相机满雪地里走来走去。那阵子也不知冷，狂走又狂拍。大约上午九点多，云去雾散，蓝天重现，太阳出来了，大地像是撒了一层金粉一般。我们朝着太阳升起的方向走啊走，不歇脚，翻过了一个山头又一个山头。美景就在那里，那里是远方，远方有诗。

拍了大半天后，才发现雪融化后路滑。

这样的路况下，我们的车寸步难行。车下不了山，山上吃的食物也没有了，记得农场朋友给我们宰了一只羊。烹煮羊肉散发出来的香味在山谷里飘荡，很远都能闻到。也许因为肚子饿了，就觉得这里的羊肉味美、口鲜。那味道棒极了！

戴增和，一位优秀的国家级摄影家。

他是中国摄影家协会会员，国家二级摄影师，原全国农垦摄影家协会常务理事、新疆兵团摄影协会名誉主席，新疆兵团农六师文联秘书长，首届中国新闻奖获得者，首届中国摄影家协会"德艺双馨"优秀会员，是新疆建设兵团培养出来的著名摄影家。他把一生献给了他热爱的摄影事业，值得我们崇敬。

2009年下半年开始，老师身体开始转差，尽管如此，每次见面都关心我的照片和拍照尚需改进的方面。记得在治病期间他回到深圳，病已很重，还给我写了山版《香港》专辑的提纲，还一字一句告诉我应该怎样挑片。在北京见他最后一面时，他躺在病床上，话都说不清楚了，还抓住我的手，要我不要挑选具有政治敏感性的照片。

作为晚辈的我，老师的每一句话、每个表情我都记得。那是多么地珍贵，比黄金都重要。从此，坚持拍好照片就是我一直对自己的要求。

如今，我以为一张纪实好照片起码要具备四个要素，并得以兼顾：

第一，要向读者传达明确的摄影思想，并有自己鲜明的风格；第二，要有冲击力的构图和视觉，让读者看完后能记住；第三，要把色彩、光线运用到极致，又恰如其分，一点儿都不能浪费；第四，要把照片的背景和环境交代清楚，便于读者通过照片语言读懂作品。如还有一定条件或可能，要坚持一个主题接一个主题长期跟踪拍摄，用纵向时间长度和横向内容跨度完成作品的深度和厚度，让作品富有历史感、生命感和责任感。

是啊，十二年来风雨无阻，拍照已经成为我的一种生命追求和生活习惯。此习惯犹如每日必餐一样，习以为常。

榜样的力量是无穷的。

后来和老师的交流不再局限于摄影本身，而更多是思想和精神的碰撞。我们碰撞出了很多火花，产生了巨大共鸣，乃至于达到心灵相通。一日为师，终生为师。老师的做人、做事及充满艺术敏感度让我受用一生，并时刻警醒我，陪伴我，激励我。

我以为只有拍出好照片才是对老师最真挚的纪念。

在恩师去世七周年的今日，又一次思念，又一次铭记，对保持热情继续前行的我来说，具有莫大的鞭策。

　　　　顺应时代变，
　　　　择优脚下路。
　　　　作品灵魂在，
　　　　浮躁不可有。

衷心谢谢老师了。

2017 年 4 月　写于深圳

45. 追忆杨宗昌恩师

敬爱的杨宗昌老师于 2018 年 10 月 19 日 19 时 50 分辞世。

得知这个消息的时间是 20 日上午。我当时有点失措，有点惊恐。

其实 19 日晚上我来到西安。西安下着雨，天非常冷。我穿上了羽绒服，才觉得稍微暖和一些。似乎冥冥之中，老天也在为这位为人师表的老师而悲痛。天在惋惜这位大人物的离世。

记得今年 4 月下旬，咸师母曾期盼我能回到西安，和杨老师商议怎样安度晚年一事，这是我的荣幸，我按时回去了。说起杨老师，他已九十有三，根本不能自理。咸师母比杨老师年轻十多岁，照顾杨老师的事全由咸老师承担。此事对于咸老师而言，真有点不堪重负。我回到西安后，叫上老同学乔引花、丁琳。大家商议了很久，比较了多个方案，最后的结论是：若能让杨老师住进养老院，才是最好的选择。就这样，我们明确了方向。

后来听说杨老师住进了校方安排的一家养老院，感觉不错，也就放心了。我也是因为太忙，在杨老师生命最后的大半年的时间里没有去看望他。谁知，4 月份的这次见面，竟然是我和杨老师的最后的一次见面了。

杨老师生于 1926 年，享年九十三岁高龄。如今驾鹤西天，他给我们这些晚辈留下了非常丰富的精神财富，如果我们能领悟其中的一点点，就能让我们受用一生，也能长命百岁，活出质量来。

杨老师是会计界的前辈，是中国西部会计研究承上启下的大人物，堪称会计界的泰斗。这一声望，凡中国会计界和他的学子们都是知道的。他1947年考入西北大学，后留校任教。在西北大学、陕西财院任教及任系主任长达半个多世纪。如今，桃李满天下，学子里出了许多有影响的人物。尽管如此，他坚守淡泊名利、深入简出、大道至简的智慧，为他赢得了无数掌声和赞许。

我深切缅怀杨老师还有两点，在此不得不提。

热情助力学子

我在2008年完稿《财务智慧》一书后找到杨老师，请杨老师为这本书写序。杨老师二话没说就答应了。序写得很长，不仅充分肯定了我的成绩，还高度评价了我的这本书。这本书后来很长一段时间成为业界喜欢的一本书。我后来听说，杨老师在很多场合还向大家褒扬我，并推荐这本书。也因此我心里明白，这是杨老师在鼓励我，鞭策我，激励我。

工作是我长期以来最大的乐趣。刚刚过了五十有六的生日，我还是那么充满热情。在这一方面，我一点都没有夸张。但如何把工作做好，让投资人满意，能为公司创造巨大价值，是我的职责，也是我一生不懈的追求。这需要很高的境界。而要达到至高境界需要至高智慧，而至高智慧需要名师指点。杨老师就是我进步路上其中一位非常重要的名师。

1980年我走入大学，就接受杨老师的教诲。1984年大学毕业后，我和杨老师仍保持着良好的师生往来。我们已经是好朋友了。数十年来，每一次和杨老师交流都颇有收获。这些收获自己心如明镜一般，这包括知识，也包括了做人做事的道理。

一个人能走多远，飞多高，关键是看谁曾做过他的导师。我一直这么认为的。杨老师就是那种无私无畏而利他的人。他对待学子永远是无私的，像护犊子一样。

人生一见天地，二见众生，最后见自己。见过天地，开阔了眼界；见了众生，坚定了悲悯之心；最后见自己，需每日三省，要落实到行动上，做更好的自己。

杨老师就是我的天我的地的一部分。

乐观达人一派

1980 年我上大学时就认识了杨老师。那时，杨老师是我们会计系的系主任。那年，他五十五岁。从五十五岁那年开始，直到杨老师九十三岁离世，期间经历了三十八年。三十八年期间，我们师生见过无数次，而每一次见面都让我感受到杨老师是一位乐观达人。

是啊，从来没有见过他抱怨过什么。

是啊，从来没有见过他愤怒过何人。

是啊，从来没有见过他忧愁的时刻。

杨老师是陕西宝鸡人，说着秦腔，乡音浓厚，语速慢直，声如洪钟。很多时候，还没有见到他人，就清晰地听到他那洪亮的声音传来。他说话很有感染力，又幽默，又睿智，会让我们时常欢笑一堂。

其实，杨老师经历过多次运动冲击，特别是在十年"文革"之中。杨老师遭受过普通人无法承受的迫害。据说一次，被锁进一间小房子里，手表、眼镜全被没收了，窗户也被报纸封上了。小房子黑如地狱一般。他一个人就在这样的屋子里关了九十六天。这样的例子俯首可拾。

可是往事如烟，杨老师一笑了之。

> 人间最美艳阳天，
> 一颗丹心照明月。
> 淡泊辉煌两从容，
> 两袖清风树表率。

我认识杨老师后，就知道杨老师喜欢喝点小酒，不拘小节，喜欢说说笑笑，关心学子们的发展。因此，很多场合杨老师都会出现。他的出现，令学子们无上光荣。

在杨老师高龄后的这些年里，每次见面我都会关心地问询老师的身体健康状况。杨老师总是摆摆手，满不在乎地说："零件基本没嘛哒。"意思是说，身体的重要器官都挺好，还没有什么大毛病。

西安交大发了讣告说："根据杨宗昌教授生前遗愿及家属意愿，丧事从简，不设灵堂，不收受花圈、花篮等。"

杨老师辞世后，咸师母说自己大哭一场，写了一首词，还给我写了一段文字："我们人生旅途相携手三十载，相濡以沫，我视他为知己、朋友和兄长……我向学生亲人们说一句：'笑对死亡'是杨老师亲笔书写的遗嘱之三！"

所以说，杨老师就是这么地乐观，这么的达人，这么地置生老病死而无所谓。

在我写这篇纪念文章时，我没有哭，是平静的，思绪如抽丝一样。对于我这样的学子而言，他的精神如山河永存，如日月高照。

20日上午，我站在南门临时设立的主席台上，观看了西安马拉松赛事。人生真的犹如马拉松赛事一样，有人选取几公里的欢乐跑，有人选择了半马，有人选择了全马。期间，完成全马不易，完成半马也不易。相比之下，杨老师无疑是人生全马的获胜者。他一生很精彩，一直笑到了最后，用生命谱写了一曲人生的春生、夏长、秋收和冬藏高迭起的赞歌。

人生不易，能谱写出赞歌的没有几人，杨老师便是其中的一位。他的事迹、他的豁达、他的一切的一切，我都铭记于心。

深夜，凭栏远望，外面逐渐不再那么喧嚣，万籁开始俱寂，城市里的灯光渐渐熄灭，雨下得巨大，乃至于远处的建筑一片模糊。

追思亦师亦友的杨老师，让我倍感欣慰。

愿老师安息，走好！

2018年10月 写于上海

46. 谢谢鸟儿吵醒我

今天就是除夕，早上本想睡个懒觉，却被窗外的鸟声早早吵醒。

夫人想着让我再睡一会儿，不想我起床，说一年到头总是在忙，啥时候才是忙的尽头呢？是啊，早该让自己好好休息一天了，可我养成了早起的"毛病"——只要醒来就起床，绝不恋床。

这一天过后，就正式从狗年进入猪年。

狗年这一年蛮有挑战性的，因为国家政策突然"一刀切"地去杠杆，所在公司则遇到了巨大变数，经过一年精细化调整，可说是力挽狂澜，最终也富有成效的。不管怎样，狗年我们还是昂首挺过去了，而对于猪年又充满着新的期待。

人总是这样，因为对未来总是充满着巨大期待，才让我们永不止步，永不言弃，才让我们时不时地豪情万丈，激情满怀。

我家住在十一楼。十一是我一生的幸运数字。

十一楼就能听到鸟叫的声音，其实很不容易。十一楼离地面足有五十米高。小区里的树木再高，也不过二十来米吧。这样的现象只能有一种解释，那就是小区绿化好，鸟多而且聚在一起。

鸟叫声，犹如一场交响乐。

春天来了，万物复苏，鸟儿又欢快了。

《自由飞翔的鸟儿》，深圳后海，2015 年 1 月

尽管南方没有北方对春天的变化感受那么明显，那么惬意，那么令人激动，那么生机勃勃，但也有春天的感觉。

阳气上升，阴气渐消，春天正一步一步地走来。

打开窗帘，凭窗望去。

我顺着鸟叫的声音四处找鸟，可是，一个鸟儿都没有找到，也许就是距离太远的原因吧。

其实，鸟儿就在树丛中。

相信它们在飞舞着，调情着，如我们人类一样也畅谈着未来。

树丛中，好像不止是麻雀发出的声音。

麻雀的声音是叽叽喳喳的，可这里不仅是叽叽喳喳的叫声，还有更多的分辨不出来的声音在耳边回响。事实上，各种鸟声汇成了此起彼伏的声音，一直这样，而且持续着，如献给春天的交响曲。

它们传出来的声音就是那么地简单，明快，听得懂。

大自然无私地给予我们的太多了，只是因为我们有时忙，不能停下来享受它的给予罢了。

我想，如果音乐家们把这里鸟儿传送出来的声音原汁原味谱成乐谱，弹奏出来，一定会震撼这个世界，也一定会令人心情愉悦的。

找不着鸟儿，听鸟儿叫，无不是个短暂的享受呢？

我走到阳台，感受着阳光。

阳光已经斜照在我家阳台上，阴面和阳面的界限分明。

眼前的小区、湖水、小区之外的小区、高尔夫球练习场及招商银行大厦收在眼底。眼前的楼房、树木、花草清晰可见。远处的景物越远越淡雅，淡雅得像少女脸上蒙上一层薄纱。

这些眼前的景物表层洒满了光辉，如镀金似的光亮，它们告诉我，今天又是一个好天。

由此可判断，这个春节注定是个艳阳天。

话说昨天的天色也特别好，蓝天，白云，深圳的温度高达二十六摄氏度。这哪里是在冬天，分明就在夏天。白天，遇到有人穿着短袖，有女孩穿着超短裙，这是多么地养眼啊。晚上，女儿回到家中，我们期待她穿暖和一点，千万别感冒了，她却顽固地光着腿，光着脚，说是很热。我们也知道热，可毕竟还是在冬天。

昨日傍晚，我从外面回来，夫人就喊我拍落日。她说她用手机拍了，现在让我用相机拍还来得及。很出意外，我没有拍，而是静心观赏。太阳极大，如大红火球，不刺眼，斜挂在西边天空上。就在太阳快要接近地面时，正好停留在远处的楼与楼中间。此位置很别扭，像是放了一个人造太阳似的。大地金黄色，镀了一层金粉似的。

昨天，是腊月二十九。

早起，不到八点就去了山姆排队买年货。山姆服务员说，这里早上六点就开门营业了。把年货买好后就觉得十分困乏，才是上午九点，回到家中美美地睡了几小时，睡得真香。家人根本不忍心打扰我。大片的阳光照在房间床上，照在我的身上，多么惬意的时刻。打拼了一年，取得了许多重要突破，此时此刻赖在床上，甚是舒坦啊。事实上，让我贪床是家人对我很多年来的最高期待。

今年的年三十晚上，只有我和夫人两人过，因为女儿要和先生家人在一起过除夕，我向夫人说不要准备年饭了，其实我们如今的生活天天都像在过年，可夫人不同意，坚持要准备，说过年要有过年的仪式感，年夜饭不能少，我也就没有什么好说的了。

是啊，过年要有仪式感。

记得小时候为了过好年——那是四十年前的事情了，进入腊月，母亲就忙着准备过年的一切，蒸馍，炸果子，炼猪油，蒸碗碗，煮麦子，切豆腐，熬凉粉……尽管那时社会穷，家里穷，但都会想尽办法过个好年。而我能做的就是帮母亲拉风箱，烧柴火。那时，过年前的几天还真的够忙的，一锅又一锅的热馍蒸出来，热气腾腾。的确，小时候过的每一个年都很有年味，乃至于远离父母很多年，每当想起那时的很多场景还能激动起来。但这样的日子再也找不回来了，可那儿时的记忆却时常把我拉回到过去。

我站在阳台上，心潮澎湃，有点小激动。

在上海工作的这一年半里真心在感受上海，却怠慢了深圳。其实，有点不公平，深圳才是我的福地。

深圳变化太大了，真是不敢想象。三十年前来到南方，那时的深圳还是一个渔村，没有几条像样的道路，没有几个像样的公园，没有几栋像样的高楼，虽然塔吊很多，但破破烂烂才是真相，而唯一能感受到的就是这里开始充满着生机。

三十多年来，我们在深圳搬过四次家，从火车站附近搬到莲花山附近，再搬到南山前海，再回到福田香蜜湖附近。每去一个地方，周围黑灯瞎火，而我们就是拓荒者。

是啊，我们看着深圳日益繁荣，日益变成国际大都市。

深圳走到今天，几乎无人能预测得到它会是这个样子。

深圳今天的地位，真是 20 世纪及 21 世纪世界城市发展史上的奇迹了。也许前无古人，后无来者。

我们是建设者，见证者，更是幸运者。

除夕这天，正好立春。

据说下一次再要遇到两个重大节日一起到来要等到 2057 年了。

除夕是一年的最后一天，过了这一天就是下一年的开始。如果一年为一页，过了今天，日历将翻开新的一页。而立春，是中国传统的二十四节气之首，由此揭开了春天的序幕。寒气渐消，大地回春，四季又开始了新的春夏秋冬的轮回。立春送来暖风，从南到北，冰雪融化，草木初萌，人们播下了希望，期待秋天到来时能有收获。

我们颇有学问的林老板发了一篇家书：《带幸福回家，让梦想传承》。文中有一段话："春种微微粟，秋收囤囤盈；依仗辛勤力，年年诵泰丰。"多么有诗意，多么有哲理啊。

是啊，随着猪年黄金一般的秋天的到来，我期待我家中多一位成员来到世上，也许是男孩，也许是女孩。生命就是这样在延续，美好就是这样在不断续写。

说白了，生老病死，人生不过如此。

我们永远在期待中活着，走着；走着，看着；看着，悟着；悟着，老着。佛说：我们永远活着，只是活着的方式不同而已。

鸟儿把我吵醒，
让我没法偷懒。
把爱播在春天，
期待秋天收获。

2019 年 2 月　写于深圳

47. 忆逝者老同学

♡

岁月走过了三十八个年头。

现在，我完全可以不做任何修饰地说，跃进是我大学期间关系最要好的同学之一，也是我大学毕业后交往最为频密的老同学之一。2015年1月21日他突然离我远去，真是不可思议啊！我那时在顺德，不得不放下手中密密麻麻的工作，第一时间回到西安。西安，寒冷，吹着浓烈的西北风。从他家设置的简单的灵堂出来后，不仅震晕了我的头，还严重刺痛了我的心，下电梯时，我甚至不敢回想他那目光如炬的遗像。

四年来，我一直听着认识跃进的人对他的三言两语的议论，但我从不接话，我不知道说什么是好，我感到所有人的看法都是茶余饭后的无关疼痒的言辞，当然，更多是大家的惋惜。我也开始悟道了。道家和儒家的道义是不一样的。儒家强调人要学而优则仕，鼓励做官，赞赏治国平天下的本领；可道家认为"无"才是世界的本源，一切都源于无，最后又归于无。这个世界太多人为制造的东西了，譬如名誉、财富、地位，像钓鱼的诱饵一样，令所有人为之前仆后继地追求。如此做法，老子是坚决反对的。老子认为人就应该追求自然而然的过程，顺应因缘，随缘任运，让生命自己去随性发展。因为这件事，也引发我老同学们突然不再与工作、与事业、与金钱、与家人、与朋友、与生命较劲了，他们都

《大学老同学》，陕西西安，2012 年

放下了，上山的上山，种菜的种菜，辞工作的辞工作，总而言之，大家更加关心自身健康了。健康是生命之本。没有健康，一切皆为零。可是，到底有多少人真的明白这个道理，即使明白了，行动上又如何能改变。改变，是要靠自己，而不是逃避。我以为活好每一天，才是对家人和朋友的最大负责。

四年来，我一直不愿写一篇纪念跃进的文章，理论上讲，这是不应该的。在开追悼会的那天，我没去参加。过了四个清明，我甚至没有到他墓碑献上一束鲜花。我真的有意在拒绝。之所以如此"绝情"，我就是不想接受这个现实。因为没有任何理由能说服我，让我接受这一事实。可我一直知道，他是一个性格外向的人，看上去很开心。喜欢唱歌，歌唱得好。喜欢跳舞，舞跳得好。跃进是一名出色讲师，后来成了一位多才多艺的大学教授，他声音洪亮，口才颇好，还有充满正能量的煽动性。他著书立说足有一人之高，不知教导过多少人；他待人热情，对待老师、同学、朋友总是一腔热血，有时像盛夏一样热烈，而且无微不至。对我而言，就俨然一个兄长，还是一位知己；在物欲横流的社会中，他对待事业总是那么地认真，那么地严苛而且富有责任，凡涉及费用报销时，从来都是公私分明，是一个多么称职的财务负责人；他对待家人十分温暖，十分呵护，是一个非常称职的丈夫和父亲……所有这些，我都觉得他不该走，不可能得抑郁症的。说到天上，官司打到玉皇大帝那里，我都不能接受他得了抑郁症，然后驾鹤西天。追忆这些，就是要说明他还活着，永远活着，我甚至觉得他会有一天站到我面前，会说他和我开了一个大玩笑，说他睡了一大觉。

四年来，我一直不敢写一篇纪念跃进的文章，因为我还真的不了解他，也许因为毕业后各奔东西，地域之差的原因，也许因为工作性质之差，也许因为年龄之差，也许因为从来就没有过心灵碰撞吧。屈指可数，我们每年也就见上那么几次，而每一次见面又是匆忙的。是啊，我担心我把握不了他，如果贸然纪念他，既不恭敬，也不礼貌，反而给他那明净的灵魂蒙上一层灰土。如果一定要我说上他有什么不足，有两点拿来可以说说。其一，他喜欢抽烟，抽得很凶，有时一天一包。曾有珠海同事告诉我，请我劝他少抽点烟。他抽烟一根接一根，把小小办公室搞得乌烟瘴气。是的，不喜欢抽烟的人和他一起工作不是愉悦，而是分外痛苦。他长期脸色呈黑黄色，我怀疑和抽烟有关。其二，做事太认真，太较劲，当一件事处理不好或处理不完时就郁闷，觉也睡不好，饭也吃不香，给人痛苦万分的感觉。就在华阴业务拓展遇到极为棘手事情的那阵子，他比总经理都焦急。他给我电话上说过他的烦恼，我劝解他，让他放松，让他换个角度，那时我已经离开这家公司了，我以为他接受了我的建议，可到头来还是如故。所以他出事后，我不敢想，不敢写，不敢向周边的同事刨根问底。他同室的同事告诉我，出事前的一周里他精神恍惚，夜不能眠，一昼夜猫在客厅里抽烟，说胡话，几乎和所有人不交流，目光游离，魂不守舍。

"一个好好的人，怎可以突然得了抑郁症呢？"就这个问题，我扪心自问很多次，仍不得其解，可我心里的问号从没消除过，一度觉得有人有意害他，狐疑万分。

我是一个睡觉想做梦都做不出来的人，很期待跃进能托梦给我说点什么，无论喜还是忧，无论好还是坏，可就从来没有梦见过他。难道我心里就没有他吗？不是的，我很在乎他。后来有时到了西安等地出差，我还有意把我们一起见面的地方多看上几眼，期望得到一些启示，可事实上，却一无所获。

失去跃进老同学的一千五百多天里，不知为什么，我自觉自愿停留西安的时间也少了，因为再也找不到合适的理由；和老同学们聚会也少了，尽管同学们对我还是那般热情，和过去没什么两样，但总觉得因为缺失他而感到有点丢魂似的。尽管西安城的色彩越来越亮，如富丽堂皇的盛唐，可在我内心早已经变得暗淡灰色了。

一次飞行中，看了一部国语电影《无法触碰的爱》，说的是一位文艺男画家，由于作品不被认可而贫困潦倒，却在阴差阳错的安排下与女主人相恋，意外中发现那只是一段灵魂之约。我并不在意这部电影说了些什么，而在意的是一个个活生生的人总是由身躯和灵魂组成，在肉体消失后，灵魂还活着，如果心灵相通，还可以与灵魂交流。

科学家早有定论，人是由肉体和灵魂组成。那么，跃进的肉体分明是消失了，离我们而去，这是很多人见证到的，可他的灵魂一定就在我们身边。我期待就像佛说的那样，他会轮回回来的。那时，他的肉体和灵魂又会再一次融合在一起。真期待能和他对话，一起探讨人活着的意义，探讨如果人还有来世，我们应该怎样活着更好。

不过，罗曼·罗兰说过一句话："世上只有一种英雄主义。就在认清生活真相之后依然热爱生活。"

当文章写到这里，我得来了一份宁静，因为释然了。是的，这份宁静早就应该到来。

　　　今日清明，
　　　天雨纷纷，

纪念您，
怀念您！
不管您如今在哪里，
我祝福您快乐！

2019 年 4 月　写于上海

48. 摄影由心而起

$\heartsuit$

2018年春节期间，我专门拜访了香港摄影家秦伟先生。当时，我还不认识他，但我做了一些功课。

秦伟生于香港，是一位独立自由摄影师及香港大学专业进修学院摄影深造文凭讲师。早年留学法国Mulhouse高等艺术学院。以当代西方的艺术造型风格表现东方传统美学思维，获法国文化部颁发国家

《当代艺术的启蒙者》，深圳天安数码城，2018年

高等造型表现硕士文凭，并在法国和香港建立了自己的艺术工作室。

我这一次拜访，是赖渭和"光头"安排的。

这二位是我的多年好友。他们对现代摄影及展示的方式有独特见解。这方面，他们也在寻求突破，一是为了自己的艺术生涯，另一方面也是为了追随他们的摄影爱好者。

在香港九龙一家酒店平台上，有关摄影话题，我们四人聊了大半天，意犹未尽，又约好下次在深圳再聊。这一次聊摄影，聊的面很广，不仅聊了摄影策划、摄影展览、摄影流向，还聊了有关我的摄影如何进一步突破的问题。

我是一个自由摄影人，以街拍纪实为主。

说心里话，这次深聊真的受益匪浅，胜过读十年书。

是啊，随着摄影设备多元化、普及化及便利化，如今摄影门槛实在太低了，低到人人都能摄影，都觉得拍得不错，都自以为可成为摄影家，说明摄影已经从有一定门槛的崇高艺术层面落入到通俗的大众艺术层面。也因此，我们不得不承认，摄影已经迈入到一个全新的时代——百花齐放的时代。

在这个全新时代，有关摄影理论、发展路径，各说各话，难以统一，也难以形成共识。有时，就听到一些摄影人通过各种方式抱怨。他们郁闷，不开心，上火生气，尽管能理解或同情，但大可不必，因为谁也阻挡不了趋势或颠覆的到来。

面对如此境况，我的摄影该如何走呢？

我和三位老师探讨了若干可能，包括选题、表现手法、拍摄技巧、色彩运用，当时茅塞顿开，一片新天地就在眼前，可回到现实的行动中，似乎又不是那么回事了。记得在香港我们四人聊摄影快要结束时，我问了秦伟老师一个问题，问题源于 2017 年香港回归二十周年我的一次展览经历。

深圳福田高铁总站摄影展

那一次，经过长达两个月策划，选定在 7 月 1 日深圳福田中心高铁站展览我有关香港回归的五十张巨幅照片，展期十五天。一切准备就绪，可在展览开放的前两天，突然接到协会负责人电话。他非常紧张，紧张得话都说不清楚。他说有关部门发现到其中一张照片很敏感，要求马上撤展，否则抓人，说关你几个月太容易了。我先是很纳闷，马上变得惊恐。我在香港生活了三十年，近二十年来，记录了几万张香港照片，原以为可为回归通过展览出点力，却没料到会发生这样的情况。协会明白我的意思，和检查部门沟通，后来为了展览继续，就把这幅照片连夜换了下来。

这件事对我刺激很大，这是多年来举行展览碰到的第一次。

就这个问题，我请教秦伟老师。秦伟老师给了我一些答案。我们告别不久，秦伟老师还特意给我发了一幅画和一个短信。

"关于别前吴先生谈及创作与意识的矛盾等问题，附上好友中央美院老师姚璐兄一幅作品，以作补充，所谓有容乃大，无欲则刚。作为艺术人，关心人、关心社会、关心时代的境遇，要由心而起。"

"由心而起"是这个短信的落脚点，我揣摩了很久。

《良师益友》，上海阳光控股大厦，2019 年

在落脚点前面，预设了一段很有分量很有思想的提示。

基于"由心而起"，我想到五百年前的王阳明构造的心学体系，旨在强调每个人要修炼一颗强大的心。心是什么，最简单的理解就是了解体悟自己的悟性性格，也就是先天存在的本性。那么，王阳明心学最核心的就是一个"心"字。所谓"心"，一切听从内心最本真的声音，从良知出发，自然能把人做好，把事做好。

不善不恶是本体，至善至恶是良知。

此心光明，人生才能光明。

很多事情都是由心而起，由心终结。

读弗兰克《美国人》的启示

我记得在我们聊摄影过程中，三位老师都极力给我推荐瑞士籍摄影师罗伯特·弗兰克的经典书《美国人》。

这本书早看过，对我而言，一直以来并没有产生强烈共鸣。有时甚至到了无知地对待，若用现代摄影技术来看，并没有觉得这本书有什么了不起。尽管很多人都说这本书多么伟大多么震撼，我依然没有什么感觉。我在对待外国的人和事一直有极大的偏见，表现在行动上，凡是外国文学、外国艺术、外国电影都有少许的排斥。排斥理由非常简单也很可笑，因为里面呈现出来的故事与我熟悉的中华历史文化没有关联，因此没有兴趣。我知道这是大错特错，却就是没法改变。我曾经试图做出改变，最后还是没法完全改变。当然，并不是铁板一块，记得最近又一次听《老人与海》《廊桥遗梦》等电子书，就觉得非常棒，很美，很诗意，很励志，很抓人心。

经过三位老师解释，要求我把时间倒回到六十年前，即 20 世纪 50 年代，再看这本书，再揣摩它的意义。

那时，二次世界大战结束不久，美国以绝对胜利国姿态立于世界，人民情绪高昂，国威如日中天，他们的一言一行都影响着世界。

毋庸置疑，美国变成世界人民向往的国度。

可由心而起的弗兰克冷静观察，冷静记录。

1955 年，他在二万七千张照片中，挑选出能表达他观念的八十三张照片，然后编辑成书《美国人》。这本书面世，一开始，并不受美国主流社会的待见，反对声浪此起彼伏。

其实，1947 年，弗兰克才从瑞士抵达美国。他看到了美国的朝气和不同，同时嗅到了某种绝望的情绪。他要把他感受到的情绪记录下来。

"他拍摄的内容，基本上都是公共空间内，有路人、政治集会、汽车影院、教堂、公园等。他拍他人不屑一顾的男人女人，或是从符号和物件上来对其进行定义。他从一个城市到另一个城市，拍摄了路人、流浪者、新婚夫妇，基督教的十字架、自动点唱机、邮筒、棺材、电视、很多的车还有无数的旗帜。"

"他的拍摄更像一个调查，在框取方位内都有一股幽闭压抑的氛围，空气中弥漫着压力，一股一触即发的张力。"

这八十三张照片中，有平淡的日常瞬间，琐碎的生活细节，不完整的构图，随意的画面，有裁剪的痕迹，甚至有焦点不实的情况，每张照片不能独立去看，而是看完全部照片后才明白作者要表达的意思。于是就有评论说，"每一幅图片'当作'一句诗，八十三幅图集合后成为一首诗"。

弗兰克说，这个拍摄过程，并没有让我讨厌美国，让我更加了解这里的人。

《美国人》出版过程也很辛酸。

随着时间推移，这本书被美国主流逐渐接受了，被全世界接受了，于是成了经典，成了一个通过摄影影响走向的标志。今天如果讲世界摄影史，弗兰克其人和《美国人》这本书都是跨越不了的里程碑事件。这便是它的伟大意义之所在。

再次和秦伟老师聊摄影

和秦伟老师再次聊摄影，已经是一年半之后的事了。这段日子，我专心拍摄我眼中的上海老弄堂。保证每周一次，因此积攒了许多片子。其间，时不时通过我的微信公众号发送一些文章和照片，还在 2019 年6 月的深圳国际摄影周活动举办了《大上海·老弄堂》摄影展。

我并不满足于这么一点成绩。

7月上旬一个周末，我回到深圳，和赖渭老师讨论摄影。我有很多想法。他建议我和秦伟老师再聊聊。之所以有这个建议，是因为赖渭老师已经是秦伟老师的学生，每周都到香港大学上摄影课，上课已经一年多了。赖渭老师说他收获很大，不仅对现代摄影艺术、当代摄影艺术及拍摄有了颠覆性认识，还从中获得了巨大力量。经他这么一说，我就激动了，于是约好秦伟老师的时间。

7月中旬，火红的夏天，我在香港又一次见到了秦伟老师。

这一次，我们谈了两个小时。我把我的想法告诉他，他看了我有关上海弄堂的部分照片。他给我分享说，作为摄影人必须阅读现代艺术、当代艺术，还介绍了他的作品和对摄影的定义。他说，你一定不要把自己当成一个记者，记录是记者们干的事，那是他们不得已的一份职业，而你不是，你要把你当成一个诗人。他知道我是一个喜欢写文章的人，所以让我把写文章的感觉转移到拍照上——随心所欲，只有这样，才是一个艺术家应有的态度。我还是不能完全理解，但我接受了。

给自己摄影的定位

有一篇文章是这么说的，这个世界没有权威，只有经典。摄影这种非常感性的视觉艺术更是如此。谁都不能说谁比谁更好，只能说谁比谁更经典。所谓经典，就是用最恰当的形式，反映时代特征并能流传于后世的作品。

我在香港街拍二十多年，却因职业所限，身份所限，拍摄取向所限，尽管时间跨度较大，但未能找到由心而起的意念，所以照片的价值和意义便显而易见了。

这两次和秦老师的讨教，便是一个好的开始，期待在摄影意念和表达手法上做出调整，期待有所作为。所谓新意念，就是由心而起那最真实的想法。摄影由心而起，也许才是最聪明的选择。

2019 年 7 月 写于博鳌

49. 送给老东家的生日礼物 [2]

♡

　　中海集团于 1979 年在香港创立，至今已经走过了二十五个年头，说长也长，说短也短。1987 年初，组织选派我到香港工作。来中海时，我二十五岁，如今已经四十二岁，进入到不惑之年。眨眼间，我陪伴中海走过了十八个年头。

　　我要感谢中海，感恩中海，是中海接纳了我，给了我机会，让我成长，让我成熟，让我有了少许的成就，也让我越来越自信。

　　这十八年来，我们经历过两次经济危机，第一次发生在 1988 年，第二次发生在 1997 年。第一次危机我没有任何感觉，就只听到一些哀叹声，似乎与公司无关，可第二次感觉就不一样了，我处在重要岗位上，如天崩地裂一般，如黑暗吞噬大地一般。在整个十八年里，中海不仅承担着巨大责任和肩负着总部期许，同时还要战胜各种各样的困难活下来。中海是好样的，在万众一心、众志成城努力下，擦掉鲜血，带着欢乐，走出泥潭，翻越高山，迎来一个又一个发展巅峰，而 1992 年在香港上市就是巅峰之作。

　　我在中海工作了十七年，和迎来送往的很多外派人员仅仅不满七年工作经历相比较，我是一个奇迹，是个活化石。岁月流逝十八载，情感

<hr>

② 原文首次于 2004 年发表在内部杂志《中国海外》，题目是：《九十万字的生日献礼》。

回味难诉尽。志庆之时，我想写点文字以纪念，可面对电脑却无从入手，因为要纪念的故事、话题及热点太多了。可就在一天，突然收到名作家梁晓声先生给我写来的亲笔信让我感激不已。

梁晓声先生给我写信是和我刚刚发表的长篇小说《海之龙》有关。

在不同场合我多次说过，在两次冲动下，利用休息之余，写了两部长篇小说。第一部叫《一个北京男人在香港》，后改名为《海之子》；第二部叫《海之龙》。一不小心，两部小说写了九十万字。这真是我人生的奇迹。这两部书都是以中海为蓝本，故事情节均取材于中海的人和事。记得《海之龙》出版后，我照例送给主管文化的负责人崔铎声总经理一本。随后，崔总向我多要了两本，他说他要转送给作家梁晓声看一看，提提意见。梁晓声和建筑业结下了不解之缘，大家都是知道的。可是，我心里明白，梁晓声先生是不会搭理我的，因为我们素不相识，他是大作家，身兼多职，很忙，要做的事很多，可我呢，在写作方面，只是一个刚学会走路的孩子，甚至有些语句都写不通，词不达意。不久，崔总到北京再次见了梁晓声先生。当天，崔总给我回来电话，就小说一事他显得异常激动。崔总说梁晓声认真地看完了我的小说，还写了三页纸的评价和感受，评价甚高。当我听了这一消息时又感动又惭愧。

不过，我难熬了数日，才收到了梁晓声先生的亲笔信。我真的企盼能早日看到这位大作家说了些什么。

公司总办冯海洋把梁晓声先生的信转给我，我立即读了多遍。夫人也读了几遍。梁晓声先生的评论写在 A4 白纸上，纸没格子，可他的字写得有力又工整。我猜想，梁晓声先生写评论时似乎一边抽烟，一边揣摩，但一定是一气呵成的。我不想评论梁晓声先生的具体看法，因为我不想误导读者，我想给读者留出广阔的想象空间。可我夫人说了一句话很有意思，她说：梁晓声真是个大家，就看了你的书，他就对你太了解了，对你的故事也太了解了，他比你还了解你。

书已面世，已不属于我的了，我也是一个读者而已。

但说心里话，我敬佩梁晓声自成体系的深刻的看法，我会在适当时机既保留我心中的"上帝"，然后不断揣摩他所指点的"文学即人学"的看法，创作出一部又一部好作品。

九十万字是我的心声，是我的一份爱意，是我的伟大梦想，总之是

《作家梁晓声在"剑冰文学"研讨会上发言》，北京，2011 年

情感大交汇，大碰撞，大交流。我把《海之子》《海之龙》献给中海，算是一份厚礼，预祝中海鹏程万里。

名作家梁晓声的一封来信

剑冰先生：

　　崔总将大作《海之龙》转来，我已经认真拜读。工作之余，写出五十余万字的书，令人羡慕，令人钦佩。而且，据我想来，您的工作性质及责任，差不多也是可以用每日箭在弦上，日理万机来形容的吧！

这一部书，出版社的"内容说明"是实事求是的。这样的书在中国大陆很少见，起初是从台湾和香港两地传入内陆的。即使现在也很少见。而西方有写此类书很出名的作家。内陆称之为"商界小说"。商界充满竞争，有看不见的刀光剑影，于是集中了运气、智谋、失败和成功，当然，还有爱情、友情、人格魅力的考验和诠释，属于可看性较强的一类书。也属于现实性很强的一类书。

这本书写得很正。是一部庄重的书，严肃的书，全无取悦人们低俗阅读心理的痕迹。这是难能可贵的。也写得很真实。由于我和崔总的友好关系，读时每不禁想到你们中海公司，有亲切感。大约，金融风暴前后，你们中海在香港亦面临过极严重考验吧？

我读时，几次想到它可不可以改编为电视剧。它当然是完全可以的。但，内陆此类书不多，一个时期以来电视剧出得不少。要是在三四年前，改电视剧的成功率是很大的。然现在，便属人后之举了。

我又想，这一部书，其实是可以当教材一例，由老师在课堂上讲讲的——比如新兴的房地产专业、经营管理学专业、公共学专业等。

您写时，心中一定有一个主角，但最促使您写此书的，依我想来，显然首先不是人，而是公司，而是集团。也就是说，在你的创作潜意识里，首先的主角是你所熟悉的集团，您爱它，熟悉它，了解它的沉浮，它是您意识中的"上帝"，您最初的冲动，是为这个"上帝"产生的。

而大多数小说家（包括我在内）和您不一样的地方是——不管某物是什么，公司也罢，集团也罢，厂矿也罢，山区也罢，都不太会是他们创作的动力；动力一定是——那些地方的人。也就是说，那些地方的老总们，职工们，子民们，为什么这样？为什么那样？为什么和别的地方的老总、职工、子民们不同？"物"对人有什么巨大影响？人在这影响之下，人生变得怎样？即使写国王和总统，也大抵如此写来……

您在写书时，意识上肯定在打架；因为你一写到人物，不可能不对人物倾注感情。但是——那位"上帝"又总是会时时浮现在您的意识中，他说——我才是此书真正的主角！把我的这样和那样写出来了，你才等于写好了此书。

于是使我感到，你书中的人物们，都像那"上帝"的臣仆。"上帝"的存在，干预了您对人物的更深的剖析。故可以这样认为——写一个集团公司这一点上，是成功的。写它的人物方面，是功亏一篑的。

因为崔总、勇平都是好友，也当未曾谋面的您是好友，以一己之写作经验，坦言如上。有曲解之处，还望海涵。

文学即人学，此言中的至语也。

贤弟深揣摩之，日后当有更佳作品问世也矣！

梁晓声

2004 年 3 月 敬上

2004 年 6 月 写于香港

50. 心若静，风奈何

♡

从中海集团到碧桂园再到阳光城，我一直主管着公司的财务工作，这几家公司都是上市公司，每次见到投资人或媒体询问业绩时，总会有媒体人询问有关负债率如何控制及控制目标的问题，我会不厌其烦地解释我的看法。因此可见，控制负债率是房地产企业运营过程中的一件大事。我的看法是，不可视而不见，又不可谈虎色变。

其实，解释的过程也是在说服自己的过程。

负债率，也俗称杠杆率。

在曾经读过的教科书上，只教给我们如何计算这一类指标，但并没有说这类指标在什么区间最为合理。这说明，负债率高低并没有统一标准。

1997年香港回归伊始，爆发了亚洲金融危机，对中海地产的打击可说是致命的。痛定思痛。在2001年，中海制定了净负债水平不得超过百分之四十的红线管理。这是一条铁律，上下须严格执行。中海小步快跑、稳字当先。多年后，成为行业的利润王、市值王、品牌价值王。

我在2014年4月加入碧桂园后，为了获得境外融资的重大突破，于是向境外投资人发出了一个清晰信号，即净负债水平控制在百分之七十之内。尽管要做到很吃力，但因为有这个需要，也就一直努力做。

《不惧狂风暴雨》，新西兰，2008年11月

因此，碧桂园获得了境外大批投资者的青睐，三年后的碧桂园，已是不可同日而语了。

所以，负债率管理是一门必修课。

重视了，可锦上添花，让市场对管理层充满期待，而管理层必须郑重地承诺做出不懈努力。努力了，就像硫酸与水混合后所产生的巨大爆炸一样。这便是化学作用。

在现实和实操过程中，负债率管理却是一个十分复杂十分敏感的事情，不可能用一两句话说得清楚，道得明白的。我的经验告诉大家，往往是一场又一场的内部博弈。

关于此类指标，永远都有三种不同声音，或说高，或说低，或说不高不低。无论哪种情形，也许出于情感，也许出于理性，也许就是说说而已。凡事，都要辩证地去看。

此处称为博弈，并不为过。既然是博弈，皆有输赢。

若是良性的正向的博弈，那是健康做法，可事实上，往往非健康性的博弈很多，有时很烦，因而会打乱许多节奏。常言道，人算不如天算。正面看，这就是管理学的可敬可畏之处。

企业之间之所以互为竞争对手，是因为时刻都在比较。只有比对手跑得快，才有机会在行业中获得先人一步的利益，否则，就落伍了，甚至连骨头都啃不到。落伍的企业，几乎在行业没有话事权，没有市场地位；融资时，银行不仅不会给更好的融资条件，政府也不会把你当一回事，各种排行榜关于你的存在可有可无。换句话来说，企业规模很重要。常言道，有规模才有地位。

回想 2005 年以来，中国房地产进入到蓬勃发展阶段。这十多年来，房地产调控从不间断，每过几年来一次，而且一次比一次猛烈。有些企业选择不退缩，一方面苦练内功，另一方面伺机而上，把净负债率推到高达百分之几百。如今它们成功了，占据了行业第一方阵地位。这一事实证明，回答负债率是高是低是好是坏，并没有一个简单而又清晰的答案。

总结而言，负债率的上线管理很重要，但取决于五个因素变化而变化。第一，整体经济是上升还是下降；第二，所处行业还有没有机会，是大机会还是小概率；第三，把沉重的融资成本加上，毛利率处在高位还是低位水平；第四，高负债率下，你的股东资金回报率是否比没有使用负债率的回报要高；第五，所谓的高负债率背后的资产质量如何，是好资产还是差资产，是变现快的资产还是变现慢的资产。

假设行业平均净负债率为百分之五十，那么，贵公司是选择高于百分之五十还是低于百分之五十的，则取决于五大因素连乘的结果。

杨国强曾说，高周转就是化解企业运营风险的关键。

他最为有名的一句话是说：我和总裁谈过，给你一块钱，一年后你给我挣回多少钱？总裁说，我给你挣回五毛钱。我说不用，挣回三毛钱就很开心了。

这段话成为碧桂园管理的精髓。

杨国强一直强调，他搞企业追求的是股东资金年化回报率。

如今，碧桂园年化资金回报率可达到百分之八十左右。

这是一个现金流管理的概念，是会计上讲的收付实现制下的口径。房地产行业是一个资金密集型行业，现金周转率非常重要。当你的企业的现金周转率比别人快，那就会产生高于行业的叠加效益。

长期以来，碧桂园的毛利率水平在行业内是偏低的，每次见到境外分析员时，分析员总在这个问题上挑战管理层，管理层给他们讲叠加效益，他们听不明白。但无论你接受还是不接受，依然按照认定的做法一如既往。翻开碧桂园公开资料会发现，尽管碧桂园的毛利率偏低，负债率偏高，但周转率一直是行业最快的。

这一模式，也就成就了碧桂园今日的翘楚地位。

所以，负债率是否高，衡量的一个重要指标则是，你所关注的企业的资金周转是否快。如果保持足够快，说明生意有的做。碧桂园深刻掌握了沃尔玛薄利多销的精髓，为获得市场占有率发挥了重要作用。

话又说回来，关注负债率有时重要，有时不重要。重要不重要取决于企业在追求什么，追求背后的逻辑是什么。逻辑通了，如中医经络学说说的，痛则不通，通则不痛。

我以为管理负债率是门艺术，到底何时高何时低，高多久低多长，其实答案就在每个企业掌舵人的心中。负债率是个量化指标，有普遍标准，辩证地来说，如果长期坚持某一个量级，未必一定是对的。

做过企业的人都知道，影响负债率的高高低低，不仅仅是财务人员融资的事，还是整个企业系统的事。

从实务角度来看，负债率管理关乎每个部门、每个环节、每个人。每个人都在为负债率的高低产生着影响。

聚焦公司基本面，无论负债率是高还是低，我们时刻需要对商业模式进行再造，组织架构优化，对管理薄弱环节进行夯实……

就房地产行业而言，可以细分几十种商业模式。每种模式下，对负债率要求有所不同，因此不能一概而论。

8 月 26 日读了一篇《"告别"旧恒大》的文章。文章中说："夏海钧认为，恒大用高负债换来的土地，牢牢抓住了中国房地产的黄金二十年，成就了今天恒大的龙头地位。"是啊，多年来，恒大可说是行业的负债王，很多银行、投资人为之担心害怕。借着今年上半年的良好局面顺势而为，一次性把几千亿债务顺利置换。于是，恒大制定了脱胎换骨的战略转型，即低负债、低杠杆、低成本、高利润的"三低一高"将成为未来新经营模式。

记得 2016 年春夏交替期间，杨国强和我探讨负债率管理问题，探讨了很久，他有他的坚持和判断，他说："在做生意方面，财务要记住，在不违法的前提下，永远不要让公司业务受到任何约束，有的做就狠狠地做，没的做就耐心地等待。"事实上，无论公开场合还是私底下，他每当谈到集团万一遇到预想不到的资金周转困难时，总爱重复已经固化了的观点。他说他就此事曾经请教过他的香港富豪好友，得到他的正面回复。万一有一天出现资金周转上的困难，有几个措施可用：第一，立即停止在建项目，开支就可减少；第二，盘活有价值的资产，促使资金快速回笼；第三，寻求银行融资，利息高点儿也可以；第四，实在不行，可把股权质押或者出售进行融资。当然，好友提醒他说，当危机突然降临，恐怕股票价格下跌，出售股权没有人要。同时说，保持良好的资产变现能力和良好的经营现金流才是最好的保障。

几年前，我读过一本书叫《投资自己的梦想：孙正义的人生哲学》，几年之后的今天，仍然记得一些情节。书中有一句话："互联网隐形大帝、日本企业家孙正义说：'我是一个数字化的人，数字从不会说谎。只有数字才能将纷繁复杂的事务简化到本来的面目。'"我是一个财务管理者，这句话我在很多地方都引用过。在碧桂园引用后，总裁马上也引用。是啊，财务数字是不会说谎的。最近在飞机上，读了一篇有关孙正义的追踪报道，其中一句话是说，"孙正义：人生只有一次，我希望高瞻远瞩，不想小赌怡情"。后来，我查阅了一下，这是这位五十九岁的企业家今年 5 月对投资者说的话，"我的生活就是从这里开始的"。这正是孙正义的信心所在。然而，投资界警告称，"Vision Fund 对杠杆的依赖进一步增加了孙正义面临的挑战，他必须在一个已经充斥着巨量资本的行业内，找到有价值、有规模的投资交易"。

高负债率的商业模式是一场豪赌，赌注是钱，赌的是未来会更好。

走过中国二十年房地产历程我深切体会到，如果你所在的企业一路豪赌，那就成功了！未来十年要不要继续豪赌，我以为仍取决于前面讲的五大因素的驱动，如果你的企业回答大多是 Yes，继续高负债高歌猛进不会有错；如果你的企业回答大多是 No，选择低负债低飞远行也许是对的；如果你回答得含含糊糊，那就有必要选择动态负债率管理法，见步行步。

成功 = 胆识 + 运气。

胆识 = 胆量 + 见识。

胆量 = 敢作敢为的冒险精神，包括敢于举债的能力。

2017 年中报已经公布，净负债率龙虎榜显示，融创高达 260%，恒大 240%，富力 193%，旭辉 59%，绿城 58%，龙湖 56%，世茂 53%，华润置地 42%，金地 41%，碧桂园 38%，万科 20%，中海才 16%。

"给我一个支点，我可以撬动地球。"这是古希腊物理学家阿基米德说的一句家喻户晓的名言。

负债率是高还是低，其实不在数字本身，而在乎于心。

心若静，风奈何？

2017 年 9 月　写于上海

51. 机制之魂，在于感知人性

《鸟有鸟性》，新西兰，2008 年 11 月

2014 年 4 月，我加盟了碧桂园。

杨国强主席那时非常高兴，非常兴奋，也非常自信，因为公司销售规模在刚刚过去的一年跨入千亿榜，被视为地产界的一匹"黑马"，但

他不以为然。他淡淡地说："成就共享"这个办法是我独创的，就我杨国强能想到。这是超越对手的有力武器。

我很快明白了其中的缘由。

杨国强曾在2012年和2013年分别做了一次伟大决定：

第一，每个项目实现净利润之后，扣除占用股东资金利息，拿出其中百分之二十分享给团队。这就是有名的"成就共享"机制。

第二，推进了一项每年吸纳百名博士计划——"未来领袖"计划，是为五年后公司业务再上规模做好人才储备。

试问，此两项举措之前有哪家企业想过？假若一时冒过泡，有哪家企业干过？在快鱼吃慢鱼的时代，谁拥有了一流人才，谁就赢在当下，且为未来发展抢占先机。

碧桂园绵里藏针下的进取欲、占有欲、成功欲，使每个人的眼睛发亮，亮得如太阳的光芒一样。特别是在几周内，经历了几次发放"成就共享"奖金的场面，获奖人高举一张张印制好的大支票，上面写着几百几十万元，那比说什么伟大梦想和崇高理想都来得刺激。

全公司上下沸腾，很多人亢奋得像打了鸡血一样。

也不知从何时开始，形容一个人、一个团队亢奋时就说像打了鸡血。有没有人真的打过鸡血，打过鸡血是什么感觉，估计无法考证吧。

我感觉碧桂园的这种亢奋不是那种几秒钟几分钟的高潮，而是那种连吃饭、睡觉、休息日都能一直坚挺的样子。此种状态，在区域老总、项目老总身上表现得淋漓尽致。

其实，2014 年元旦之后的内地房地产企业，家家的日子并不好过。到底谁难受，难受到何种程度，只有做舵手的人更加清楚。

地产行业面临黑暗，于是，割肉出血的大甩卖此起彼伏。

碧桂园当时也是这样，部分在建工程临时勒令停止了。

善于总结，善于纠错，杜绝犯同样错误的碧桂园，此时此刻闭门思过，夯实内功。但几乎所有人发现，当下窘态都是因为"成就共享"之下的"百花齐放"买地策略造成的。有一位区域总裁，买地跨了七八个省，两年来获得了几十块地，而此时大部分项目都遇到了销售困难，可其中的一两块地表现不俗，还获得了"成就共享"奖金。

如此局面，要数财务人员牢骚最多，怨气最大，但没有人敢在公开场面说出来。我身为一位新人，又居要职，无知则无畏，在众多场面呼吁今后新买土地的区域总裁一定要交风险金，至少一千万。我认为只有这样做，买地的随意性、冲动性及为了"成就共享"而"成就共享"的做法才能收敛。

我喊归喊，但区域总裁在没有接到杨国强主席指示之前是不会放慢拿地的速度的。

杨国强主席很有大儒之势，不动声色地与高管聊天，和朋友讨论，察看时局的变化，在没有做出新决定前，静若处子，稳如泰山，依然说着"成就共享"是他独创的最好的激励办法。

8 月的一天，我带着两位助手，自以为是地向杨国强建议当下正是构建长效激励机制的大好时机。

他不同意我的建议，解释说："我们必须了解人性。人性是自私的。这是关键点。我们在选择管理方法时就是要直穿人性的弱点，不能搞平均主义。设计'成就共享'就是这样的出发点。因此，鼓励大家努力工作。谁能给公司创造巨大收益，我就按承诺的比例分成。"还说："这多么地直接！干得不好的，拿不到'成就共享'。无话可说，也不用抱怨任何人。严重点，公司会做更加严厉的处理。"

他还说："1945 年，日本人投降之后，共产党用了四年时间把国民党打败了，靠的是什么？靠的就是'打土豪，分田地'的策略。土地是世代老百姓的命根子，全国人民之所以奋勇杀敌，就是为了获得土地，过上好日子。因此，是对路的政策打败了国民党。此政策满足了人性的基本需求。我们实施的'成就共享'政策就是这样的出发点。"

汇报即将结束，他拿起笔，在纸张的空隙处写道："要有足够多的优秀人才，在全世界范围找我们利润最大化项目，等着我们资金可用时即用，而使得每个项目能'成就共享'，正是我所期待的。"

会后，我顺着杨国强关于人性的看法去思考。

作为一家企业——以盈利为目的的经营者——是要研究人性的。

人性有善的一面，也有恶的一面；有阳光的一面，也有阴暗的一面；有利他的一面，也有利己的一面；有激情的一面，也有懒惰的一面……总而言之，人性很复杂，个体人性的差异就更大了。

通常来说，企业员工首先应该定义为"经济人"。

经济学中的"经济人"是这么假设的，认为人具有"完全理性"的一面，可以作出让自己利益最大化的选择。1978 年的诺贝尔经济学奖得主西蒙修正了这一假设，提出了"有限理性"概念，认为人是介于完全理性与非理性之间的"有限理性"状态。如今所说的"经济人"：它假设人的行为动机就是为了满足自己的私利，工作是为了得到经济报酬。

因此不难理解，企业员工把经济报酬看得很重，一定会放在最首要位置来要求。企业一旦满足了这一要求，不仅能激发员工的主观能动性，还能留住一批优秀人才。换言之，企业如果满足不了这一要求，其后果可想而知了。

企业人性的另外一些方面还包括企业员工对社会地位的追求、对发展平台的向往、对人格尊严的维护、对自身价值的体现、对当老板的要有体验感，等等。面对诸多诉求，作为企业老板要认真研究，然后给予合理分类处理。

换言之，老板也是人，也是经济人，将心比心。

关键是人性有时是变化的，激励政策也要及时作出一些调整。如何透过现象看到个人的本质，在制定激励政策时又能加以区分，让更多人受益和拥护，这是考验每一位期待成功的老板的必要技能和高超智慧。

这么一说，激励机制似乎就是一出攻防游戏的规则。

9 月初的一天，我接到通知，要我马上按照杨国强主席的意思起草

《雨后的彩虹》，新疆喀纳斯湖畔，2018 年

一个合作共赢的规则。还说：这和你有关。后来我感到，的确与我之前有关买地要交风险金的强烈诉求和提议股权激励一事有关。

我们忙活了一个月，几经争辩，几番易稿，达致统一。

一项新配方的激励机制——如鸡血——就这样出台了。

10月初，碧桂园推出了"同心共享"机制，是对"成就共享"的修缮。当时，我曾建议顺便取消"成就共享"机制。杨国强主席想了很久，决定还要保留下来，因为制度要有延续性。由于两个制度同时在项目层面发挥效用，则定义为"双享"机制。

什么叫"同心共享"，精髓是说，从10月开始，所有新获取的项目，总部关键员工和区域关键员工都要强制跟投，非关键员工可自愿选择，在新成立的项目公司层面占一定的持股比例，大小股东同股、同权、同责、同利，同呼吸，共进退。

这样的变化非同小可！碧桂园定义为"十月革命"。由此，关键员工和公司的关系突然发生了重大变化：不仅仅是老板和伙计的关系，而同时也是大老板和小老板的关系。

于是，杨国强更多要求每一块钱都是员工你们挣来的，而不是公司给你的，强调员工今后要为自己获得成功而做出不懈努力。

刚开始时，同行们不以为然，以为和万科的跟投机制差不多。运行一年后，碧桂园内部的管理、运营发生了质的变化。其实这幅图画，早在杨国强决定推行"双享"机制时出现于心中，浮现在眼前。

究其原因，有两点很重要：

第一，"双享"机制顺应了本身有能力有想法的高管人性，他们工作更加稳定，信心更加饱满，由被动式工作自觉转为主动式工作，由惰性劳动转化成富有创造性劳动，"以收定支""开源节流""尽可能少占用股东资金""尽可能加快卖楼"等关键因素成为项目管理的主旋律。

第二，高调宣传后，为吸引社会上众多优秀人才加入碧桂园发挥了前所未有的作用。如男士吃了"伟哥"的效应一样，一传十，十传百，有想法的职业经理人都会自动投怀送抱。有人才加盟时，还带着项目来。

良好业绩就是最好的品牌宣传效应。

2016年，碧桂园销售业绩过了三千亿，在行业里炸了锅似的，突然变成了一颗璀璨的明星，全行业不再追星于万科、中海、龙湖的做法，把风口转向了碧桂园。

很多同行也很有办法，竟然一字不改地把碧桂园的"双享"机制拿来，囫囵吞枣似的下肚了。拿来容易，吃起来却难以消化。

是的，拿来的仅仅是纸面上的内容，但魂一样的东西、操作细节、之间的逻辑关系并没掌握。第一，碧桂园很有梦想，一直努力去做。每天都在学习别人，纠正自己。每天都在研究行业和竞争对手，然后有选择有放弃。"双享"机制是倒逼出来的。第二，他们没有好高骛远地大谈战略大谈理论，而是脚踏实地地做好每一个项目。这是最大的战略选择和最大的政治实现。但此要求谈何容易，不仅需要一个有机的系统管理，更需要团队解决问题的能力以及走心做事的方法。第三，杨国强式的灵魂人物是不可缺少的。他懂得什么时候该做什么不该做什么，懂得"舍和得"的东方文化精髓妙用，懂得互为人及人性的需求如何满足和触摸，知道快人半步的商业伦理和道理，懂得什么事都是可以两权相害取其轻的。

实施合伙人制是行业的大趋势，但并不是每家企业的必选项。

合伙人制可选择的方式有好多种，或在公司层面，或在项目层面，或在业务层面；可选择认股权证，可选择送红股，或者实投；可用目标管理来界定，也可将超额利润拿来分享；可逐年兑现，也可项目结束时再兑现……

碧桂园的"双享"做法只是其中的一种组合方式，实践证明，还需要不断打补丁，再升级。再好的机制，都不可能是一成不变的。

"双享"机制适合了碧桂园，但未必适合其他公司。

未来的激励机制唯有取其魂，具有独创性，还要快半步，也许下一个赢家才是你了。此为上上策。

2017 年 9 月　写于上海

52. 雪夜悟阴阳平衡之道

♡

1月25日傍晚，上海这座城市下起了大雪。

上海地处太平洋西岸，亚洲大陆东岸，属于亚热带季风性气候，很少下雪，更别说是一场大雪了。这个城市很多人近十年的期待和梦想是上海下场大雪，这一天如愿以偿了。

大片大片的雪花静静地飘落，夜里选择了听国学，国学之中有关"阴""阳"二字反复在出现，也就勾起我浓厚的兴趣。

追根溯源，我们祖先太有智慧了，为了更好地分辨事物，找出规律，悟出大"道"，很早就用"阴""阳"做标识，创造了一套绝世理论，建立了阴阳学说。

据研究，阴阳学说来自《易经》，正所谓"太极生两仪，两仪生四象，四象生八卦"。随着阴阳学说研究的不断深入，对后来我们的中医理论、易经学说都产生了巨大影响。久而久之，阴阳学说变成了中华国学瑰宝中的重要组成部分，构成了人们认识世界的一门哲学，归属于道家的分支。

那么何为阴，何为阳？

阴者：凡是相对静止的、内向的、下降的、寒冷的、晦暗的、有形的、抑制的、内收的、被动的、柔性的、圆的、山北水南等都属于阴。

阳者：凡是运动的、外向的、上升的、温热的、明亮的、无形的、兴奋的、外延的、主动的、刚性的、方的、山南水北等都属于阳。

事实上，自然界任何事物或现象都包含着既相互对立，又相互作用的阴阳两面。阴阳是对相关事物或现象相对属性或同一事物内部对立双方属性的概括。《易传·系辞》说："一阴一阳之谓道。"所谓道，是指道理、规律。《素问·阴阳应象大论》说："阴阳者，天地之道，万物之纲纪，变化之父母，生杀之本始，神明之府也。"

掌握好阴阳观，让我们分辨事物更容易。

面对人类居住的环境，古人定位大地为阴，上天为阳。这虽然只是一种识别符号，但这种关系与生俱来。都说天大，其实地也大。没有天，哪里有地呢？因为有天，所以才有地。天地是一体的，分不开的，又相互影响的。天地因为同时存在，则构成了空间。常说要创出新天地，也就是说，要干出一番属于自己的事业。

如果带着阴阳之心看地球，那么，地球上看得见的物质称为阳，肉眼看不见的物质则定义为阴。譬如，在土壤中撒了一颗种子就能长出芽来，这就是一种阴的作用结果。当一颗小小的种子长成大树，树为阳，

《阴阳》，上海仁恒滨江花园，2017 年

这就是由阴转阳的过程，也是阴阳转变的关系。

地球上的人类，长期以来，面对浩瀚的宇宙繁星，发现一颗晚上出现、发光但不发热、似乎离地球很近的星星，命名为月亮，而另一颗白天出现，发光又发热，命名为太阳。于是为了区分开来，月亮为阴，太阳为阳。它们周而复始有规律地转动着。因为有黑夜，生命得来休息；

因为有白天，生命为了活就不得不运动。地球自转一周，人类有了日的设置；月球绕地球一周，让人类有了月的设置；地球绕太阳一周，让人类活动有了年和四季的设置。这些都是自然界固有的，人类只是依照规律定义而已。

人常说，冬去春来，阴消阳长。一般而言，从上一年的秋天开始，地球逐渐进入到冬季，则阳消阴长，主调趋向阴；从春天开始，逐渐热起来，直到盛夏，阴越来越短，阳越来越长，主调趋向阳。此自然景象属于北半球的情况，南半球刚好相反。阴和阳此消彼长，此长彼消，影响着地球上所有生命的生存法则。

我看过一些资料，上面说，树木也有阴阳之分。如榕树、槐树为阴树，荔枝、枣树、苹果、梨树、桃树、椰子、石榴树为阳树。由此而推论，在你拥有一个院落布置院落时可要倍加小心。到过老北京院子中，大家最常见的树种有石榴、海棠、丁香、葡萄，不仅树形美观，高矮适度，而且在夏天，可防止阳光直射室内，在秋天时，果实累累，可以尝鲜，对人身体有益无害。如果树木选错了，不仅影响观赏，还影响风水和身体健康的。

在我们生活之中，当走到一处环境，常会惯性地把朝着太阳的山南、水北称为阳；把背着太阳、阴凉较多的山北、水南习惯称为阴。除此之外，当走在平原上，发现积水少、相对干燥的地方称其为阳地，而容易积水、相对潮湿的低洼地方称其为阴地。因此我们在生时，选择一处好的宅基地，及死后，选择一处好墓地，均和阴阳有关。

依此类推，事物的阴阳关系就一清二楚了。

人是天地间的生灵，活用阴阳观会利大于弊。

中医理论认为，当人体阴阳失去平衡后，就会表现出各种症状来。譬如，一般表现出来的症状是不发热、口不渴、手足冷、脉迟（慢）等，这类症状，古人称为寒证（或阴证）；一般表现的症状是发热、口渴、脉数（快）等，这类症状，古人又称为热证（或阳证）。《皇帝内经》说："阳胜则热，阴胜则寒。"

我前一段时间例行做了一次体检。记得过去体检都是西医的体检项目，而如今有了中医体检项目，这算是一种进步。在中医体检报告中，呈现出来的项目有阴阳比值、上下比值、左右比值、总阴阳比值、平衡体能五项，同时还有七项实症测试：肝经在实症、胆经两侧经络失衡、膀胱经两侧经络失衡、脾经在虚症、心包经在虚症、肾经三焦经在虚症伴平均体能低、肺经及大肠经在虚症。

其实，在我们生活中，常说文为阴，武为阳。练武可以强身健体，而读书则能修心养性。若一个人能文能武，文武兼备，势必能走完一段美好的人生，使生命绽放出美丽的花朵。

当然，人的灵魂也有阴阳两面的表象。也就是说，说你是好人，也不会全好；说你是坏人，也不会全坏。或者说，人人都有阴阳两面，善恶并存，只是有些人善多一点，恶少一点；而有些人恶多一点，善少一点。由于善恶未有完全统一的标准，所以下结论说某人是善人或者说是恶人时，时常过于主观，乃至于发生了许多误判。于是，出现了法律。由此事物转化了，道德变为阴，法律变为阳。

记得很多人说过，曾国藩是中国明清以来最有名的阴阳平衡大师。他 1811 年出生于湖南一个地主家庭，后发迹于镇压太平天国起义，是湘军的创立和统率者。其实，在三十岁的时候，他就深懂《易经》，多次在家书中说到自己在《易经》里读通了一个道理叫"削息盈满"。其人后来官至两江、直隶总督、武英殿大学士，封一等毅勇侯，算是晚清重臣。他一生修身是他的必学科目，同时劝得意者们"行为有度，不失中庸，利于人亦利于自己"。他就这样修行自己，终成利国利民的重臣。

如何准确把握事物的阴阳关系呢？

如果我们把山和水放在一起也要分出个阴阳，那么水为阴，山就为阳；面对同样的白天，阴天代表阴，晴天代表阳；在区分高低时，低者代表阴，高者代表阳；在区分数字时，二代表阴，一代表阳；偶数代表阴，单数代表阳；在人体上，脚代表阴，头代表阳；人在走路时，影子为阴，身体为阳。

当我们把对于人体具有凝聚、滋润、抑制等作用的物质和功能归于阴，那么，对于人体具有推进、温煦、兴奋等作用的物质和功能统统归于阳。阴阳就是相互关联的一种事物或是一个事物的两个面。这两面一般有四个关系：或是对立的，或是互相的，或是消长的，或是转化的。

总而言之，阴阳学说认为，世界是物质性的整体，自然界的任何事物都包含阴和阳相互对立的两个方面，而对立的双方又是相互统一的。

阴阳的对立统一运动是自然界一切事物发生、发展、变化及消亡的根本原因。

中国传统的阴阳学说类似于当代所说的辩证法、一分为二观。用在人类，由两大群体组成。

阴是柔性的，阳是刚性的。

阴是平和的，阳是激烈的。

阴是细腻的，阳是粗犷的。

阴是内敛的，阳是张扬的。

阴是弱小的，阳是强大的。

阴是水状的，阳是山形的。

阴是谦卑的，阳是张扬的。

阴是低调的，阳是高亢的。

……

当我们熟读老子《道德经》，会发现这五千字中渗透出两个关键词，分别是"守柔"和"无为"。守柔，即柔弱胜刚强，为此为人要谦卑、低调、内敛，有像水一样的品质；无为，则无为而治，顺其自然，道法自然，即倡导"道"对天地万物并不妄加干涉，让它们按其本性自由发展，结果却是美好的。说明人类自身在面对这个世界时，实际上要阴多阴长，则效果最佳。

联系自己过去几次重大低潮期的前因后果，以及被折腾的情景，对照阴阳学说，便就茅塞顿开。再深一层去想，如今做企业很难，若用中医理论去管理，也会有效果的。

雪夜里无人打扰，专心听书，能悟出这么一点点道理来，算是对得起听书这么美好的心境了。

2018 年 1 月 写于上海

心中有爱，一花一草皆有情

53. 洗礼心灵的圣地——尼泊尔

　　当行走在尼泊尔首都机场的路上，那脏乱、破烂、苍蝇如雪花一样乱飞的景况无不令我失望透顶。后续的十天里，我沉于民居，脚踏单车，住廉价屋，呼吸尘雾，独步密林，品赏寺庙，逐渐多了许多正面感受，

《通往圣地》，尼泊尔博卡拉，2006 年

也获得了不少发现，对心灵无疑是一次洗礼吧。

人和神，很好地融合

尼泊尔地处亚洲文明走廊——中国、印度两大国交会处，尽管土壤贫瘠，却一直以一个顽强的姿态生存着，跨越了许许多多的艰难岁月，形成了独特的文化，成功地将印度教、佛教、原始宗教糅于一体，然后，将印度教确立为国教。

到了首都，寺庙无处不在。几乎每走几步都会见到供人们烧香上供的庙宇或神龛，甚至很多树上都放着供奉的神像。庙有大有小，很好地深入到家家户户周围，堪称"庙宇之城"，被《世界文化遗产名录》列入了七处。

在博卡拉的一处有一个供奉点，面积不大，可从天发亮起，断断续续地有人围绕着水边神龛祈祷、跪拜，然后面带舒坦的样子离开。这就是他们的日常生活的一部分。回到加德满都，如此画面更是屡见不鲜。早晨，妇女们捧着装满鲜花和食物的盘子在街头的小庙前排起了长长的队伍，等着向神灵叩拜和奉献；晚上，在街头的小庙里，虔诚的老人们三五成群聚在一起敲着鼓，拉着风琴，吟唱着圣歌或赞美神的诗。人和神在尼泊尔融合一体，渗透在日常生活之中。

生活虽清苦，但心态极好

一般都说"穷山恶水出刁民"，可在尼泊尔，无论在哪里碰见哪一类人群，甚至连奄奄一息的乞丐、苦行僧、持枪警察，都时不时露出和善的笑容。他们的脸上一点邪恶、憎恨都没有。善良友好成为这个民族对外输送的符号。这个符号是很多游客在无意之中发现并加以赞赏和宣扬，因而名扬海外。有人总结说，当地男人笑得安逸，女人笑得爽朗，老人笑得睿智，孩子笑得无邪。他们追求着平和、简单的生活态度，把积德行善当成一生的美德，形成了不急不躁，以求来世的心态。

面对这样的心态，来自发达地区的我们，要事业有事业，要环境有环境，要健康有健康，要衣食有衣食，乘着时代快车，却常常在幸福中烦恼，在快乐中自惭，在悠闲中颓废，实在有点对不起生命一场，有点无地自容。不禁要问：这到底为什么？为什么不能有一种理念使国人静下来，过上祥和的日子？为此，我感到非常困惑。

智慧之眼，无处不在

在尼泊尔上至佛塔、寺庙，下到旅游纪念商品，常常都能见到一个图案：佛眼。佛眼是尼泊尔宗教和旅游的重要标识。两只大眼睛，还有一只在上端的螺旋形小眼，那是"智慧之眼"，鼻子位置上的问号则是尼泊尔数字"1"，象征着和谐一体。据说，这双佛眼能看清世间万事万物的本源。

什么是本源？老子说的是道，孔子说的是仁。老子是针对物来说的，体现的是一切事物都要遵循的规律。孔子是针对人来说的，体现了人道精神。有人认为，老子是从务虚方面布道的，而孔子是从务实层面构建的。

首都西面的博德纳，坐落着白色穹形的圆佛塔，气势非凡，象征意义深远，给人以宽大为怀的感觉。在白色覆钵上有一个方形塔，四面都画有巨大佛眼，表示佛法无边、无所不见、"洞察一切"之意。

女性对眼部的美化，自古有之。而尼泊尔最大的区别则是从女孩开始，都在美化眼部。我看见一个女孩还不会走路，妈妈就给她画了重重的深色眼圈。所以每个女人，无论年老的还是年轻的，她们都拥有一双经过人工雕琢的眼睛，看上去很迷人、明亮，炯炯有神。

衣着讲究鲜艳的女人

女性总是灵性的象征，给这个残酷的、枯燥的世界增添了无限生机和美丽。在尼泊尔更是如此。乡村是贫瘠的，城镇是破烂的，女性并没有将就寒酸或可怜地去生活。这方面让游客的眼睛一直没法休息，因为到处能见到漂亮女人。她们化妆，穿着鲜艳衣服，走路如风似的飘逸。她们每个人就是一尊艺术品。

女性除了雕琢眼部之外，在面部、额头有小小红点或红花点缀成吉祥痣，在鼻子左边镶有黄金饰物；几乎没有穿包头皮鞋、高跟鞋的习惯，是以"人"字形拖鞋为主。她们的脚部有许多饰物，包括在脚趾上趾环，涂有鲜艳的趾甲。所有的这些，都显得别致，刻意。而最别致最让人产生共鸣的是她们的服饰。几乎所有女性，包括下地干活时，都穿着传统的民族服装。一块现成布料，四米至八米长，穿时，将下端紧紧地裹在身体肚脐以下部分，上端一般披在肩上，也有裹在头上。她们把这叫纱丽。

与纱丽配穿的还有衬裙和紧身小上衣。在衣着色彩上，大多是红色、粉红色、蓝色等艳丽色彩。女性穿着民族服装，走在尘土飞扬的农田小路上，穿过破烂的草屋，成群结队，鲜艳风姿，风情万种，真是一道道风景。

人归天后，通通火葬

离加德满都五公里的帕斯帕提那寺是印度教最重要的庙宇之一。这座庙宇拥有三层式屋顶，周围还有一些漆成黄色和白色的建筑物。在南侧，有六座石造平台，位于上游的两座是皇室或贵族专用的，位于下游的四座平台是平民百姓的火葬场。

尼泊尔人的火葬仪式非常简单。火化时，死者的长子会在河边将头剃光，然后走进河里净身。经过简单仪式后，将死者用白布包起，放在紧靠河边的平台上。平台上，有四根原木搭的架子。火烧开始。三个小时后，灰烬被推到河里，随流水而去。火葬在光天化日下举行，除了家人，围观的人并不多。家人悲伤而哭。有一个僧人在火葬平台及河流的对面念经祈祷。滚滚浓烟下，火光冲天，空气中飘散的气味是烧皮子的气味。

这是印度教举行火葬的地方。印度教相信，死后燃烧躯体，并将骨灰撒放在河流中，灵魂就可以脱离躯体而得到解脱。不管教义期望的结果是真是假，信了就行。

结束语

2006年2月7日离开尼泊尔时，全国性的罢工进入到第三天。据说，罢工还要持续多日。我们发现，经营场所继续关门，交通工具全面瘫痪，部分团友因害怕就仓惶逃到机场准备飞走。

这里可是佛教国家。

因为生活所迫，新一代人已经开始不安于现状了。不过，这里的人们总体是善良的，满脸笑容，生活是慢节拍的，来这里度假、旅游，顺便洗礼心灵，真是个不错的选择。

2006 年 3 月　写于香港

54. 印度之旅所感

一次是夏天，一次是秋天，我去过印度两次。

去印度不仅是为了观光，还有感受印度的投资环境。事实上，本集团在印度已经开展了业务，下一步可能还要进一步加大拓展力度。到底怎么看印度，相信一百个人有一百个说法。而我，聚焦在三个范畴，分别是恒河及印度教、释迦牟尼成佛地和佛教、印度投资和未来。

恒河和印度教

从首都德里搭乘飞机向东北方向飞行一小时，到了瓦拉纳西（Varanasi）。瓦拉纳西的意思是说，这里是世界中心，实则是印度教的中心。一次出行两次步入恒河（Ganga），一次是在黄昏之际，一次是在清晨，从酒店到恒河边，要穿过一条街市，街市破旧、脏乱，行人拥挤不堪，有钱人会坐在人力车上穿行，对于一个从高度现代化香港去的人来说，对这里多少有点不习惯而且紧张。

站在恒河两岸，这条世界名川——发源于喜马拉雅山脉，全长二千七百多公里，中、上游有二千一百多公里在印度境内，下游五百公里在孟加拉国，被印度人民尊称为"圣河"和"印度的母亲河"，众多故事和宗教传说由导游徐徐讲来。

恒河是印度教的发祥地。印度教是印度的国教，而佛教只是印度教的一个分支。印度教徒认为恒河的水可以荡涤人的灵魂，身体经过洗礼，人死后就可以进入天堂，而瓦拉纳西城是进入天堂最近的入口……

日落之际，坐上一叶小舟，在恒河上感受着绚丽色彩和拉着长音的音乐。太熟悉了，几部曾经看过的电影里面的旋律就是这样，悠扬、柔美、荡漾，与中国音乐截然不同。我们想静一静，则划船到恒河的东岸。从东岸看西岸，西岸上的瓦拉纳西城颇为壮观：河水从城脚缓缓流过，风格各异的神庙和建筑一座挨一座错落有致，形成了明珠镶嵌一般的陡立峭壁。瓦拉纳西的恒河岸长达六点七公里，共有六十四个码头。随着太阳落山，天空泛起了一丝丝红色薄云，对岸楼房的灯光逐渐亮了，呈红黄色，有点梦幻。

在对岸拍照完毕后，小舟载我们回到西岸。

临近岸边，最热闹的中心点集中了很多船只。船上载着很多人，有人坐着，有人站起来，这些人来自世界各地，有教徒，也有游客，静静地感受着多神的地方。第一次来这里十分好奇，十分触动。上了岸，要看个究竟。在中心平台的一排旗杆下，成行成排的虔诚者们坐在那里，周围还有很多人席地而坐，都等待着每晚日落时分开始的礼拜活动。夜幕降临，灯火辉煌，音乐从扩音器中散出，礼拜开始了。这时，要做的就是放松，听这天籁般的诵经声，欣赏教士们的礼拜表演。礼拜过程，有人撒花瓣儿；仪式即将结束时，人们纷纷走向河边，把这些花瓣儿撒向恒河，寄予美好的未来。再看恒河水上，点亮的河灯如繁星一样稠密，顺水而下，缓缓流动。

喇叭里说着什么唱着什么，我听不懂。

导游说：古时候恒河水流湍急、汹涌澎湃，经常泛滥成灾，毁灭良田，残害生灵，有个国王为了洗刷先辈的罪孽，请求天上的女神帮助驯服恒河。湿婆神来到喜马拉雅山下，散开头发，让汹涌的河水从自己头上流过，灌溉了两岸田野，从此居民得以安居乐业。印度教便将恒河奉若神明，如今敬奉湿婆神成为印度教徒的两大宗教活动之一。

中间隔了一天，于第三天的清晨又一次来到恒河边。

再次来到恒河边，才知道比我来得早的人实在是太多了。导游说，

《孩童们》，印度佛陀成佛之地，2007 年

很多人 4、5 点钟就来到恒河西岸，把好位子，守望着东方太阳升起的时刻。太阳在他们心中太神圣了，是生命的开始，是永恒的象征。

东方欲白时，我才找到了我能插入的位置，于是架起三脚架。

远方的一轮红日喷薄而出，骤然间，岸边陡立的建筑物体披上了金色的衣裳，河面泛起一片金光。

此时，有人大声呼唤，有人歌唱，有人祈祷，而更多的人跳进河中忘我地洗澡。真是头一次见到如此场景。

如今，洗澡也成了印度教徒的两大宗教活动之一。

对于洗澡人来说，形态上看，各有各异：也许有人就是想感受一下这种气氛，冷冷的气温下，在水里不到一会儿就出来了；有人脱得只剩下裤头，上下不停地搓洗，也许要洗掉身上的污垢；有人双手紧扣，站在水里，面向太阳，闭目默祷，安详之态洋溢在脸上。洗澡之后，男性、女性上到岸上，用长袍遮掩身体，换上干衣服。

恒河在信徒心目中是一条清净的圣河，事实上，河水现在相当混浊，但信徒们依然相信在恒河中能沐浴净身，可洗去身上的污浊和罪孽。

我抓紧分分秒秒，趁着阳光处在最佳的拍摄位置，在瓦拉纳西的恒河西岸走到很远很远的地方，一边走一边拍，拍到了很多很有意思的镜头，譬如，一堆淋着圣水排队剃头的男人；身穿一身红色的母亲和幼子；一对怪异的男女乞丐；婆孙和家狗；长住在庙宇下的男人和狗；准备出河的富裕人家……兴趣点太多了，乃至于相机电池耗光，还耽误了行程。

应我的要求，导游带着我们划小船去了烧尸的地方。我抢拍了几张。下了船，走进黑乎乎的烧尸场所，扑鼻而来的烧焦味道让我想起了前年去尼泊尔的经历。路过见到，横七竖八栖宿着许多等死的老人，他们肮脏不堪，在路边奄奄一息。导游说，他们不哭诉，不埋怨，就等待着死在恒河岸边，然后一烧，灰烬倒入恒河，为的就是来世。

在回看这部分照片时，发现瓦拉纳西这段恒河太奇妙了，一边是活着的人看着太阳，向神祈祷，一边却是死人被烧，期望升天。恒河成了生与死、人与神、神与神之间的对话平台。有人说，瓦拉纳西是体验真实印度的最理想的城市。

释迦牟尼成佛地和佛教

瓦拉纳西向东大约两百公里，有一个很出名地方叫鹿野苑（Sarnath）。

鹿野苑是释迦牟尼第一次讲佛法的地方。

我们凌晨五点起身，由于沿路修桥修路，中午才到鹿野苑。参观了摩诃菩提寺，见到了人气鼎盛的佛塔。佛塔极其地显赫，白色面，高高耸立在一个寺院里。寺院四周都是参天的菩提树。树下，有来自各地的信徒昼夜跪拜；有人给信徒讲经、讲释迦牟尼佛祖的故事。

释迦牟尼是佛祖，曾在当地的一棵菩提树下悟道成佛，开坛讲法，初转法轮。如今菩提树和佛教紧密联系在一起。据说崇佛的孔雀王朝时代，鹿野苑相当兴盛，后来随着改朝换代，慢慢地被印度教超越及吸纳，则沦为印度教的一个分支。

从鹿野苑到释迦牟尼曾经修行的菩提迦耶小村庄有十公里。这个村庄，有很多菩提树，还有释迦牟尼修行留下的寺院、脚印。正巧，有小学生放学经过，见到我们这些外国人十分兴奋，很愿意和我们交流，当我们给了他们少许钱和铅笔后，就快乐地接受我们的拍照要求。他们成了我拍摄的对象。有多个老人，也期望讨要一点零花钱，然后，我们给了每人十卢比，他们很开心，让我们怎么拍照都不过分。那天，许多满意的照片就这么产生了。

人常说，世情皆苦，唯有修行是永恒的。可是在残酷的现实面前，很多人会问，当你饿着肚子的时候还修行吗？即使修行成佛了，你一个人做善事了，又能怎样？况且，成佛的标准因人而异，无法统一。有人说人人都可以成佛，佛就在你心中。当年释迦牟尼在菩提树下四十九天后彻悟，他说了一句："世间万物皆虚无，而我惟有看破幻象苦心修行，方可不朽。"我对佛教认识浅薄，但佛教缘于对虚无的认识，也就是说，佛教的一切思想便都是建立在虚无的基础上。

查阅资料可知道，佛教的创立者释迦牟尼原名叫乔达摩·悉达多，属于尼泊尔和印度边境上的释迦部落，出生在尼泊尔的兰毗尼，后称"释迦牟尼"，意为"释迦族的隐修者"。与佛教大体同时产生的还有耆那教，相传教主为瓦尔达玛那，后称大雄（约公元前528-468年），同释迦牟尼一样，也出身于刹帝利。耆那教意为"战胜情欲者"，尼健多意为"超脱红尘"，耆那教由此得名。佛教和耆那教都不承认《吠陀》为经典，否认婆罗门祭司存在的必要，反对婆罗门在等级制度中的特权地位。耆那教同时也接受了婆罗门教参观与业和轮回的思想。耆那教与佛教不同之处，是耆那教强调苦行，甚至主张舍身，以肉体来换取灵魂的乐。佛教以说苦为出发点，但却掩饰了阶级压迫之苦，以脱苦为目的，去寻求虚无的涅槃。

说到底，把"佛教"看成是宗教可不是释迦牟尼的初衷。他并非是想组织一个什么"教"，让那么多的人来信他，追随他，把他作为神来崇拜。反而，我非常赞同释迦牟尼只是一个教育家，教导人们怎么做一个好人，不要做坏人。越来越多的佛教故事告诉我们，信佛不是为了发现什么，强迫你做什么，而是为了改变我们的言行，从善出发，修正我们的本心。

印度优势及未来

我把在印度去过的城市粗略地划分了一下，德里、瓦拉纳西、阿格拉城可划到印度北部城市范畴之中，孟买、海得拉巴为中部城市，而班加罗尔为南部城市。由于北部城市素有历史渊源，传统文化根深蒂固，乃至于制约着经济发展，相比中部和南部城市，北部城市已经很落后了。

关于孟买：

很早就从印度电影中知道这个城市。孟买犹如亚洲的好莱坞，号称每天生产一部电影。孟买的城市发展历史只有三百多年，原本只是一个落后的小渔村，在殖民地时期曾经是大英帝国王冠上的一颗明珠，是印度独立运动的发源地，如今已经成为全球的第四大城市、印度的商业中心和金融中心，也是印度最富裕的邦——马哈拉施特拉邦的首府。

关于海得拉巴：

海得拉巴位于孟买的东南部，面积二百九十九平方公里，人口四百二十七万，位于德干高原，是印度南北交通要道和印度空军高级飞行训练基地，是安得拉邦首府。海得拉巴被称为印度的伊斯坦布尔，此地穆斯林人口众多。抽空前往当地的神庙拍照时，发现神庙周围聚集了密密麻麻的穆斯林人。由于穆斯林人喜欢穿素色的白袍和黑袍，从高处望下，一片又一片的黑色和白色色块在流动，因此显得非常别致和有趣味。

关于班加罗尔：

班加罗尔是印度最南部的城市，卡纳塔克邦的首府，包括郊区在内，人口有五百多万。城区分新旧两城，旧城为商业区，新城为工业区。新城区从 20 世纪 80 年代开始兴建，逐渐发展成为全球第五大信息科技中心，由此成为"印度的硅谷"。

给我第一印象是，班加罗尔很像深圳，城市干净，国际化程度高，商业化气氛浓厚。这里不仅有印度知名的印孚瑟斯公司，还创造了"印度的比尔·盖茨"——该国首富普雷吉姆，有一百三十一家国际大型IT 公司在此落户。

IT 产业让班加罗尔的青年人富裕了，也涌现了一批中产阶层。根据印度信息科技部资料显示，到 2009 年，印度在 IT 领域的人才缺口仍有五十万。这股力量，是印度未来的希望。

印度离中国太近了，近得大家是邻居，近得我们的宗教信仰都有相通之处。没去之前，传说很多，有说印度脏、乱、差，落后中国二三十年，也有说印度是民主体制，社会和谐，将不久超越中国。但无论如何，我从准备去到真的去了，两次感受都不同。印度是一个泱泱大国，是世界四大文明古国之一；在漫漫的历史长河之中，创造了灿烂的"恒河文明"，形成了印度教；屹立在世界东方，多元文化同生同长，是一个受到尊重的民族；人民生活多姿多彩，服装鲜艳夺目，歌声欢快悠扬；随着步入信息化时代，IT 产业正从南部两大城市快速崛起拉动着印度经济飞速增长；由于中产阶层的大量涌现，正推动着各行各业走向繁荣。当然，印度也有庞大的穷人阶层，我认为不足为奇！两次的感受，以及翻看图片后，让我感到印度的传统文化保留得比中国要全要好，而且这尊大象将会腾飞的。

2007 年 2 月 写于香港

55. 高棉的微笑

♡

　　柬埔寨的全名是柬埔寨王国（Kingdom of Cambodia），通称柬埔寨，旧称高棉，位于中南半岛；西部及西北部与泰国接壤；东北部与老挝交界；东部及东南部与越南毗邻；南部则面向暹罗湾。

　　柬埔寨领土为碟状盆地，三面被丘陵与山脉环绕，中部为广阔而富庶的平原，占全国面积四分之三以上。境内有湄公河和东南亚最大的淡水湖——洞里萨湖（又称金边湖），首都金边。

　　柬埔寨是个历史悠久的文明古国，早在公元1世纪建立了统一的王国。20世纪70年代开始，经历了长期的战争。1993年，随着国家权力机构相继成立和民族和解的实现，柬埔寨进入和平与发展的新时期。

　　柬埔寨是东南亚国家联盟成员国，经济以农业为主，工业基础薄弱，是世界上最不发达国家之一。

吴哥窟变成了废墟

　　资料显示，"吴哥"，词源于梵语，意为"都市"。它是9-15世纪东南亚高棉王国的都城。吴哥王朝（公元802-1431年）先后有二十五位国王统治着以中南半岛南端为国土主体的大片土地，其领土范围远远超过今天柬埔寨的领土。从公元初至吴哥王朝的几百年间，其实已有操高棉语的民族及国家存在，高棉本身对此没有任何文字记载，在中国的文献（即周达观的《真腊风土记》）中有提及。

据记载，最早出现一个称为扶南国(Funan)，统治当地达四百多年，后于6世纪被一分支真腊(Chenla)消灭，接手管治了两百多年。公元802年，由苏耶跋摩二世(SuryavarmanII)建立吴哥王朝，至1181年阇耶跋摩七世(JayavarmanVII)，发展至最高峰，版图包括现今整个柬埔寨、部分泰国、老挝、缅甸及越南，可谓一世无双。8世纪末，柬埔寨遭到爪哇人的入侵，国王被杀。9世纪初重新获得独立。前王子阇耶跋摩二世在位时（802-850），定都于近吴哥东北的考伦山上，开始了吴哥王朝的统治。9世纪后半期至11世纪是吴哥王朝的早期，吴哥城开始建成并成为国都。在这里修建有寺庙和水利工程。11世纪初，出身于马来亚王族的苏耶跋摩一世夺取王位（1002-1050），并扩展势力到湄公河下游和老挝的琅勃拉邦，强令被征服地区的王公效忠，按期进献珍宝。他继续修建王宫的宫廷。12-13世纪是吴哥王朝的极盛时期，苏耶跋摩二世时代（1113-1150）国力强大，有战象二十万头，版图"东到海，西接蒲甘，南抵加罗西"（今马来半岛东岸），并与中国有密切往来。期间，与李朝越南争夺占婆，1145年曾一度占领占婆首都佛誓城。这一时期修建了吴哥寺。

苏耶跋摩七世时（1181-1201）成为东南亚最强大的国家，其疆域包括今泰国和马来半岛的大部分，北方与中国南沼接壤，东达占婆和湄公河三角洲。另建新都吴哥通（"通"，城之意），崇信大乘佛教，广建佛寺。更积极兴建大规模的灌溉系统，有利耕作，可谓国泰民安。中国有位叫周达观的使节，曾于1296年抵达吴哥，且住了很久，最后写成《真腊风土记》，详细叙述当时吴哥的面貌。

据周达观形容，吴哥王朝可说是丰衣足食之地，很多过来做贸易的中国人也不愿回国，定居该处。后来，由于大规模的营建和对外征战，吸尽了人民血汗，人民起义和被征服地区的反抗连绵不断。13世纪中叶兴起的泰族诸王国多次打败吴哥王朝，并于1431年首次攻陷首都吴哥通。为避免泰人[暹罗素可泰王朝（Sukhothai）]的威胁，1434年索里约波王时迁都百囊奔（今译金边），柬埔寨逐渐走向衰落。从此吴哥窟便于世界上消失了五百年。

游览洞里萨湖时的难受

洞里萨湖又名金边湖，位于柬埔寨境内北部，呈长方形位于柬埔寨的心脏地带，是东南亚最大的淡水湖泊，也是世界第二大淡水湖。湖滨平原平坦、广阔，长五百公里、宽一百一十公里，西北到东南，横穿柬埔寨，在金边市与贯穿柬埔寨的湄公河交汇。它像一块巨大碧绿的翡翠，镶嵌在柬埔寨大地之上，为高棉民族的发展与繁荣提供了坚实的资源保障，是柬埔寨人民的"生命之湖"。

洞里萨湖人，是世代生活在水上的民族，生活在这里的基本都是贫民，他们睡在地板或者吊床上，他们是随着旱季和雨季搬迁居所。船开到里面，船夫指着远方介绍说：左边生活的不仅是柬埔寨人还有越南人，但区分起来很容易，越南人喜

欢戴着传统帽或是扁平圆帽，另外，还可以通过船上的国旗区分。船夫还说，这里大部分家里没有男人，原因很简单，很多男人死在边境战争中。

生活在这里的人是没有办法的办法。如果有更好的选择，真不愿意留在这里。我们的船路过一所水上学校。导游说，学校无须登记，来了就听课，即便学生没有来，也没有人过问。因为，这里根本没法固定学位的。

由于生活在水里，他们吃喝拉撒的生活垃圾都会流向湖里。常年如此，湖水污浊，污染严重。他们生活质量极差。但是，人们习惯了，熟

《穷也快乐》，柬埔寨农村，2010 年

视无睹。

　　站在岸边我沉思好久，同在蓝天下，都是人类的一分子，为什么国与国、人与人差别这么大呢？是什么原因造成的呢？该由谁负责任呢？当很多事情只要一深究，答案其实很清楚的。

　　一个国家的衰落，固然和外敌入侵、人民造反有关，但一定更和当政者决策失误有关。有些决策一旦失误，不仅影响当下，更有可能影响一个民族几十年，上百年，乃至千年。所以，如何建立一个制约而又有效的体制是保证一个民族不会发生重大失误的关键所在。

"高棉微笑"的背后

现代的高棉人正在承受着连年不断的战争所带来的苦难，尽管如此，让世界难以忘怀的依然是老百姓脸上那心态平和的微笑。这正是生命绽放的证明。

由此，"高棉微笑"享誉全球。

这是一种什么力量促使他们还能从容、优雅、微笑呢？想来想去，只有一个可以解释的答案：宗教。

柬埔寨的国教是佛教。佛教传入柬埔寨的时间跟婆罗门教相比大致同时或稍后。当时，在人民中传播开来的首先是大乘佛教。13 世纪以后，小乘佛教逐渐取代大乘佛教的地位。现在，百分之九十的人信仰佛教。据学者研究，一般佛教国的人民都比较穷，因为他们相信因果关系下的命运，相信生命有轮回，相信做善事有来生。为此，他们用佛心而非奋斗面对这个残酷现实的每一天。

"高棉微笑"是可贵的，这是他们的信仰发挥着作用。

什么是信仰，信仰就是心之所在。当你恐惧时，兴奋时，满足时，心中默念的那个东西，那就是信仰。

2010 年 5 月　写于香港

56. 巴西的色彩

巴西拥有南美洲三分之二的土地，人口几乎等于所有南美洲其他各国人口总和的两倍。巴西的位置恰恰在赤道线之下。在它广大的领域中，可以找到好几类的气候——从热带到温带的。由于地理位置的关系，那种差别和中国刚刚相反，它的北部最热、南部较凉。北部领土的三分之一可说是受用于亚马孙河流域。这里拥有辽阔富庶的农田和广袤无垠的热带雨林，这里最著名的就是巴西红木。巴西还是世界上最大的生产咖啡的国家……

"巴西"一词出自繁衍于巴西海岸特有的一种像炭火一样的红木。正如她国名的寓意一样，巴西人热情奔放，有着炭火般炽热的情感。作为一种地域文化代表的巴西嘉年华，是当今世界上规模最大的狂欢节，有着"地球上最伟大的表演"之美誉。在这个盛大节日里，人们可以完全抛开贫富贵贱的社会标签，用酣畅热烈的桑巴舞作为最野性最本色的表达方式，连续多日不停地从白天舞到黑夜，宣泄情感，传递快乐，表达友谊。当然，最炫的足球被巴西玩得炉火纯青般的艺术之美，更是这个民族性格最好的表达。

2010 年数据：巴西城乡和地区差别很大。城市家庭月均收入为 2999 雷亚尔（约 1666 美元），农村家庭的月均收入只有 1481 雷亚尔

（约 822 美元），不到城市家庭收入的一半。城市家庭月均支出 2853 雷亚尔（约 1585 美元），农村家庭月均支出 1397 雷亚尔（约 776 美元）。东南部发达地区的家庭月均收入为 3348 雷亚尔（约 1860 美元），而经济落后的东北部地区的家庭月均收入只有 1764 雷亚尔（约 980 美元）。首都巴西利亚的家庭月均支出全国最高，达到 3963 雷亚尔（约 2201 美元），超过全国平均数近 51%。

里约桑巴舞广场，后面就是几十万人的平民窟，里面充斥着人性挣扎和刺激，黄、赌、毒、黑应有尽有。

2013 年 10 月，在美丽的秋天，我们一行去了巴西多个地方，包括游览了著名的亚马孙河。将近黄昏的时刻，来到首都内里比的沙滩。沙滩弯度不大但颇长，不见头不见尾的。沙滩上人山人海，人来人往，如搞什么主题的游行一样，人声鼎沸，浩浩荡荡。不用特意去发现，就随处可见赤裸、同性恋的男男女女，他们没有什么不好意思，大大方方，卿卿我我。他们的肤色是褐色，夕阳下，显得光亮无比，如一尊尊铜雕一样。他们个子高，那时影子长，身材是超一流地协调和诱人。有孩子在玩儿足球，也有的在嬉闹追逐。

这个国家的自然资源非常丰富，可说天下无双，被誉为躺着就能活下去的民族。可是，经历着政局不稳的考验，又经历了 2008 年全球经济危机的洗礼，大伤元气，至今未能恢复，造成货币贬值，民怨沸天。

巴西是自由的，一切的一切都是自由的，这是非常棒的一面，可是

《浑然一体》，巴西圣保罗，2013 年

据说，这里的混乱还将持续下去。

经验反复告诉世人，涉及民生的问题永远是最大的问题。

2013 年 10 月　于香港

57. 华山情，华山魂

♡

　　自从有机会连续拍摄西岳华山以来，我就选择了从不同路径、不同季节登华山，去完成我心中的伟大作品。三年来，有计划有准备地拍摄，起码用脚用心丈量了二十次以上吧。每次归来，都会认真挑选，分类整理所拍摄的照片。应该说，每次都有喜悦，可每一次都有那么一些缺憾。

　　为了拍摄华山，我从山南的华阳走到山北的华阴；从华阴的西岳庙走到潼关的万亩荷塘；从渭河边来到黄河边；独步登上后山的大上方；零下三十摄氏度站在东峰等日出；等等。我想，我应该是沉下心来从华山的四面八方、春夏秋冬来拍摄的第一人吧！

　　这一切，只为一个目的，就是寻找华山情和华山魂。

　　华山是中华民族的发祥地之一，这是不争的事实。清代学者章太炎考证认为，"中华""华

夏"皆因华山而得名。千百年来，华山被认定为西京王气之所在，备受皇帝、达官显贵、文人墨客顶礼膜拜、赋辞吟颂；从自然景观去看，华山在中国的中原大地横空出世，高耸入云，如擎天支柱，拦截了黄河之水的流向，非同凡响。有泰山之雄伟、衡山之烟云、黄山之秀美，又有

《魂》，陕西华山，2014 年

匡庐之飞瀑、雁荡之巧石；春看山花、夏看烟云、秋看红叶、冬看雪韵。当然，以奇险而冠于天下。

我的行动在路上，感受在心中，画面留在镜头里。

简而言之，华山之情在于历史，在于文化，在于游客乐此不疲，赞誉满四海；华山之魂刚中带柔，柔中带刚，刚柔相济，正是中华文化的精髓之所在。

我未敢狂言我已经对华山之情之魂了如指掌，但会用镜头不断地细心地记录、展现和诠释，且凝聚在每一张画面之中。

之所以如此执着，另有两个原因。其一，我是渭南人，从小对华山上的《劈山救母》《吹箫引凤》等传说充满好奇，因而，乡情和厚爱长埋于心。其二，我的一本长篇小说《博弈——房战中的最后目标》已经出版。小说的大背景莲山则是华山原型。这是一本关于农村城镇化进程中政府、企业、农民三方博弈的长篇小说。这里给了我很多灵感，给了我巨大力量，让我的人生多了一分绚丽和精彩。

情铸入成魂，魂因情而生。

情魂糅于画面中，但愿永生。

每年去华山游览的人数可达几百万，我觉得，游客不仅仅能领略到峭立美景，还能感受我中原大地上怎么就冒出了这么一座神山，并造福于国人，稳固于江山。

华山，中国的顶天柱。

它的脚下，正如火如荼地推进着城镇化建设。城镇化建设能给这里带来什么变化，暂不得而知，但蛮期待的。

2014 年 8 月　写于深圳

58. 迪拜，一个新兴城市的启发

♡

我分别于 2004 年和 2012 年去过两次迪拜。

两次迪拜之行，给我留下的印象极深，让我的思考也极深。也许受中国城镇化建设大潮的影响，我就把迪拜的发展置身于全球城镇化进程之中，于是它就成为了我心中的城镇化建设的新典范。

我一直关注中国城镇化建设，曾经写过关于城镇化建设的长篇小说《博弈——房战中的最后目标》。试问一个城市到底该如何发展，如何才能吸引资金前来投资，又能留住人呢？说白了，那一定要有足够的吸引力，即差异化。至于什么是吸引力，见仁见智。总而言之，能让人们流连忘返，赞叹，还吸引人高高兴兴地把大把钱送给你，他还挺开心，这就成功了。

一言以蔽之，迪拜基本成功了，不仅避开了对石油战略资源的绝对依赖，更重要的是实现了成功转型，无中生有地建立了一座远东金融和旅游中心，为当地人们带来了福祉。

转型是多么痛苦的一件事，历经磨难，才有机会。

《沙漠上城市》，迪拜，2012 年

迪拜将成为人造美女

2004年，那是我第一次去迪拜。回来后写过一篇文章，登在内部刊物《中国海外》上，题为《迪拜将成为人造美女》。该文一开始写道：迪拜（Dubai）在哪里？接着写了三点观感，其一，迪拜看似太疯狂了！其二，迪拜政府未雨绸缪的举措。其三，迪拜将成为人造美女。最后的结论：迪拜给大家的启发。

结论部分的原文如下：匆匆而去，又匆匆而回。在和酋长儿子轻松见面洽谈合作结束后，我们离开了迪拜，在迪拜的所见所闻却在脑海中挥之不去。

迪拜到底给了我们什么样的启示呢？通过几天的实地了解，我想起码有以下几点值得回味：

首先，迪拜是一个沙漠城市，拥有石油资源，却不丰富，但政府能居安思危，因此产生了大战略，大思维，大政策，大举措。这是改变被动的前提和根本动力。只有这样，迪拜才不同于其他许多城市。这正是它的可贵之处。

其次，迪拜政府没有停留在空谈上，也没有像它的邻居伊拉克一样搞内斗，而是真抓实干，敢于借助国际成熟理论和游戏规则推动迪拜的发展。正因为如此，迪拜每天都在发生着巨变，而且它的国际知名度已经得到迅速提高。

第三，外国人在迪拜的投资机会和建筑施工的机会非常多，只要愿意去，机会随处都有，但关键是在这个市场参与竞争时有没有人才，有没有资金，有没有急迫感，有没有胆量，若能具备以上基本要求，成功才有了初步保障。

第四，如果在迪拜站住了脚跟，那么，投资的地域有可能辐射到阿联酋首都阿布扎比、伊朗、伊拉克等周边地区。目前，伊朗正在仿效中国在他国南面建设一个经济特区，其投资量非常大。

世界的确太大了，只有放眼世界，才有美好的未来。但做事只能步步为营，才能让每一步走得坚实。我深深地认识到：去迪拜拓展的机会不常有，唯有抓住今天。

迪拜，我相信你的未来将令世界瞩目！！

摘录 2004 年这段文字后，让我们再一次回顾当时的背景和现实：2004 年那时，我的情绪还是十分乐观的。

那个时段，阿联酋首都——阿布扎比，掌握着这个国家百分之九十五的石油资源，经济发达。都知道，阿联酋由七个酋长国组成，是联邦制国家，经济上各自独立。阿布扎比由一个酋长管控，最富裕，又是政治文化的中心，而迪拜也由一个酋长管控，仅仅控制着百分之五的石油储备，基于国际化走得快，成为阿联酋的贸易中心。可是有人预测，迪拜的石油最多可开采二十年，也就是说，2020 年前后，重要的石油资源将耗尽。迪拜当时已经是现代化的国际大都市，是阿联酋人口最多的城市，也是中东最富裕的城市，堪称商贸之都，可迪拜的酋长们非常明白，这些美誉的来源主要是靠石油收入带来的。面对这样的前景，决策者们能不着急吗？倒逼之下，决策者们在 2000 年前后做出逆天决定——进行经济结构转型，日后不再依赖石油。而具体为：

一是建设世界级最顶级的建筑物以吸引东西方游客到此旅游，首个七星级帆船酒店就这样出现了。该酒店最便宜的房价为一晚一千美元。二是填海造地，另行规划，完善 CBD 中心建设，建造世界最顶级的商业中心，于是世界岛、棕榈岛等填海造地项目就此规划出来，然后向全球招商。三是大幅减税，创造低税区，为投资客创造良好的投资环境。于是，他们心中打造的和伦敦金融中心大小一样但规划远超过伦敦金融中心的金融中心就开始启动了。

面对我们这些来自中国的投资客，记得一位王子手里拿着一张白纸让我们随便画，随便写，您有任何想法都可以帮您拿到批文，让您去实现。

这些计划近乎疯狂——堪称地球之最的计划。全世界都不敢相信，因为这要投资万亿美元！其实当时要投多少钱，没人说得清楚。

2012 年再次到迪拜

2007 年底，全球爆发史无前例的金融危机，这把火烧到了迪拜，造成众多投资人、专业团队弃城而逃。一时间，飞机场周边的停车场堆满了车，车中留下众多的私人用品，还有刷爆的信用卡，等等。这是多么惊悚的一幕，仿佛还是昨天的事情。我的老东家，当时承接着几个项目的建设任务，工程做了不少却收不到工程款，可谓打官司打得苦不堪言。

20世纪90年代末开始，特别是自2006年以来，迪拜房地产业的发展空前高涨和火热。世界各地的专业人士及公司被迪拜的免税政策吸引纷至沓来，迪拜房屋供不应求，租金亦上扬。有代表性的大项目位于迪拜海岸线上的棕榈岛，以及迪拜塔区（Burj Khalifa）、商业湾（Business Bay）、迪拜园（Dubai Land）。有统计说，在2002年到2007年迪拜热火朝天地兴建摩天大楼的年代，全球百分之二十五的塔吊和起重机都集中在了迪拜。由于全球金融危机的到来，一夜之间冷却了。尽管如此，迪拜政府还是朝着既定的方向艰难向前。

世上无难事，只怕有心人！

2012年，当我再次来到迪拜，这是金融危机之后的第四年，各项建设基本恢复，那片生机盎然的景象又一次出现了。

当静心再次感受这座城市时，会发现：

迪拜人能说会道。其实很早就有人总结过：中国人致富靠双手，犹太人致富靠脑袋，阿拉伯人致富靠舌头。我们接触过几个当地人，他们给我们留下的印象非常深，虽然私下我们觉得他们的口水多，可我们不能不赞赏他们的口才一流，思路敏捷，言语幽默，很像我们中国人所追求的大儒形象。

人们常说，国民质素高低和国家富裕程度十分相关。迪拜就是一个明证。

迪拜人对他们的政府非常满意，也表示尊重，因为政府给了迪拜子民们非常可观的实惠：

这里每年人均GDP近达两万美元。酋长的子民们生活富裕，安居乐业。

这里没有战争，和所有国家保持良好的关系。

这里高度自由，各种文化和谐相处。在街上能看见穿白袍的男人，也能见到穿黑袍的女人，但毕竟是少数，我们更多见到的是五颜六色来自不同国度的人群。在会议室里，我们能听到远处传来的《古兰经》。男人可合法娶四个老婆，现酋长有十九个儿子，有多少个女儿没人知道。

我们洽谈投资意向，他们讲求合约的严谨。到这里经营的企业，如果经营得好，也无须纳税。外汇自由兑换，来去自由。来这里旅游，其签证非常容易。

这里对待财富不是像葛朗台一样紧紧地抱住不放，却是放大其效应，发挥杠杆作用，且不断制造机会。世界上有海洋兼有沙漠的地方很多，甚至有人视沙漠为垃圾，可这里把沙漠作为丰富的资源。有人说，这个城市一半是海水，一半是沙子。

2010 年 1 月，全球最高——一百六十二层、八百二十八米——迪拜塔竣工并启用了。

另外，可提供豪华公寓和阁楼，居住两万人，同时还设置了一座繁华的商务中心，总占地面积一百四十万平方米，没有梁柱的建筑，耗资二十亿美元的迪拜明珠，于 2016 年启用，又一次改写着全球建筑史。

还有，迪拜棕榈岛项目，此项目包括了三个岛。这三个棕榈岛建成后，将成为人类建筑史上的奇迹，在太空上都能看见的岛屿群。这三个造型奇特的岛绝非大自然的鬼斧神工，它们是迪拜政府旗下的房地产开发商雄心勃勃的人工岛计划的一部分。工程当初预计耗资一百四十亿美元，预计于 2009 年完工。但是，因为 2007 年末的世界经济危机和迪拜债务危机，导致包括棕榈岛和世界岛在艰难的建设中，部分已经交付使用。

预言：再过十年，迪拜一定会变成世界级的大美女。当身处迪拜，越来越对"造"字发生着浓厚兴趣。譬如女人可通过人工再造之后变得更美，变得更加有韵味，然后就带来不少机会。这没有什么不好的。譬如商家，其实很多时候是通过"造"需求来引导消费。我觉得如有必要，什么都可以"造"，如果先天不足，后天可以一造，再造，三造，甚至多造。为了力求完美，精确推磨，多造几次没什么不妥！通过造，历练成器。

历史的车轮，始终都会徐徐向前。

地球变成地球村，这一趋势，谁也阻挡不了。

顺，则百通；逆，则遇阻。

我以为决策者们不仅要有超远眼光，还要有共享成果的心胸并加以有效实践。

地球村下的城镇化也是世界大势。其实，凡是阳光能照耀到的地方，甚至照耀不到的地方都会有机会。关键您是不是有发现机会的眼光。如果某个角落被遗忘了，毋庸置疑，是因为决策者们的愚笨造成的。

　　如果您想见识全球化下最奇观的建筑，就去迪拜吧。

　　如果您还对全球化下的城镇化有怀疑，也去迪拜吧。

2014 年 10 月 写于顺德

59. 再去北海道的理由

♡

踏入北海道，
是腊月天。
大片原生态，
众多人工雕琢，
彬彬有礼的客商，
精美的食品和手工艺，
尽收眼底。

同在蓝天下，
却备受强烈刺激和感动。
姑且将国仇搁在一边。

去一次未必足够，
春夏秋冬还得去。

北海道

北海道的面积大约六点三万平方公里。

到了冬季，白雪皑皑，雪厚数尺，千里冰封。

中午飞机降落到新千岁机场，由此我便开始了这次北海道旅游。

我跟着旅游团只能顺着早已设定好的旅游线路一个接一个地参观。虽说有点古板和无奈，但也蛮有收获的，起码吃住行不用我操心，有空时可以看看书。

导游是位会讲中文的台湾女孩，一路讲解很卖力，也让我这个多次来往日本的外国人对日本的过去、现在和未来有了进一步的理解。

日本自古是个面积较小及资源匮乏的岛国，他们的生存危机感十分强烈。换句话说，他们的危机感远超过很多国家，因此对外扩张是必然选择。为此，他们十分珍惜脚下每一寸土地和植被，会严格保护每一寸绿色和有限资源。这样的生存感造就了日本这个国家与亚洲很多国家根本不同，大多时斤斤计较，而在很多方面更像一个欧洲国家。

严冬季节，大地银装素裹，露在大雪覆盖外的树木、房子、建筑物就像一幅幅白纸上的素描画一样，同时点缀潺潺流水的浮冰，银光闪烁。

白雪，让这里静谧，让游客流连忘返。

洁美，堪称世间楷模

日本出了名地干净及整洁，有种天然美感，堪称"洁美"的楷模。

其实，当追求"洁美"变成一种从上到下的国民习惯，远比颁布各种各样的看似严厉的法律法规更有意义。

日本人做到了，北海道当然做到了。

我们走了三个城市，无论他们的公园、街道、温泉旁、湖光山色处……呈现在眼前的都是那么地整齐洁净。这一切，无不令人羡慕、嫉妒，甚至产生恨啊。

试问，我们为什么做不到呢？

我们的农村、中小城市、大城市主干道的背后……当亲历之后，就知道其环境是多么悲哀啊。说白了，我们大多国人缺乏对美的极高追求及审美观念的高度认知。

《高山滑雪场》，日本北海道，2015 年 12 月

"洁美"习惯是很难形成的，需要多少代人不懈坚持，更需要对"洁美"有个不约而同的共识、行动和标准。当然我相信，这一天一定会在祖国大地上根深叶茂，那时，我们也"洁美"了，该是多大的骄傲。

的确，当美的东西融化在血液里，落实在习惯上，这是多么渴求和期待的一种态度。人人需要从我做起。

地道，可谓文化积淀

到了北海道，那种温馨、地道、生活味道浓厚、做事一丝不苟、对待客人彬彬有礼之举，及产品品质让人放心，包装令人爱不释手……凡此种种，无不透出韵味，这才是生活的本质。

打个比方，这犹如陈年老酒那么香、醇、厚重，让人难忘。此感觉久久不消，如美妙旋律绕梁三周还能数月不散。

日本文化受中国古代文化影响极深，也许从春秋开始，儒家佛家的优秀元素至今浇灌着他们，影响着他们。日本人非常崇敬中国春秋时代的孔子、唐朝的鉴真、明代的王阳明等。

到了日本，很多字的读音虽有不同，但意思是基本一样的。很显然，中国汉字、汉文化对日本影响是巨大的。也许，我们本来就是同根同源的民族。

处在商业味道浓厚的时代，还能找回可以回味的事情越来越少，可北海道做到了。

离开北海道已经很多日子了，每当想到休假要去的地方，北海道必然排于其中，是的，还要在不同季节再走走。

生活本来就是如此，喜欢了，想到了，就去。

往往喜欢一个地方是需要理由，可去北海道无须理由，因为要去的理由俯首可拾。

就这样。

我给自己提出了很多问题，因为找不到合理答案就列举在此：

人家的环境保护得这么好，我们为什么不能呢？

人家很有礼貌不是表面的，我们为什么不能呢？

人家变得如此会生活又人性化，我们为什么不能呢？

人家产品品质出色赢得人心，我们为什么不能呢？

要问的问题实在太多了。我们既不能崇洋媚外，但也不能夜郎自大，故步自封。

2015 年 12 月，写于顺德

60. 行走在曼哈顿的街头

《迷人的傍晚》，美国曼哈顿，2016 年 6 月

回国数周，仍想着曼哈顿街头的那些事。

6 月的曼哈顿，已经火炉一般。就在月底前后，有机会在这里一连待了近十天。期间，只要有时间有心情，就拎上相机，在曼哈顿的若干条街上走来走去，不停地按动着快门。换个说法，这叫执着。因为喜爱人文纪实，也就定焦在街头巷尾。这次拍摄的经历十分平静，尽管有几处嘈闹，我会充耳不闻，当中也就发现了不少有趣的镜头。

时代广场一带，是曼哈顿最为拥挤最为炫耀的地方。在这里，会遇到难以见到的各种肤色、形体，说着多种语言的人；在这里，最有气场的当属美国黑人，他们围在一起，一展口技、力度和舞姿，然后捧着口袋转一圈要求打赏；在这里，能见到身着性感丁字裤的彩绘女人，她们当街脱，当街绘，或丰乳肥臀，合影后每照一美元；在这里，很特别的游览车总是载满客员，车声戛然而止，短暂停在大幅电子广告下，有讲解员很自豪地讲解，游客们兴奋盎然……

走了若干次街道，一直没有搞清楚这些被命名的街道是什么朝向，也许是正东正西，也许不是。连续多日的黄昏之际，总会看到硕大太阳悬在天边及照耀下的金黄色光辉从狭窄的街口直射过来，两边楼体通透，线条分明，物体和行人影子拖得极长，有未来世界的感觉。我迎着太阳走，似乎看不到太阳落地的时刻。当太阳终于落下，天空一片火红，就觉得眼前是透彻的，明镜似的一尘不染。

一天上午，我们出行坐地铁，第一次见识到了曼哈顿地铁是多么地陈旧，窘迫，这与地球霸主美国形象形成了巨大反差。当然，这不是重点，而重点是我们出来之后在很地道的美食街饱餐后，行走在一个很长的空中行人花园上。此花园被命名为高线公园，是20世纪30年代由一段颇长被废弃的铁轨经过艺术家改良而来的。花园架在离地九米的空中，横跨二十二条街，街口可上可下。花园里的花朵开得很好，一簇簇地争奇斗艳；上面行人穿梭于盛开的花朵间，是一种别样的惬意与优雅。这样的废物利用，不仅提供了优雅的交通方便，还能让行人领略城市两边的风景，被誉为城市建设中一举两得的典范。

中央公园是曼哈顿的心脏，占地约四平方公里，而整个城市依园纵横而建。这对于工作紧张的曼哈顿人来说，无疑是个最佳的放松地。因我住在不远处，起码在公园里走了不下五次。每来一次感叹一次。叹的是它的功能及作用。赶上一个周末，享受生活的人更多，晒太阳、打棒球、踏单车、跑步、水上游乐……让我印象深刻。其实，也没什么，这在中国很多城市都能见到这样的绿化地，但放在寸土寸金、物价冠世、操控世界金融市场的曼哈顿却就不一般了。

曼哈顿的第五大道是以购物为主，偏偏在四十至四十二街处有个布赖恩公园。公园里长满了稠密又参天的梧桐树，旁边种了鲜花和草坪，下面放了不计其数同款同式的凳子和桌子，周边围了多个小食店。这一天，分三个时段有意走进走出，每次都让我有同一感觉：这里很人性化。来了之后，任何人都有随地休息的权利，或坐在凳子上或躺在草地上，有人聊天，有人发傻，有人表演，有人给电器充电，有人看电脑……每个人都是一个独立体，互不干扰。一个玩帽子戏法的人自我陶醉在其中，他玩他的，既得不到掌声，也没人观看。

看到这里，找想到我，我就是一直希望每个人能独立自主，能做自己喜欢的事，只要自己高兴又不妨碍别人，就去尽情吧。

在时代广场，可见三五个警察一起，荷枪实弹，但看上去并不凶，你可邀请帅哥合照。偶遇一事，一家游客的女主人身体不适，有人报警，两部警车长鸣而来。警察立即把现场清场，把车放在最合适位置，下来救人，把女主人小心放在担架上，和家人办好手续，徐徐把女主人抬上车，关上门，警车开走……这一幕我从头看到尾，开始并不明白发生了什么，后来算是看明白了。估计前后在五分钟之内处理完毕吧。待警车一走，禁区重新开放。

又一次从曼哈顿坐船来到心中向往的自由女神像。记得上一次来到此处是在十多年前，世贸双子塔还在，一直上到女神的火炬处。如今，女神像被严加管理，没有预约是上不去的。我们围绕着女神走了一圈，不过瘾，我又单独走了一圈，于是发现了兴趣点。我的眼睛也许就是为寻找而出世，这叫摄影人必须拥有一双能发现的眼睛。我会发现，前来参观的人一船又一船，络绎不绝。全世界的人们都渴望自由，自由是人类最为可贵的基本权利，可事实上，世界在变，再也难以回到从前了。

曼哈顿是美国的，也是全人类的。

2016 年 8 月　写于曼哈顿

61. 印尼的慢生活

♡

　　周末，我因为朋友的女儿结婚之故来到印尼巴厘岛。

　　这次应邀嘉宾还有一位名人：周国平。周国平和夫人及孩子都来了。

　　过去一周真够忙的，身体倍感疲惫，脑洞似乎被石头塞满了，只觉得身体上的零部件散架似的，仿佛自己不是自己了。身在碧桂园，就是这么玩命。

　　为什么会这样，是因为老板有伟大梦想，要把公司开到东南亚的每一个国家，总裁更疯狂地指示，大家要扛着责任和目标走啊走……诸多挑战聚集在一起，岂有不散架之理呢？

　　而此时此刻，坐在别墅 SPA 型酒店的大院里，周围漆黑一片，万籁俱静，只听到不间断的潺潺流水声，水入池后，泡澡堂溢满了水，冒着热气。我跳入泡澡池里，顿觉神清气爽，精神抖擞。

　　中国人到巴厘岛举行婚礼的人越来越多。今天，这里的悦榕庄就有三家中国人办婚礼。

巴厘岛，神住的地方

　　印度尼西亚号称是个千岛之国，而巴厘岛便是其中一个最大岛。

《做小生意》，印度尼西亚，2016 年

　　到了巴厘岛，已是夜晚。车子颠簸，载我们经过窄窄的村路来到吃饭处。沿着海岸线，全是吃饭的。这里是个村，由村长管理，饭菜特色及价钱一致，也因此变得极为公平。

　　巴厘岛山脉纵横，地势东高西低。岛上还有四五座完整的锥形火山峰，其中阿贡火山海拔 3142 米，是岛上的最高点。由于岛上万种风情，景物甚为绮丽，因此还享有多种别称，如神明之岛、恶魔之岛、罗曼斯岛、绮丽之岛、天堂之岛、魔幻之岛、花之岛等。每年来此游览的各国游客络绎不绝，巴厘岛的旅游收入占印尼旅游收入的百分之四十五以上。

　　清晨，这里的天空特别明亮，如水洗一般。走在路上，映入眼帘的不仅仅是路边摆卖的水果摊、鲜花，更吸引我的是一个接一个的神龛。据说，家家有神龛，人人都有信仰。宗教信仰一共五个，当地人必须挑自己喜欢的一个。此时，女人在神龛前献花，洒上圣水。新的一天就这么开始了。

没来之前，听说这里很危险，乱收费。也许过去是这样，但现在不是这样了，起码我没有发现。只见到人们行动缓缓，笑容可掬，友善浮在脸上。这种祥和的样子不是装出来的。

这里的海景和植被资源十分丰富，他们对其不加修剪，任其成长，一切的一切都是那么和谐。交通道路很窄，我问如此大片土地为什么不加宽道路呢？当地人说，这样有味道，这才是生活本来应该有的样子。

雅加达，建设要加把劲

我先于一周前去了雅加达。

雅加达 (Jakarta)，位于爪哇岛的西北海岸，又名椰城，是印度尼西亚最大的城市和首都，也是东南亚第一大城市、国际化大都市、世界著名的海港。雅加达特区面积为六百五十平方公里，又分为五个市，即东、南、西、北、中雅加达市，其中东雅加达市面积最大，为一百七十八平方公里。雅加达市有人口八百五十万，多数为爪哇人，另有华人、华侨、荷兰人等，官方语言是印度尼西亚语。

盛夏之中，在雅加达工作过三天，穿梭了若干街道，由此体会了当地的交通状况，用一句话形容：太糟糕了；工作中，拜见了五家银行和一家地产公司，看了几个典型地产项目，由此体会到了当地经济状况还处在低端水平；随后的周六，参观了独立广场等地，也就体会到了本民族的一些特质。

Hotel Mulia，是当地最早的五星级酒店，很多国际要人都住过。我们也住在这里。隔一条马路，有很大的公园和体育场。早晨起来，独自四周走动。也许因为修路之故，行路十分艰难。摩托车风驰一般掠过，噪声汇集下乌烟瘴气。跨过火车站台，人山人海，总有提心吊胆的感觉。也许因为我是外国人，太生了，有些胆怯。

雅加达的人口密度极大，每天早晚塞车已是见怪不怪的事。而交通工具中的摩托车占比很大。互联网下的"滴滴"摩托车，据说估值可达十亿美元。为治堵，雅加达实施了早晚单双号，据说是学习咱北京的做法。

地产市场也十分分化，有每平方米五万元的房子，也有五千多元的房子。北部和西北华人比较集中，也就比较富裕，物价自然贵一些。而南部以原居民为主，也就落后很多。

一条穿城市中心而过的河流，也可以说是排水沟，我让车停下来拍了几张。看看照片，水污染太严重了。臭味扑鼻。这条河流处在城市中心，为什么不能治理呢？

周日，赶上了该国家七十一周年国庆后的延续庆典活动。现场，以学生和老师为主。酱色衣服和旗子覆盖了整个独立广场，人头涌涌。年轻人总是活力四射，他们相互追逐，舞动国旗，开心不已，激动不已。

雅加达，你基建欠账太多了。

结束语

两个月内，来了印尼三次。回想三次出行，对印尼有了不少感觉。最近以来，集团领导总是讲，人生就是要搏到尽，给自己不留下遗憾，当站上另一个高峰，自然有不同的风景。喜欢拍照的我，时常就有这样的经历、看法和感受。是啊，人生就是要"搏到尽"！"搏到尽"似乎可以变成我写碧桂园的书名。这本书一直在写，但始终没法完稿，至于将来叫什么名，也许由出版社来决定更好。

很多事结果很重要，一路欣赏风景的心情同样重要。

离开巴厘岛，想到为了不给自己人生留下遗憾，再搏杀数载也无妨。除非事实证明我的智慧到了已经撑不起这么一片蓝天时，我的存在变成了公司负累时，那就算了。不留遗憾永远是正确的选择。

期待碧桂园早点儿进驻印尼，再搞出一个海外成功的大项目，如森林城市。由于他们的节奏太慢，属于慢生活类的，若能让当地人快起来，也许就是一本万利的生意。

不过，中国人很喜欢这里，这便是商机。

次日，收到周国平先生送给我的两本签名书，很是开心。

正好，我也把一本我带来的新作《博弈》送给他，算是请教，算是礼尚往来吧。

2016 年 9 月 写于雅加达

62. 小国狮城，尽显大国智慧

♡

我去过新加坡很多次，但一直没有写过丁点文字。

为什么？

答案十分简单，因为这个国家太小，一眼就能看透她的五脏六腑。

很多人写过新加坡，不过写来写去，也写不出什么新花样来，也因此，我一直没有动笔。

这个世界有时就这么奇妙，很多看似腻味的事，当换一种心情，或换一个角度，突然腻味的事变得繁花似锦，五光十色。

我让自己沉淀了多年。多年来，越来越觉得新加坡有的写，就某一点都可写长篇幅，为此我必须写，一方面可填补"走马观花看世界"这一专栏的空白；而另一方面，可让我倾诉对这个国家的喜爱之情。

资本市场

因为工作原因，差不多每年都会前来新加坡好多次。前往新加坡，主要是为了推介公司，即路演。那先说说路演的感受吧。自 2008 年全球因为美国次贷爆发经济危机以来，欧美国家突然极其缺钱，而亚洲（特别是中国）变得很有钱，此消彼长的现象异常突出，也就是在这种环境下，很多中国企业发债时不再千里迢迢到欧洲及美国路演，而是到香港或新加坡实现融资目标。由于我工作过的两家公司都在香港上市，那么，一般香港路演之后一定会去新加坡。往往在新加坡会待上几天。去新加坡路演有若干好处，譬如这个市场很规范，路演流程有条不紊，连租车公司来的司机都能十分准时；这个市场很专业，无论做什么类型的融资都能找到合适的投资人，加上国际化程度较高，资本网络广泛，联通着全世界资本市场；这个市场很高效，完全可以和香港办事效率有一比；这个市场很多元，多种语言畅通无阻，由于华人占比较大，对发展中的中国企业更容易理解，能给予最佳的支持⋯⋯

饮食文化

新加坡不仅深谙中华文化，同时崇尚发达的西方文化，与香港一样，是中西合璧的地方，他们做任何事的态度都能精益求精，既能包容又能坚持原则，既能讲情理也能重规则。辛苦了一天后，朋友会请我们品尝当地的饮食。我原以为饮食就是饮食，把肚子填饱及保证口感好就可以了，没想到饮食之中镶嵌着较高的文化品位。有一次饮食，可为我留下了终生美好记忆。先说时间吧，前后吃了两小时。过程中的每道菜不仅分给每个人，重要的是菜式和摆菜器具就是一尊尊"天人合一"的袖珍艺术品。我们都舍不得吃下去，都会先拍照。服务生会给我们解释每道菜的原料、营养、制作过程，我听了之后完全不能相信这就是眼前的事实。因为他们太别出心裁了，太独具匠心了；由于我对虾有些过敏，厨房会特意做一份没有虾的菜式，以填补缺虾菜式空当的遗憾；我没有特意数过菜式、前菜、甜品一共经过了多少道，粗略估算了一下，起码在二十道左右吧⋯⋯我以为这是特意为我们准备的菜式，其实不然，当我们随处吃便当，吃黑椒蟹，吃汉堡包，吃茶骨饭等时，都能或多或少体会到饮食过程的文化或品位的追求。

标志性建筑物

新加坡的干净和整洁闻名于世。这里给我的感觉总是一个不变的模

《托起太阳》，新加坡，2014 年

样，如天边星星挂在那里，如美丽的翡翠镶嵌在那里，也许会视觉疲劳的。但可以想象一下，假设你娶了一个漂亮女人做老婆，随着岁月打磨，你在不经意中老态显露，可老婆总是那么不变地美艳，你会不会觉得又幸福又嫉妒呢？到了新加坡，就是这么一种感觉。我时常住在滨海湾金沙赌场对面的不同酒店，譬如文华东方、瑞士酒店等，当打开窗户，就能看到对面的金沙赌场、摩天轮、菠萝形建筑、大海，等等。晨早，那一抹金黄色阳光照在这些建筑物上，天和地、明和暗均融为一起，让你心动。我会跳下床，立即拍上几张。这样的场景相信很多人都经历过。由于我们路演原因，总是从这栋楼到那栋楼，有时楼层高，有时楼层低，但视觉中的金沙赌场就在那里，时不时被看到。每一个城市都有自己标志性物体，金沙赌场、摩天轮、菠萝形建筑物就是这里的标志性建筑。它们永远都在你的视野里，就像你心中的所爱一样，永远和你形影不离。也因此，金沙湾赌场就成为我相机中不断诠释的主角，有时伟岸，有时硬朗，有时娇柔，有时和你含情脉脉。

现代风情

新加坡是世界著名的金融中心，要想找到历史人文的镜头也是能找到的，但说真的真不多了，很多历史人文已经走进了博物馆。我去过一家博物馆，让我长了不少知识。自从新加坡 1965 年独立以来，当政者就把新加坡极力推进和融入到国际社会之中，数十年的努力让他们骄傲，成为屹立不倒的四小龙之一。这是一个小国，但为了在夹缝中生存，就要有大智慧。如今看到的新加坡，更多是国际化的一面，那些充满着中国、马来等元素只能到唐人街、博物馆等地才能看到。也就是说，到这里寻找历史人文是非常难的一件事，也正是这个原因，而现代化的一面就是今日新加坡的风情。当来往在金融中心，你会发现这里上班的男男女女不是帅哥就是靓妹，衣着整齐，彬彬有礼，说话小声，面带微笑，谈吐柔美，他们大多长了一副华人脸，行动感却是有国际视角的特质人士。这是一种优雅，一种国际习惯，一种东西交融的祥和。聊天之中，他们很多人懂得感恩报德，因此感谢李光耀，感谢国家让他们拥有美好生活。多年来，想来新加坡生活、工作和定居的人很多，但门槛越来越高。这说明了一点，尽管这里一年四季酷热，生活成本高，但依然很受欢迎。为什么呢？不言自明了。

雕塑和挂画

新加坡建国虽短，但十分崇尚现代文化。这不仅得益于他们谦卑、重视学习，还得益于他们有国际视野。走在大街小巷中，几乎在每个显耀地方或建筑物门前会看到各种代表主人家的雕塑。雕塑别具一格。这些雕塑应该是经过建筑师和城市管理者们的精心设计精心策划才被安放的。如果到了新加坡你没有找到别的东西可欣赏，就一个接一个地去欣赏雕塑吧，也会让大家悟出很多东西来。除此之外，大楼里的每家公司接待处的挂画也是一种可以用来享受的艺术。当我们行走在混凝土的石林里，一般来说比较压抑，但每当看到一尊尊雕塑和一幅幅挂画，就像美女的微笑一样，也许会让你停下脚步看上一会儿，顺手拍个照，那种感觉很放松，觉得自己也是一个懂得欣赏的艺术家，会心一笑，无不令我们放松一下。

结论

在我的语言中尽力寻找对新加坡的总体比喻，找来找去，我想把新加坡比喻为这样一位女人：她是小巧的，又是精致的，不仅拥有不老的颜容，洋溢着青春豁达，除此之外，她很守规矩，很守妇道，规矩中带有少许挑剔，又很会扬长避短。她正踩着性感高跟鞋，穿着合适的衣衫，挺胸抬头，行走在拥挤的世界上。她知道自己该坚持什么，该要什么，又该放弃什么，一切的一切都能计算得恰到好处。

我相信这个国家的竞争力还会得到进一步提升，在不久的将来，他们也许将远远抛离家底厚、本来姿色过人的竞争对手——香港。当然，除非香港能真心实意融入到中国的大家庭里。

世事都在变化中，一切都没有定论。

2016 年 10 月 写于新加坡

63. 当今的印度充满商机

♡

为了拓展东南亚国家的商机，我们一帮人专程来到印度。

印度从北到南有七大城市，因为时间的原因，仅考察了德里和孟买。在前后八天的日子里，见了多家地产公司、建筑公司、富商、顾问公司、银行、地产基金，看了多块土地。因此，在街道上一日多次穿行。真是马不停蹄，起早贪黑，废寝忘食，风雨兼程。国庆假期也就这样过去了。然而，我就有很多话要说。

仰望泱泱大国，思绪万千

我已是第三次来到印度。这次比前两次了解得更加深入。

当站在政治中心德里和金融中心孟买，面对一个泱泱大国，拥有五千年灿烂文化的国度，我首先为之起敬。其实，任何时候、任何一个国家为了生存都很艰难，更何况还能生存这么久，拥有这么多土地和人口，算是奇迹。

中国和印度都拥有悠久历史，是文明古国，如今都拥有世界上最多人口，在世界上发挥着举足轻重的作用。前者图腾是巨龙，后者图腾是大象。龙灵活、能屈能伸、有能上天入地的本能，大象具备厚实、四平八稳、稳如磐石的能力。两国的信仰都是以佛教为主，都信神，也都是农业国，也都属于欠发达国家。两国山水相连，一个在北，一个在南，同属一个大陆板块……总而言之，浮想连绵。

从历史观角度看，中国领导世界数千年，近代因为闭关自守、夜郎自大而落后，自1978年实行改革开放以来仅仅过了三十多年，已经让国家富裕、人民幸福，让世界为之感动。而印度，被英国统治了一百九十年，到目前为止独立也七十年，经济一直比较落后，自莫迪做了总理后一方面学习中国，另一方面着手大力改革，还积极引进外资，一片热闹景象顿时涌现，于是世人预言不久的将来，印度将赶上或超越中国。

如今，当走在新德里街上，走在孟买路上，眼前那股热火朝天的景象扑面而来。这里处处在基建，沿街在摆摊，人力车、三轮车、低价汽车、货车和穿行的人流争抢道路。现代化和脏乱差的观感让你极不舒服。当你静心观察及用心触摸，当把这些我们曾经熟悉的境况掀开，有人会看到一个像腾飞的中国一样的印度正在势不可挡地坚强地崛起，但也有人认为印度超越中国是不可能的。

但有一点是明确的，印度远不同于中国。

中国自古就有大一统的思想，使法律、规定、文字、交通、规则等方面基本得以统一。这是多么了不起的一种选择。而印度不同，有二十八个邦，从法律、规则、习惯、文字等方面来看，邦邦有所不同。邦与邦之间基本保持友好关系，但穆斯林和印度教这几年矛盾逐步上升。从官方语言来说，就有十五种文字可用。如要问中央政府有多大权力，其实在国内会很小，也许在外交方面才能凸显出它的重要性。但是，各地的地方政府的权力还是很大的。

因此，中国政府的办事效率相对比较高，决策力强而且能落地，加上有层层指标的政治承担，如此一来，许许多多重大项目（包括基建）都能如火如荼地推动，城镇化的进程就会在掌控中向前；而印度就不同了，由于政府效率低，决策力弱，加上对发展并没有迫切的需要，其结果就可想而知了。

莫迪做了总理后雄心勃勃，作了多方规划，譬如要建多少个机场，修多少条高速公路，完善多少个城市群，打造一百个美丽乡镇，规划有

《当今印度》，2016 年 10 月

了，执行力却没有明显提升，加上基建投资需要钱，需要巨资，事实上，国家很缺钱。在印度，银行存款利息高达百分之八以上，银行贷款实际利息高达百分之十二至百分之十八。过去五年，印度卢比汇率下跌了百分之五十。因此，要突破资金瓶颈需要很长的时间和机遇。

另外，看看百姓的人生态度。现实中，中国人很进取，特别在当下，什么都可以丢弃，唯独就是不能丢弃追逐名利，对于名利渴求到了不可理喻的地步。譬如去到寺庙上炷香，不是求财就是求官，总得要求点什么，否则才不会上香的。可在印度就不一样了，百姓受印度教洗礼，接

受命运安排，富也好，穷也好，都能有良好心态安抚自己。因此，追求名利一事就不那么迫切了。据说，当地人最愿意为神花钱，譬如修庙、献花、朝拜等，花多少钱都行，而且诚心诚意的，没有半点虚情假意。

在劳动力成本方面，中国经过几十年发展，已经基本把人口红利用尽了，可在印度，人口红利很明显。这里的人工成本是中国的三分之一。每年，新出生的人口有两千万到三千万。走在街上，到处都是年轻劳动力。他们无所事事，似乎没有什么奢望，眼神中没有急于改变命运的期待。有人说，这可能跟举国信教有关；但同时也有人说，这主要是没有机会，如有机会，印度人是很勤劳的。

走在德里和孟买街上到处会发现这样的情况：一堵高墙之隔，墙内是奢华的高级酒店，歌舞升平，可墙外是一片让人不敢相信的乱摆摊，乱停车，乱卖菜，穷人躺在墙角，妇女们拜神……当这幅画面展现在眼里，扎在心上，我的感觉真是糟糕透顶。如果此况出现在四五线城市或农村，也可以理解，不幸的是出现在这些重大城市重要位置。两类状况似乎共生共荣，并无冲突。难道政府不知道吗？我相信政府知道，既然知道，为什么不去想办法解决呢？

对照中国改革开放之路，寻找机会

莫迪是位公认的有抱负的政治家。在他领导下，这届政府很想改变国家面貌，很想帮助低收入人群改善生活，于是接二连三的诸多政策已经或者正在出台。过去两年，每年 GDP 开始保持百分之七至百分之八的增速，是全世界最快的增速。的确，他很有使命感，游走在世界规则中，保持和多个大国之间的良好互动，因此吸引外资的投资环境持续在改善。最可喜的是，城市里的许多基础设施项目陆续启动，有点像中国改革开放的前十年的情况，城镇化率（现在才百分之二十六）正在提高。

应正面关注印度的人口红利的重大利好因素。走在吵闹的街上，到处都是人，干什么的都有。印度有十二点五亿人。据说，其实远不止于这个数。总而言之，人口总量很快就要赶上或超过中国，成为世界人口第一大国，而且年轻人占比较高。因此，印度有机会成为继中国之后另外一个世界工厂，因为人口红利还没有充分体现出来。

印度还有多项很好资源可为持续发展发力。譬如，这里是英语国，可以和世界很多国家直接对话，在激烈的国与国竞争中，这是一项优势；印度人普遍数学特别棒，精于计算，为此为世界输送了许许多多世界级的CEO及电脑巨人，随着国家营商环境改善，相信他们都会助力国家发展；印度政治稳定，又不好战，在日益全球化下，为印度构造一个良好的外国环境，将很好吸引外资前来投资。

以中国企业为例，到印度投资的中国企业有暴增趋势。如中兴通信、中国电信、阿里巴巴、华为、义乌小商品交易都在多年前陆续进驻印度，而且站稳脚跟，占据了一定的市场份额；当下，在中国房地产市场的发展商们，由于预感发展空间有可能碰到天花板，陆续把目光瞄准到印度这个城镇化相对比较滞后及价值比较低洼的国家，地产商如万达在德里圈地上万亩发展商业综合体，华夏幸福圈地数千亩打造产业园，还有若干房地产企业也在地毯式地调研准备伺机进入。

中国"一带一路"政策下，印度有可能是最大受益者。

可以想象，也有这么一种预感，起码在莫迪管理国家期间，印度会在全球变得耀眼，变得进取和正面，也会变得越来越好。

印度是个神主导的国家

印度人自己都说，印度没有像中国一样有很好的文字记载的古代历史，而是一个充满神的国度。为了补救这一历史，很多史实都是从中国资料中找来的。

按照功能划分，德里就像中国的北京一样，是国家的首都，是政治中心；孟买如中国的上海，是国际金融中心；班加罗尔如中国的深圳，是高科技创新中心。可走在德里、孟买路上，深入到民居、百货公司、酒店，这些地方和中国20世纪70-80年代的境况差不多。如果和现在中国城镇比较，就像中国某些三线城市，正说明机会很多。印度固然具有巨大的市场，但几乎拜访的所有人告诉我们，千万不要一厢情愿地期待印度的城镇化进程像中国一样快，这是不可能的，也是不现实的。不过，相信这里每天都在进步，但进步的速度会很慢。

有人说现实中的印度可能比中国落后二十年，此观点有些偏差，因为的确能发现有差二十年的情况，但也有和中国现在水平相当之处。譬如同在德里和孟买的房价，有每平方米三千元，也有七千至八千元，也有四万至五万元。所以，当能用这样的心态和多角度看印度，我们的很多结论也可能就要修正了。

未来，印度从北到南会有六大城市及城市群出现，分别是新德里、孟买、班加罗尔、加尔各答、金奈、海德拉巴。它们将像中国的一线城市北京、上海、深圳、广州等一样发挥着各自独有的作用，同时成为最活跃的经济体，并带动周边城市的发展。看好了就去布局，但要做好长期打算。长期看，印度将会获得很好的发展。

我们问了一家银行的首席经济学家一个问题：为什么印度现在落后中国？按当前发展态势，印度何时能赶上中国？他先是冷笑了一会儿。从笑里发现他根本无法预测印度何时能赶上中国。后来，他只回答了第一个问题：一，印度政府在基础设施方面，投资没有中国多，导致基建欠账太大；二，由于土地是永久产权，土地所有者可选择不卖土地，导致政府和发展商征地困难；三，在审批事项上花的时间颇长，说明效率低，很多事一拖就是数年。这些因素，都是导致印度城镇化落后的主因。这几点，莫迪政府很清楚，正在寻求改变中。

机遇与挑战并存，策略至上

说真的，面对印度这么一个大国，就像外国人看中国过去几十年一样，也是很难在很短时间内乃至通过一些报道出来的数据就能说清看透。如果怀有这样的心态就去投资，那也未免太天真了。

在考察期间，看到一份来自工商银行孟买分行的研究报告。报告的核心内容讲，中资企业在印度生存不易。文中讲到生存不易的原因：第一，印度市场信息不透明，市场秩序混乱；第二，印度基础设施薄弱，投资环境有待改善；第三，在印度竞争压力加大，商品价格战激烈；第四，印度市场需求不足，产品订单与预期差别大。

这仅是一家之言，并不代表没有机会。机会是有的，关键是每个企业怎么去做。不同企业、不同行业有不同选择及做法，结果就大相径庭。走在印度大街上，到处都是烂尾楼。一般而言，造成烂尾楼有三个原因，一是发展商缺钱，二是需求不足，三是得不到政府支持。同样这个问题，角度不同，打法不同，有人认为是商机，可有人认为是困难。

某银行的经济学家认为，印度的 GDP 构成百分之七十来自消费，百分之三十来自投资（我们中国的构成则正好相反）。今后，GDP 的结构还在努力调整之中，随着加大的投资到位及发挥作用，相信印度 GDP 将从 2018 年起保持增速在百分之八以上，将保持世界最快的经济增长速度。

临离开孟买前，去了附近最大的 Dharavi 贫民窟。在孟买，起码有四处比较集中的贫民窟。Dharavi 登记入住贫民一百二十万人，据说实际人数高达二百万人。这里因拍摄了《贫民窟里的百万富翁》而出名。还没到实地，有人告诉我们不能拍照，生怕被传到世界各地。幸好遇到大雨，我们走上人行桥，也就远距离观赏。大雨之中，两边一片灰暗，叠加式的房子千疮百孔，顶上的遮雨布飞起，下面道路泥泞，车辆进出堵塞，行人虽稀少，忙碌生机的人们还在干活。

总而言之，印度未来有很大机会，发展之路可能漫长，关键是你怎么做；另外还要留意，莫迪政府想做事但不代表下一届政府也想做事。一般认为，由于莫迪是个受欢迎的政治家，会顺利连任，前后任期十年。这十年很重要，很关键。若用变化视觉和心态看世界，做出来的决策才会相对正确。

2016 年 10 月　写于印度德里

64. 心中有爱，一花一草皆为情

♡

　　跨入 11 月，又到了深圳一年最舒适的季节——不冷、不热、不潮、阳光明媚。

　　12 日这天，莲花山公园正在举办一年一度的簕杜鹃花花展活动。簕杜鹃花是深圳市的市花。

　　为了迎接成千上万人前来观赏，公园一早就装扮一新，各色的簕杜鹃花竞相开放，远看像一个个富态的中年贵妇扎堆儿说笑，近看像一个个青春洋溢的年轻女子在斗艳，令人流连忘返。

　　说起莲花山公园，面积不算大，顺着外围曲径通幽的人行道走上一圈，一小时就能走完，但却在深圳市的九百一十一个各类公园中独领风骚，地位卓越。这一定得益于两个原因：一是处于福田中心区，四周进出方便，像给周围住户配套的后花园一样；二是因为山顶最高处安放着全国人民敬仰的改革开放总设计师邓小平的铜像。铜像坐北朝南，加上底座高九点六八米，不仅看着深圳人的每一天，还遥望着曾经让很多人奋不顾身偷渡前往的深圳河那边的香港。

　　1980 年 8 月，邓小平决定在边陲小镇、草泽荒丘的深圳原有面积上推行经济特区试点改革。就是我们常说的，画了个圈。当时全国意识

形态还比较左，姓"资"姓"社"问题争论不休。后来深圳很争气，一路借改革春风扬鞭奋蹄。三十多年过去了，如今成为全国最现代化、最市场化、最创新、最宜居的城市。深圳市这个圆圈的成功发展可谓令世界惊奇。我相信受益的深圳人早已把邓公当成了心中的神一样敬仰。

《心中有爱》，
深圳莲花山，
2014年11月

　　起码我就是这样的人。20世纪70年代末，在邓小平力排众议的情况下，全国恢复了高考，本人顺利考上了大学。就因为如此，彻底改变了一生的命运。也因为如此，才有机会在80年代中期到南方工作，正好见证了深圳这块试验田突飞猛进的发展历程。

　　上莲花山顶并不难，可从三个方向进发。如果您腿脚好，二十分钟就可达山顶。站在山顶朝南看，一片生机勃勃的高楼大厦，那时高楼大厦像雨后春笋般地拔地而起。如果有几个月没有上来瞧一瞧，您会突然发现眼前又起了几栋高楼，那是改革开放的速度。目测过去，当下能超过平安集团大厦高度的高楼是没有的。

　　平安集团起步于深圳，经过二十多年发展，资产上万亿，很多领域都是行业的佼佼者，成为中国改革开放成功者的缩影。入股碧桂园百分之十我是操盘手，对平安集团越了解就越充满着无限敬意。因此，拥有这么一栋高达六百六十米的高楼，正是其江湖地位的写照。

　　周末早起，来到附近的莲花山公园练练腿脚，呼吸新鲜空气，将一周的浊气排出，便是一个最方便最经济的强身健体的好去处。我一般从西门入，绕北行，经过最东边的纪念园然后到南边，绕到市民中心喝一杯咖啡，吃几片三明治，随后从西南大门再进入公园，最后回到西南门停车场，一共走了八千步。

　　要让身体好，就要坚持锻炼；要保持强劲的体魄，就要不懈地运动。实际上，在运动的同时最好欣赏沿路的风景，可一举两得。在我眼里，沿路风景由两部分组成：一部分是人，另一部分还是人。说明人是我眼中最为重要的元素。我总是带着一部相机，搂草打兔子一般抓拍上几张。实际而言，要在莲花山拍更深刻更敏感的题材是不现实的，因为这里是公园。公园给人们更多的是休息，运动，放松。也因此，镜头下的照片就是休闲之类的纪实。也可说，这正是当代深圳人工作之余的精神面貌的侧影。

因为忙，找不到数日的时间远行，就到附近放慢脚步，面对青山绿水，感受一花一草，那也是一种享受。享受未必要奢华，未必大鱼大肉，未必舍近求远，其实俯首可得的也是一种享受。

当带着阳光的心情走上一圈又一圈，也会有感悟的。

深圳也有四季之分，只是四季交替不那么泾渭分明。准确讲，深圳只有两季，从每年的 11 月到次年的 4 月为一季，气温有点凉，正是登山、远足的最佳时段；从每年的 5 月到 10 月，天气酷热，正是晒太阳、游泳的月份。

我时常觉得，来到莲花山公园就好像来到了深圳的心肺中。这里有灌木丛林，四季花开。春节期间，山顶北坡的桃花映红；春秋之季，处处桂花飘香；长年之中，椰风林密实，树叶由黄变绿，由绿变黄；而簕杜鹃、紫荆花，常年时开时谢，展现了生命的一幕又一幕。在这里您会发现一个特殊景观，即每到夏天会发现树木落叶，如秋天一样。

一个植被上佳及满园花开的公园，一定是最迷人的地方。

这里有一个大湖，处在山顶西侧脚下，湖分成两段。走一圈大约一千步。大湖供划船，游客乐此不疲；而小湖里，夏天长满了莲花，而到了秋天能见到败荷。如生命的每个阶段一样，各有各的精彩。当您联想到生命总有花开花落时，就会觉得败荷也有它美丽的一面。败荷已经成为许多摄影师拍摄的素材，那种枯萎残叶之美更加吸引眼球。

这里有个巨大的风筝广场，处在山南脚下。有些老人为了锻炼身体，长年在这里放风筝。他们把放风筝当成了生活的一部分，既锻炼了身体，也消磨着时间。每当到了周末，广场人满为患，放风筝的男女老少见缝插针，一展技能。当中，永远最夺目的都是那些酷男靓女。多年了，空中飘动的风筝也在随着科技进步而进步。如今的风筝形态各异，有电动的，有遥控的，有音乐的……常玩风筝的人把风筝当成了一门绝活儿在颂扬。

这里有好多显眼位置被中老年人长期占有，譬如湖边、北广场、遮雨厅、椰风林带等。在湖边和椰风林带，"夕阳红"的老人们总是凑在一起唱老歌，在管理处统一配合下，气势如虹，声音洪亮，再走近一看，还有人指挥，跳舞，真是有威有势，有板有眼。老人们都经历过那火热的年代，他们的记忆总是停留在那个难以忘记的岁月。一次路过，"山丹丹开花红艳艳"这些久远悠扬的歌声听起来十分舒服和熟悉，因为我也经历了那个时代，有深切同感，自觉不自觉地停下脚步哼上一会儿。

这里有一个最大的公众活动场地，经常举办一些大型聚会。举办单位多为社区相关部门。每一场聚会都会精心布置，气氛热烈。举办单位总会找一个又一个主题，然后载歌载舞，特别是那声震四方的扩音喇叭，让您不得不把注意力短暂停留在这些活动场面上。时代在变，百姓的喜好也在变，主办单位也在挖空心思迎合这些变化。所以说，我们政府很不谷易，也让"来了都是深圳人"这一名句落地，一起分享深圳的辉煌，真有歌舞升平、国运昌盛的意境。

在莲花山的四周，其实是一个集大成的世界。有美术馆、音乐厅、儿童活动中心、书城、展览馆、美食街、广场表演、政府机构、笔架山公园、中心公园，这些都连接在一起。若您有任何兴趣都能满足。若您的时间充分，走上数日也不会重复。所以说，住在这座山周围的百姓可说艳福不浅，荣耀之至。

其实，人活着就是活个心情。心情好，什么都好；心情不好，见什么都烦。心情好比天气，糟糕的天气总是让人闷闷不乐，甚至厌世。

而心情好坏往往和欲望相关。欲望高的人，当没有实现欲望，也许沮丧、焦急、闷闷不乐。为什么总是说欲望低的人幸福指数高呢？道理很简单，是因为他们明白知足常乐的道理。

如果您不开心，就到世界落后的地方去旅游；如果因为没有时间，就在周边的公园走走。到了深圳，就去莲花山公园。这里是免费的，昼夜开放的，早出和晚归会有世外桃源的宁静。

换个角度看，莲花山公园并没有什么特别之处，和深圳其他公园的功能、环境几乎没有两样，我相信当您看到不同年龄段的人按照自己喜欢的方式开心着，您一定会被感染，您也会快乐。当您快乐了，那就笑了。笑口常开，正是您所需要做到的。

一些传递正能量的摄影师我很喜欢。有一个摄影师一生专门拍摄不同年龄的人的笑容，所传递出来的正是，努力微笑吧，珍惜每一次温柔相处的时光，世上除了生死，其他都是小事。

每当看到活泼可爱的孩子们，有的在学走路，有的趴在地上亲近大自然写生，有的奔跑玩气球、追泡泡，有的在学着放风筝，一切的一切，都可以在莲花山公园碰到，难道您不为之激动吗？大笑吗？

唐代诗人刘禹锡说："山不在高，有仙则名。水不在深，有龙则灵。"莲花山公园因为有邓小平这位伟人的铜像及精神安在，于是成为深圳老百姓心目中最值得安心静养的地方，这是自然而然的事。事实上，我们这代人最应该感谢的伟人就是邓小平。

哲学家周国平在他的《把心安顿好》一书中说：人最宝贵的是生命和心灵，把命照看好，把心安顿好，人生即是圆满。来到莲花山公园，会有这样的功效的。

2016 年 11 月 写于深圳

65. 任道长与我分享《道德经》

♡

深秋的一天，陕西省周至县境内的道教圣地楼观台也陷入到了深度雾霾的笼罩中。我站在老子曾经的说经台上朝北望去，秦岭山脉的终南山北麓如天幕横在眼前。但隐约之中，仍能看到老子的巨大雕像。

《道德经》在说什么？

《道德经》，相传是我国春秋时期老子李耳所撰写。《道德经》分成上、下两篇，《道经》三十七章在前，第三十八章之后为《德经》，并分八十一章。此经书五千字，也叫《五千言》《老子五千文》。

任法融道长的《道德经释义》一书中说，《道德经》主要讲了"道""可道""德""下德"几部分。"道"和"德"讲了无极图，"可道"和"下德"讲了太极图。

"道"是宇宙的本源，及其形而下的一切事物的运动法则，即规律。而"德"是宇宙运化万物的功能及作用。"可道""德""下德"都是"道"的派生物。只有正确理解了"道"，才能正确理解"德"，从而以此为钥匙，可正确理解《道德经》全书。

凡是研究《道德经》一书的人都知道，《道德经》的基本思想源于

《易经》的阴柔理论，起到互补作用，对古代统治者、政治家们治理国家非常有用。书中提到"无和有""阴和阳""祸和福""盛和衰""实与华""厚与薄""大与小""长与短"等都是一对又一对矛盾。矛盾的双方既互相对立，又互相依存、互相联系、互相作用、互相补充，到达一定条件下互相转化。因此，这是一本辩证法思想十分突出的哲学书，是道家哲学思想的重要来源。

任道长讲"道法自然"

任法融，第七届中国道教协会会长。在易学方面主要研读《易经》、阴阳系统论、人体生物节律学等，曾著有《道德经释义》《周易参同契释义》《黄帝阴符经·黄石公素书释义》等著作。

这天上午，尊敬的张伟先生帮我约好任道长。

见任道长一事是张伟先生早前在广州与我相约。他知道我喜欢摄影，提议我能抽空拍摄以道教为题材的一组照片。我唐突地答应了，但过数月，仍不知如何表现这一题材。记得张望摄影师拍过一组反映佛教的照片，前后用了九年时间，反响极大，那些画面长久出现在我的脑海中。是的，我相信拍这一题材也需要深入研究道教，体验道教。只有这样，才能用影像精确地表达出来。

年过八旬的任道长见到挚友，十分高兴。张伟先生把我介绍给任道长。任道长日理万机，刚从西安会友赶回来，见到我们后马上进入到主题。他不知道我会问什么，我说我要拍一组道教题材的照片，不知怎么表达为好。

任道长没接我有关摄影的话题，慢慢坐下。

任道长是一个哲人，讲经，纵论。分享道教思想是他最喜欢做的事。我洗耳恭听，感受着他那平静如海、豁达如天的一切。

他说，自然界中有一种冥冥的造化，不知不觉孕化着万物。这是亘古不息，永远存在。它的力量无穷，所以在人们心目中产生一种宗和信。同时，不但自己宗信它，而且还把它教化与民，这是至高无上的。所以，道教称为的道宗，佛教称的佛祖，儒家称圣人，基督教称神，天主教称天主，面对道法，大家殊途同归。

他说，世界无边无际，无穷之外还是无穷，无极便是无穷。过去数千年，很多人不理解这个说法，近年来，随着科技进步，越来越证明地球之外还有星球，人类之外还有人类。可是，老子在几千年前就提出来了。道教日益被世界重视、接受和承认，这正是老子的伟大之处。

他还说，自然界很多事情是"逼"出来的。譬如，物极必反，负阴抱阳，阳盛则热，阴盛则寒，过盛必衰……再看看这雾霾，是追求短期利益造成的，因为违背了"天人合一"的法则。这是天灾，实为人祸。如今要治理雾霾，就得找到造成雾霾的源头，也是逼出来的。

天地又大又小，法则早已经讲得很清楚：道法自然。

"道法自然"是解释万物万象的根本。

《道德经释义》

几千年来，对《道德经》释义的人大有人在。有人解读这是一本养生学，有人解读这是一本哲学，有人解读这是一本政治学，也有人解读这是一本军事著作，还有人解读这是一本自然科学书。

任道长言犹未尽，取出著作《道德经释义》送给我们。书大如手掌，厚如手机，携带方便。在飞机上，我已经开始阅读这本书了。

《道德经释义》一书谈天道、谈世道、谈人道，处处体现着任道长的超脱与睿智。他谈到天道，作为"众妙之门"的"道"，是宇宙之根，"道生一，一生二，二生三，三生万物"。"自然而然"便是"道"化生万物的根本法则。这一法则又指导着"世道"与"人道"，成为宇宙人生之终极之基石。他谈到世道，天道朴素无为，"不言""不争""不召"。依据天道，世人应"不自见""不自是""不自伐""不自矜"，从而做到"为无为，事无事，味无味""常无为而无不为"。他谈到人道，天道和世道最终要指向人道，即作为个人如何遵循道而获得生命之永恒呢？《道德经》正是为我们世人指出了一条阳光大道："人法地，地法天，天法道，道法自然。"

道法取自然，善恶度轮回。

我想到搞企业也是如此，若能顺势而为，必将获得成功。

影像的表达

张伟先生替我向任道长讨书法，道长答应了，立即娴熟地泼墨三幅：《上善若水》《名人珍藏》《春华秋实》，同时，张伟先生也给我书法一幅，均作为珍藏。在此衷心感谢。

而这一刻，我想到的是道教的摄影表达。

余秋雨在《中国文化必修课》一书中讲，儒家讲君子之道，佛家讲如何成为一个觉者，而道家讲清静无为、虚无、禅修。譬如老子所说的"上善若水"，其要点则是水的形状变化及"水善利万物而不争"这一特点去构图，去传递摄影思想。美国摄影师 S.I. 夏庇洛出版了一本《道之摄影——穿过表象的空间》，其中讲了一个观点："摄影和道教可以'交通成和'（交汇、渗入、走到一起，和谐为一）。"当抓住这个特点，也许在摄影表现方面就找到了画面的质感或者切入点。

只要"致虚极，守静笃"，必定会实现这一目标的。

2016 年 12 月　写于西安

66. 重走新疆大牧场

♡

　　6 月中旬，我又一次走进了北疆的牧场。

　　辽阔的牧场就像一颗巨大的磁铁石一样，深深地吸引着我。几年来，我六度走进牧场。每一次都把灵魂掏出来，放在牧场的雪山下进行清洗，让我一次又一次认清了许多事物的本源。譬如，我明白老子所倡导的"天人合一"到底在说什么，同时让我感受到生命意义的何在，也让我羡慕起那些牧民不愿意进城生活的根本理由。

　　这一次，我走进的是喀纳斯、哈巴河乡和富蕴县。

　　这个时段，也许可以称为当地春末夏初的季节。

　　北疆的冬天又长又冷。牧民要经历长达六七个月的严寒考验，再经历短暂两个月春天的感召，然而一夜之间的冬藏能量大爆发，大地一片绿、一片红、一片黄、一片蓝就在眼前。这么一种春意盎然的日子，当我来到这样的环境中，不得不醉了。

　　这里几乎每一样东西都能令我如痴如醉。

　　蓝天真蓝，我醉了；
　　白云真白，我醉了；
　　青山真青，我醉了；

树叶嫩黄，开花了，我醉了；

牧民充盈的笑容是那么地满怀喜悦，我醉了；

牛羊马躺着就能吃饱的状态，那种上天给予大自然不胜枚举的滋养，让人羡慕不已，我醉了；

空气是清新的，风向是自由的，鸟儿是鲜活的，生命是放松的，吃着香香的牛羊肉，享受神仙般的生活，我醉了；

一天也是二十四小时，可是太阳五点钟就冉冉升起，直到晚上十一点才落山，白天特长，能做很多想做的有意义的事情，特别是喜欢阳光的我，感受着温暖和力量，似乎生命比在内地长出了若干年一样，我醉了；

我像个没有见过世面的小孩一样，开始时是冲动的，激动的，后来平静了，有时还躺在花丛中与大地相融，倾听小花小草的窃窃私语，有时还躺着伸出手去摘那近在咫尺，似棉花团一样的云朵，我醉了，醉得不省人事。

这样的情节，在牧民从春牧场转场还没有到达秋牧场之前的夏牧场随处可见。也就是说，这里的夏牧场正敞开着她那博大的胸怀，以盎然姿态欢迎我们人类的朋友——牧民和牲畜——到这里过夏，到这里享用。

与此同时，我喜欢牧民转场的情景。

为了记录这个情景，我为此付出了许多宝贵的时间。六进牧场，有春天去的，有夏天去的，有秋天去的，也有冬天去的，去了之后紧随牧民，记录着他们转场过程中固有的发自内心的点点滴滴。

魔鬼出在细节上，感动自在分厘中。

其实，我们人类的生活方式可说千姿百态，哈萨克牧民转场可算是牧民一生一世从不止步从不厌倦的方式。因为只有这样，这个民族才能生生不息，才能在人类史上与其他民族共生共荣。尽管城镇化的烈风已经吹到这些边陲的地方，哪怕不少的年轻人不再愿意过他们祖先原有的生活，但是，总有一部分人是固执的，他们犹如一块块硬石头一样，坚持把身体和灵魂都留在牧场或者转场路上，于是，牧民的转场仍在继续。当然，转场方式也随着国家的进步而改变。

从春牧场到夏牧场，该走什么路，走多久，该在什么时间启程，牧民早已了然于心。前者在低洼地方，后者在高山巅上。每年这个季节，牧民就骑着马，赶着牛羊，骆驼驮着全部的家用，从低洼的牧场向山巅上的牧场浩浩荡荡地进发。

走过几个乡和县就明白多了，每年这个阶段的牧民和他们的牲畜都会起早贪黑，翻山越岭，边行边吃边停，有时一天只走五六公里，然后经过一周或者长达半个月的行走才能到达他们的夏牧场。

进入夏牧场，可谓进入到一年之中的天堂了。

可是，在进入天堂的路上，那可要经历千辛万苦的考验。

　　大风时，他们照样行走；

　　暴雨时，他们照样行走；

　　突然降温时，他们照样行走；

　　山体滑坡时，他们照样行走；

　　脚步告诉大地，他们才是勇敢者。

我很喜欢拍这样的场面。因为这样的场面是大家难得一见的，是动态的，是宏大的，其背景是变化的，是有生命力的，还能透过照片表达对生命的赞美，并引起人们对生命的尊敬。

我是一个小生命，也一直赞美生命。

能用真诚赞美生命的人，一定不是坏人。我以为自己就是一位真诚的人，一位有情怀的人。是的，无论我曾经加盟碧桂园还是现在的阳光控股，都因为两家公司老板有情怀，才乐于站台。

为了记录这些动人场面，我每一次都做足了充分准备。譬如，我不怕累，不怕太阳晒，不怕山路难走，不怕尘土飞扬，不怕没吃没喝，不怕给朋友们增添过多的骚扰。这些，都无怨无悔。

我曾经出版过《千年牧道》画册，也获过两项大奖，但我没有满足，而是继续记录着。我相信，再过若干年，传统的转场方式一定会大面积消失。这一点，是毋庸置疑的。这一次到牧场我发现转场方式已经和几年前见过的有些不同了。譬如，车辆运送家用和老人、孩童的方式多了，牧民驾着摩托车赶牲畜的方式多了，过夜照明及做饭用太阳能获取热能的方式多了，手机相互联络的方式多了，生活用品到附近县城采购的方式多了……我以为这是好事，是顺应天地的做法。

每每找寻到这样场景，我是多么地喜爱啊！

多年来往牧场，我结识了不少新疆的朋友。

是的。有那么一阵子不联系他们，我心里有些惦念；有那么一段日子没有见面，我心里忐忑不安。人生中，总要有那么几个朋友。如果一个人没有几个好朋友，那说明这个人是有问题的。

子曰：有朋自远方来，不亦乐乎！

每次，我给远方朋友提前打招呼要过去采风，只要打了招呼，他们就会热烈欢迎。为此，会提前很久谋划怎么接待好。

过往的几次接待都很难，如今接待更加难了。

朋友们就会把所有问题考虑周全，譬如行在哪里，吃在哪里，睡在哪里，拍在哪里，安全又如何保障等，都要拿出解决的方案来。尽管如此，还会在过程中遇到因为防恐需要而带来的众多检查。几次在半途中就发生了问题，他们就会想尽办法去迅速解决。有时真难为他们了，搞得我心里过意不去。不过，我的朋友能量太大了，似乎没有解决不了的问题。如此真诚，令我感动。

这样的场面令我感动。唯有感动还是感动。

这一次，我又结识一位比我年轻的朋友，叫强总。强总是一个成功的企业家，可偏偏喜欢上了拍鸟。强总做企业成功了，是因为坚持和韧性；强总拍鸟拍出名堂来了，也是因为坚持和韧性。

强总陪了我九天，既当司机，又当导游。

强总开车技术非常了得，走山路如走平川，同时摄影好，眼力更好。开始时，强总眼里全是鸟，窗外稍有一点动静会立即停车，端起大炮，扫射一阵，然后分享给大家观看。真是了不起。画面虚中有实，实中有虚，把鸟最为生动的一面抓拍到了；后来，因为带他拍转场，去了多个地方，没想到把强总拍转场的热情点燃了。这位强总很有灵性，稍微点拨一下全通了。如果朝这个方面发展下去，加上天时地利的因素，想必强总会一日千里，会有一天成为转场影像大家。

我这次到北疆，自然和两位老朋友——彬老弟和军老弟——又一次聚会，得知彬老弟顺风顺水，很开心，又得知军老弟经历了一些难以言表的磨难，如今万事大吉，便更加开心了；当然，也得知一些曾经认识的领导出事了，心里总有那么一点点惋惜和沮丧。

> 人生美好，
> 变幻无常才是真；
> 遇事不惊，
> 敢于面对为人杰。

和北疆朋友见面真的很开心，唯有欢迎他们来上海、来深圳、来香港作为报答。人生难得有几个知己——无利益瓜葛，一起举杯豪饮，对月当歌，迎风招展，倾诉情怀，岂不美哉？

可内地这个六月实在太诡异了：中美贸易战拉开了序幕，两败俱伤是必然结果；全球股市应声暴跌，跌跌不休。中国股市跌破了三千点心理防线；地产公司的销售和融资被一波又一波政策所困扰，举步维艰……可我能忙里偷闲，短暂时间里与牧场为伴，与花草合体，与牛羊共舞，大饮雪山水，大吃新鲜肉，大吸清爽气，这样的感觉犹如穿越到两千年之前的春秋战国年代。

老子曾说过："人法地，地法天，天法道，道法自然。"而今天之乱象都是人类作孽造成的。而能改变这一乱象的不二法门，唯有改过自新，顺应天道。

道在心中。来日，还要再去北疆。

北疆牧场是安放灵魂的好地方。

2018 年 7 月 写于上海

67. 又见五台山

♡

初秋到，微风起。

我应邀参加世界五百强 CEO 财富论坛大会来到了太原，又因参会的朋友要去五台山看看——他说他每年都要到这里来一次，我是主人家，就前往陪同。

2010 年我来过五台山。那是我的第一次五台山之行。记得天有点冷，有几位同事陪着，在工商银行安排下，天不亮就来到五爷庙，在大和尚安排下，磕了三个头，上了头香，心中求了点东西，然后乘车上了东台。东台又大又平，一望无际；山峦相连，如龙舞动；转身之时，看见一条蛇，吓了一跳，好在被冻死了。当时没时间去其他四台，也就只好把佛留在心中了。

这一次不同了，一位很有佛缘的朋友，结识了多位有名望有影响的大和尚，和大和尚见面一事全由他来安排。

这天到了五台山，已近黄昏。更远的地方去不了了，便坐缆车直奔小朝台。

小朝台上面有个黛螺顶，里面的住持叫昌善。

昌善大和尚知道我们将要来，很早就等着我们。

我见到昌善大和尚，甚是欢喜。

我和昌善大和尚聊得很长，很投机，差一点儿把乘坐下山缆车的最后时间耽误了。很险，就差三分钟，否则就得走上半小时才能到达山下。

临别前，我和朋友分别讨了一幅字，我讨的是"上善若水"。

"上善若水"是道家老子的经典名句，是我们做人必须遵守的大道理。此时，我就想到这幅字最适合我。如果一个人能像水一样地存在，

《感受佛经》，山西五台山，2018年

不争高低，不争名利，又刚又柔，刚柔相济，又能滋养万物，做一些对社会有意义的事，那是多么有意义的一生啊。

朋友提醒我，这里可是佛界，这幅字的意义可能有问题。

昌善大和尚边写边说：佛道归一家。

我也是这么想的。

讨到这幅字后，我们迅速跑出黛螺顶，西向的山峦早已暗了卜来，像是被黑暗吞噬，山峦和天空云彩形成了一个大口字，最后的余晖就从这口中照射出来，云彩红得如红唇一般，似乎这是佛的口型，向我们正在传递寓意更深的教诲。

次日，和妙江大和尚见面时是太阳升起不久的时候。

一排又一排的白云像大刷子刷了几笔白色油漆似的呈现在藏蓝的天空上。白云有些诡异，蓝天有些深邃。妙江大和尚住持的这座寺院坐落在半山腰上，里面的花草虽过了怒放期却依然昂扬，里面的建筑物空旷，在阳光下那线条是如此地明亮。

一切都是那么地宁静，淡然，与世隔绝及不食人间烟火似的。

这处寺院建于唐朝，修复于明清年间，一看便知这才是风水宝地。

寺院叫大圣竹林寺，非常出名，日本每年有许多人到此处上香磕头，总算慰藉了一种思念。妙江大和尚是山西人，七岁入佛门，今年六十二岁。经历过五十五年与世隔绝的寺院生活，早已无欲而欢。也的确，他的性格如个老顽童一样，谈笑间，无所禁忌乎。

我问：人为什么要修心？

他答：因为心坏了。

我问：佛教里对孝道如何解释呢？

他答：理解上会有不同。有大孝，也有小孝。也许一时令父母不开心，也许过了若干年，父母想通了，也就高兴了。

他主动说：我很快乐。入佛门是有佛缘。我的快乐因子是无欲，简单。有钱就修塔，无钱就等待。一切不要强求。

我的朋友向他讨了一幅字，我也讨了一幅。

我讨的是"天高云淡"。

妙江大和尚挥笔泼墨时，那从容、洒脱的样子着实迷人。

在我心中，此时此刻蹦出来的就是这个意境。人有时若能做到天高云淡，云淡风轻，那才是活着应有的态度啊。

再说从黛螺顶下来，我们吃了一碗刀削面，便拦了一辆出租车，奔赴《又见五台山》情景剧剧场。

这出戏由著名台剧导演王潮歌导演，据说蛮轰动的。

因此，慕名而去！

到了剧场，一所巨型的建筑物横在山谷的平地上。

剧已经开始了。

我们在佛徒装束的服务员引导下，七弯八拐，顺着黄色通道，一路"净"字伴随，被佛境淹没似的来到了剧场。是的，每次走入佛境，很自然就变得肃穆起来，不敢大声说话，不敢嬉闹玩耍，不敢妄加评论，马上用心去聆听和感受那种巨大的来自说不清方向的磁场感染。

佛教，真有一种很神奇的伟大力量。

看演出的观众不少，前排都坐满了，也许他们是游客，也许是信徒，总而言之，演出人员和观众互动，"你就是我，我就是你"，长达九十分钟的演出，给我又一次上了一堂佛经课。

这里的舞台设计也是第一次见到的，可圈可点，有动有静，巧妙地将情境演出、视觉体验与佛教文化融为一体，创造了天、地、佛、人为一体的宏大效果。

剧中演绎着我们平凡人的喜怒哀乐，生活琐事，映照出了我们每一个人对身边生活的感受与思考。观众与剧中人一同经历岁月的流逝，一同感悟生活的禅思，一同体会这五台山所蕴含的人生智慧。

　　看完之后，明白了寺院里我们常见的风铃的作用，明白了人生无常而又如何面对这些无常的态度，明白了种善得善的因果报应关系，明白了佛经所揭示宇宙之浩瀚以及我们如尘埃渺小的关系，明白活着的意义以及如何面对活着的心境，等等。

　　真是值得一看，再一次普及了一下佛教的真谛。

　　我们平时的确太忙了，为名为利，为他为己，为子为孙，乃至于大多时候忘记我们为什么活着，活着的意义何在。

　　在五台山的所有寺院里，文殊菩萨的尊位是不可缺少的。

　　文殊菩萨，为佛教四大菩萨之一。

　　给文殊菩萨磕头上香，寓意能开发智慧，提高悟性，尤其能帮助小孩学业有成，官人福禄双增，商人增财增福。所以，给文殊菩萨上香，意味着我们在关心智慧，热爱智慧，拥抱智慧。每个人只有拥有了智慧，才不会做一些糊涂的事。

　　我们拜佛，除了要拜一个叫文殊的菩萨，一个叫释迦牟尼的佛，其实更重要的是拜我们自己。期待我们自己在短暂的人生岁月里，能够尊敬时间、尊敬生命本身、尊敬他人，更尊敬自己。

　　《又见五台山》做到了，其功德无量。

　　　　太阳出来时，
　　　　我站在大和尚面前。
　　　　我问：人为什么要修心？
　　　　他说：因为心坏了。
　　　　我问：什么是快乐？
　　　　他答：无欲。简单。
　　　　我讨了一幅字：天高云淡。

　　　　太阳下山时，
　　　　收获满满，

我讨到了一幅字：上善若水。

看了一场《又见五台山》，
知道人生的无常，
还知道佛祖的初心。

当我举手摸到佛经时，
我觉得摸到了运气和幸福。
让我们一起来诵念《心经》上的咒语：
去吧，去，
到彼岸去，
大家都去，
赶快觉悟！

2018 年 9 月　写于五台山

68. 台中高美湿地的印记

♡

在网上，发现了高美湿地公园。据介绍，这里是台中最佳欣赏落日的好去处。此地荣登"日本海外秋天绝景第一名"的荣耀。于是，在立冬前的节日，决定顺道去看一看。

周三一早从台北出发。台北阴天，而到了台中艳阳高照。

已经到了立冬日，本来准备了多件御寒的厚衣，不料这里根本用不着，反而觉得衣服带多了麻烦。

站在高美湿地公园的堤坝上向西看去，就觉得湿地平坦辽阔，无边无际。事实上，这块湿地和台湾海峡相连。直向西去，可到达中国福建省的福州、莆田一带。

三点钟的太阳已经西斜。

因为阳光没有任何遮挡，天空如白幕一般，照射在这块湿地上，湿地泛起了鱼鳞斑点，既耀眼又刺眼。

放眼湿地，湿地的展开也是有层次的。

离岸边近处，有一片又一片芦苇荡。芦苇花开如雪。芦苇随风摇摆，好不婀娜多姿。我曾经看过一个短片，这些万千芦苇的摆动就如同频共振一般，整齐划一。

跳过芦苇荡，大面积湿地的泥沙裸露，形成了一团又一团的泥团。

《高美湿地》，台湾台中，2018 年

泥团有大水也有小水。海水被风涌动，小溪如浮沙流动一般。泥团上，时而见到小鸟戏水追逐，飞来飞去，好不快乐。再仔细察看，会发现数不清的小螃蟹横行，它们时而钻入泥洞，时而从泥洞跑出来。看螃蟹也成了一件有趣的事情。

湿地上有一条栈道。栈道宛如一条趴在那里的长龙。长龙一动不动，身上有黑影移动，尽头有成堆的黑影在表演似的。2013 年，当地政府为了吸引游客修建的。栈道不长，就六百九十一米。栈道有专人管理，早上有开放时间，晚间有最迟关闭时间。在附近划了一块地，修了一个巨大停车场和商场，当然有厕所了。似乎管理很到位。

栈道以西以南，有两排巨大的风力发电的风车，像坚强的白衣卫士一样耸立在天边，硕大叶片在大风中优雅地转动。风车倒映在水面与湿地交汇，为晚霞增添了灵动，勾画出美丽的画面。

从堤坝上下来，走入栈道，我觉得这里风力极大，站立难，行走难，呼吸也难。

风向来自东北。风速起码在七八级以上吧。事实上，越向深处走，风力越大。那时就感觉随时有可能被吹倒，掉在栈道下。其实掉到栈道下也不会有任何生命危险，估计也就踩一鞋子泥沙，湿到脚跟，或溅上一身水罢了。

所以，我努力向前面跑，期待有所发现。

到了栈道尽头，除了个别人站在桥头上还迟疑之外，而大部分人——特别是青年人，都下到海里。水是冰冷的。凡是从海里走出来的人都哆嗦，于是迅速穿上衣服。

我突然发现人性的一面，那就是人永远有热爱大自然的性情，永远有一种追求自由自在的不羁，还有一种试图寻找刺激以证明自己存在的快感。也因此，我把相机镜头对准了三组人。

一组人是一群青年人。大约十几个人。他们衣着像是中学生。他们在海里相互泼水，嬉笑，合影，留影。他们洋溢着青春，诠释着美好。斜阳之下，特别是那些长发女孩的身影在海里在夕阳下美得令人窒息。他们一直朝着太阳的方向远去，乃至于我手中的 300mm 镜头都没法拍到他们的细节了。

另一组人是一对女人和一只狗。其中一个女人穿着红色上衣，另一个女人穿着粉红色上衣，狗是黄色的。她们的颜色在海面上十分耀眼。从我站立到桥头的那一刻开始，就发现她们和狗在狂欢。她们每次把飞镖使劲丢出去，有时丢得很远，狗就疯狂地去追。追到后，狗就把飞镖咬住送回来。狗追飞镖的过程中溅起浪花。两个女人有点嬉闹狗的意思，可狗也乐意被戏弄。

还有一组人，那就是时不时见到的一对又一对男女十指紧扣，在海里表达着他们那时那刻的心情。也许他们因为冷水刺激，气场刺激，美景刺激，他们一下子胆子大了起来。他们时而拥抱，时而互吻，时而松手，时而追逐。也许他们是一对初恋情人，也许他们是一对长情夫妇。总而言之，这样的环境让他们忘我，让他们感受到另外一种爱的表达。人性之美也就这样吧。

我这一拍，估计拍了一个多小时吧。身体感到有点累了，于是回到岸边，和朋友去了附近的咖啡店。吴太早已经喝上了热咖啡，很快，我们也喝上了热咖啡。

随后，我再一次回到栈道。那时，正是接近黄昏的时候。

黄昏下，栈道上的行人明显拥挤不堪了。尽管海风依然巨大，寒冷已经降临，可洋溢在人们脸上的那种无比激动状态是无法形容的。

栈道上，游客相互留影，你拍我，我影你，制造了风景中的风景。

我又一次走到栈道尽头，却不像之前那次可以静下来随心所欲地构图，而是和许多人争站立的位置。真有见缝插针的感觉。

西向的天空，云彩在急速变化之中。云彩丰富，变得诡异，一会儿一个样子。海面上的人越挤越多，我想，大家都在享受最后时光的狂欢。但很遗憾，黑云在高处遮住了落日，之后的一切大家都明白了，再也没有看到红红的太阳潜入海水，而见到的是另外一番景象。此景象更像一幅水墨画，无比地苍茫，无比地深邃。

当我回到岸上再看栈道，栈道上还有很多人。有的人也许刚刚来到，努力走向海的深处；而有大部分人是向回走，他们裹着衣衫，大有逃离的意思。远看，栈道上的人们，都是移动的小黑点。

我在湿地公园两次进出，大约两个多小时，说尽兴还不尽兴，说不尽兴那是说胡话了。其实每次摄影，若能有那么一会儿如痴如醉的经历，已经很开心了。而这次，连续开心了两三个小时，怎么能说不尽兴呢？我在想，如果这块湿地没有这个栈道，如果有了栈道却没有美景落日，如果有栈道有美景却不能让游客下到海里戏水，也许这里就不会成为一个出名的景点。所以，此处成为秋日欣赏落日美景之地，是有它的必然性的。

哲学界、佛界一直有个古老的问题，总是在问：我是谁，我从哪里来，我将去哪里。譬如，在禅宗里有这么一段描述，一个人问禅师：你从哪里来的？禅师说：顺着脚来的。又问：要到哪里去？禅师说：风到哪里去，我就到哪里去。再譬如，耶稣基督走到哪里总有人问：你从哪里来，要到哪里去？基督的回答从来一样：我来自地狱之城，要到天堂之城去。所以，此问题也许有一万个答案。是啊，随着年龄增长，随着感觉的变化，答案也就不一样了。

看了高美湿地公园，想到"人性"二字。

人性即人的天性，是与生俱来的那个本性。事实上，城市生活让我们早已失去了天性，有时还要戴上面具掩饰天性，甚至说话时要三思，要统一思想，统一意志，如此一来，人还是原来的人吗？人还有创造力吗？人还有幸福感吗？

我以为人性是需要释放的。

当巨大的生活压力不让你释放时，你要想尽办法去释放。哪怕脱下洋装释放一会儿，变回自己，让长期的憋屈、难受消失一会儿，那对身心健康都是有意义的。

在"觅咖啡"喝咖啡的时候，发现桌牌上有一段话，可用来分享：

> 若你是如风的气流，
> 我则是随风扬起的尘土，
> 跟随着你的风向，
> 或快或慢，忽高忽低。
> 是你带我到，
> 难以可及的高处，
> 让我的视野广阔了。
> 或许有一天，
> 我会落下为泥土。
> 那定是我生命，
> 终结的那一天，
> 我才会与你分开。

当城市里生活久了，属于人性的一面在退化，为了防止退化，人们应想着换一种生活方式，或放纵一下自己，或到野外走走，或读读书，或写点文字，或发傻，或感受一下生命的真谛，应当找回少许自己，算是一次对得起生命的行为。

看了高美湿地，感受了一次人性释然，不枉此行。

2018 年 12 月 写于上海

69. 九华山之行

♡

　　3月上旬的一天，我们从上海相约坐高铁前往九华山。一路阴，一路雨。窗外灰白，远处模糊不清。华东地区的去年冬天到今年春天的天气真的很特别，不仅雨多而且寒冷，听说不少人因为长时间的气象特别而得了抑郁症。有人说，这样的天象是百年不一遇的。我们的这次九华山之行，也正好赶上了。很多年前来过九华山，至今记忆深刻。

　　曾于2010年写《老板迷离》长篇小说时的题材需要，九华山成为我小说中的一个重要场景。这部长篇小说描述了家族式的民营企业家遭受全球金融海啸袭击而惨败的真实故事。哥哥冯全和弟弟冯军从内地来到南方艰辛创业，生意曾辉煌过，可冯全一心渴求财富的无限增长，其间赌徒的心理占了上风，为了财富不顾亲情，甚至算计着自己的亲弟弟冯军，人性丑恶的一面暴露无遗。但天有不测风云，2008年发生了全球性的金融海啸导致冯全的生意一落千丈，直到惨败。由此，兄弟二人踏上了信佛之路。佛给了他们很多启示，让他们度过了最艰难最黑暗的一段岁月。

　　到了九华山，前去肉身菩萨殿求平安的普罗大众比比皆是。

　　这天到了九华山脚下，已是黑夜。

《照见五蕴皆空》，安徽九华山，2019 年

　　夜很深了，上山的车辆排成长龙，行驶缓慢。从车里向外看，红色的车尾灯全亮着，看不见头，也看不见尾，把雨中的黑夜照得通红。

　　有人说，九华山的香火一直旺，与房地产人有关。

　　是的，也应该如此。由于九华山供奉的是地藏王菩萨，他是管地府的，所以凡是经营与土地相关的人，譬如房地产人，修桥人，修路人，种庄稼人，都要来到九华山上拜一拜，以寻求精神上的慰藉。

　　佛教，算不算中国的国教，有人说算，有人说不算。对于无神论的当下来说，佛教肯定不能算是当下的国教；但对于普通老百姓来说，两千五百年以来，随着佛教在中国的改良及本土化，已经深深扎根在我们日常生活之中。从我们出生以来，面对善恶的选择及对待这个世界的态度，佛教算是国教了。

　　大和尚说：佛教分成三大流派，流传在中国、朝鲜、日本等地的，称为汉传佛教；流传在东南亚地区、斯里兰卡等地的，称为南传佛教；流传在我国藏区的，称为藏传佛教。

佛教之博大精深，已与中华民族的生存和发展息息相关。

很显然，九华山的佛教归于汉传佛教。

我们从小就接受着汉传佛教的熏陶，认知着佛教的教义，依照佛教教义在做人做事，修心养性。这么一来，我们人人都有或多或少的佛性了。

一般要来九华山就要三年连续来，才算完成了一个闭合。

第一年来是许愿，第二年来是行愿，第三年来是还愿。

这是我头一次听到的完整的说法，是大和尚亲口告诉我们的。

有人说，这是最好的吸引游客旅游的营销。他们解释说，这是一个有机的逻辑。也就是说，第一年来了，第二年也要来，第三年更要来。起码在三年里，让你心中有佛时想到的首先是九华山。这不仅可以带动当地的旅游业，还让我们做一个有限度的而且虔诚的行动。

说起九华山，似乎很多自然界的东西冥冥之中和"九"有关。譬如，九华山，本来就叫九子山。从山脚下上到九华山中心，要走九十九道弯；到了山上面，可见到九十九座风格各异的寺庙，还可见到九十九座山的主峰；在地藏王菩萨的塔前，有一段登山的石阶，说是九九八十一级；等等。由此可知，把这么一座山定义为圣地，称之为九华山是很有来头的。

九是数字中最大的一个。在我国很多民族和习俗中都喜欢这个九字，如九九重阳。在佛教里，九字更有着特殊的意义。

前来九华山许愿灵不灵，不知道，其实在于每个人的感觉。

和我们一起上九华山的几位企业高管，每一位的经历都很丰富，其中有一位高管把他一生中的几次非常重要的变化都归功于来过九华山，所以他说：九华山真灵。

那是 2008 年，是他在国企工作十多年来遭遇到的最离奇的一年。有直属领导和他过不去，给他难堪，他有些舍不得，就在他六神无主——是继续留下还是离职——捉摸不清时想到了九华山，于是驱车几百公里，来到了九华山。随后见了大和尚，抽了签。签给了他明确答复，于是就下了决心离开了。从以后所发生的一切回头再看，当时选择离开是对的。选择了不同的道路，让他多了一系列的波折和磨炼，但也让他有了一个接一个的辉煌时刻。

因此，他和九华山结下了不解之缘。

他说他来九华山已经五六次了，最近一次是去年夏天。去年房地产形势在上半年和下半年表现出来的是冰火两重天，不过，他说他很淡定，知道什么可为什么不可为，最后企业发展取得了历史性的突破。

今年，他又一次来了，相信明年他还会来的。

世上的事有时就是这个样子：祸兮，福之所倚；福兮，祸之所伏。福与祸相互依存，互相转化。如果一个人有善心有善行，就会得到来自很多方面的保佑及暗中支持，给您指出一条光明之路，让您逢凶化吉。总而言之，善有善报，恶有恶报。

九华山上烧炷香，佛性就在您心中。

在九华山上的肉身菩萨殿，我们见了一个光头大和尚。他血色红润，慈眉善眼。他很忙，接待着一拨又一拨香客。他很开明，什么都可谈，似乎很了解天下，说得头头是道，句句在理。

还见了一个大和尚，他预先准备好了，给我们送了四幅字，分别是"厚德载福""远大前程"和两幅"福"。我获得了"福"字。

每一次去佛地总会有所收获的。不仅让人心顿时静了，待物更加谦卑了，更多是获得许多提升悟性的收获。

譬如，当我们请教如何完成今年巨大的销售目标时，大和尚就说了两个字："团结。"然后用手指作比喻：大拇指会说，我最伟大，主人批评别人的时候用我，表扬别人的时候也用我；食指会说，我最伟大，主人指责别人的时候用我，指东西的时候用我；中指会说，我个子最高，谁都比不过我；无名指会说，主人的戒指戴在我的身上，漂亮极了；小拇指会说，我最短最细，多么精美。你看，五个手指各有各的作用，根根有用，根根有力量，但分开容易折断，如果把五根手指紧握变成拳头，就不再有什么强弱、美丑之分了。拳头，坚不可摧，团结才是力量。没有团结的班子是没有战斗力的。

这个道理我早知道，放在此时此刻，非同寻常。

大雨中下了九华山，小雨中别了池州城。

2019 年 3 月 写于上海

70. 外孙出生香港十五天记

♡

一

9月25日快到落日的时候，我又一次去看外孙。

这段时间我在休假中，只要有空绝不隔夜，就是要看上外孙一眼。

其实这一天，外孙出生才第十四天。外孙是鲜嫩的，像破壳而出的雏鸡一样，更像一团棉花一样，但他是我们的未来，是我们的希望。

我看外孙的时候要格外注意一些细节，比如要换拖鞋，要洗手，要戴上口罩，说话声要小，摸的时候要小心翼翼。这些都是夫人反复叮咛的，否则就不能靠近外孙。外孙起的小名叫一一。一一出生时6.8斤，现在也就7.2斤，重了4两；出生时身长52.5厘米，现在也就54.5厘米，长了2厘米。

一一躺在摇篮中，喜侧睡。大家担心一一滚动或没有安全感，两边用枕头夹持着。一一有时像做梦似的，嘴角动，脸部有微笑，还伸胳膊伸腿。一一已经有规律了，差不多睡三四个小时就醒来，醒来后的第一件事就是吃，只要有奶嘴被小嘴咬住了，就不再哼唧了。吃奶时闭着眼，很用力，啃着，吸着，像小猪猪吃食一样香甜。当吃饱了，就困了，眼皮耷拉着，接着又去睡。睡到下午五六点钟，醒来后又一次吃饱，就在

《外孙十四天》，香港，2019 年 9 月 25 日

摇篮中趴着，蹬腿，很快就累了。一一睡得很实，即使大人们好奇地折腾他，他照睡。这个阶段，一一的主要任务就是吃和睡，有时以为他在想事，要我说他什么都没想，而是在发呆。

月子中心的小姐姐每天给一一洗一次澡。一一很怕，从头到尾都把自己蜷曲着，哪怕抓住一条毛巾或抱住小姐姐的手都会安宁几分。他最怕别人摸他的脸及给他脸上擦油，为此嘴里哼着，甚至干哭几声，传递出来的信号便是不情愿。当澡洗完毕后裹上外衣，再给上少许的按摩，一一就舒服地享受着，不久又一次入睡了。

相比之下，一一基本上不哭，不闹，很乖。

我就喜欢乖乖的小孩，只要不哭不闹，我就愿意和他玩，愿意给他和颜悦色地讲话。一一的妈妈小时候就这样，期待一一今后也一样。

一一乖了，大人们就不会太累了。

二

一一真的会选来到这个世上的日子。

女儿告诉我，一一出生日比预产期早了差不多四天。

9月10日这天下午，医生当天还郑重地告诉女儿估计没这么快入产房，说起码要三到五天之后吧。那时，女儿说肚子有动静，也就住进了香港养和医院，但听医生这么一说，正愁怎么办，不仅仅是超出花费，而更主要是医院床位紧张的问题。可就在这一夜，女儿在凌晨4点进了产房。进产房的事女儿没有告诉我和夫人。我和夫人早上起来已是8点，仍没有任何消息，还慢慢悠悠地打扫家里，可就在这时，女儿的先生告诉我们，女儿已进产房了。听到这个消息，我们立即出门，等到了医院，一一就生了。

女儿没有被一一折腾，顺产，就完成了一生最伟大的转变。

据说女儿激动地流泪了，也许被一一感动，也许对十月怀胎辛苦的释怀，也许因为产得太顺利了，也许……总之激动了一会儿。

女儿就这样晋升成母亲级了。

我们在医院走廊坐着，期待一一出来露个脸，可那时医院还要做许多检查。一一的照片通过微信已经发出来了，我们四个大人的心情极好。

外面的天色很蓝，景色很美，祥云飘动，似乎预示着什么，我们快乐得跳了又跳。

一一的小名是一一爸爸妈妈一早起好的，我和夫人没有任何的参与。据说女儿和先生憋了很久，没想到竟然和一一爷爷想到一起去了。这也许就是天意。每个人自从来到这个世上，很多事情从一开始就有定数，一一的名字也许就是如此。

一一出生的这一天，正是有名的"9·11"。

"11"是我一生的吉祥数字。

两天之后是中秋节，夫人说，是一一懂事想和全家人团圆才奋不顾身地跑出来了。是的，中秋佳节这一天，我们家里多了一个成员，于是谈论的话题就全是一一了。

再过十九天，又喜逢新中国七十周年华诞，从香港到内地，国旗处处在飘扬，洋溢着繁荣昌盛的景象。

一一的出生日，起的小名，将陪伴一一一生，将会在未来这些重要的瞬间留下很多美好的记忆。

三

一一一出生，就集万般宠爱于一身。

很快，一一的爸爸把一一的照片公开了，照片传遍了大江南北。

当关心的人们得知一一出生了，恭喜的幸福话语及礼物就像雪花一样铺天盖地而来。一一的妈妈因为一一的出生，尿布就收了几大箱子。这些一一是不知道的，而暖人心的是我们这些大人。

一一爸爸家，有一一的爷爷、奶奶、老姑妈、老姑夫、太爷爷、太奶奶……一一妈妈家，有外公、外婆、老姨夫、老姨妈、两个太爷爷、两个太奶奶……从直系来讲，一一爸爸妈妈的两边亲人都四世同堂了，换个角度说，一一立即就有了太爷爷太奶奶六个人，将来要分清也不容易啊。

我自然是一一的外公了。

我很早说过，一一将来不能叫我爷爷，因为我觉得如果把我叫爷爷我会觉得我很老。当一一叫我外公时，我才觉得年轻，洋气，有文化。

我都想好了，将来带着一一读书，读很多的书，让他知书达理；等他长大了，帮我扛相机，环游世界，让他的心比大海还要宽阔；我甚至想到找一些国学大师，在心灵上早点启迪一一，让一一很好地接受儒家文化，立志做一个对家庭对社会有用的人。

　　美国作家罗伯特在《穷爸爸富爸爸》一书对没有金钱意识的孩子长大后会碰到的四个问题——没有节制的消费意识、没有需求排序意识、没有投资意识、没有危险意识——是这么忠告的，告诫大人们，一定要培养孩子正确的金钱观。

　　我还在想，将来一一要成为一个人格独立，思想独立，既自信，负责任，还要有力量的人。

　　起码如有需要，我会把我的全部知识和爱给一一的。

　　当然，一一自有自己的人生，至于将来做什么，要不要我这个外公给他指导，我现在说了不算，但起码我有这样良好的愿望。

　　我头脑是清楚的，绝不会溺爱一一的。

四

　　一一出生后，马上就有出人意料的表现。

　　因为这阵子香港很乱——黑衣人出没不定又骚扰无辜者，大人们决定尽快送一一回到深圳居住，可要回深圳就得办两个证件，一是特区身份证，二是回乡证。一一出生的第三天，就要面临一次考验了。9月13日上午9点，我们三人保护着，一一的爸爸紧紧抱上儿子，卡住安全带，一动不动四十分钟，经湾仔隧道，才从医院到了尖沙咀金巴利街。到了办证处，先去百米以外的地方拍照。天很热，一一的爸爸抱上一一也得前行。拍照时，一一还在深睡，等所有拍照工作准备妥当后，摄影师摇了摇铃，一一神奇地睁开眼，刹那间，拍照就完成了，比预期顺利多了。接着，回到办证处。为了加快办证，预先找人拿了号，尽管如此，也要排队，也要面向办证窗口的人员。从9点40分折腾到11点，本可以拿上临时身份证的文件到旺角办理回乡证，却没想到办证处打印机出了问题，又快到一一吃奶的时间，而医院的一一妈妈很着急，我们就回了一趟医院，路上又花了四十分钟。

下午 1:30，我们带着一一又出发了，又一次通过湾仔隧道，直接到了旺角洗衣街。这里办证倒是很快，仅花了一个小时就结束了。一一因为已经离开了医院再也回不到医院了，这是医院规定，一一就这样首次回到在香港岛西环的家里。

回想这一天，一一来到这个吵闹的世界还不满三天，准确讲，也就四十七小时，就承受了八小时折腾，一一没有哭一声，中间只回到妈妈身边吃了一次奶，该睁眼的时候睁眼，该排队的时候排队，该拍照的时候拍照，穿越隧道四次，一切的一切，配合得恰到好处，赢得了很多赞誉。一一的这次表现，足以让我们这些见证历史的大人们传颂一辈子。

9 月 16 日下午 5 点，一一坐上车，从港岛西环出发，来到旺角领取了他的回乡证，行走了一次有生最远的路程，途经跨海人桥，看着浩瀚大海，再经一地两检的西部通道，回到了深圳欢乐海岸的月子中心。随后的一个月，一一就在月子中心舒服地度过了。

五

一一的出生，正好迎来了新中国成立七十周年华诞。

事实上，再过半个月，我就迎来了我的五十七岁生日。我也许有资格讲，我也算是与共和国一起成长起来的一代人。

1962 年我出生了，出生在渭北平原上，那一年正好是祖国严重的三年自然灾害的最后一年，日子很苦。母亲说我出生时家里没有任何可吃的，后来我明白了，我之所以身高没有长过父亲、爷爷，都是因为出生后营养不良造成的。如今一一不会的，他赶上了繁荣时代，相信基因吧，他会身高一米八以上，不胖不瘦，挺拔，帅气，讨女孩子喜欢。

1977 年国家恢复高考，经过极限的挑灯夜战，于 1980 年我上了大学。由于离开了农村，又与国家发展热点总能起舞，改变了我一生的命运。如今一一命好，完全可以根据喜好来设计人生，可以像外公一样做职业经理人，像爷爷一样当投资人，像妈妈一样随心所欲，像爸爸一样努力求学，可以居住在国内，也可以居住在国外，说不定也可以在月球上搞科研，总而言之，一一有很多选择。都说了，人一生选择比辛苦更重要。一一的选择是多了，也许是优势也是劣势，那么我们就要协助一一。当一一选择定了，关键要培养一一的可持续做事能力，还要让一一明白一个千真万确的道理，是罗曼·罗兰说的，伟大的背后都是苦难。

新中国七十岁华诞，一一一岁；等新中国一百岁华诞时，一一三十岁。多好的关联。三十而立之年，一一那时也许成了家，也许立了业，也许有了自己的孩子，很多也许吧，将来的事将来才能说清楚。

我的经历告诉我，古人说的"三十年河东、三十年河西"是有道理的。如今，时代列车行驰飞快，也许十年河东十年河西了，而人的命运和国家命运总是捆绑在一起，那就看一一能不能适应了。

这篇文章是夫人督促我写的。夫人有命，不敢不从。

为了写好这篇文章，昨夜有点失眠，因为不知从何写起，因为外孙来到这个世上才十四天。既然答应写，就得认真写，拓展思路写。当有一天外孙看到这篇文章时起码能让他了解出生后的十五天发生了什么，以及家人有什么期许，也算是一种记忆的传承了。

老子在《道德经》里说，道生一，一生二，二生三，三生万物。外孙的出生，说明一一的爸爸妈妈完成了应有的责任，将来就看一一了，相信一一会不负众望，让家族兴旺繁衍，为社会进步做有意义的事情。

外孙来到这个世上短暂的十五天记录就这么多了，感谢女儿，感谢所有关心我外孙的人，我们一起用善念拥抱这个世界，也让一一能感受到人间处处都是有爱的。

2019 年 9 月 26 日　深圳

后　记

这本随笔跨度三十五个年头，整理花了三年。

在此期间，我在阳光控股林腾蛟主席的带领和提倡下，补读了不少国学书，譬如《道德经》《论语》《中庸》《致良知》《阳明心学》等。又花了数月时间，完整听了余秋雨颇长的《中国文化必修课》。还精读了《心经》和日本铃木俊隆禅师的《禅者的初心》。这些书就像一剂剂良药，不仅修复了身体，还使精神世界更加饱满。《禅者的初心》有这么一段话很有哲理：我们应该致力于在不完美的存在中找到完美的存在，应该致力于在不完美中找到完美。

日本有一位女摄影记者，生于1914年，今年一百零五岁。

如今，她皮囊已然褪色，但她的灵魂却越发光彩熠熠。她七十一岁工作，八十六岁恋爱，一百零二岁获奖。她说，我想要做的事情就一定会去做；谁说我老了，我早着呢；适合自己的生活方式才是最好的；比荣誉更重要的是背后的意义；无论多少岁，女人都需要爱情；我不认输，没有人能让我跌倒；多笑一笑，真的没什么大不了。

她追求自我，优雅一生，精致到老，活出了她的精彩。

我需要向她学习。

为了整理这本书，我花了巨大精力，一方面要从过往资料中努力寻觅需要的内容；另一方面需要重新修订一批文稿，把不合时宜或错误内容给予酌情修订。

在漫长的岁月中，我逐渐深刻理解了"道法自然""上善若水""知行合一""大爱无疆""克己复礼""一阴一阳之谓道""天、地、道""阳健不息"等词语的意思和悟出人生真谛来，也理解了中国儒、释、道被接受之下的集体人格是什么。

我一直欣赏这句话：心若静，风奈何？

是啊，心纯净，行将远，行至美。心静如水，梦若清莲，一切都可视作经历，一切只为让自己活得更高贵些，有尊严些。当能做到不乱于心，不困于情，就会不畏将来。期待温暖的阳光，清新的空气，美丽的鲜花，灵动的微风，一切都安好。

出版这本书并无别的目的，就是想对自己数十年的经历做个交代。交代的同时，期待校正自己人生第三阶段的方向和定位。我以为我找到了。在人生的第三阶段——退休生活——还有很多事情可做，完全可以有质有量地生活，完全可以活出又一个新高度。

我算不上什么成功，充其量可骄傲地说对得起社会，对得起家人，对得起自己，仅此而已。就因为这样，此时此刻才能享受这份甘甜，也才能思考自己的未来。

我知道宇宙间最大的正能量是爱。爱是宇宙间最强大的气场，因为它和谐、包容、滋润万物。就因为这样，我把爱自己、爱家人、爱社会看得十分重要。爱不仅停留在言语上、心上，更重要是行动上，这一方面我做了一些。但是，这是远远不够的。

我会继续追光逐影，努力安好放好灵魂。

我会继续追求"知行合一"的"明心净心，在'知'上下功夫"的决心。

我会继续带着佛心，用禅意过好生命的第三阶段。

最后，衷心感谢家人的理解和支持，感谢各界朋友的关爱，感谢澳门科技大学博士班同学孙莉女士为本书提出的良好建议及修改意见，感谢《中国环境监察》杂志柳莉涛女士为文章润色的辛勤付出，感谢《界面》记者李欣荣女士，感谢作家出版社的辛勤付出。

吴建斌

2019 年 8 月 上海

图书在版编目（CIP）数据

心若静，风奈何 / 吴建斌著 . -- 北京：作家出版社，2020.5
（2020.9 重印）ISBN 978-7-5212-0917-4

Ⅰ . ①心… Ⅱ . ①吴… Ⅲ . ①随笔 – 作品集 – 中国 – 当代
Ⅳ . ①I267.1

中国版本图书馆 CIP 数据核字（2020）第 060346 号

心若静，风奈何

作　　　者：吴建斌
责任编辑：李宏伟　秦　悦
装帧设计：诗雅颂文化传媒
出版发行：作家出版社有限公司
社　　　址：北京农展馆南里 10 号　　　邮　　编：100125
电话传真：86-10-65067186（发行中心及邮购部）
　　　　　　86-10-65004079（总编室）
E–mail:zuojia@zuojia.net.cn
http://www.zuojiachubanshe.com
印　　　刷：中煤（北京）印务有限公司
成品尺寸：160×230
插　　　图：57 幅
字　　　数：375 千
印　　　张：24.25
版　　　次：2020 年 7 月第 1 版
印　　　次：2020 年 9 月第 3 次印刷
ISBN　978-7-5212-0917-4
定　　　价：99.00 元